LAS ALFORJAS DEL CUENTACUENTOS

CÉSAR VIDAL

LAS ALFORJAS DEL CUENTACUENTOS

Historias para niños que serán adultos

LIBROSLIBRES

LIBROSLIBRES
Raimundo Lulio, 20, 1º Dcha.
28010 Madrid (España)
Telf.: 34-91 594 09 22
Fax: 34-91 594 36 44
correo@libroslibres.info
www.libroslibres.info

De traducción: © Jordi G. Samanes
© Fermín Navascués
Ilustración de cubierta: © Antonio Ares

Directora editorial: Lidia González
Edición: C. Pujol, M. Granero

Primera edición: noviembre de 2005

Depósito Legal: S. 1.409-2005
ISBN: 84-96088-41-3

Impresión: Gráficas Varona, S.A.
Impreso en España - Printed in Spain

ÍNDICE

SEGUNDA PARTE:
HISTORIAS SOBRE CÓMO HAY QUE SER

INTRODUCCIÓN

POR QUÉ CONTAMOS HISTORIAS

Estoy convencido de que el hecho de relatar historias forma parte de lo más íntimo y característico del ser humano. Incluso podría decirse que, a diferencia de otras conductas, esa afición se percibe en los primeros momentos de la existencia. Los niños ansían que sus padres o abuelos les narren cuentos y, concluidos estos, insisten en escucharlos una y otra vez. Los adultos desean oír historias lo más imaginativas posibles y, quizá, una de las razones del éxito de determinados programas es que consisten, en el fondo, en la emisión de relatos más o menos creíbles. Esa inclinación por el relato, por la narración, por el cuento es común a todas las épocas y culturas. Los bosquimanos del África austral y los samurai japoneses, los faraones egipcios y los califas de Bagdad, los pieles rojas de las praderas americanas y los judíos de los ghettos de Europa oriental, los abuelos y los nietos, las mujeres casadas y los comerciantes, los padres de familia y las solteronas, entre otros muchos y muchos más, aman, gustan, disfrutan las historias.

Precisamente por ello, no debería sorprendernos que el cuento, el relato, la historia haya sido un instrumento privilegiado a la hora de transmitir sabiduría a las nuevas generaciones. La abuela que limpiaba guisantes al amor de la lumbre, la madre que pelaba patatas en la cocina, el padre que remendaba redes junto a la barca de pesca, el abuelo que sacaba punta a los lápices, todos y cada uno de ellos, rara vez podían componer un discurso elaborado sobre los vericuetos de la vida, pero sí podían —y lo hacían— contar historias escuchadas o vividas que enseñaban a hijos y nietos a no ser mentirosos ni desobedientes y también a comportarse, por ejemplo, con lealtad o desprendimiento.

Las historias y cuentos han resultado tan útiles que no sólo los encontramos en ámbitos populares o cortesanos sino que llamaron la atención de literatos de tanta relevancia como Tolstoi, Wilde, Hawthorne o Kipling dedicados, por regla general, a un tipo de literatura que se considera más seria e importante.

Pero es que, además, no han sido escasos los personajes célebres que se han valido del relato para explicar sus puntos de vista. Se sabe que el presidente norteamericano Lincoln —en medio de una terrible guerra civil y enfrentándose con la inmensa tarea de liberar a los esclavos de su nación— narraba cuentos a sus ministros para poder explicar mejor sus puntos de vista. Lo mismo puede decirse del filósofo Platón, del poeta Ovidio o del mismo Jesús de Nazaret que, dedicado a revelar los secretos del Reino de Dios, escogió como método preferido unas historias breves que conocemos con el nombre de parábolas. Al final, cuesta mucho no creer que todos nosotros, niños, jóvenes o ancianos, no deseamos casi a cada hora escuchar alguna historia que nos divierta o nos enseñe o logre ambas cosas a la vez.

Este libro nace con un propósito bien definido. En él he recogido, espigando por la literatura universal, algo más de setenta historias de todos los tiempos y lugares, de buen número de culturas y trasfondos, para acercar a los niños a una sabiduría acumulada durante siglos. Se trata de la sabiduría que, antaño, transmitían padres, abuelos y maestros, y que pretendía entretener pero, al mismo tiempo, enseñar al niño cómo comportarse para, años después, convertirse en un adulto cabal, digno y bueno. Ese adulto, por supuesto, debería trasladar esa misma sabiduría a sus hijos y a sus nietos y así el proceso no se vería interrumpido.

La sabiduría contenida en estas setenta y tres historias la he agrupado en tres bloques bien definidos. En primer lugar, se encuentran aquellas conductas y actitudes que deberíamos evitar.

Sé que está de moda afirmar que todas las conductas son buenas en el fondo y que además hay que ser tolerante con ellas. En realidad, da la sensación a veces de que lo único malo es decir que algo es malo. A mi modo de ver, ese comportamiento no pasa de ser una moda peligrosa. De la misma manera que no es lo mismo comerse una patata que tragar una cucharada de veneno, no todas las conductas son iguales y las consecuencias que se derivan de ellas son muy distintas. Esta moda —no me cabe duda— acabará pasando, aunque no sin antes hacer mucho daño. Nuestros antepasados desde hace miles de años sabían, por el contrario, que existía el bien y el mal y que este último tenía que ser condenado, definido y combatido. Por esta razón, esos cuentos que nos advierten en contra de la adulación, de la mentira, de la vanidad, de la arrogancia, de la holganza o de la desobediencia a los padres, entre otros temas, aparecen en primer lugar.

La segunda parte de esta selección se encuentra dedicada a aquellas características que deberíamos ir adquiriendo por difícil que pueda parecer. Y es que en la vida no basta con evitar lo malo, sino que hay que procurar que lo bueno vaya, poco a poco, formando una parte tan sustancial de nuestro ser como los ojos, el corazón o el hígado. Si nuestro interior no se va llenando de buenas cualidades es más que posible que, al final, nos convirtamos en una especie de cajón carente de cosas buenas aunque su exterior resulte atractivo. La compasión, la fidelidad a uno mismo, la valentía, la hospitalidad, la necesidad de preparación o la prudencia no son asignaturas optativas que podemos o no cursar en la carrera de la vida. Deben formar parte de nuestro ser si, en verdad, ansiamos ser felices y que este mundo sea un poco mejor.

Finalmente, la tercera parte del libro está dedicada a aquellas cuestiones que debemos considerar realmente importantes para nuestra vida y que —lamento decirlo— no coinciden precisamente con lo que, habitualmente, nos enseñan la televisión o determinados discursos políticos y sociales. En esta vida es importante aprender la relevancia del esfuerzo y asumirlo con decisión e incluso con alegría. En esta vida es importante mantener las relaciones adecuadas y justas con nuestros semejantes. En esta vida es importante saber el significado de la amistad. En esta vida, al fin y a la postre, es esencial conocer el amor en sus diversas manifestaciones. Manifestaciones —todo hay que decirlo— que nos llevan más allá del umbral de la muerte y de lo meramente humano.

Para poner de manifiesto la enorme riqueza oculta en estas historias no pocas veces milenarias, en estos tres apartados del libro, he ido dejando muestras de los más diversos relatos y géneros. El lector podrá encontrarse con fabulillas breves, con poesías cortas, con relatos largos, con porciones de novelas clásicas, con cuentos, con narraciones protagonizadas por animales y con historias en las que el mismo Dios interviene. No he deseado excluir ninguna de esas posibilidades porque todas, absolutamente todas, son necesarias si se desea ofrecer un cuadro completo.

Esa es la razón también por la que el libro tiene al final tres índices. El primero permite buscar autores; el segundo nos lleva a distintos personajes a lo largo de diferentes relatos y el tercero, ah, el tercero va a facilitar a los padres, a los abuelos, a los maestros encontrar el relato adecuado en un momento concreto para esos niños que un día —antes de lo que quisiéramos seguramente— serán adultos.

Y ahora —antes de comenzar la lectura— tan sólo un consejo. No dejen este libro en manos de los niños. Por lo menos, no al principio. Hagan más bien que se convierta en un punto de encuentro de los padres con los hijos, de los abuelos con los nietos, de los maestros con los alumnos. Todos ellos deben ver estas páginas como ese lugar donde es posible escuchar historias que tienen que ver, no de manera casual, con algo que ha sucedido esa tarde o que puede acontecer mañana, o con las preguntas que les han asaltado en un momento o, sobre todo, con su bendito deseo de entretenerse escuchando algo interesante. Y entonces, cuando los niños hayan descubierto que estas páginas no son un aburrimiento ni un tostón; que a través de ellas pueden viajar a la India y al Japón, que a través de ellas pueden charlar con cuervos y hadas, que a través de ellas pueden vivir en palacios y cabañas, que a través de ellas pueden entender lo que sucedió ayer en clase o lo que les espera la próxima vez que se reúnan con sus amigos, serán ellos mismos los que busquen el libro para consumirlo con esa avidez y esa sorpresa que sólo poseen los que tienen en el pecho un corazón de niño.

Y ya no les entretengo más. Buena lectura.

CÉSAR VIDAL
Miami-Madrid, verano de 2005

PRIMERA PARTE

HISTORIAS SOBRE LO QUE HAY QUE EVITAR

Todos tenemos que saber lo que debemos hacer en esta vida. Sin embargo, también es obligado tener un conocimiento de aquellas conductas, comportamientos, actitudes que debemos evitar. De la misma manera que debes saber que lo saludable es comer alimentos sanos y a sus horas, también tienes que ser consciente de que consumir tierra, veneno o comida desequilibrada nunca te reportará beneficios y puede perjudicarte seriamente. En las siguientes historias, vas a descubrir muchas cosas que todos —los niños que serán adultos y los adultos que fueron niños— debemos evitar.

LA VANIDAD

Creerse mejor de lo que uno es o desear sin medida las alabanzas de los demás son algunas de las conductas de los vanidosos. Y lo peor es que aparte de cansar a los que les rodean, suelen hacer el ridículo. Un caso como ese nos lo cuenta el escritor francés Antoine de Saint-Exupéry (1900-1944) en la que fue su obra más conocida de entre una magnífica colección de libros escritos por él. Me refiero, claro, a El Principito.

La historia del vanidoso

El príncipe niño, único habitante de un pequeñísimo planeta, lo abandona por culpa de una flor presumida. El pequeño irá hablando de los personajes que va conociendo en los diferentes planetas a los que llega, todos tan pequeños como el suyo. De estas conversaciones extrae sus propias conclusiones, siempre encaminadas hacia el conocimiento de las cosas y sobre todo, de la amistad. Pero fijémonos en el momento en que el Principito nos lleva al planeta habitado por el vanidoso, que aparece como una especie de payaso o espantapájaros, tocado con un absurdo sombrero que despierta la curiosidad del niño, al que enseguida toma por un admirador:

—¡Qué sombrero tan raro! —le dice el Principito—. ¿Para qué sirve?

—Es para saludar —le responde muy pomposamente el vanidoso—. Es para saludar cuando me aclaman. Desgraciadamente, por aquí nunca pasa nadie.

Viendo la cara de extrañeza del pequeño, el vanidoso le pide que golpee las manos, una contra la otra, a modo de aplauso, y entonces le saluda con el sombrero. Después de repetirlo varias veces, el Principito lo entiende como un juego y hasta le parece más divertido que el rey que acaba de conocer en el anterior planeta, pero pronto se cansa por su monotonía. Intenta dialogar con el vanidoso, sin embargo este no le escucha, ya que los vanidosos sólo tienen oídos para las alabanzas. Por eso intenta averiguar si el Principito lo admira mucho:

—¿Admirar? ¿Qué significa *admirar*? —quiere saber el niño.

—Admirar —explica el vanidoso—, significa reconocer que soy el hombre más hermoso, el mejor vestido, el más rico y el más inteligente de mi planeta.

El Principito le hace notar que eso es completamente absurdo, ya que él es el único habitante del planeta. Pero al extraño personaje le da igual, porque sólo quiere ser admirado. El Principito no entiende para qué puede interesarle su admiración y se marcha de allí pensando que las personas mayores son realmente muy extrañas.

(*resumen de* HIPÓLITO GARCÍA)

LA ARROGANCIA

Si el vanidoso sólo vive para escuchar las alabanzas de los demás, el arrogante se cree superior y no pocas veces actúa como tal. Dado que lo que piensa de sí mismo suele ser mucho más de lo que es, el arrogante corre peligros de los que podría salvarse. Eso fue lo que le pasó a un lobo en esta historia que debemos a los hermanos Jacobo (1785-1863) y Guillermo (1786-1859) Grimm:

EL LOBO Y EL HOMBRE

Un día el zorro ponderaba al lobo la fuerza del hombre: no había animal que le resistiera, y todos habían de valerse de la astucia para guardarse de él.

A esto respondió el lobo:

—Como tenga ocasión de encontrarme con un hombre, ¡vaya si arremeteré contra él!

—Puedo ayudarte a encontrarlo —dijo el zorro—; ven mañana de madrugada, y te mostraré uno.

Presentóse el lobo temprano, y el zorro lo condujo al camino que todos los días seguía el cazador. Primeramente pasó un soldado licenciado, ya muy viejo.

—¿Es eso un hombre? —preguntó el lobo.

—No —respondió el zorro—, lo ha sido.

Acercóse después un muchacho, que iba a la escuela.

—¿Es eso un hombre?

—No, lo será un día.

Finalmente, llegó el cazador, la escopeta de dos cañones al hombro y el cuchillo de monte al cinto.

Dijo el zorro al lobo:

—¿Ves? ¡Eso es un hombre! Tú, atácalo si quieres, pero, lo que es yo, voy a ocultarme en mi madriguera.

Cargó el lobo contra el hombre.

El cazador al verlo dijo:

—¡Lástima que no lleve la escopeta cargada con balas!

Apuntándole, le disparó una perdigonada en la cara. El lobo arrugó intensamente el hocico, pero, sin asustarse, siguió derecho al adversario, el cual le disparó la segunda carga. Reprimiendo su dolor, el animal se arrojó contra el hombre, y entonces este, desenvainando su reluciente cuchillo de monte, le asestó tres o cuatro cuchilladas, tales, que el lobo salió a escape, sangrando y aullando, y fue a encontrar al zorro.

—Bien, hermano lobo —le dijo este—, ¿qué tal ha ido con el hombre?

—¡Ay! —respondió el lobo—, ¡yo no me imaginaba así la fuerza del hombre! Primero cogió un palo que llevaba al hombro, sopló en él y me echó algo en la cara que me produjo un terrible escozor; luego volvió a soplar en el mismo bastón, y me pareció recibir en el hocico una descarga de rayos y granizo; y cuando ya estaba junto a él, se sacó del cuerpo una brillante costilla, y me produjo con ella tantas heridas, que por poco me quedo muerto sobre el terreno.

—¡Ya estás viendo lo arrogante y mentacato que eres! —dijo el zorro—. Echas el hacha tan lejos, que luego no puedes ir a buscarla.

(Hermanos Grimm)

LA ADULACIÓN

Tan peligrosa como la vanidad es la adulación. No sólo es que anda a escasa distancia de la mentira, es que además una persona que cree a los fabuladores se coloca, sin saberlo, en sus manos y puede ser manipulada y engañada. Eso es lo que nos cuenta en la historia siguiente el Infante don Juan Manuel (1282-1348). El texto que reproducimos pertenece a su El Conde Lucanor *(1335). Es un libro que deberías leer algún día porque ha influido mucho en la literatura universal en autores como Shakespeare, Tirso de Molina, Borges o Boccaccio:*

DE LO QUE ACONTECIÓ A UN CUERVO CON UN RAPOSO

Otra vez hablaba el Conde Lucanor con Patronio, su consejero, y díjole así:

—Patronio, un hombre que da a entender que es mi amigo me comenzó a loar mucho, dándome a entender que había en mí muchas perfecciones de honra y de poder y de muchas cualidades. Y desde que con estas razones me halagó cuanto pudo, me propuso un negocio, que a primera vista, según lo que yo pude entender, parece que es mi pro[1].

Y contó el Conde a Patronio cuál era el negocio que le proponía; y comoquiera que parecía el negocio provechoso, Patronio entendió el engaño que yacía escondido so las palabras hermosas. Y por ello dijo al Conde:

—Señor Conde Lucanor, sabed que este hombre os quiere engañar, dándoos a entender que el vuestro poder y el vuestro estado es mayor de cuanto es la verdad. Y para que os podáis guardar de este engaño que os quiere hacer, me placería que supieseis lo que aconteció a un cuervo con un raposo.

Y el Conde le preguntó cómo había sido aquello.

---

[1] *Que me será favorable, que me conviene.*

—Señor Conde Lucanor —dijo Patronio—, el cuervo halló una vez un pedazo de queso y subió a un árbol para que pudiese comer el queso más a su gusto y sin recelo y sin estorbo de ninguno. Y en cuanto el cuervo así estaba, pasó un raposo por el pie del árbol, y desde que vio el queso que el cuervo tenía, comenzó a cuidar de qué manera se lo podría llevar. Y por ende comenzó a hablar con él de esta guisa[2]:

»—Don Cuervo, mucho tiempo hace que oí hablar de vos y de la vuestra nobleza y de la vuestra apostura. Y comoquiera que mucho os busqué, no fue la voluntad de Dios ni la mi ventura que os pudiese hallar hasta ahora, y ahora que os veo, entiendo que hay mucho más bien en vos de cuanto me decían, y para que veáis que no os lo digo por lisonja, así como os diré las apostura que en vos hallo, también os diré las cosas en que las gentes tienen que no sois tan apuesto[3]. Todas las gentes tienen que el color de las vuestras plumas y de los ojos y del pico, y de los pies y de las uñas, que todo es prieto, y porque la cosa prieta no es tan apuesta como la de otro color, y vos sois todo prieto, tienen las gentes que es mengua de vuestra apostura, y no entienden que yerran en ello mucho, porque comoquiera que las vuestras plumas son prietas, tan prieta y tan lúcida es aquella negrura, que se torna en añil como plumas de pavo, que es la más hermosa ave del mundo; y comoquiera que los vuestros ojos son prietos, en cuanto ojos, son mucho más hermosos que otros ojos ningunos, porque la propiedad del ojo no es sino ver, y porque toda cosa prieta conforta la vista, para ojos, los prietos son los mejores, y por ende son más loados los ojos de la gacela que son más prietos que los de ningún otro animal. Otrosí[4], el vuestro pico y las vuestras manos y uñas son fuertes, más que los de ninguna otra ave tan grande como vos. Otrosí, en el vuestro vuelo habéis[5] tan gran ligereza, que no os

---

2 *De esta manera.*

3 *Por las que las gentes piensan que no sois tan apuesto.*

4 *Además.*

5 *Tenéis.*

embarga[6] el viento ir contra él por recio que sea, lo que otra ave no puede hacer tan ligeramente como vos. Y bien tengo, que Dios que hizo todas las cosas con razón, que no consentiría que, pues en todo sois tan cumplido, que hubiese en vos mengua[7] de no cantar mejor que ninguna otra ave. Y pues Dios me hizo tanta merced que os veo, y sé que hay en vos más bien de cuanto nunca de vos oí, si yo pudiese oír de vos el vuestro canto, para siempre me tendría por de buena ventura.

»Y señor Conde Lucanor, parad mientes en que, maguer[8] que la intención del raposo era de engañar al cuervo, siempre las sus razones fueron con verdad. Y estad seguro de que los engaños y daños mortales siempre son los que se dicen con verdad engañosa.

»Y desde que el cuervo vio con cuántas razones el raposo le alababa, y cómo le decía verdad en todo, creyó que así le decía verdad en todo lo demás, y tuvo que era su amigo, y no sospechó que lo hacía por llevar de él el queso que tenía en el pico; y por las muchas buenas razones que le había oído, y por los halagos y ruegos que le había hecho para que cantase, abrió el pico para cantar. Y desde que el pico fue abierto para cantar, cayó el queso en tierra, y tomólo el raposo y fuese con él; así quedó engañado el cuervo por el raposo, creyendo que había en sí más apostura y más perfección de cuanto era verdad.

»Y vos, señor Conde Lucanor, comoquiera que Dios os hizo asaz merced en todo, pues veis que aquel hombre os quiere hacer entender que habéis mayor poder y mayor honra y más cualidades de cuanto vos sabéis que es la verdad... entended que lo hace para engañaros, y guardaos de él, y haréis como hombre de buen juicio.

Al Conde plugo mucho lo que Patronio dijo e hízolo así. Y con su consejo fue guardado de yerro.

Y porque entendió donjuan que este ejemplo era muy bueno, hízolo escribir en este libro, e hizo estos versos en que se entien-

---

6 *Impide.*

7 *Que os faltara.*

8 *Daos cuenta de que aunque...*

de abreviadamente la intención de todo el ejemplo. Y los versos dicen así:

Quien te alaba lo que no es en ti
sabe que quiere llevarse lo que hay en ti.

(Infante don Juan Manuel)

LAS MALAS COMPAÑÍAS

Tan importante como que evites escuchar a los aduladores, resulta el que te apartes de las malas compañías. Las personas que te arrastran a hacer cosas malas o que te apartan de hacer las buenas son una influencia que, al final, siempre te hará daño y acabarás lamentando. Esa es una mala experiencia que todos los que te queremos deseamos evitarte. Por eso te vamos a contar lo que le pasó al pobre Pinocho. Bueno, la verdad es que te lo va a contar Carlo Collodi (1826-1890), un escritor italiano que, en realidad, se llamaba Carlo Lorenzini, y que en 1883 publicó las aventuras de Pinocho.

Pinocho

Al día siguiente Tragalumbre llamó aparte a Pinocho y le preguntó:

—¿Cómo se llama tu padre?

—Geppetto.

—¿Y qué oficio tiene?

El de pobre.

—¿Gana mucho?

—Lo bastante para no tener nunca un céntimo en el bolsillo. Figúrese que para comprarme el Abecedario que yo necesitaba para ir a la escuela vendió la única chaqueta que tenía; una chaqueta tan llena de remiendos y de piezas que parecía un mapa.

—¡Pobre hombre! ¡Me da lástima! Aquí tienes cinco monedas de oro. Vete enseguida a llevárselas, y dale muchos recuerdos de mi parte.

Como puede suponerse, Pinocho dio miles de gracias a Tragalumbre; abrazó uno por uno a todos los muñecos de la compañía, incluso a los guardias civiles, y lleno de alegría se puso en camino con dirección a su casa.

Pero todavía no había andado medio kilómetro, cuando encontró una zorra coja y un gato ciego, que iban andando poquito a poco y ayudándose uno a otro, como buenos amigos. La zorra andaba apoyándose en el gato, que a su vez se dejaba guiar por la zorra.

—¡Buenos días, Pinocho! —le dijo la zorra, saludándole con mucha amabilidad.

—¿Cómo es que sabes mi nombre? —preguntó el muñeco.

—Porque conozco mucho a tu papá.

—¿Dónde le has visto?

—Le vi ayer en la puerta de su casa.

—¿Y qué hacía?

—Estaba en mangas de camisa y tiritaba de frío.

—¡Pobre papá! Pero, si Dios quiere, a partir de hoy ya no tendrá frío.

—¿Por qué?

—Porque me he convertido en un gran señor.

—¿Tú, un gran señor? —dijo la zorra comenzando a reír burlona y descaradamente. También se reía el gato, pero trataba de ocultarlo atusándose los bigotes con una de las patas.

—¡No sé de qué os reís! —replicó Pinocho incomodado—. No es por daros envidia, pero mirad esto, si es que entendéis de dinero. Mirad qué cinco magníficas monedas de oro.

Y enseñó las monedas que le había regalado Tragalumbre.

Al oír el simpático ruido del oro, la zorra coja, sin darse cuenta, alargó la pata que parecía mala, y el gato ciego abrió tanto los ojos, que parecían dos faroles verdes; pero volvió a cerrarlos tan rápidamente que Pinocho no llegó a notarlo.

—¿Y qué piensas hacer con todo ese dinero? —preguntó la zorra.

—Primero —contestó el muñeco—, quiero comprarle a mi papá una hermosa chaqueta nueva, toda bordada en oro y plata, y con botones de brillantes, y después compraré un Abecedario para mí.

—¿Para ti?

—¡Claro, como que quiero ir a la escuela y estudiar mucho!

—¡Dios te libre! —dijo la zorra—. Fíjate en mí. Por mi necia afición al estudio he perdido una pata.

—¡Dios te libre! —dijo el gato—. Fíjate en mí. Por mi necia afición al estudio he perdido la vista de los dos ojos.

En aquel instante un mirlo blanco que estaba encaramado en un seto a orilla del camino dejó oír su acostumbrado silbido y dijo:

—¡Pinocho, no hagas caso de los consejos de las malas compañías, porque acabarás arrepintiéndote!

¡Pobre mirlo!, ¡nunca lo hubiera dicho! El gato, dando un gran salto, le cayó encima, y sin dejarle tiempo ni para decir «¡ay!», se lo tragó de un bocado, con plumas y todo.

Después de comerlo y de haberse limpiado el hocico, cerró los ojos y volvió a hacerse el ciego, como antes.

—¡Pobre mirlo! —dijo Pinocho al gato—. ¿Por qué lo has hecho?

—Para darle una lección. Así aprenderá para otra vez a no meterse en camisa de once varas ni en conversaciones ajenas.

Cuando ya estaban a mitad del camino, la zorra se detuvo de pronto y dijo a Pinocho:

—¿Quieres aumentar tus monedas de oro?

—¿Cómo?

—¿Que si quieres hacer con sólo esas cinco monedas, ciento, mil, dos mil?

—¡Ya lo creo! Pero, ¿de qué modo?

—De un modo muy sencillo. En vez de ir a tu casa, vente con nosotros.

—¿Y a dónde iremos?

—Al país de los búhos.

Pinocho meditó un instante, pero al fin dijo resueltamente:

—No, no quiero. Ya estoy cerca de mi casa, y quiero ir a buscar a mi papá, que me está esperando. ¡Pobrecito! Estará muy triste. ¡Dios sabe cuánto habrá suspirado desde ayer al no verme volver! He sido un mal hijo, y el grillo-parlante tenía razón cuando me decía que a los niños desobedientes les castiga Dios. Yo lo sé por experiencia, porque me he buscado muchas desgracias, y aun anoche mismo me vi en peligro en casa de Tragalumbre. ¡Uf! ¡Sólo el recordarlo me da escalofríos!

—¡Ah! ¿Te empeñas en volver a casa? Bueno, pues peor para ti.

—¡Peor para ti! —repitió el gato.

—¡Piénsalo bien, Pinocho, porque pierdes la ocasión de hacer fortuna!

—¡De hacer fortuna! —repitió el gato.

—De hoy a mañana, tus cinco monedas se hubieran convertido en dos mil.

—¡Dos mil! —repitió el gato.

—Pero, ¿cómo es posible que se conviertan en tantas? —preguntó Pinocho, quedando con la boca abierta por la sorpresa.

—Pues verás —dijo la zorra—. Sabrás que en el país de los búhos hay un campo extraordinario, al cual llaman todos el Campo de los Milagros. Tú haces un agujero en aquel campo y metes, por ejemplo, una moneda de oro. Tapas después el agujero con tierra, lo riegas con un poco de agua, echas encima un poquito de sal, y ya puedes irte tranquilamente a dormir en tu cama. Durante la noche la moneda echa raíces y ramas, y cuando vuelvas al campo, a la mañana siguiente, ¿sabes lo que encuentras? Pues un hermoso árbol que está tan cargado de oro como las espigas lo están de granos de trigo en el mes de junio.

—Así pues —dijo Pinocho, que estaba cada vez más asombrado—, si yo enterrase en ese campo mis cinco monedas de oro, ¿cuántas encontraría a la mañana siguiente?

—Es una cuenta sencillísima —contestó la zorra—; una cuenta que puede echarse con los dedos. Pongamos que cada moneda se convierte en un racimo de quinientas; multiplica quinientas por cinco y verás que mañana puedes tener en el bolsillo dos mil quinientas monedas de oro contantes y sonantes.

—¡Oh, qué hermosura! —gritó Pinocho saltando de alegría—. En cuando recoja todas esas monedas me quedaré con dos mil para mí y os daré a vosotros quinientas de regalo.

—¿Un regalo a nosotros? —dijo la zorra con acento desdeñoso y ofendido—. ¡Dios te guarde de hacerlo!

—¡Dios te guarde de hacerlo! —repitió el gato.

—Nosotros no trabajamos por el vil interés —continuó la zorra—; trabajamos sólo por enriquecer a los demás.

—¡A los demás! —repitió el gato.

—¡Qué excelentes personas! —pensó Pinocho; y olvidándose en el acto de su pobre papá, de la chaqueta nueva, del Abecedario y de todos sus buenos propósitos, dijo a la zorra y al gato:

—¡Vamos enseguida!, ¡os acompaño!

(CARLO COLLODI)

LA HOLGANZA

Nunca debemos perder el tiempo. Por supuesto, debemos distraernos, divertirnos, descansar, pero nunca tenemos que permitir que algo nos distraiga de nuestra obligación —estudiar, hacer los deberes, ayudar en casa— cuando es hora de hacerlo. Esa mala conducta era la que tenía un pastorcillo del que nos habló un escritor español llamado Félix María de Samaniego (1745-1801):

EL PASTOR

Salicio usaba tañer
la zampoña todo el año
y, por oírle, el rebaño
se olvidaba de pacer.

Mejor sería romper
la zampoña al tal Salicio.
«Porque si causa un perjuicio,
en lugar de utilidad,
la mayor habilidad,
en vez de virtud, es vicio.»

(FÉLIX MARÍA DE SAMANIEGO)

LA DESOBEDIENCIA A LOS PADRES

Una de las conductas más peligrosas —que deberías evitar siempre— es la desobediencia a tus padres. Ellos desean tu bien y además tienen mucha más experiencia que tú. Desobedecer a los padres no sólo está mal, es que además puede tener trágicas consecuencias. Para darse cuenta de ello, no hay más que ver lo que le pasó al pobre Ícaro. Así nos lo contó un escritor romano que se llamaba Ovidio (43 a.C.-17 d.C.) en un libro titulado Las Metamorfosis*:*

LAS METAMORFOSIS. DÉDALO E ÍCARO

Minas, luego que desembarcó en Creta, hizo a Júpiter el sacrificio de cien toros que le tenía ofrecido, y colgó en su palacio los despojos y trofeos de su victoria. Entre tanto crecía de día en día el Minotauro, monstruo de dos formas y oprobio de la casa de este príncipe. Era fruto del loco amor de Pasifae. Minas determinó tener oculta esta afrenta de su casa, encerrándolo en el laberinto que edificó Dédalo, famoso arquitecto, con unas calles intrincadas, en que se perdía el tino con sus vueltas y revueltas. Dédalo había intrincado el laberinto con tantas calles que se cruzaban y volvían a encontrar unas en otras, que apenas pudo él mismo hallar la salida. ¡Tan enmarañada estaba aquella morada! En este laberinto, pues, fue donde se encerró el Minotauro; este monstruo se había saciado dos veces con la sangre de los jóvenes y doncellas que los atenienses pagaban en tributo cada nueve años; pero le domó uno de los que salieron en el tercer sorteo, que fue Teseo, el cual con un hilo que ató a la entrada del laberinto, y que al efecto le había dado Ariadna, hija de Minas, salió de él felizmente después de haber muerto al Minotauro, y se llevó robada a la princesa a la isla de Naxos.

Dédalo entre tanto, fastidiado de Creta y del largo destierro que en ella sufría, se dejó arrebatar del amor de su patria; y como por todas partes estuviese cercado del mar, dijo: «Aunque la tierra y las olas me están cerradas por el tirano, no podrá este cerrarme el camino de los aires. No se extenderá su imperio hasta esta región, aunque sea señor del mundo entero, y yo sabré abrirme paso por ella para mi patria».

Apenas dijo esto, empezó a meditar un proyecto que nadie hasta entonces había imaginado. Tomó algunas plumas y las puso en orden, empezando por las pequeñas y concluyendo por las mayores, imitando las alas de las aves. Ató con lino las grandes y pegó con cera las pequeñas, y en esta disposición las encorvó en aquella proporción que se observa en las alas naturales. El muchacho Ícaro, que estaba con Dédalo, su padre, ignorando que trabajaba para su ruina, con rostro alegre recogía las plumas que el viento había arrebatado, y ablandaba entre sus dedos la cera que debía unirlas. También algunas veces con sus juegos sencillos estorbaba la admirable obra del padre. Luego que esta se concluyó, hizo Dédalo la prueba tomando vuelo, y se elevó con el movimiento del aire.

Acomodó también otras alas a su hijo, diciéndole de esta manera: «Procura, Ícaro mío, guardar un buen medio cuando vueles por los aires, porque si vas muy bajo se entorpecerán las plumas con los vapores del agua, y si muy alto, el calor del sol puede abrasarlas. Camina entre estos dos extremos, y te mando que no mires a Bootes, ni te acerques a la Osa helada ni al Orión; sígueme siempre a mí como a tu guía». Le instruyó en las reglas del vuelo y acabó de ajustar a sus hombros las alas. Temblábanle las manos al viejo y le caían las lágrimas por las mejillas al tiempo de acomodárselas y de darle sus consejos.

Por fin, después de haberle besado por última vez, emprendió su vuelo delante para mostrarle el camino, cuidadoso siempre del hijo, y con su ejemplo le exhortó a que le siguiera, enseñándole el nuevo y dañoso arte. Así como el ave cuando saca a volar desde el alto nido sus tiernos hijuelos, ni más ni menos, Dédalo movía sus alas e iba siempre mirando las de su hijo. Se pasmaron viéndolos volar el pescador que tenía echada a los peces su trémula caña, el pastor que se apoyaba en el cayado y el labrador en su esteva, creyendo y teniendo todos por dioses a los que volaban por los aires.

Ya Dédalo e Ícaro habían dejado a su izquierda la isla de Sarnas, tan célebre por el culto de Juno, la de Delos y Paros, y miraban a su derecha las de Lebinto y Calimne, tan fecunda en miel, cuando el joven Ícaro empezó a alegrarse temerariamente con el vuelo, y abandonó a su guía por elevarse más alto, arrebatado del deseo de volar hasta el cielo. En esta disposición, el calor del cercano sol ablandó la cera que sujetaba las plumas, y derritiéndose y deshaciéndose las alas, voló con los desnudos brazos, careciendo de ritmos con que sostenerse sobre el aire, y llamando en vano a su padre, cayó en el mar, que se llamó Ícaro, de su nombre.

«Ícaro, Ícaro —exclamó su desgraciado padre, aunque había dejado de serlo—, ¿dónde te hallas? ¿En qué país te buscaré, hijo mío?» Cuando pronunciaba estas tristes palabras vio en las aguas las plumas. Después que maldijo la destreza de su arte, hizo las exequias a Ícaro, dándole sepultura en la isla cerca de la cual había perdido la vida, y que se apellidó después con su nombre.

(OVIDIO)

LA CODICIA

Muchas personas piensan que lo más importante que se puede tener en esta vida es el dinero. Su sueño sería —si fuera posible— convertir en billetes todo lo que tocan, comprar todo, tener todo. Esa actitud se denomina codicia y deberías evitarla. De hecho, la codicia nunca hace feliz al que tiene. No pocas veces causa su desgracia. Eso fue lo que le pasó a un rey llamado Midas. Su historia te la traemos aquí, adaptada de la que nos contó el norteamericano Nathaniel Hawthorne (1804-1864) en un cuento titulado:

1. EL TOQUE DE ORO

Érase una vez un rey muy rico cuyo nombre era Midas. Tenía más oro que nadie en todo el mundo, pero a pesar de eso no le parecía suficiente. Nunca se alegraba tanto como cuando obtenía más oro para sumar en sus arcas. Lo almacenaba en las grandes bóvedas subterráneas de su palacio, y pasaba muchas horas del día contándolo una y otra vez.

Además de todo ese oro, Midas tenía una hija cuyo nombre jamás supe (o quizá ya lo olvidé), a la que llamaré Áurea. La amaba con devoción, y decía:

—Será la princesa más rica del mundo.

Pero la pequeña Áurea no daba importancia a su fortuna. Amaba su jardín, sus flores y el brillo del sol más que todas las riquezas de su padre. Era una niña feliz, aunque muy solitaria, pues su padre siempre estaba buscando nuevas maneras de conseguir oro, y contando el que tenía, así que rara vez le contaba cuentos o salía a pasear con ella, como deberían hacer todos los padres.

Un día estaba Midas en su sala del tesoro. Había echado la llave a las gruesas puertas y abierto sus grandes cofres de oro. Lo apilaba sobre la mesa y lo tocaba con adoración. Lo dejaba escurrir entre los dedos y sonreía al oír el tintineo, como si fuera una dulce música. De pronto una sombra cayó sobre la pila dorada. Al volverse, el rey vio a un sonriente desconocido de reluciente atuendo blanco. Midas se sobresaltó. ¡Estaba seguro de haber atrancado la puerta! ¡Su tesoro no estaba a salvo! Pero el desconocido se limitaba a sonreír.

—Tienes mucho oro, rey Midas —dijo.

—Sí —respondió el rey—, pero es muy poco comparado con todo el oro que hay en el mundo.

—¿Qué? ¿No estás satisfecho? —preguntó el desconocido.

—¿Satisfecho? —exclamó el rey—. Claro que no. Paso muchas noches en vela planeando nuevos modos de obtener más. Ojalá todo lo que tocara se transformara en oro.

—¿De veras deseas eso, rey Midas?

—Claro que sí. Nada me haría más feliz.

—Entonces se cumplirá tu deseo. Mañana por la mañana, cuando los primeros rayos del sol entren por tu ventana, tendrás el Toque de Oro.

Apenas hubo dicho estas palabras, el desconocido desapareció. El rey Midas se frotó los ojos.

—Debo haber soñado —se dijo—, pero qué feliz sería si eso fuera cierto.

A la mañana siguiente el rey Midas despertó cuando las primeras luces aclararon el cielo. Extendió la mano y tocó las mantas. Nada sucedió.

—Sabía que no podía ser cierto —suspiró.

En ese momento los primeros rayos del sol entraron por la ventana. Las mantas donde el rey Midas apoyaba la mano se convirtieron en oro puro.

—¡Es verdad! —exclamó con regocijo—. ¡Es verdad!

Se levantó y corrió por la habitación tocando todo. Su bata, sus pantuflas, los muebles, todo se convirtió en oro. Miró por la ventana, hacia el jardín de Áurea.

—Le daré una grata sorpresa —dijo. Bajó al jardín, tocando todas las flores de Áurea y transformándolas en oro.

—Ella estará muy complacida —se dijo.

Regresó a su habitación para esperar el desayuno, y recogió el libro que leía la noche anterior, pero en cuanto lo tocó se convirtió en oro macizo.

—Ahora no puedo leer —dijo—, pero desde luego es mucho mejor que sea de oro.

Un criado entró con el desayuno del rey.

—Qué bien luce —dijo—. Ante todo quiero ese melocotón rojo y maduro.

Tomó el melocotón con la mano, pero antes que pudiera saborearlo se había convertido en una pepita de oro. El rey Midas lo dejó en la bandeja.

—Es muy bello, pero no puedo comerlo —dijo.

Levantó un panecillo, pero también se convirtió en oro.

—¿Qué haré? ¡No puedo beber ni comer oro!

En ese momento se abrió la puerta y entró la pequeña Áurea. Sollozaba amargamente, y traía en la mano una de sus rosas.

—¿Qué sucede, hijita? —preguntó el rey.

—¡Oh, padre! ¡Mira lo que ha pasado con mis rosas! ¡Están feas y rígidas!

—Es que son rosas de oro, pequeña. ¿No te parecen más bellas que antes?

—No —gimió la niña—, no tienen ese dulce olor. No crecerán más. Me gustan las rosas vivas.

—No importa —dijo el rey—, ahora come tu desayuno.

Pero Áurea notó que su padre no comía y que estaba muy triste.

—¿Qué sucede, querido padre? —preguntó, acercándose.

Le echó los brazos al cuello y él la besó, pero de pronto el rey gritó de espanto y angustia. En cuanto la tocó, el adorable rostro de Áurea se convirtió en oro reluciente. Sus ojos no veían, sus labios no podían besarlo, sus bracitos no podían estrecharlo. Ya no era una hija risueña y cariñosa, sino una pequeña estatua de oro.

El rey Midas agachó la cabeza, rompiendo a llorar.

—¿Eres feliz, rey Midas? —dijo una voz.

Al volverse, Midas vio al desconocido.

—¡Feliz! ¿Cómo puedes preguntármelo? ¡Soy el hombre más desdichado de este mundo! —dijo el rey.

—Tienes el Toque de Oro —replicó el desconocido—. ¿No es suficiente?

El rey Midas no alzó la cabeza ni respondió.

—¿Qué prefieres, comida y un vaso de agua fría o estas pepitas de oro? —dijo el desconocido.

El rey Midas no pudo responder.

—¿Qué prefieres, oh rey, esa pequeña estatua de oro, o una niña vivaracha y cariñosa?

—Oh, devuélveme a mi pequeña Áurea y te daré todo el oro que tengo —dijo el rey—. He perdido todo lo que tenía de valioso.

—Eres más sabio que ayer, rey Midas —dijo el desconocido—. Zambúllete en el río que corre al pie de tu jardín, luego recoge un poco de agua y arrójala sobre aquello que quieras volver a su antigua forma. —Y dicho esto, el desconocido desapareció.

El rey Midas se levantó de un brinco y corrió al río. Se zambulló, llenó una jarra de agua y regresó deprisa al palacio. Roció con agua a Áurea, y devolvió el color a sus mejillas. La niña abrió los ojos azules.

—¡Vaya, padre! —exclamó—. ¿Qué sucedió?

Con un grito de alegría, el rey Midas la tomó en sus brazos. Nunca más el rey Midas se interesó en otro oro que no fuera el oro de la luz del sol, o el del cabello de la pequeña Áurea.

(*Adaptación del cuento de* NATHANIEL HAWTHORNE)

La historia de Midas que acabas de leer nos muestra a un codicioso que deseaba tener una cantidad interminable de oro. Hay otros codiciosos que son incapaces de conformarse con lo que poseen. Siempre quieren más y más y más. No saben ser felices con lo que tienen y, al final, acaban siendo muy desdichados. Alieksandr Sergueyevich Pushkin (1799-1837), el gran escritor ruso, nos contó una historia de una persona que era precisamente así:

2. EL CUENTO DEL PEZ DE ORO

Un viejo pescador y su mujer vivían miserablemente en una pobre choza a orillas del mar. Un día él no pescó nada más que cieno y algas marinas. Volvió a echar las redes y cogió un pececito, un pez extraordinario de oro que empezó a suplicarle con voz humana:

—¡Buen hombre, déjame volver al mar! ¡A cambio de mi libertad, te daré lo que me pidas!

El anciano meditó un rato y le contestó:

—No necesito nada de ti; vive en paz en el mar. ¡Anda!

Y al decir esto echó el pez de oro al agua.

Al volver a la cabaña, su mujer, que era muy ambiciosa y soberbia, le preguntó:

—¿Qué tal ha sido la pesca?

—Mala, mujer —contestó, quitándole importancia a lo ocurrido—; sólo pude coger un pez de oro, tan pequeño que, al oír sus súplicas para que lo soltase, me dio lástima y lo dejé en libertad a cambio de la promesa de que me daría lo que le pidiese.

—¡Oh viejo tonto! Has tenido entre tus manos una gran fortuna y no supiste conservarla.

Y se enfadó la mujer de tal modo que durante todo el día estuvo riñendo a su marido, no dejándolo en paz ni un solo instante.

—Si al menos, ya que no pescaste nada, le hubieses pedido un poco de pan, tendrías algo que comer; pero ¿qué comerás ahora si no hay en casa ni una migaja?

Al fin el marido, no pudiendo soportar más a su mujer, fue en busca del pez de oro; se acercó a la orilla del mar azul y llamó al pececito de oro. El Pez se arrimó a la orilla y le dijo:

—¿Qué es lo que deseas, buen viejo?

—Se ha enfadado conmigo mi mujer por haberte soltado y me ha mandado que te pida pan.

—No te preocupes. ¡Y que Dios te proteja!

El anciano volvió a casa y preguntó a su mujer:

—¿Cómo van las cosas, mujer? ¿Tenemos bastante pan?

—Pan hay de sobra, porque está el cajón lleno —dijo la mujer—; pero lo que nos hace falta es un barreño nuevo, porque se ha roto el que tenemos y no podemos lavar la ropa; ve y dile al pez de oro que nos dé uno.

El viejo se dirigió a la orilla del mar azul y llamó al pececito de oro. El pez acudió y le preguntó:

—¿Qué es lo que deseas, buen viejo?

—Mi mujer me mandó a pedirte un barreño nuevo.

—No te preocupes. ¡Y que Dios te proteja!

De vuelta a su casa, cuando apenas había pisado el umbral, su mujer le salió al paso gritándole imperiosamente:

—¡Imbécil, más que simple! ¿Te crees que un barreño nuevo es un regalo? Vete a ver al pececito y pídele una casita.

Él pescador se encaminó de nuevo a la orilla del mar azul y vio que se había levantado cierto oleaje. Entonces llamó al pececito de oro. El pez acudió y le preguntó:

—¿Qué es lo que deseas, buen viejo?

Inclinándose reverenciosamente, el viejo le contestó:

—¡Perdóname, señor Pez! Mi mujer está más furiosa conmigo que antes. No se apiada de mi edad. La bruja quiere ahora una casita.

—No te preocupes —respondió el pez de oro—. ¡Y que Dios te proteja! Tendrás una casita.

El pescador regresó a su miserable choza. Pero no quedaba ni rastro de ella. Tenía ante su vista una casita con una habitación, una chimenea de ladrillos blanqueada y una puerta de roble.

La vieja, sentada junto a la ventana, esperaba a su marido. Nada más verle empezó a proferir insultos.

—¡Criminal, idiota! ¿No has podido obtener más que una casa? Vete enseguida a ver al pececito y dile que no quiero seguir siendo una pobre aldeana. ¡Quiero ser una dama de la nobleza!

El pescador se encaminó a la orilla del mar azul y se detuvo ante las olas que golpeaban con violencia. Llamó al pececito de oro. El pez acudió y le preguntó:

—¿Qué es lo que deseas, buen viejo?

Inclinándose reverenciosamente, este respondió:

—Perdóname, señor Pez. Mi mujer cada vez está más loca. No se apiada de mi edad. No quiere seguir siendo una aldeana. Ahora quiere ser una dama de la nobleza.

—¡No te preocupes! —respondió el pez de oro—. ¡Y que Dios te proteja!

El pescador regresó a su casa, y ¿qué es lo que vio? Vio a su mujer en lo alto de la escalinata de un palacio. Estaba cubierta con un abrigo de marta cebellina. Cubría su cabeza un tocado de brocado. Llevaba finas botas rojas. Adornaba su cuello un collar de perlas y en sus dedos ostentaba sortijas. En torno suyo se apresuraban los sirvientes, a algunos de los cuales pegaba y tiraba del pelo.

El pescador le dijo:

—Yo te saludo, gran dama. Me supongo que ahora estarás satisfecha.

Ella empezó a proferir insultos y le envió a los establos.

Pasó una semana, después otra. La infortunada mujer había perdido por completo la razón. Un día, ordenó a su marido que fuera a ver al pez de oro.

—Dile que no quiero seguir siendo una dama de la nobleza, que quiero ser una zarina.

Aterrorizado, el viejo trató de convencerla de que no pidiera eso.

—¿Qué sucede, mujer mía? ¿Qué bebedizo has bebido que te ha trastornado? ¡Pero si apenas sabes caminar y hablar sin tartamudeos! ¿Cómo vas a ser una zarina? ¡Serás el hazmerreír de todo el Reino!

Ella le golpeó.

—¿Cómo te atreves a contradecirme, si te lo estoy pidiendo cortésmente? Vete y habla con el pececito, porque de lo contrario, mis lacayos te llevarán a la fuerza.

El pescador se encaminó hacia la orilla del mar azul y se detuvo ante las olas tormentosas, que ahora eran negras. Llamó al pececito de oro. El pez acudió y le preguntó:

—¿Qué es lo que deseas, buen viejo?

Inclinándose reverenciosamente, el viejo le contestó:

—¡Perdóname, señor Pez! Mi mujer está completamente loca. Ahora desea ser zarina.

—No te preocupes, y que Dios te proteja.

El pescador regresó a su casa, y ¿qué es lo que vio? Un palacio magnífico. En una gran estancia encontró a su mujer sentada a la mesa. Boyardas le servían platos con deliciosos manjares, mientras otros le escanciaban exquisitos y exóticos vinos. Otros estaban cortando pan de especias. Detrás de ella formaban sus guardias guerreros, con hachas sobre los hombros.

Al ver esto, el viejo se atemorizó.

—¡Salud, terrible Majestad! ¿Estás ahora satisfecha?

Sin mirarle apenas, ella ordenó:

—¡Guardias, expulsadle!

Uno de los boyardos empujó al pobre hombre y le hizo rodar.

En el patio del palacio, guardias armados le amenazaban con quitarle la vida. El pueblo le gritaba:

—¡Desgraciado! ¡Te lo has merecido! ¡Esto te servirá de lección! ¡Recuerda que no hay que pedir peras al olmo!

Pasó una semana, pasó otra. La vieja zarina, en estado de extrema agitación, ordenó a sus cortesanos que buscaran a su marido. Este llegó a su presencia.

—Vete a hablar al pececito —le ordenó—, y dile que no quiero seguir siendo zarina de la tierra. Quiero ahora ser soberana del Mar. Deseo vivir en el océano, y quiero que el pececito me obedezca y cumpla mis deseos.

El pescador no se atrevía a abrir la boca y se dirigió a la orilla del mar azul, donde se cernía una terrible tempestad. Llamó al pececito de oro.

—¿Qué es lo que deseas, buen hombre?

Inclinándose reverenciosamente, respondió:

—¡Perdóname, señor Pez! ¿Qué puedo yo hacer con esta maldita mujer? Ya no quiere seguir siendo zarina de la tierra. Ahora desea reinar sobre el océano, de modo que tú tengas que obedecerla y cumplas sus mandatos.

El pececito de oro no dijo nada; golpeó el agua con su cola y desapareció en el mar azul. El pescador permaneció a la orilla del mar, en espera de su respuesta.

Finalmente se fue. ¿Y qué es lo que vio? Vio a su mujer sentada ante el umbral de su miserable choza, y a su lado el barreño roto.

(Alieksandr Sergueyevich Pushkin)

Por último una tercera historia sobre la codicia. Y es que también es codicioso aquel que se apodera de lo que tienen otros sin respetarlo. Actuar así con los bienes ajenos es una conducta en la que no debes caer jamás. ¡Seguro que a ti no te gustaría que alguien quisiera quedarse con tus cosas! Además, comportarse así puede ser muy peligroso. Una prueba de ello es lo que le pasó al astuto Odiseo y a la tripulación de su nave por robar las posesiones de un cíclope. El relato nos lo ha dejado en la Odisea *uno de los autores más importantes de la literatura universal. Se llamaba Homero y era griego.*

3. La Odisea. Odiseo y el Cíclope

Desde allí proseguimos navegando con el corazón acongojado, y llegamos a la tierra de los Cíclopes, los soberbios, los sin ley; los que, obedientes a los inmortales, no plantan con sus manos frutos ni labran la tierra, sino que todo les nace sin sembrar y sin arar: trigo y cebada y viñas que producen vino de gordos racimos; la lluvia de Zeus se los hace crecer. No tienen ni ágoras donde se emite consejo ni leyes; habitan las cumbres de elevadas montañas en profundas cuevas y cada uno es legislador de sus hijos y esposas, y no se preocupan unos de otros.

Más allá del puerto se extiende una isla llana, no cerca ni lejos de la tierra de los Cíclopes, llena de bosques. En ella se crían innumerables cabras salvajes, pues no pasan por allí hombres que se lo impidan ni las persiguen los cazadores, los que sufren dificultades en el bosque persiguiendo las crestas de los montes. La isla tampoco está ocupada por ganados ni sembrados, sino que, no sembrada ni arada, carece de cultivadores todo el año y alimenta a las baladoras cabras. No disponen los Cíclopes de naves de rojas proas, ni hay allí armadores que pudieran trabajar en construir bien entabladas naves; estas tendrían como término cada una de las ciudades de mortales a las que suelen llegar los hombres atravesando con sus naves el mar, unos en busca de otros, y los Cíclopes se habrían hecho una isla bien fundada. Pues no es mala y produciría todos los frutos estacionales; tiene prados junto a las riberas del canoso mar, húmedos, blandos. Las viñas sobre todo producirían constantemente, y las tierras de pan llevar son llanas. Recogerían siempre las profundas mieses en su tiempo oportuno, ya que el subsuelo es fértil. También hay en ella un puerto fácil para atracar, donde no hay necesidad de cable ni de arrojar las anclas ni de atar las amarras. Se puede permanecer allí, una vez arribados, hasta el día en que el ánimo de los marineros les impulse y soplen los vientos.

En la parte alta del puerto corre un agua resplandeciente, una fuente que surge de la profundidad de una cueva, y en torno crecen álamos. Hacia allí navegamos y un demón nos conducía a través de la oscura noche. No teníamos luz para verlo, pues la bruma era espesa en torno a las naves y Selene no irradiaba su luz desde el cielo y era retenida por las nubes; así que nadie vio la isla con sus ojos ni vimos las enormes olas que rodaban hacia tierra hasta que arrastramos las naves de buenos bancos. Una vez arrastradas, recogimos todas las velas y descendimos sobre la orilla del mar y esperamos a la divina Eos durmiendo allí.

Y cuando se mostró Eos, la que nace de la mañana, la de dedos de rosa, deambulamos llenos de admiración por la isla.

Entonces las ninfas, las hijas de Zeus, portador de égida, agitaron a las cabras montaraces para que comieran mis compañeros. Así que enseguida sacamos de las naves los curvados arcos y las lanzas de largas puntas, y ordenados en tres grupos comenzamos a disparar, y pronto un dios nos proporcionó abundante caza. Me seguían doce naves, y a cada una de ellas tocaron en suerte nueve cabras, y para mí solo tomé diez. Así estuvimos todo el día hasta el sumergirse de Helios, comiendo innumerables trozos de carne y dulce vino; que todavía no se había agotado en las naves el dulce vino, sino que aún quedaba, pues cada uno había guardado mucho en las ánforas cuando tomamos la sagrada ciudad de los Cicones.

Echamos un vistazo a la tierra de los Cíclopes que estaban cerca y vimos el humo de sus fogatas y escuchamos el vagido de sus ovejas y cabras. Y cuando Helios se sumergió y sobrevino la oscuridad, nos echamos a dormir sobre la ribera del mar.

Cuando se mostró Eos, la que nace de la mañana, la de dedos de rosa, convoqué asamblea y les dije a todos: «Quedaos ahora los demás, mis fieles compañeros, que yo con mi nave y los que me acompañan voy a llegarme a esos hombres para saber quiénes son, si soberbios, salvajes y carentes de justicia o amigos de los forasteros y con sentimientos de piedad para con los dioses».

Así dije, y me embarqué y ordené a mis compañeros que embarcaran también ellos y soltaran amarras. Embarcaron estos sin tardanza y se sentaron en los bancos, y sentados batían el canoso mar con los remos. Y cuando llegamos a un lugar cercano, vimos una cueva cerca del mar, elevada, techada de laurel. Allí pasaba la noche abundante ganado —ovejas y cabras—, y alrededor había una alta cerca construida con piedras hundidas en tierra y con enormes pinos y encinas de elevada copa. Allí habitaba un hombre monstruoso que apacentaba sus rebaños, solo, apartado, y no frecuentaba a los demás, sino que vivía alejado y tenía pensamientos impíos. Era un monstruo digno de admiración: no se parecía a un hombre, a uno que come trigo, sino a una cima cubierta de bosque de las elevadas montañas que aparece sola, destacada de las otras. Entonces ordené al resto de mis fieles compañeros que se quedaran allí junto a la nave y que la botaran.

Yo escogí a mis doce mejores compañeros y me puse en camino. Llevaba un pellejo de cabra con negro, agradable vino que me había dado Marón, el hijo de Evanto, el sacerdote de Apolo protector de Ismaro, porque lo había yo salvado junto con su hijo y esposa respetando su techo. Habitaba en el bosque arbolado de Febo Apolo y me había donado regalos excelentes: me dio siete talentos de oro bien trabajados y una crátera toda de plata, y, además vino en doce ánforas que llenó, vino agradable, no mezclado, bebida divina. Ninguna de las esclavas ni de los esclavos de palacio conocían su existencia, sino sólo él y su esposa y solamente la despensera. Siempre que bebían el rojo, agradable vino, llenaba una copa y vertía veinte medidas de agua, y desde la crátera se esparcía un olor delicioso, admirable; en ese momento no era agradable alejarse de allí. De este vino me llevé un gran pellejo lleno y también provisiones en un saco de cuero, porque mi noble ánimo barruntó que marchaba en busca de un hombre dotado de gran fuerza, salvaje, desconocedor de la justicia y de las leyes.

Llegamos enseguida a su cueva y no lo encontramos dentro, sino que guardaba sus gordos rebaños en el pasto. Conque entramos en la cueva y echamos un vistazo a cada cosa: los canastos se inclinaban bajo el peso de los quesos, y los establos estaban llenos de corderos y cabritillos. Todos estaban cerrados por separado: a un lado los lechales, a otro los medianos y a otro los recentales.

Y todos los recipientes rebosaban de suero —colodras y jarros bien construidos, con los que ordeñaba.

Entonces mis compañeros me rogaron que nos apoderásemos primero de los quesos y regresáramos, y que sacáramos luego de los establos cabritillos y corderos y, conduciéndolos a la rápida nave, diéramos velar sobre el agua salada. Pero yo no les hice caso —aunque hubiera sido más ventajoso—, para poder ver al monstruo y por si me daba los dones de hospitalidad. Pero su aparición no iba a ser deseable para mis compañeros.

Así que, encendiendo una fogata, hicimos un sacrificio, repartimos quesos, los comimos y aguardamos sentados dentro de la cueva hasta que llegó conduciendo el rebaño. Traía el Cíclope una pesada carga de leña seca para su comida y la tiró dentro con gran ruido. Nosotros nos arrojamos atemorizados al fondo de la cueva, y él a continuación introdujo sus gordos rebaños, todos cuantos solía ordeñar, y a los machos —a los carneros y cabrones— los dejó a la puerta, fuera del profundo establo. Después levantó una gran roca y la colocó arriba, tan pesada que no la habrían levantado del suelo ni veintidós buenos carros de cuatro ruedas: ¡tan enorme piedra colocó sobre la puerta! Sentóse luego a ordeñar las ovejas y las baladoras cabras, cada una en su momento, y debajo de cada una colocó un recental. Enseguida puso a cuajar la mitad de la blanca leche en cestas bien entretejidas y la otra mitad la colocó en cubos, para beber cuando comiera y le sirviera de adición al banquete.

Cuando hubo realizado todo su trabajo prendió fuego, y al vernos nos preguntó: «Forasteros, ¿quiénes sois? ¿De dónde venís navegando los húmedos senderos? ¿Andáis errantes por algún asunto, o sin rumbo como los piratas por la mar, los que andan a la aventura exponiendo sus vidas y llevando la destrucción a los de otras tierras?».

Así habló, y nuestro corazón se estremeció por miedo a su voz insoportable y a él mismo, al gigante. Pero le contesté con mi palabra y le dije: «Somos aqueos y hemos venido errantes desde Troya, zarandeados por toda clase de vientos sobre el gran abismo del mar, desviados por otro rumbo, por otros caminos, aunque nos dirigimos de vuelta a casa. Así quiso Zeus proyectarlo.

Nos preciamos de pertenecer al ejército del Atrida Agamenón, cuya fama es la más grande bajo el cielo: ¡tan gran ciudad ha devastado y tantos hombres ha hecho sucumbir! Conque hemos dado contigo y nos hemos llegado a tus rodillas por si nos ofreces hospitalidad y nos das un regalo, como es costumbre entre los huéspedes. Ten respeto, excelente, a los dioses; somos tus suplicantes y Zeus es el vengador de los suplicantes y de los huéspedes, Zeus Hospitalario, quien acompaña a los huéspedes, a quienes se debe respeto».

Así hablé, y él me contestó con corazón cruel: «Eres estúpido, forastero, o vienes de lejos, tú que me ordenas temer o respetar a los dioses, pues los Cíclopes no se cuidan de Zeus, portador de égida, ni de los dioses felices. Pues somos mucho más fuertes. No te perdonaría ni a ti ni a tus compañeros, si el ánimo no me lo ordenara, por evitar la enemistad de Zeus. Pero dime dónde has detenido tu bien fabricada nave al venir, si al final de la playa o aquí cerca, para que lo sepa».

Así habló para probarme, y a mí, que sé mucho, no me pasó esto desapercibido. Así que me dirigí a él con palabras engañosas: «La nave me la ha destrozado Poseidón, el que conmueve la tierra; la ha lanzado contra los escollos en los confines de vuestro país, conduciéndola hasta un promontorio, y el viento la arrastró del ponto. Por ello he escapado junto con estos de la dolorosa muerte».

Así hablé, y él no me contestó nada con corazón cruel, mas lanzóse y echó mano a mis compañeros. Agarró a dos a la vez y los golpeó contra el suelo como a cachorrillos, y sus sesos se esparcieron por el suelo empapando la tierra. Cortó en trozos sus miembros, se los preparó como cena y se los comió, como un león montaraz, sin dejar ni sus entrañas ni sus carnes ni sus huesos llenos de meollo. Nosotros elevamos llorando nuestras manos a Zeus, pues veíamos acciones malvadas, y la desesperación se apoderó de nuestro ánimo.

Cuando el Cíclope había llenado su enorme vientre de carne humana y leche no mezclada, se tumbó dentro de la cueva, tendiéndose entre los rebaños. Entonces yo tomé la decisión en mi magnánimo corazón de acercarme a este, sacar la aguda espada de junto a mi muslo y atravesarle el pecho por donde el diafragma contiene el hígado y la tenté con mi mano. Pero me contuvo otra decisión, pues allí hubiéramos perecido también nosotros con muerte cruel: no habríamos sido capaces de retirar de la elevada entrada la piedra que había colocado. Así que llorando esperamos a Eos divina. Y cuando se mostró Eos, la que nace de la mañana, la de dedos de rosa, se puso a encender fuego y a ordeñar a sus insignes rebaños, todo por orden, y bajo cada una colocó un recental. Luego que hubo realizado sus trabajos, agarró a dos compañeros a la vez y se los preparó como desayuno. Y cuando había desayunado, condujo fuera de la cueva a sus gordos rebaños retirando con facilidad la gran piedra de la entrada. Y la volvió a poner como si colocara la tapa a una aljaba. Y mientras el Cíclope encaminaba con gran estrépito sus rebaños hacia el monte, yo me quedé meditando males en lo profundo de mi pecho: ¡si pudiera vengarme y Atenea me concediera esto que la suplico...!

Y esta fue la decisión que me pareció mejor. Junto al establo yacía la enorme clava del Cíclope, verde, de olivo; la había cortado para llevarla cuando estuviera seca. Al mirarla la comparábamos con el mástil de una negra nave de veinte bancos de remeros, de una nave de transporte amplia, de las que recorren el negro abismo: así era su longitud, así era su anchura al mirarla. Me acerqué y corté de ella como una braza, la coloqué junto a mis compañeros y les ordené que la afilaran. Estos la alisaron y luego me acerqué yo, le agucé el extremo y después la puse al fuego para endurecerla. La coloqué bien cubriéndola bajo el estiércol que estaba extendido en abundancia por la cueva. Después ordené que sortearan quién se atrevería a levantar la estaca conmigo y a retorcerla en su ojo cuando le llegara el dulce sueño, y eligieron entre ellos a cuatro, a los que yo mismo habría deseado escoger. Y yo me conté entre ellos como quinto.

Llegó el Cíclope por la tarde conduciendo sus ganados de hermosos vellones e introdujo en la amplia cueva a sus gordos rebaños, a todos, y no dejó nada fuera del profundo establo, ya porque sospechara algo o porque un dios así se lo aconsejó. Después colocó la gran piedra que hacía de puerta, levantándola muy alta, y se sentó a ordeñar las ovejas y las baladoras cabras, todas por orden, y bajo cada una colocó un recental. Luego que hubo realizado sus trabajos agarró a dos compañeros a la vez y se los preparó como cena. Entonces me acerqué y le dije al Cíclope sosteniendo entre mis manos una copa de negro vino: «¡Aquí, Cíclope! Bebe vino después que has comido carne humana, para que veas qué bebida escondía nuestra nave. Te lo he traído como libación, por si te compadecías de mí y me enviabas a casa, pues estás enfurecido de forma ya intolerable. ¡Cruel!, ¿cómo va a llegarse a ti en adelante ninguno de los numerosos hombres? Pues no has obrado como lo corresponde».

Así hablé, y él la tomó, bebió y gozó terriblemente bebiendo la dulce bebida. Y me pidió por segunda vez: «Dame más de buen grado y dime ahora ya tu nombre para que te ofrezca el don de hospitalidad con el que te vas a alegrar. Pues también la donadora de vida, la Tierra, produce para los Cíclopes vino de grandes uvas y la lluvia de Zeus se las hace crecer. Pero esto es una catarata de ambrosia y néctar».

Así habló, y yo le ofrecí de nuevo rojo vino. Tres veces se lo llevé y tres veces bebió sin medida. Después, cuando el rojo vino había invadido la mente del Cíclope, me dirigí a él con dulces palabras: «Cíclope, ¿me preguntas mi célebre nombre? Te lo voy a decir, mas dame tú el don de hospitalidad como me has prometido. *Nadie* es mi nombre, y *Nadie* me llaman mi madre y mi padre y todos mis compañeros».

Así hablé, y él me contestó con corazón cruel: «A Nadie me lo comeré el último entre sus compañeros, y a los otros antes. Este será tu don de hospitalidad».

Dijo, y reclinándose cayó boca arriba. Estaba tumbado con su robusto cuello inclinado a un lado, y de su garganta saltaba vino y trozos de carne humana; eructaba cargado de vino.

Entonces arrimé la estaca bajo el abundante rescoldo para que se calentara y comencé a animar con mi palabra a todos los compañeros, no fuera que alguien se me escapara por miedo. Y cuando en breve la estaca estaba a punto de arder en el fuego, verde como estaba, y resplandecía terriblemente, me acerqué y la saqué del fuego, y mis compañeros me rodearon, pues sin duda un demón les infundía gran valor. Tomaron la aguda estaca de olivo y se la clavaron arriba en el ojo, y yo hacía fuerza desde arriba y le daba vueltas. Como cuando un hombre taladra con un trépano la madera destinada a un navío —otros abajo la atan a ambos lados con una correa y la madera gira continua, incesantemente—,así hacíamos dar vueltas, bien asida, a la estaca de punta de fuego en el ojo del Cíclope, y la sangre corría por la estaca caliente. Al arder la pupila, el soplo del fuego le quemó todos los párpados, y las cejas y las raíces crepitaban por el fuego. Como cuando un herrero sumerge una gran hacha o una garlopa en agua fría para templarla y esta estride grandemente —pues este es el poder del hierro—, así estridía su ojo en torno a la estaca de olivo. Y lanzó un gemido grande, horroroso, y la piedra retumbó en torno, y nosotros nos echamos a huir aterrorizados.

Entonces se extrajo del ojo la estaca empapada en sangre y, enloquecido, la arrojó de sí con las manos. Y al punto se puso a llamar a grandes voces a los Cíclopes que habitaban en derredor suyo, en cuevas por las ventiscosas cumbres. Al oír estos sus gritos, venían cada uno de un sitio y se colocaron alrededor de su cueva y le preguntaron qué le afligía: «¿Qué cosa tan grande sufres, Polifemo, para gritar de esa manera en la noche inmortal y hacernos abandonar el sueño? ¿Es que alguno de los mortales se lleva tus rebaños contra tu voluntad o te está matando alguien con engaño o con sus fuerzas?».

Y les contestó desde la cueva el poderoso Polifemo: «Amigos, Nadie me mata con engaño y no con sus propias fuerzas».

Y ellos le contestaron y le dijeron aladas palabras: «Pues si nadie te ataca y estás solo... es imposible escapar de la enfermedad del gran Zeus, pero al menos suplica a tu padre Poseidón, al soberano».

Así dijeron, y se marcharon. Y mi corazón rompió a reír: ¡cómo los había engañado mi nombre y mi inteligencia irreprochable!

El Cíclope gemía y se retorcía de dolor, y palpando con las manos retiró la piedra de la entrada. Y se sentó a la puerta, las manos extendidas, por si pillaba a alguien saliendo afuera entre las ovejas. ¡Tan estúpido pensaba en su mente que era yo! Entonces me puse a deliberar cómo saldrían mejor las cosas —¡si encontrara el medio de liberar a mis compañeros y a mí mismo de la muerte..!—. Y me puse a entretejer toda clase de engaños y planes, ya que se trataba de mi propia vida, pues un gran mal estaba cercano. Y me pareció la mejor esta decisión: los carneros estaban bien alimentados, con densos vellones, hermosos y grandes, y tenían una lana color violeta. Conque los até en silencio, juntándolos de tres en tres, con mimbres bien trenzadas sobre las que dormía el Cíclope, el monstruo de pensamientos impíos; el carnero del medio llevaba a un hombre, y los otros dos marchaban a cada lado, salvando a mis compañeros. Tres carneros llevaban a cada hombre.

Entonces yo... había un carnero; el mejor con mucho de todo su rebaño. Me apoderé de este por el lomo y me coloqué bajo su velludo vientre hecho un ovillo, y me mantenía con ánimo paciente agarrado con mis manos a su divino vellón. Así aguardamos gimiendo a Eos divina, y cuando se mostró la que nace de la mañana, la de dedos de rosa, sacó a pastar a los machos de su ganado. Y las hembras balaban por los corrales sin ordeñar, pues sus ubres rebosaban. Su dueño, abatido por funestos dolores, tentaba el lomo de todos sus carneros, que se mantenían rectos. El inocente no se daba cuenta de que mis compañeros estaban sujetos bajo el pecho de las lanudas ovejas. El último del rebaño en salir fue el carnero cargado con su lana y conmigo, que pensaba muchas cosas.

El poderoso Polifemo lo palpó y se dirigió a él: «Carnero amigo, ¿por qué me sales de la cueva el último del rebaño? Antes jamás marchabas detrás de las ovejas, sino que, a grandes pasos, llegabas el primero a pastar las tiernas flores del prado y llegabas el primero a las corrientes de los ríos y el primero deseabas llegar al establo por la tarde. Ahora en cambio, eres el último de todos. Sin duda echas de menos el ojo de tu soberano, el que me ha cegado un hombre villano con la ayuda de sus miserables compañeros, sujetando mi mente con vino, Nadie, quien todavía no ha escapado —te lo aseguro— de la muerte. ¡Ojalá tuvieras sentimientos iguales a los míos y estuvieras dotado de voz para decirme dónde se ha escondido aquel de mi furia! Entonces sus sesos, cada uno por un lado, reventarían contra el suelo por la cueva, herido de muerte, y mi corazón se repondría de los males que me ha causado el vil Nadie».

Así diciendo alejó de sí al carnero. Y cuando llegamos un poco lejos de la cueva y del corral, yo me desaté el primero de debajo del carnero y liberé a mis compañeros. Entonces hicimos volver rápidamente al ganado de finas patas, gordo por la grasa, abundante ganado, y lo condujimos hasta llegar a la nave.

Nuestros compañeros dieron la bienvenida a los que habíamos escapado de la muerte, y a los otros los lloraron entre gemidos. Pero yo no permití que lloraran, haciéndoles señas negativas con mis cejas, antes bien, les di órdenes de embarcar al abundante ganado de hermosos vellones y de navegar el salino mar.

Embarcáronlo enseguida y se sentaron sobre los bancos, y, sentados, batían el canoso mar con los remos.

Conque cuando estaba tan lejos como para hacerme oír si gritaba, me dirigí al Cíclope con mordaces palabras: «Cíclope, no estaba privado de fuerza el hombre cuyos compañeros ibas a comerte en la cóncava cueva con tu poderosa fuerza. Con razón te tenían que salir al encuentro tus malvadas acciones, cruel, pues no tuviste miedo de comerte a tus huéspedes en tu propia casa. Por ello te han castigado Zeus y los demás dioses».

Así hablé, y él se irritó más en su corazón. Arrancó la cresta de un gran monte, nos la arrojó y dio detrás de la nave de azul oscura proa, tan cerca que faltó poco para que alcanzara lo alto del timón. El mar se levantó por la caída de la piedra, y el oleaje arrastró en su reflujo, la nave hacia el litoral y la impulsó hacia tierra. Entonces tomé con mis manos un largo botador y la empujé hacia fuera, y di órdenes a mis compañeros de que se lanzaran sobre los remos para escapar del peligro, haciéndoles señas con mi cabeza. Así que se inclinaron hacia adelante y remaban. Cuando en nuestro recorrido estábamos alejados dos veces la distancia de antes, me dirigí al Cíclope, aunque mis compañeros intentaban impedírmelo con dulces palabras a uno y otro lado: «Desdichado, ¿por qué quieres irritar a un hombre salvaje?, un hombre que acaba de arrojar un proyectil que ha hecho volver a tierra nuestra nave y pensábamos que íbamos a morir en el sitio. Si nos oyera gritar o hablar machacaría nuestras cabezas y el madero del navío, tirándonos una roca de aristas resplandecientes, ¡tal es la longitud de su tiro!».

Así hablaron, pero no doblegaron mi gran ánimo y me dirigí de nuevo a él airado: «Cíclope, si alguno de los mortales hombres te pregunta por la vergonzosa ceguera de tu ojo, dile que lo ha dejado ciego Odiseo, el destructor de ciudades; el hijo de Laertes que tiene su casa en Itaca».

Así hablé, y él dio un alarido y me contestó con su palabra: «¡Ay, ay, ya me ha alcanzado el antiguo oráculo! Había aquí un adivino noble y grande, Telemo Eurímida, que sobresalía por sus dotes de adivino y envejeció entre los Cíclopes vaticinando. Este me dijo que todo esto se cumpliría en el futuro, que me vería privado de la vista a manos de Odiseo. Pero siempre esperé que llegara aquí un hombre grande y bello, dotado de un gran vigor; sin embargo, uno que es pequeño, de poca valía y débil me ha cegado el ojo después de sujetarme con vino. Pero ven acá, Odiseo, para que te ofrezca los dones de hospitalidad y exhorte al ínclito, al que conduce su carro por la tierra, a que te dé escolta, pues soy hijo suyo y él se gloría de ser mi padre. Sólo él, si quiere, me sanará, y ningún otro de los dioses felices ni de los mortales hombres».

Así habló, y yo le contesté diciendo: «¡Ojalá pudiera privarte también de la vida y de la existencia y enviarte a la mansión de Hades! Así no te curaría el ojo ni el que sacude la tierra»

Así dije, y luego hizo él una súplica a Poseidón soberano, tendiendo su mano hacia el cielo estrellado: «Escúchame tú, Poseidón, el que abrazas la tierra, el de cabellera azul oscura. Si de verdad soy hijo tuyo —y tú te precias de ser mi padre—, concédeme que Odiseo, el destructor de ciudades, no llegue a casa, el hijo de Laertes que tiene su morada en Itaca. Pero si su destino es que vea a los suyos y llegue a su bien edificada morada y a su tierra patria, que regrese de mala manera: sin sus compañeros, en nave ajena, y que encuentre calamidades en casa».

Así dijo suplicando, y le escuchó el de azul oscura cabellera. A continuación levantó de nuevo una piedra mucho mayor y la lanzó dando vueltas. Hizo un esfuerzo inmenso y dio detrás de la nave de azul oscura proa, tan cerca que faltó poco para que alcanzara lo alto del timón. Y el mar se levantó por la caída de la piedra, y el oleaje arrastró en su reflujo la nave hacia el litoral y la impulsó hacia tierra.

Conque por fin llegamos a la isla donde las demás naves de buenos bancos nos aguardaban reunidas. Nuestros compañeros estaban sentados llorando alrededor, anhelando continuamente nuestro regreso. Al llegar allí, arrastramos la nave sobre la arena y desembarcamos sobre la ribera del mar. Sacamos de la cóncava nave los ganados del Cíclope y los repartimos de modo que nadie se fuera sin su parte correspondiente.

Mis compañeros, de hermosas grebas, me dieron a mí solo, al repartir el ganado, un carnero de más, y lo sacrifiqué sobre la playa en honor de Zeus, el que reúne las nubes, el hijo de Crono, el que es soberano de todos, y quemé los muslos. Pero no hizo caso de mi sacrificio, sino que meditaba el modo de que se perdieran todas mis naves de buenos bancos y mis fieles compañeros.

Estuvimos sentados todo el día comiendo carne sin parar y bebiendo dulce vino, hasta el sumergirse de Helios. Y cuando Helios se sumergió y cayó la oscuridad, nos echamos a dormir sobre la ribera del mar.

Cuando se mostró Eos, la que nace de la mañana, la de dedos de rosa, di orden a mis compañeros de que embarcaran y soltaran amarras, y ellos embarcaron, se sentaron sobre los bancos y, sentados, batían el canoso mar con los remos.

Así que proseguimos navegando desde allí, nuestro corazón acongojado, huyendo con gusto de la muerte, aunque habíamos perdido a nuestros compañeros.

(HOMERO)

LA MENTIRA

Tus padres te lo habrán dicho en infinidad de ocasiones: «No digas mentiras», y tienen toda la razón del mundo. Pocas cosas hay peores que la mentira. Estoy seguro de que a ti no te gusta que te mientan; quieres que te digan la verdad, ¿no?, pues lo mismo les pasa a otros. Si mientes nadie podrá confiar en ti. Si mientes nadie te creerá. Y aunque pienses que no, si mientes, tarde o temprano, acabarás siendo descubierto y tendrás que enfrentarte a las consecuencias. Eso es lo mismo que le pasó a un personaje del que ya hemos hablado (véase p. 27). Sí, ese mismo. Pinocho:

PINOCHO

Apenas salieron los tres médicos de la habitación, se acercó el Hada a Pinocho y al tocarle la frente notó que tenía una gran fiebre. Entonces disolvió unos polvos blancos en medio vaso de agua y se los presentó al muñeco, diciéndole cariñosamente.

—Bebe esto, y dentro de pocos días estarás bueno.

Pinocho miró el vaso torciendo el gesto, y preguntó con voz plañidera:

—¿Es dulce, o amargo?

—Es amargo, pero te sentará bien.

—¡Amargo! No lo quiero.

—¡Anda, bébelo! Hazme caso.

—Es que no me gustan las cosas amargas…

—Bébelo, y te daré después un terrón de azúcar para quitarte el mal gusto.

—¿Dónde está el terrón de azúcar?

—Aquí lo tienes —dijo el Hada, sacándolo de un azucarero de oro.

—Primero quiero que me des el terrón de azúcar, y después beberé el agua amarga.

—¿Me lo prometes?

—Sí.

El Hada le dio el terrón, y Pinocho, después de comérselo en menos tiempo que se dice «amén», se relamió los labios y exclamó:

—¡Qué lástima que el azúcar no sea medicina! ¡Yo me purgaría entonces todos los días!

—Ahora vas a cumplir la promesa que me has hecho, y a beberte este poco de agua que ha de ponerte bueno.

De mala gana tomó Pinocho el vaso en la mano, acercando la punta de la nariz y haciendo un gesto; después hizo como que se lo llevaba a la boca; pero se arrepintió y volvió a olerlo, hasta que por último dijo:

—¡Es muy amarga! ¡Muy amarga! ¡No puedo beberla!

—¿Cómo puedes saberlo, si no lo has probado?

—Me lo figuro; lo conozco en el olor. Quiero otro terrón de azúcar primero, y después la beberé.

Con toda la paciencia de una buena madre, el Hada le puso en la boca un poco de azúcar, y después le presentó el vaso otra vez.

—Así no puedo beberlo —dijo el muñeco haciendo mil gestos.

—¿Por qué?

—Porque me fastidia esa almohada que tengo en los pies.

El Hada retiró la almohada.

—¡Es inútil! Tampoco puedo beberlo.

—¿Qué es lo que ahora te fastidia?

—Me fastidia esa puerta del cuarto, que está medio abierta.

Entonces el Hada cerró la puerta.

—¡Es que no quiero! —gritó Pinocho llorando y pataleando—. ¡No!, ¡no quiero beber esa agua amarga!, ¡no quiero!, ¡no, no!

—¡Hijo mío, mira que luego te arrepentirás!

—¡Mejor!

—Tu enfermedad es grave.

—¡Mejor!

—Esa fiebre puede llevarte al otro mundo.

—¡Mejor!

—¿No tienes miedo a la muerte?

—Ninguno. ¡Antes me muero que beber esa medicina tan amarga!

En aquel momento se abrió de par en par la puerta de la habitación, y entraron cuatro conejos, negros como la tinta, que llevaban sobre los hombros una caja de muerto.

—¿Qué queréis? —gritó Pinocho despavorido, sentándose en la cama.

—Venimos por ti —respondió el conejo más grueso de los cuatro.

—¿Por mí? ¡Pero si no me he muerto todavía!

—Todavía no, pero te quedan pocos instantes de vida por no haber querido beber la medicina que te hubiera curado la fiebre.

—¡Oh, Hada mía! ¡Hada mía! —comenzó entonces a gritar el muñeco—. ¡Dame enseguida el vaso! ¡Anda pronto, por favor, que yo no quiero morir, no quiero morir!

Y tomando el vaso con ambas manos, se lo bebió de un sorbo.

—¡Paciencia! —dijeron entonces los conejos—. Por esta vez hemos perdido el viaje.

Y echándose de nuevo sobre los hombros la caja, que habían dejado en tierra, salieron del cuarto refunfuñando y murmurando entre dientes.

Claro es que a los pocos minutos pudo Pinocho saltar de la cama completamente curado; porque ya se sabe que los muñecos de madera tienen la particularidad de ponerse muy enfermos de pronto y de curarse en un santiamén.

Cuando el Hada le vio correr y retozar por la habitación, listo y alegre como un pajarillo escapado de la jaula, le dijo:

—¿De modo que mi medicina te ha sentado muy bien?

—¡Ya lo creo! ¡Me ha resucitado!

—Entonces, ¿por qué te has resistido tanto para beberla?

—Porque los niños somos así. Tenemos más miedo de las medicinas que de la enfermedad.

—¡Pues muy mal hecho! Los niños debierais recordar que una medicina a tiempo puede evitar una grave enfermedad, y aun la misma muerte.

—¡Ah! Otra vez no me resistiré tanto. Me acordaré de esos conejos negros con la caja de muerto al hombro, y entonces cogeré enseguida el vaso, y adentro.

—¡Muy bien! Ahora vente aquí, a mi lado, y cuéntame cómo caíste en manos de los ladrones.

—Pues fue que Tragalumbre me dio cinco monedas de oro y me dijo: «Llévaselas a tu papá», y en el camino me encontré una zorra y un gato, dos personas muy buenas, que me dijeron: «¿Quieres que esas monedas se conviertan en mil o en dos mil? Vente con nosotros y te llevaremos al Campo de los Milagros». Y yo les dije: «Vamos». Y ellos dijeron: «Nos detendremos un rato en la posada de El Cangrejo Rojo, y cuando sea medianoche seguiremos nuestro camino». Cuando me desperté ya no estaban allí, porque se habían marchado. Entonces yo me marché también. Y hacía una noche tan oscura que apenas se podía andar. Y me encontré con dos ladrones metidos en dos sacos de carbón, que me dijeron: «¡Danos el dinero!», y yo les dije: «No tengo ningún dinero». Porque me había escondido las monedas de oro en la boca. Y uno de los ladrones quiso meterme la mano en la boca, yo se la corté de un mordisco; pero al escupirla me encontré con que, en vez de una mano, era la zarpa de un gato. Y los ladrones echaron a correr detrás de mí; y yo corre que te corre, hasta que me alcanzaron. Y entonces me colgaron por el cuello en un árbol del bosque, diciendo: «Mañana volveremos, y estarás bien muerto y con la boca abierta, y entonces te sacaremos las monedas de oro que tienes escondidas debajo de la lengua».

—¿Y dónde tienes las cuatro monedas de oro? —le preguntó el Hada.

—¡Las he perdido! —respondió Pinocho; pero era mentira porque las tenía en el bolsillo.

Apenas había dicho esta mentira, la nariz del muñeco, que ya era muy larga, creció más de dos dedos.

—¿Dónde las has perdido?

—En el bosque.

A esta segunda mentira siguió creciéndole la nariz.

—Si las has perdido en el bosque —dijo el Hada—, las buscaremos, y de seguro que hemos de encontrarlas, porque todo lo que se pierde en este bosque se encuentra siempre.

—Ahora que me acuerdo bien —dijo el muñeco, embrollándose cada vez más—, no las he perdido, sino que me las he tragado sin querer al tomar la medicina.

A esta tercera mentira se le alargó la nariz de un modo tan extraordinario que el pobre Pinocho no podía ya volverse en ninguna dirección. Si se volvía de un lado, tropezaba con la cama o con los cristales de la ventana; si se volvía del otro, tropezaba con la pared o con la puerta del cuarto, y si levantaba la cabeza, corría el riesgo de meter al Hada por un ojo la punta de aquella nariz fenomenal.

El Hada le miraba y se reía.

—¿Por qué te ríes? —preguntó el muñeco, confuso y pensativo al ver cómo crecía su nariz por momentos.

—Me río de las mentiras que has dicho.

—¿Y cómo sabes que he dicho mentiras?

—Las mentiras, hijo mío, se conocen enseguida, porque las hay de dos clases: las que tienen las piernas cortas, y las que tienen la nariz larga. Las tuyas, por lo visto, son de las que tienen la nariz larga.

Sintió Pinocho tanta vergüenza, que no sabiendo donde esconderse, trató de salir de la habitación. Pero no le fue posible: tanto le había crecido la nariz, que no podía pasar por la puerta.

(Carlo Collodi)

LAS MALAS ACCIONES

Bueno, ya has visto lo que le pasó al pobre Pinocho por mentir. Tarde o temprano, todos los que actúan mal, los que se comportan mal, los que no evitan lo que tenían que evitar pagan las consecuencias. Así lo contó el escritor español Juan Eugenio Hartzenbusch (1806-1880) y lo hizo en verso que era un arte que dominaba como pocos.

Trabajar para su daño

La madre de un muchacho campesino
ganaba de comer hilando lino.

Y el muchacho, grandísimo galopo,
le hurtaba una porción de cada copo.

Juntando las porciones fue tejiendo
un látigo tremendo,
con la benigna idea
de zurrar a los chicos de la aldea.

Los ocios del amigo no eran buenos;
la intención, por lo visto, mucho menos.
Diose a pelar la rueca tanta prisa,
que hubo la madre de notar la sisa.

Y registrando desde el piso al techo,
el látigo encontró de hurtillas hecho.
Cogiólo furibunda
y al hijo dio con él tan recia tunda
que, a contar de las posas al cogote,
no le dejó lugar libre de azote,
diciendo al batanarlo de arriba a abajo:

A robar te llevó tu mal deseo
y con el robo yo te vapuleo.

Siempre verás que el vicio
se labra por sus manos el suplicio.

(JUAN EUGENIO HARTZENBUSCH)

LA AVARICIA

Hay gente que es incapaz de compartir con los demás, que desea que lo suyo sea sólo suyo y que —¡encima!— muchas veces no lo disfruta por miedo a que se le gaste. A esa gente la llamamos avara. Nunca debemos ser así, y es que ser un avaro —como pasa siempre con las cosas que tenemos que evitar— puede tener consecuencias nada buenas. Así nos lo contó el autor judío y premio Nobel de Literatura Isaac Bashevis Singer (1904-1991):

EL ASTUTO TODIE Y LYZER, EL AVARO

En un pueblo de algún lugar de Ucrania vivía un pobre hombre llamado Todie. Todie tenía esposa, Sheindel, y siete hijos, pero jamás conseguía ganar lo suficiente para alimentarlos adecuadamente. Emprendió muchos negocios, pero fracasó en todos. Se decía que, si Todie se decidía a vender velas, el sol dejaría de ponerse. Lo llamaban el astuto Todie, puesto que siempre que conseguía hacerse con algún dinero, era mediante trucos.

Aquel invierno fue particularmente crudo, caían fuertes nevadas y Todie no tenía dinero para comprar leña. Para conservar el calor sus siete hijos se quedaban en la cama todo el día. Cuando el frío aprieta fuera, se tiene más hambre que nunca, pero la despensa de Sheindel estaba vacía.

Ella le reprochaba a Todie amargamente:

—Si no puedes alimentar a tu mujer y tus hijos —se lamentaba—, iré al rabino y conseguiré el divorcio.

—¿Y qué harás con él, te lo comerás? —replicaba Todie.

En el mismo pueblo vivía un hombre rico, que se llamaba Lyzer. Por su avaricia era conocido como Lyzer, el avaro. Sólo permitía que su mujer enhornara pan cada cuatro semanas, porque había descubierto que el pan tierno se come con más rapidez que el duro.

Más de una vez Todie había acudido a Lyzer a pedirle prestados unos guldens, pero Lyzer siempre le había respondido:

—Duermo mejor cuando el dinero reposa en mi caja fuerte, y no en tu bolsillo.

Lyzer tenía una cabra, pero nunca le daba de comer. La cabra había aprendido a visitar las casas de los vecinos, que, apiadados, le daban cáscaras de patata. Algunas veces, cuando no había cáscaras suficientes, roía la paja de los tejados. También le gustaba la corteza de los árboles. No obstante, año tras año daba a luz a un cabrito. Lyzer la ordeñaba, pero el muy avaro no se bebía la leche, en cambio, la vendía.

Todie decidió vengarse de Lyzer, ganando a la vez algún dinero, que tanta falta le hacía.

Un día en que Lyzer estaba sentado en una caja comiendo *borscht* y pan duro (usaba sus sillas sólo los días festivos para que no se les gastara la tapicería) se abrió la puerta y entró Todie.

—*Reb* Lyzer —dijo—. Quisiera pedirle un favor. Mi hija mayor Basha ya tiene quince años y está a punto de comprometerse. Un joven vendrá de Janev para conocerla. Mis cubiertos son de estaño y a mi mujer le da vergüenza que el joven tome la sopa con una cuchara de esas. ¿Podría prestarme una cuchara de plata? Le doy mi palabra de honor de que se la devolveré mañana.

Lyzer sabía que Todie no se atrevería a faltar a su solemne juramento y le prestó la cuchara.

Esa tarde no llegó ningún a visitar a Basha. Como de costumbre, la muchacha iba descalza y harapienta, y la cuchara de plata seguía bajo la camisa de Todie. Los primeros años de su matrimonio, Todie había tenido cubiertos de plata. Sin embargo, ya hacía mucho que los había vendido, excepto tres cucharillas de té de plata que sólo se utilizaban en *Pesaj*.

Al día siguiente, mientras Lyzer, con los pies descalzos (para ahorrar zapatos) estaba sentado en su caja comiendo *borscht* y pan duro, volvió Todie.

—Aquí está la cuchara que le pedí prestada ayer —dijo, colocándola sobre la mesa junto con una de sus propias cucharillas.

—¿Para qué es la cucharilla de té? —preguntó Lyzer.

Y Todie dijo:

—Su cuchara sopera dio a luz una cucharilla de té. Es su hija. Puesto que soy hombre honrado, le devuelvo ambas, madre e hija.

Lyzer miró a Todie, perplejo. Nunca había oído que una cuchara de plata diera a luz otra. No obstante, su codicia fue mayor que sus dudas y aceptó, feliz, ambas cucharas. ¡Qué inesperada buena suerte! Estaba contentísimo de haberle prestado la cuchara a Todie.

Pocos días más tarde, mientras Lyzer (que no llevaba abrigo para no gastarlo) estaba nuevamente sentado en su caja comiendo *borscht* con pan duro, se abrió la puerta y apareció Todie.

—A Basha no le gustó el joven de Janev, porque tenía orejas de burro, pero esta tarde vendrá otro joven a conocerla. Sheindel está guisando sopa para él, pero le da vergüenza servirle con una cuchara de estaño. ¿Me prestaría...?

Antes que Todie pudiera terminar la frase, Lyzer lo interrumpió:

—¿Quiere que le preste una cuchara de plata? Encantado. Cójala.

Al día siguiente, una vez más, Todie devolvió la cuchara y con ella, una de sus cucharas de plata. Nuevamente explicó que, durante la noche, la cuchara había dado a luz una pequeña y, para tener la conciencia tranquila, devolvía a la madre y a su recién nacida. En cuanto al joven que había venido a conocer a Basha, tampoco le había gustado, porque tenía una nariz tan larga que le llegaba a la barbilla. No hace falta decir que Lyzer, el avaro, estaba encantado.

Exactamente lo mismo sucedió una tercera vez. Todie contó que en esa ocasión su hija había rechazado al pretendiente porque tartamudeaba. También le dijo que la cuchara de plata de Lyzer había tenido una cucharita.

—¿Puede ocurrir alguna vez que una cuchara tenga mellizos? —preguntó Lyzer.

Todie reflexionó unos momentos:

—¿Por qué no? He oído hablar de un caso en que la cuchara tuvo trillizos.

Pasó casi una semana y Todie no fue a visitar a Lyzer, pero el el viernes por la mañana, mientras Lyzer (en calzoncillos para no gastar los pantalones) estaba sentado en su cajón comiendo *borsch* con pan duro, entró Todie y dijo:

—Buenos días tenga usted, *Reb* Lyzer.

—Espero que los suyos sean excelentes —respondió Lyzer lo más amistosamente que pudo—. ¿Qué feliz circunstancia lo trae por aquí? ¿Tal vez viene a pedirme prestada una cuchara de plata? Si es así, cójala usted mismo.

—Hoy quiero pedirle un favor muy especial. Esta tarde vendrá a conocer a Basha un joven de la gran ciudad de Lublin. Es hijo de un hombre rico y me han dicho que es inteligente y guapo. Puesto que permanecerá con nosotros todo el *Sabbat,* no sólo necesito una cuchara de plata sino un par de candelabros de plata, porque los míos son de latón y a mi mujer le da vergüenza ponerlos en la mesa de *Sabbat*. ¿Podría prestarme sus candelabros? Se los devolveré inmediatamente después del *Sabbat*.

Los candelabros de plata son muy valiosos y Lyzer, el avaro, lo dudó pero sólo un momento. Recordando su buena suerte con las cucharas, dijo:

—Tengo ocho candelabros de plata guardados en mi casa. Lléveselos todos. Sé que me los devolverá como ha dicho. Y si alguno da a luz, no dudo de que será tan honrado como en las otras ocasiones.

—Naturalmente —dijo Todie—. Esperemos que ocurra lo mejor.

Como de costumbre, Todie escondió la cuchara de plata bajo su camisa. Pero cogió los candelabros y se fue directamente a un comerciante, los vendió por una suma considerable, y le llevó el dinero a Sheindel.

Cuando Sheindel vio tanto dinero, le preguntó cómo había obtenido semejante tesoro.

—Al salir, una vaca voló sobre nuestro tejado y dejó caer una docena de huevos de plata —replicó Todie—. Los vendí y este es el dinero.

—Nunca he oído que las vacas vuelen sobre los tejados, ni que pongan huevos de plata —dijo Sheindel, dubitativa.

—Siempre hay una primera vez —respondió Todie—. Si no quieres el dinero, devuélvemelo.

—Ni hablar de devolverlo —afirmó Sheindel.

Sabía que su marido conocía un montón de mañas y trucos, pero cuando los niños tienen hambre y la despensa está vacía, es mejor no hacer muchas preguntas. Sheindel fue al mercado y compró carne, pescado, harina e incluso algunas nueces y pasas para hacer un budín. Y, como todavía quedaba mucho dinero, compró zapatos y ropa para sus hijos.

En casa de Todie ese *Sabbat* fue muy alegre. Los chicos cantaron y las niñas bailaron. Cuando los niños preguntaron a su padre de dónde había sacado el dinero, respondió:

—Está prohibido hablar de dinero durante el *Sabbat*.

El domingo, mientras Lyzer (descalzo y casi desnudo para conservar su ropa) estaba sentado en su caja terminando un mendrugo de pan duro con *borscht*, llegó Todie y, dándole su cuchara de plata, dijo:

—Mala suerte. Esta vez su cuchara no ha tenido un bebé.

—¿Y qué hay de los candelabros? —inquirió ansiosamente Lyzer.

Todie suspiró profundamente:

—Los candelabros se han muerto.

Lyzer se levantó de su caja tan violentamente que volcó su plato de *borscht*.

—¡Imbécil! ¿Cómo se van a morir los candelabros? —gritó.

—Si las cucharas pueden dar a luz, también los candelabros pueden morir.

Lyzer organizó un gran escándalo y Todie tuvo que presentarse ante el rabino. Cuando el rabino se enteró de las dos caras de la historia, se echó a reír:

—Te está bien empleado —le dijo a Lyzer—. Si no hubieses preferido creer que las cucharas pueden dar a luz, ahora no te verías obligado a creer que tus candelabros han muerto.

—Pero es un disparate —objetó Lyzer.

—¿No esperabas que los candelabros dieran a luz otros candelabros? —dijo sentenciosamente el rabino—. Si aceptas disparates cuando te benefician, también debes aceptarlos cuando te perjudican.

Y dio por concluido el caso.

Al día siguiente, cuando la mujer de Lyzer el avaro le ofreció su *borscht* con pan duro, Lyzer le dijo:

—Sólo me comeré el pan. El *borscht* es un alimento muy caro, incluso sin crema agria.

La historia de las cucharas de plata que daban a luz y de los candelabros que habían muerto se propagó rápidamente por el pueblo. Todo el mundo disfrutó con el triunfo de Todie y la derrota de Lyzer, el avaro. Los aprendices de zapatero y sastre, como era costumbre cada vez que ocurría algo importante compusieron una canción a propósito:

Lyzer, no te apenes
ni llores por tus candelabros muertos.
Eres el más afortunado de la tierra:
tus cucharas de plata han dado a luz,
y los huevos de plata confirman el hecho
de que volaron vacas sobre tu techo.
No te quedes sentado mascando tu pan duro.
¡A los nietos de plata aguarda alborozado!

Sin embargo, transcurrió el tiempo y las cucharas de plata de Lyzer no volvieron a dar a luz.

(ISAAC BASHEVIS SINGER)

LA TESTARUDEZ

¿Cuántas veces has escuchado: «¡No seas cabezón!» o «¡Pero qué cabezota eres!»? Naturalmente, cuando te lo decían no es porque tuvieras la cabeza muy grande sino porque actuabas con testarudez, es decir, que te empeñabas en no hacer caso y en comportarte como tú querías. Pues bien, la cabezonería es uno de esos comportamientos que debes evitar y debes hacerlo por tu bien. Fíjate lo que nos cuenta —y lo hace en verso— el autor español Cayetano Fernández y Cabello:

EL TESTARUDO

De noche, en un mal paso y sin linterna,
Juan se rompió una pierna.
¡Vaya todo por Dios!

Le curaron tal cual; pero volviendo
a aquel paso tremendo,
¡Juan se rompió las dos!

Sanó al fin; mas tornando a la aspereza
partióse la cabeza
¡y muerto quedó allí!

Si a un cristiano su culpa se le absuelve,
y al vicio vuelve y vuelve,
¿no le sucede así?

(Cayetano Fernández y Cabello)

LA ESCLAVITUD DE LA APARIENCIA FÍSICA

*¿A que conoces a alguna persona a la que parece que sólo le interesa su aspecto externo? Los demás —incluidos sus padres o sus hermanos— no les preocupan mucho, pero su peinado, su ropa, sus accesorios... eso les ocupa tiempo y más tiempo. La verdad es que se podrían pasar horas y horas mirándose al espejo para ver su aspecto. Esa gente suele olvidar algo muy importante y es que la verdadera belleza, la hermosura de verdad, está en el interior de nuestra alma y no en el pelo, en la ropa o en el maquillaje. Un joven que olvidó una enseñanza tan importante fue Narciso y tal y como nos cuenta nuestro viejo conocido Ovidio (**véase p. 32**) en su libro* Las Metamorfosis— *pagó un precio muy caro por hacerlo:*

Las Metamorfosis. Narciso transformado en flor

Cansado Narciso de la caza y fatigado del ardor del sol se reclinó al pie de una fuente atraído por la hermosura del sitio; pero intentando aplacar su sed en las cristalinas aguas, le sobrevino otra. Porque al beber vio la imagen de una hermosura, que veía retratada en el agua. Su misma hermosura suspendió a Narciso; se quedó inmóvil, sin alterársele el semblante, como una estatua hecha de mármol de Paros. Contempló sus dos ojos, que parecían estrellas, sus dedos dignos de Baco y sus cabellos merecedores de Apolo, sus impúberes mejillas, aquel cuello, que parecía de marfil, la delicadeza de su boca y el carmín que cubría a su candor extremado. Se admiró de cuanto en él era admirable. ¡Cuántas veces besó inútilmente la engañada fuente! ¡Y cuántas veces, lanzando los brazos en el agua, para asirse al cuello que veía, no se encontraba a sí mismo! No conocía lo que estaba viendo; pero con su vista se abrasaba y el error que seducía sus ojos encendía más su pasión.

¿Para qué deseas, crédulo, unas fugaces sombras? En ninguna parte está el ídolo de tu deseo. Retírate de esa fatal fuente y perderás lo que amas. Lo que ves es sólo una sombra que refleja en el agua. Pero ni la necesidad de comer ni la del descanso le pudieron arrancar de allí; antes tendido en la umbrosa hierba, contempló aquella falaz figura sin poder dar satisfacción a su vista. Se incorporó un poco, tendiendo sus brazos a las selvas inmediatas: «¿Quién, selvas —exclamó—, ha amado con más crueldad? Me agrada ver el objeto de mi pasión; pero cuanto me agrada y le veo no puedo tocarle. ¡Qué error tan grande está apoderado de este miserable amante! Y para mi mayor tormento ni el vasto mar, ni un dilatado camino o una ciudad cercada de murallas nos separa; la simple superficie del agua prohíbe nuestra unión. Él mismo desea enlazarse conmigo, pues cuantas veces di besos a las líquidas aguas otras tantas quiso besarme.

»Es tan corta la distancia que prohíbe nuestra unión que puede creerse que podemos tocarnos; y tú, joven, cualquiera que seas, sal; ¿por qué, pues, eres el único que me burlas? ¿Adónde huyes cuando te llamo? Cuando yo te alargo mis brazos me correspondes voluntariamente; ríes cuando yo me río; también fui testigo de tus lágrimas cuando yo las derramaba; apruebas las señales de afecto que te hago devolviéndomelas, y por lo que veo, por el movimiento mismo de tus delicados labios, despides palabras que no llegan a mis oídos. Ya conozco que yo soy a quien amo; no me engaña mi imagen. Me abraso en amor de mí mismo. ¿Qué voy a hacer? En mí está lo que deseo. El dolor ya me debilita las fuerzas; no me queda mucho tiempo de vida y voy a morir en la flor de mi edad».

Dijo esto, y casi demente volvió a mirar la misma imagen; con el llanto enturbió las aguas, y con su turbación desapareció aquella hermosura. «¿Adónde huyes? —clamó, luego que se había ocultado—; vuelve, y no desampares cruel a un amante. Permítaseme verte; ya que no tocarte». Rasgó sus vestidos de alto abajo con la vehemencia del dolor e hirió su desnudo pecho con aquellas blancas manos, poniéndole colorado con los golpes; luego que el infeliz vio así su pecho en el agua ya serenada no pudo resistir más. Ya no existía aquel cuerpo.

La última voz que despidió, mirando al agua como solía, fue: «¡Ay, joven en vano amado!». Dejó caer su cansada cabeza sobre la verde hierba y la muerte cerró aquellos ojos que admiraban la hermosura de su propio cuerpo. Aunque buscaron el cadáver no lograron encontrarlo. El joven enamorado de sí mismo se había convertido en una flor roja con hojas blancas. Era la flor que ya siempre llevaría su nombre: Narciso.

(OVIDIO)

LA INCOMPETENCIA

Imagínate que se te estropea un juguete o un aparato de casa o cualquier cosa que necesites y que lo llevas a que te lo arreglen. Naturalmente, esperas que lo reparen. Quieres volver a jugar. Aguardas con alegría el día en que te lo devolverán y entonces —¡oh, desilusión!— descubres que no lo han hecho bien. ¡Aquel trasto sigue sin funcionar como debe! Pero... pero ¿cómo te han podido hacer eso? Tú buscabas a alguien que hiciera bien las cosas, a alguien competente y te encuentras con eso... Pues igual que a ti te duele, a los demás les dolería que tú no te comportaras con ellos como debes hacerlo. Por ejemplo, que no hagas los deberes con competencia o que no recojas las cosas en casa con competencia. Y es que un incompetente es un peligro. Así nos lo cuenta Esopo (620-560 a.C.), un autor griego que ha pasado a la historia por sus maravillosas fábulas:

El zapatero incompetente

Cuando un mal zapatero, desesperado por su falta de recursos, había comenzado a preparar una medicina en un lugar desconocido y vendía el antídoto de nombre falso, se granjeó la fama con el engaño de sus habladurías. En tal situación, cuando, afectado por una grave enfermedad, estaba en cama el rey de la ciudad, para probar, pidió una copa: luego, fingiendo que mezclaba un veneno, al verter agua, en el remedio de aquel, ordenó que él mismo lo bebiera, proponiéndole un premio. Entonces aquel, por miedo a la muerte, confesó que él era médico sin conocimiento alguno de la ciencia, pero que la estupidez de la gente lo había hecho famoso. El rey, convocada la asamblea, añadió esto:

—¿Cuánta locura creéis que tenéis vosotros que no dudáis en confiar vuestras personas a quien nadie confía sus pies para que se los calce?

En verdad yo diría que esto concierne a aquellos por cuya estupidez tiene ganancias la desvergüenza.

(Esopo)

LA ENVIDIA

Hay gente a la que le duele que a los demás les vayan bien las cosas. Ven a una persona —incluso a un amigo— al que regalan algo o mete un gol en el patio o se va de vacaciones y se sienten mal. No soportan que los demás sean felices. Las personas que son así padecen una enfermedad que se llama envidia. Se trata de una de las peores cosas que se pueden sufrir porque se pasa mal cuando los demás lo pasan bien. Pocos comportamientos son más tristes y estúpidos. Y algunos envidiosos son tan tontos como los de la historia que viene a continuación. La contó uno de los mejores escritores del Siglo de Oro español. Se llamaba Francisco de Quevedo y Villegas (1580-1645):

Petición extraña

En la Corte de un rey de Sicilia vivían dos soldados que pasaban por envidioso el uno y por avariento el otro.

Queriendo divertirse el príncipe, llamólos a su presencia y, después de haber elogiado sus servicios, manifestóles su intención de dar a cada uno el premio que deseasen, haciéndoles observar, no obstante, que el primer solicitante recibiría el objeto de su deseo, y el segundo, el duplo del primero. Silenciosos y meditabundos quedaron largo rato los dos soldados, no queriendo ninguno de ellos adelantar su solicitud. El avariento decía para sí: «Si empiezo yo, me tocará la mitad menos que a mi compañero»; asimismo el envidioso, discurría en sus adentros: «Jamás consentiré que a ese grandísimo avariento le toque más que a mí».

El príncipe gozaba al contemplar tal indecisión, y después de mucha espera resolvió terminar aquella escena. Dirigiéndose al envidioso le ordenó que se adelantara y manifestara su deseo.

Vaciló este un momento, diciendo entre sí: «¿Qué favor pediré, o de qué estratagema me valdré para que este avariento no se lleve más que yo? Si pido un caballo, dos habrá para él; si una casa, dos conseguirá; si una renta, doble le tocará... ¿Qué cosa puedo pedir?... ¡Canastos!, ya lo sé; ahora caigo en la cuenta: pediré un castigo para que él reciba dos». Y dirigiéndose en el acto al príncipe, díjole con tono decidido: «Suplico a Su Majestad mande se me arranque un ojo».

Cuando esto oyeron rey y cortesanos, soltaron una ruidosa carcajada; todos hicieron chacota del envidioso, echándole en cara su bárbaro atrevimiento, y él, con su insulsa petición, sólo logró poner de manifiesto la fiera pasión que le dominaba.

El envidioso llora todo el año más el ajeno bien que el propio daño.

(Francisco de Quevedo y Villegas)

LA SOBERBIA

Seguro que conoces a gente que se siente superior a todos. Los ves en el patio del cole, o en el parque, o de vacaciones y parece que se creen los reyes del mundo. Y luego lo mismo ni saben hacer bien las cosas, ni valen nada ni tampoco se comportan como es debido. Esa gente padece de un mal que se llama soberbia y no sólo hacen daño a los demás, muchas veces se hacen daño ellos mismos si es que además no hacen el ridículo. Una historia de soberbia es la que viene a continuación. La escribió el gran autor británico Oscar Wilde (1854-1900):

EL FAMOSO COHETE

El hijo del rey estaba en vísperas de casarse. Con este motivo el regocijo era general. Estuvo esperando un año entero a su prometida, y al fin llegó esta. Era una princesa rusa que había hecho el viaje desde Finlandia en un trineo tirado por seis renos, que tenía la forma de un gran cisne de oro; la princesa iba acostada entre las alas del cisne.

Su largo manto de armiño caía recto sobre sus pies. Llevaba en la cabeza un gorrito de tisú de plata y era pálida como el palacio de nieve en que había vivido siempre.

Era tan pálida, que al pasar por las calles, se quedaban admiradas las gentes.

—Parece una rosa blanca —decían.

Y le echaban flores desde los balcones.

A la puerta del castillo estaba el príncipe para recibirla. Tenía los ojos violeta y soñadores, y sus cabellos eran como oro fino.

Al verla, hincó una rodilla en tierra y besó su mano.

—Tu retrato era bello —murmuró—, pero eres más bella que el retrato.

Y la princesita se ruborizó.

—Hace un momento parecía una rosa blanca —dijo un pajecillo a su vecino—, pero ahora parece una rosa roja.

Y toda la Corte se quedó extasiada.

Durante los tres días siguientes todo el mundo no cesó de repetir:

—¡Rosa blanca, rosa roja! ¡Rosa roja, rosa blanca!

Y el rey ordenó que diesen doble paga al paje.

Como él no percibía paga alguna, su posición no mejoró mucho por eso; pero todos lo consideraron como un gran honor y el real decreto fue publicado con todo requisito en la Gaceta de la Corte.

Transcurridos aquellos tres días, se celebraron las bodas. Fue una ceremonia magnífica. Los recién casados pasaron cogidos de la mano, bajo un dosel de terciopelo granate, bordado de perlitas.

Luego se celebró un banquete oficial que duró cinco horas.

El príncipe y la princesa, sentados al extremo del gran salón, bebieron en una copa de cristal purísimo. Únicamente los verdaderos enamorados podían beber en esa copa, porque si la tocaban unos labios falsos, el cristal se empañaba, quedaba gris y manchoso.

—Es evidente que se aman —dijo el pajecillo—. Resultan tan claros como el cristal.

Y el rey volvió a doblarle la paga.

—¡Qué honor! —exclamaron todos los cortesanos.

Después del banquete hubo baile.

Los recién casados debían bailar juntos la danza de las rosas, y el rey tenía que tocar la flauta.

La tocaba muy mal, pero nadie se había atrevido a decírselo nunca, porque era el rey. La verdad es que no sabía más que dos piezas y no estaba seguro nunca de la que interpretaba, aunque esto no le preocupase, pues hiciera lo que hiciera todo el mundo gritaba:

—¡Delicioso! ¡Encantador!

El último número del programa consistía en unos fuegos artificiales que debían empezar exactamente a medianoche.

La princesita no había visto fuegos artificiales en su vida. Por eso el rey encargó al pirotécnico real que pusiera en juego todos los recursos de su arte el día del casamiento de la princesa.

—¿A qué se parecen los fuegos artificiales? —preguntó ella al príncipe, mientras se paseaban por la terraza.

—Se parecen a la aurora boreal —dijo el rey, que respondía siempre a las preguntas dirigidas a los demás—. Sólo que son más naturales. Yo los prefiero a las estrellas, porque sabe uno siempre cuándo van a empezar a brillar y son además tan agradables como la música de mi flauta. Ya verán..., ya verán...

Así pues, levantaron un tablado en el fondo del jardín real, y no bien acabó de prepararlo todo el pirotécnico real, cuando los fuegos artificiales se pusieron a charlar entre sí.

—El mundo es seguramente muy hermoso —dijo un pequeño buscapiés—. Miren esos tulipanes amarillos. ¡A fe mía, ni aun siendo petardos de verdad, podrían resultar más bonitos! Me alegro mucho de haber viajado. Los viajes desarrollan el espíritu de una manera asombrosa y acaban con todos los prejuicios que haya podido uno conservar.

—El jardín del rey no es el mundo, joven alocado —dijo una gruesa candela romana—. El mundo es una extensión enorme y necesitarías tres días para recorrerlo por entero.

—Todo lugar que amamos es para nosotros el mundo —dijo una rueda unida en otro tiempo a una vieja caja de pino y muy orgullosa de su corazón destrozado— pero el amor no está de moda; los poetas lo han matado. Han escrito tanto sobre él, que nadie les cree ya, cosa que no me extraña. El verdadero amor sufre y calla... Recuerdo que yo misma, una vez..., pero no se trata de eso aquí. El romanticismo es algo del pasado.

—¡Qué estupidez! —exclamó la candela romana—. La novela no muere nunca. ¡Se parece a la luna: vive siempre! Realmente, los recién casados se aman tiernamente. He sabido todo lo concerniente a ellos esta mañana por un cartucho de papel oscuro que estaba en el mismo cajón que yo y que sabe las últimas noticias de la Corte.

Pero la rueda meneó la cabeza.

—¡El romanticismo ha muerto! ¡El romanticismo ha muerto! ¡El romanticismo ha muerto! —murmuró.

Era una de esas personas que creen que repitiendo una cosa cierto número de veces, acaba por ser verdad.

De pronto se oyó una tos fuerte y seca y todos miraron a su alrededor. Era un pequeño cohete de altivo continente atado a la punta de un palo. Tosía siempre antes de hacer una advertencia, como para llamar la atención.

—¡Ejem! ¡Ejem! —exclamó.

Y todo el mundo se dispuso a escucharle, menos la pobre rueda, que seguía moviendo la cabeza y murmurando:

—¡El romanticismo ha muerto!

—¡Orden! ¡Orden! —gritó un petardo.

Tenía algo de político y había tomado siempre parte importante en las elecciones locales. Por eso conocía las frases empleadas en el Parlamento.

—¡Ha muerto del todo! —suspiró la rueda. Y se volvió a dormir.

No bien se restableció por completo el silencio, el cohete tosió por tercera vez y comenzó. Hablaba con una voz clara y lenta, como si dictase sus memorias, y miraba siempre por encima del hombro a la persona a quien se dirigía. Realmente, tenía unos modales distinguidísimos.

—¡Qué feliz es el hijo del rey —observó— por casarse el mismo día en que me van a disparar! Ni preparándolo de antemano podría resultar mejor para él; aunque los príncipes siempre tienen suerte.

—¿Ah, sí? —dijo el pequeño buscapiés—. Yo creí que era precisamente lo contrario y que era usted a quien se disparaba en honor del príncipe.

—Ese quizá sea su caso —replicó el cohete—. Casi diríase que estoy seguro de ello; pero en cuanto a mí, es ya diferente. Soy un cohete distinguido y desciendo de padres igualmente distinguidos. Mi madre era la girándula más célebre de su época. Tenía fama por la gracia de su danza. Cuando hizo su gran aparición en público, dio diecinueve vueltas antes de apagarse, lanzando por el aire siete estrellas rojas a cada vuelta. Tenía tres pies y medio de diámetro y estaba fabricada con pólvora de la mejor. Mi padre era cohete como yo y de origen francés. Volaba tan alto, que la gente temía que no volviese a descender. Descendía, sin embargo, porque era de excelente constitución e hizo una caída brillantísima, en forma de lluvia, de chispas de oro. Los periódicos se ocuparon de él en términos muy halagüeños, y hasta la Gaceta de la Corte dijo que «señalaba el triunfo del arte *pilotécnico*».

—Pirotécnico, pirotécnico querrá decir —interrumpió una bengala—. Sé que es pirotécnico porque he visto la palabra escrita sobre mi caja de hoja de lata.

—Pues yo digo *pilotécnico* —replicó el cohete en tono severo.

Y la bengala se quedó tan apabullada, que empezó inmediatamente a mortificar a los buscapiés pequeños para demostrar que ella también era persona de bastante importancia.

—Decía yo... —prosiguió el cohete—, decía yo... ¿qué es lo que yo decía?

—Hablaba de usted mismo —repuso la candela romana.

—Naturalmente. Sé que hablaba de alguna cosa interesante cuando he sido tan groseramente interrumpido. Odio la grosería y las malas maneras, porque soy extremadamente sensible. No hay nadie en el mundo tan sensible como yo, estoy seguro de ello.

—¿Qué es una persona sensible? —preguntó el petardo a la candela romana.

—Una persona que porque tiene callos pisa siempre los pies a los demás —respondió la candela en un débil murmullo.

Y el petardo casi estalló de risa.

—¡Perdón! ¿De qué se ríe? —preguntó el cohete—. Yo no me río.

—Me río porque soy feliz —replicó el petardo.

—Es un motivo bien egoísta —dijo el cohete con ira—. ¿Qué derecho tiene para ser feliz? Debería pensar en los demás, debería pensar en mí. Yo pienso siempre en mí y creo que todo el mundo debería hacer lo mismo. Eso es lo que se llama simpatía. Es una hermosa virtud y yo la poseo en alto grado. Suponga, por ejemplo, que me sucediese algún percance esta noche. ¡Qué desgracia para todo el mundo! El príncipe y la princesa no podrían ya ser felices: se habría acabado su vida de matrimonio. En cuanto al rey, creo que no podría soportarlo. Realmente, cuando empiezo a pensar en la importancia de mi papel, me emociono hasta casi llorar.

—Si quiere agradar a los demás —exclamó la candela romana—, haría mejor en mantenerse en seco.

—¡Ciertamente! —exclamó la bengala, que no estaba de muy buen humor—, eso es sencillamente de sentido común.

—¿Cree que es de sentido común? —replicó el cohete indignado—. Olvida que yo no tengo nada común y que soy muy distinguido. ¡A fe mía todo el mundo puede tener sentido común con tal de carecer de imaginación! Pero yo tengo imaginación, porque nunca veo las cosas como son. Las veo siempre muy diferentes de lo que son. En cuanto a eso de mantenerme en seco, es que no hay aquí, con toda seguridad, nadie que sepa apreciar a fondo un temperamento delicado. Afortunadamente para mí, no me importa nada. La única cosa que le sostiene a uno en la vida es el convencimiento de la enorme inferioridad de sus semejantes y este es un sentimiento que he mantenido siempre en mí. Pero ninguno de ustedes tiene corazón. Gritan y se regocijan como si el príncipe y la princesa no estuviesen celebrando sus bodas.

—¡Eh! —exclamó un pequeño globo de fuego—. ¿Y por qué no? Es una alegre ocasión y cuando estalle yo en el aire pienso comunicárselo a todas las estrellas. Ya verán cómo brillarán cuando les hable de la bella recién casada.

—¡Oh, qué concepto más banal de la vida! —dijo el cohete—, pero no me esperaba yo menos. No hay nada en usted. Es hueco y vacío. ¡Bah! Quizás el príncipe y la princesa se vayan a vivir en un país en que haya un río profundo, quizá tengan un solo hijo, un pequeñuelo de pelo rizado y de ojos violeta como los del príncipe. Quizá vaya algún día a pasearse con su nodriza. Quizá la nodriza se duerma debajo de un gran sauce. Quizá el niño se caiga al río y se ahogue. ¡Qué terrible desgracia! ¡Los pobres, perder a su hijo único! Es terrible, realmente. No podré soportarlo nunca.

—Pero no han perdido a su hijo único —dijo la candela romana—. No les ha sucedido ninguna desgracia.

—No he dicho que les haya sucedido —replicó el cohete—. He dicho que podría sucederles. Si hubiesen perdido a su hijo único, sería inútil decir nada sobre el suceso. Detesto a las personas que lloran por su cántaro de leche roto. Pero cuando pienso que han perdido a su hijo único, me siento verdaderamente tristísimo.

—Ya lo veo —exclamó la bengala—. Realmente es usted la persona más afectada que he visto en mi vida.

—Y usted la persona más grosera que he conocido —dijo el cohete—. No puede comprender mi afecto por el príncipe.

—¡Bah! Ni siquiera lo conoce... —chisporroteó la candela romana.

—No, nunca dije que le conociera —respondió el cohete—. Me atrevo a decir que si lo conociese no sería de ningún modo amigo suyo. Es cosa peligrosa conocer uno a sus amigos.

—Mejor haría en mantenerse en seco —dijo el globo de fuego—. Eso es lo más importante.

—Para usted no dudo que será importantísimo —respondió el cohete—. Pero yo lloraré si me viene en gana.

Y el cohete estalló en lágrimas que corrieron sobre su vara en gotas de lluvia, ahogando casi a dos pequeños escarabajos que pensaban precisamente en fundar una familia y buscaban un bonito sito seco para instalarse.

—Debe tener un temperamento verdaderamente romántico, pues llora cuando no hay por qué llorar —dijo la rueda.

Y lanzando un profundo suspiro, se puso a pensar en la caja de madera. Pero la candela romana y la bengala estaban indignadas. Gritaban con todas sus fuerzas:

—¡Pamplinas! ¡Pamplinas!

Eran muy prácticas, y cuando se oponían a algo lo denominaban *pamplinas*. Entonces apareció la luna como un soberbio escudo de plata y las estrellas comenzaron a brillar y llegaron al palacio los sones de una música.

El príncipe y la princesa dirigían el baile. Bailaban tan bien que los pequeños lirios blancos echaban un vistazo por la ventana contemplándolos, y las grandes amapolas rojas movían la cabeza, llevando el compás.

En aquel momento sonaron las diez, luego las once y luego las doce, y a la última campanada de medianoche, todo el mundo fue a la terraza y el rey hizo llamar al pirotécnico real.

—Empiecen los fuegos artificiales —dijo el rey.

Y el pirotécnico real hizo un profundo saludo y se dirigió al fondo del jardín.

Tenía seis ayudantes. Cada uno llevaba una antorcha encendida sujeta a la punta de una larga pértiga.

Fue realmente una soberbia irradiación de luz.

—¡Ssss! ¡Ssss! —hizo la rueda que empezó a girar.

—¡Bum! ¡Bum! —replicó la candela romana.

Entonces los buscapiés entraron en danza y las bengalas colorearon todo de rojo.

—¡Adiós! —gritó el globo de fuego mientras se elevaba haciendo llover chispitas azules.

—¡Bang! ¡Bang! —respondieron los petardos, que se divertían muchísimo.

Todos tuvieron un gran éxito, menos el cohete. Estaba tan húmedo por haber llorado que no pudo arder. Lo mejor que había en él era la pólvora y esta se hallaba tan mojada por las lágrimas que estaba inservible. Toda su pobre parentela, a la que no se dignaba hablar sin una sonrisa despectiva, produjo un gran alboroto por el cielo, como si fuesen magníficos ramilletes de oro floreciendo en fuego.

—¡Bravo! ¡Bravo! —gritaba la Corte.

Y la princesita reía de placer.

—Creo que me reservan para alguna gran ocasión —dijo el cohete—. Indudablemente es eso.

Y miraba a su alrededor con aire más orgulloso que nunca.

Al día siguiente vinieron los obreros a colocarlo todo de nuevo en su sitio.

—Evidentemente es una comisión —se dijo el cohete—. Los recibiré con una tranquila dignidad.

Y engallándose empezó a fruncir las cejas como si pensase en algo muy importante. Pero los obreros no se dieron cuenta de su presencia hasta dejarlo atrás.

Entonces uno de ellos lo vio.

—¡Ah! —gritó—. ¡Qué mal cohete!

Y le tiró al paso por encima del muro.

—¡Mal cohete! ¡Mal cohete! —dijo este girando por el aire—. ¡Imposible! Famoso cohete, eso es lo que han querido decir. Mal y famoso suenan para mí casi lo mismo, y a veces ambas cosas son idénticas.

Y cayó en el lodo.

—No es esto muy cómodo —observó—, pero sin duda es algún balneario de moda a donde me han enviado para que reponga mi salud. Mis nervios están muy desgastados y necesito descanso.

Entonces una ranita de ojillos brillantes y de traje verde moteado nadó hacia él.

—Ya veo que es un recién llegado —dijo la rana—. ¡Bueno! Después de todo no hay nada como el fango. Denme un tiempo lluvioso y un hoyo y soy completamente feliz... ¿Cree que la tarde será calurosa? Así lo espero, porque el cielo está todo azul y despejado. ¡Qué lástima!

—¡Ejem!, ¡ejem! —profirió el cohete tosiendo.

—¡Qué voz más deliciosa tiene! —gritó la rana—. Parece el croar de una rana y croar es la cosa más musical del mundo. Ya oirá nuestros coros esta noche. Nos colocamos en el antiguo estanque de los patos junto a la alquería y en cuanto aparece la luna, empezamos. El concierto es tan sublime que todo el mundo viene a oírnos. Ayer, sin ir más lejos, oí a la mujer del colono decir a la madre que no pudo dormir ni un segundo durante la noche por nuestra causa. Es muy agradable ver lo popular que es una.

—¡Ejem!, ¡ejem! —dijo el cohete.

Estaba muy molesto de no poder salir de su mutismo.

—¡Sí, una voz deliciosa! —prosiguió la rana—. Espero que vendrá al estanque de los patos. Voy a echar un vistazo a mis hijas.

Tengo seis hijas soberbias y me inquieta mucho que el sollo tope con ellas... Es un verdadero monstruo y no sentiría el menor escrúpulo en comérselas. Así es que ¡adiós! Me agrada mucho su conversación, se lo aseguro.

—¿Y llama conversación a esto? —dijo el cohete—. Ha charlado usted sola todo el rato. Eso no es conversación.

—Alguien tiene que escuchar siempre —replicó la rana—, y a mí me gusta llevar la voz cantante en la conversación. Así se ahorra tiempo y se evitan disputas.

—Pues a mí me gusta la discusión —dijo el cohete.

—No lo creo —replicó la rana con aire compasivo—. Las discusiones son completamente vulgares, porque en la buena sociedad todo el mundo tiene exactamente las mismas opiniones. Adiós otra vez. Veo a mis hijas allá abajo.

Y la ranita se puso a nadar nuevamente.

—Es una persona antipática —dijo el cohete—, y mal educada. Detesto a las gentes que hablan de sí mismas como usted, cuando necesita uno hablar de uno mismo, como en mi caso. Eso es lo que se llama egoísmo y el egoísmo es una cosa aborrecible, sobre todo para los que son como yo, pues bien conocen todos mi carácter simpático. Debería tomar ejemplo de mí. No podría encontrar un modelo mejor. Ahora que tiene esa oportunidad, aprovéchela sin tardanza, porque voy a volver a la Corte enseguida. Soy muy estimado en la Corte. Ayer, el príncipe y la princesa se casaron en mi honor. Seguramente no estará enterada de nada de esto, ¡como es provinciana!

—¡No se moleste en hablarle! —dijo una libélula posada en la punta de una espadaña—. Se ha ido.

—Bueno, ¡ella se lo pierde y no yo! No voy a dejar de hablarle, sólo porque no me escuche. Me gusta oírme hablar. Es uno de mis mayores placeres. Sostengo a menudo largas conversaciones conmigo mismo y soy tan profundo que a veces no comprendo ni una palabra de lo que digo.

—Entonces debe ser licenciado en Filosofía —dijo la libélula.

Y desplegando sus lindas alas de gasa, se elevó hacia el cielo.

—¡Qué necedad demuestra al no quedarse aquí! —dijo el cohete—. Estoy seguro de que no habrá tenido muy a menudo la oportunidad de educar su espíritu; aunque después de todo me es igual. Un genio como el mío será apreciado con toda seguridad algún día.

Y se hundió un poco más en el fango.

Pasado un rato, una gran pata blanca nadó hacia él. Tenía las patas amarillas, los pies palmeados y la consideraban como una gran belleza por su contoneo.

—¡Cuac!, ¡cuac!, ¡cuac! —dijo—. ¡Qué tipo más raro tiene usted! ¿Puedo preguntarle si ha nacido aquí o si es de resultas de algún accidente?

—¡Cómo se ve que ha vivido siempre en el campo! De otro modo sabría quién soy. Sin embargo, disculpo su ignorancia. Sería descabellado querer que los demás fueran tan extraordinarios como uno mismo. Sin duda le sorprenderá saber que vuelo por el cielo y que caigo en una lluvia de chispas de oro.

—No lo considero muy estimable —dijo la pata—, pues no veo en qué puede ser eso útil a nadie. ¡Ah! Si arara los campos como un buey; si arrastrase un carro como el caballo; si guardase un rebaño como el perro del ganado, entonces ya sería otra cosa.

—Buena mujer —dijo el cohete con tono muy altivo—, veo que pertenece a la clase baja. Las personas de mi rango no sirven nunca para nada. Tenemos un encanto especial y con eso basta. Yo mismo no siento la menor inclinación por ningún trabajo y menos aún por esa clase de trabajos que enumera. Además, siempre he sido de opinión que el trabajo rudo es simplemente el refugio de la gente que no tiene otra cosa que hacer en la vida.

—¡Bien, bien! —dijo la pata, que era de temperamento pacífico y no reñía nunca con nadie—. Cada cual tiene gustos diferentes. De todas maneras, deseo que venga a establecer aquí su residencia.

—¡Nada de eso! —exclamó el cohete—. Soy un visitante, un visitante distinguido y nada más. El hecho es que encuentro este sitio muy aburrido. No hay aquí ni sociedad ni soledad. Resulta completamente de barrio bajo... Volveré seguramente a la Corte, pues estoy destinado a causar sensación en el mundo.

—Yo también pensé en entrar en la vida pública —observó la pata—. ¡Hay tantas cosas que piden reforma! Así pues, presidí, no hace mucho, un mitin en el que votamos unas proposiciones condenando todo lo que nos desagradaba. Sin embargo, no parecen haber surtido gran efecto. Ahora me ocupo de cosas domésticas y velo por mi familia.

—Yo he nacido para la vida pública y en ella figuran todos mis parientes, hasta los más humildes. Allí donde aparecemos, llamamos extraordinariamente la atención. Esta vez no he figurado personalmente, pero cuando lo hago, resulta un espectáculo magnífico. En cuanto a las cosas domésticas, hacen envejecer y apartan el espíritu de otras cosas más altas.

—¡Oh, qué bellas son las cosas altas de la vida! —dijo la pata—. ¡Esto me recuerda el hambre que tengo!

Y la pata volvió a nadar por el río, continuando sus ¡cuac... cuac... cuac...!

—¡Vuelva, vuelva! —gritó el cohete—. Tengo muchas cosas que decirle.

Pero la pata no le hacía ningún caso.

—Me alegro de que se haya ido. Tiene realmente un espíritu mediocre.

Y hundiéndose un poco más en el fango, empezaba a reflexionar sobre la belleza del genio, cuando de repente dos chiquillos con blusas blancas llegaron al borde de la cuneta con un caldero y unos leños.

—Esta debe de ser la comisión —dijo el cohete. Y adoptó una digna compostura.

—¡Oh! —gritó uno de ellos—. Mira este palo viejo. ¡Qué raro que haya venido a parar aquí!

Y sacó el cohete de la cuneta.

—¡Palo viejo! —refunfuñó el cohete—. ¡Imposible! Habrá querido decir palo precioso. Palo precioso es un cumplido. Me toma por un personaje de la Corte.

—¡Echémoslo al fuego! —dijo el otro muchacho—. Así ayudará a que hierva la caldera.

Amontonaron los leños, colocaron el cohete sobre ellos y prendieron fuego.

—¡Magnífico! —gritó el cohete—. Me colocan a plena luz. Así todos me verán.

—¡Ahora vamos a dormir! —dijeron los niños—, y cuando nos despertemos estará ya hirviendo la caldera.

Y acostándose sobre la hierba cerraron los ojos. El cohete estaba muy húmedo. Pasó un buen rato antes de que ardiese. Sin embargo, al fin, prendió el fuego en él.

—¡Ahora voy a partir! —gritaba, y se erguía y se estiraba.

—Sé que voy a subir más alto que las estrellas, más alto que la luna, más alto que el sol. Subiré tan arriba que...

¡Fisss! ¡Fisss! ¡Fisss!

Y se elevó en el aire.

—¡Delicioso! —gritaba—. Seguiré subiendo así siempre. ¡Qué éxito tengo!

Pero nadie lo veía. Entonces comenzó a sentir una extraña impresión de hormigueo.

—¡Voy a estallar! —gritaba—. Incendiaré el mundo entero y haré tanto ruido, que no se hablará de otra cosa en un año.

Y, en efecto, estalló.

—¡Bang! ¡Bang! ¡Bang! —hizo la pólvora. La pólvora no podía hacer otra cosa.

Pero nadie oyó, ni siquiera los dos muchachos que dormían profundamente. No quedó del cohete más que el palo que cayó sobre la espalda de una oca que daba su paseo alrededor de la zanja.

—¡Cielos! —exclamó—. ¡Ahora llueven palos!

Y se tiró al agua.

—¡Me parece que he causado una gran sensación! —musitó el cohete. Y expiró.

(Oscar Wilde)

EL ANSIA DE POSEER

¿Sabes que tienes muchas cosas de las que millones de niños en el mundo carecen? Me explico: no te falta la ropa, vas calzado, sobre tu cabeza hay un techo por la noche, comes todos los días, cuentas con diversiones y juguetes, y —lo más importante de todo— tienes quien te quiere y cuida de ti. Serías muy tonto si arriesgaras todo lo que tienes sólo por conseguir algo que no posees. Comportarte así tiene muchas veces consecuencias muy tristes. Eso es lo que nos cuenta precisamente un cuento del Isopete *(recopilación de las fábulas de Esopo):*

DEL PERRO Y DEL PEDAZO DE CARNE

A veces pierde el codicioso lo que tiene en su poder queriendo tomar lo ajeno, de lo cual se dice tal fábula:

El perro, teniendo un pedazo de carne, pasaba por un río, en el que vio la sombra de la carne que él llevaba; y pareciéndole aquella mayor que la que él tenía, abrió la boca para tomar la sombra que aparecía en el agua. Y así se le cayó el pedazo de carne de la boca y se lo llevó el río, y se quedó sin lo uno y sin lo otro, perdiendo lo que tenía, al pensar alcanzar lo otro que le parecía mayor, lo cual no pudo tener.

Esta fábula significa que no debe el hombre, por codiciar lo ajeno y dudoso, dejar lo suyo que es seguro, aunque lo que codicie le parezca más. Y así según el refrán, quien todo lo quiere, todo lo pierde.

(ESOPO)

LA QUEJA

*¿Cómo te comportas en casa? ¿Sabes valorar lo que tienes o no paras de quejarte? Bueno, por supuesto, puede haber razones para quejarse... Una caída, un golpe, una enfermedad, pero... ¿tú te quejas cuando hay motivos de verdad o siempre y por cualquier causa? Esta historia de nuestro amigo Hartzenbusch (**véase p. 59**) te enseñará lo ridículos —e injustos— que son los quejosos:*

LOS TRES QUEJOSOS

«¡Qué mal —gritó la mona—
estoy con rabo!»
«¡Qué mal estoy sin astas!»
repuso el asno y dijo el topo:
«Más debo yo quejarme,
que estoy sin ojos».

No reniegues, Camilo,
de tu fortuna;
que otros podrán dolerse
más de la suya.

Si se repara,
nadie en el mundo tiene
dicha colmada.

(JUAN EUGENIO HARTZENBUSCH)

EL ESFUERZO INÚTIL

El esfuerzo es muy importante. Precisamente porque es muy importante, no deberías esforzarte de manera inútil. Si sudas, hazlo por un motivo que merezca la pena. Justo eso es lo que nos cuenta en esta fábula el escritor español Tomás de Iriarte (1750-1791):

LA ARDILLA Y EL CABALLO

(Algunos emplean en obras frívolas tanto afán como otros en las importantes.)

Mirando estaba un ardilla
a un generoso alazán,
que dócil a espuela y rienda
se adiestraba en galopar.

Viéndole hacer movimientos
tan veloces y a compás,
de aquesta suerte le dijo
con muy poca cortedad:

«Señor mío,
de ese brío,
ligereza
y destreza
no me espanto,
que otro tanto
suelo hacer,
y acaso más.

Yo soy viva,
soy activa,
me meneo,
me paseo,
yo trabajo,
subo y bajo,
no me estoy quieta jamás.»

El paso detiene entonces
el buen potro, y muy formal
en los términos siguientes
respuesta a la ardilla da:

«Tantas idas
y venidas,
tantas vueltas
y revueltas
(quiero, amiga,
que me diga),
¿son de alguna utilidad?

Yo me afano;
mas no en vano.
Sé mi oficio,
y en servicio
de mi dueño,
tengo empeño
de lucir mi habilidad.»

Conque algunos escritores
ardillas también serán
si en obras frívolas gastan
todo el calor natural.

(TOMÁS DE IRIARTE)

EL ELOGIO DE LOS NECIOS

Seguramente te gusta que digan cosas buenas de ti. A todos nos gusta que lo hagan. Sin embargo, debes tener cuidado porque no todas las personas son iguales. Si quien habla bien de ti son tus padres, tus profesores, quienes se preocupan por ti es buena señal. Pero si lo hace un tonto... es para preocuparse. Eso es lo que nos cuenta, de nuevo, Tomás de Iriarte:

EL OSO, LA MONA Y EL CERDO

(Nunca una obra se acredita tanto de mala como cuando la aplauden los necios.)

Un oso, con que la vida
ganaba un piamontés,
la no muy bien aprendida
danza ensayaba en dos pies.

Queriendo hacer de persona,
dijo a una mona: «¿Qué tal?».

Era perita la mona,
y respondióle: «Muy mal».

«Yo creo —replicó el oso—,
que me haces poco favor.
¡Pues qué! ¿Mi aire no es garboso?
¿No hago el paso con primor?»

Estaba el cerdo presente,
y dijo: «¡Bravo! ¡Bien va!
Bailarín más excelente
no se ha visto ni verá».

Echó el oso, al oír esto,
sus cuentas allá entre sí,
y con ademán modesto
hubo de exclamar así:

«Cuando me desaprobaba
la mona, llegué a dudar;
mas ya que el cerdo me alaba,
muy mal debo de bailar.»

Guarde para su regalo
esta sentencia el autor:
si el sabio no aprueba, ¡malo!
si el necio aplaude, ¡peor!

(TOMÁS DE IRIARTE)

LA IMPACIENCIA

¿Andas siempre preguntando cuándo? Por ejemplo, «¿cuándo vamos a llegar?, ¿cuándo me lo darás?, ¿cuándo me vas a llevar?...». ¿Te resulta imposible esperar? Si eso es lo que te sucede padeces de impa-

ciencia. Bueno, amiguito, pues tienes que aprender a esperar. Tienes que aprenderlo porque todas las cosas en esta vida necesitan su tiempo: hacer una tortilla de patatas, abrir una puerta, aprender un idioma, hasta terminar un juego requiere su tiempo. El no saber esperar, el ser un impaciente, te puede salir caro como le pasó a Orfeo cuando bajó a los infiernos tal y como nos lo contó nuestro amigo Ovidio *(véanse pp. 32 y 67)* *en* Las Metamorfosis*:*

LAS METAMORFOSIS. ORFEO EN LOS INFIERNOS

Orfeo invitó al dios Himeneo para que asistiese a sus bodas con Eurídice. Asistió efectivamente a ellas; pero ni profirió la cantinela nupcial ni fue con buen semblante ni con feliz agüero. La antorcha que tenía en las manos no ardía ni se encendía, aunque se le aplicaba el fuego, ni hacía otra cosa que rechinar y apagarse, despidiendo un humo que hacía salir las lágrimas de los ojos. El suceso fue más triste que los anuncios; porque mientras la recién casada Eurídice andaba discurriendo por un florido prado, acompañada de una tropa de náyades, le causó la muerte una mordedura que le hizo una serpiente en un talón.

Después de haber llorado Orfeo la pérdida de su esposa y haber llenado los aires de ayes y lamentos, formó el atrevido designio de bajar a los infiernos por la cueva y entrada que está en el monte Ténaro. Caminando por entre las almas, se presentó ante Proserpina y Plutón, que son los que reinan en aquella triste región, e hiriendo las cuerdas armoniosas de su lira las acompañó con la canción siguiente:

«Oh deidades del mundo subterráneo, adonde venimos a parar todos los mortales, si dais licencia para que hable la verdad, omitiendo preámbulos inoportunos, no he venido acá para ver la negra mansión de los infiernos ni para atar al Cancerbero de tres gargantas, ásperas con las serpientes que las rodean. Mi esposa es la causa de mi venida, que pisando una víbora la mordió e infundió su veneno y le causó la muerte en los floridos años de su juventud. Procuré sufrir con paciencia esta desgracia, y confieso haber hecho cuanto pude para conseguirlo; pero venció el amor.

Yo, pues, os suplico, poderosos dioses, por estos lugares llenos de temor, por este caos y por el pavoroso silencio de este dilatado reino, que me deis a Eurídice y anudéis el hilo de su vida, que fue cortado fuera de sazón. Todos los vivientes os somos deudores, y aunque dilatemos algo nuestra vida, tarde o temprano todos caminamos a estas regiones. Estas son nuestras últimas moradas, en las que podéis vanagloriaros de tener un imperio eterno sobre el género humano. También Eurídice; cuando muera a su tiempo y en otra edad más avanzada, volverá a recaer en vuestra jurisdicción. Sólo os pido el uso de algún tiempo por gracia y beneficio; pero si los hados se oponen a mis deseos, vengo con la determinación de quedarme en estos lugares. Gozad enhorabuena de la muerte de dos».

Aquellas pálidas almas lloraron al ver expresar los sentimientos de Orfeo y al oír acompañar sus acentos con su armoniosa lira. Tántalo dejó de coger el agua que siempre se le escapaba. La rueda de Ixión se detuvo; los crueles buitres, que despedazaban el hígado del desgraciado Ticio, le dieron algún descanso; las hijas de Belo cesaron de echar agua en el tonel horadado, que se vacía al paso que lo llenan; Sísifo se sentó sobre la piedra, que está condenado a rodar sin pausa ni descanso. En esta ocasión fue cuando se vio por primera vez llorar a las implacables Furias. Proserpina y Plutón se enternecieron y mandaron llamar a Eurídice, que estaba entre las almas recién entradas y vino cojeando por causa de la mordedura de la serpiente. Se la entregaron a Orfeo bajo la condición de no volver atrás los ojos hasta haber salido de los valles del Averno, so pena de que la perdería y sería nula la gracia.

En medio de aquel profundo silencio treparon por un camino cuesta arriba lleno de malezas y en que habitaban la oscuridad y las más densas tinieblas. Ya les faltaba poco para llegar a la superficie de la tierra y salir de aquella oscura región, cuando Orfeo, deseoso de ver a Eurídice, volvió la vista. En ese momento ella fue retirada hacia atrás, y extendiendo sus brazos para asir con ellos a su esposo o ser asida por él, ni encontró ni palpó otra cosa la infeliz que el viento deleznable, y muriendo con esto por segunda vez no se quejó de que tuviese la culpa su marido. Porque, ¿cómo había de quejarse de verse amada? Con esto le dio el último adiós, que con dificultad llegó a sus oídos, y fue tornada con violencia al oscuro reino de donde había salido.

El desgraciado Orfeo volvió hacia atrás en seguimiento de su mujer y se esforzó por pasar el río Leteo; pero el barquero Aqueronte se lo prohibió, alejándole de su barca. Y así permaneció siete días y otras tantas noches a la ribera del río infernal, sin otro alimento que sus lágrimas.

(Ovidio)

LA RELATIVIDAD DEL PODER

¿Te gusta mandar? Hay niños a los que sólo les gusta mandar. Si no mandan, no quieren jugar con otros niños. Si no mandan, se aburren en clase. Si no mandan, se sienten muy, muy mal. También hay adultos que se comportan así. Sólo quieren mandar y, a veces, para conseguirlo, hacen muy desdichados a otros. Y sin embargo, mandar no es tan importante. A veces el que más manda descubre de pronto que sirve de muy poco, que no tiene apenas importancia y que además en su ansia por mandar sólo hace daño. Así lo contó Scherezade, la protagonista de una de mis novelas infantiles, titulada:

El maestro de Scherezade

Scherezade leyó:

Se hallaba un día Harún Ar-Rashid descansando en su tienda durante una expedición militar cuando su bufón entró y lo encontró pidiendo a gritos un vaso de agua. Echó a correr el bufón y se lo trajo diciendo: «Aquí está el agua, pero te ruego que me digas lo que habrías pagado por este vaso si hubiera resultado imposible de hallar». Ar-Rashid respondió: «Sin duda habría entregado la mitad de mi imperio». El bufón le dio el vaso y le dijo: «Bébetelo y que Allah lo convierta en delicioso para ti». Apenas hubo acabado el califa cuando el bufón le dijo: «Sayidi, y si ahora por algún problema de salud esa agua que acabas de beber no pudiera salir de tu vejiga, ¿qué precio estarías dispuesto a pagar para lograr expulsar esa orina?». Ar-Rashid respondió: «En un caso como ese daría todo mi imperio». Entonces el bufón comenzó a llorar mientras decía: «Sayidi, un imperio que no pesa en la balanza más de un vaso de agua y un chorro de orina no debería ocasionar todas las preocupaciones que padeces y las guerras que emprendes para conservarlo».

(CÉSAR VIDAL)

LOS CONSEJOS A LOS NECIOS

¿Alguna vez te has atrevido a dar consejos a alguien? Actuar así puede estar bien si lo que deseas es hacerle bien a otra persona. Pero también tienes que ser muy cuidadoso. No todo el mundo está dispuesto a escuchar. Hay personas que son demasiado orgullosas, demasiado soberbias, demasiado tontas como para prestar atención a lo que otros les dicen. Dar consejos a gente así es peligroso, como nos contó nuestro viejo conocido Collodi (véanse pp. 27 y 55).

Por cierto, ¿cómo te comportas cuando tus padres, tus abuelos o tus profesores te dan consejos? ¿Los escuchas y te comportas como te dicen… o actúas como un tonto?

PINOCHO

Pues, ahora lo veréis, sucedió que mientras el pobre Geppetto era conducido a la cárcel sin culpa alguna, el monigote de Pinocho, libre ya de las garras del guardia, escapó a campo traviesa; corría como un automóvil, y en el entusiasmo de la carrera saltaba altísimos matorrales, setos, piedras y fosos llenos de agua, como una liebre perseguida por galgos.

Cuando llegó a su casa encontró la puerta entornada. Abrió, entró en la habitación, y después de correr el cerrojo se sentó en el suelo, lanzando un gran suspiro de satisfacción.

Pero la satisfacción le duró poco, porque oyó que alguien decía dentro del cuarto:

—¡Cri, cri, cri!

—¿Quién me llama? —gritó Pinocho lleno de miedo.

—Soy yo.

Volvió Pinocho la cabeza, y vio que era un grillo que subía poco a poco por la pared.

—Dime, grillo: ¿y tú quién eres?

—Yo soy el grillo-parlante que vive en esta habitación desde hace más de cien años.

—Bueno —contestó el muñeco—; pero hoy esta habitación es mía; si quieres hacerme un gran favor márchate prontito y sin volver siquiera la cabeza.

—No me marcharé sin decirte antes una verdad como un templo.

—Pues dila ya, y despacha pronto.

—¡Ay de los niños que se rebelan contra su padre y abandonan caprichosamente la casa paterna! Nada bueno puede sucederles en el mundo, y tarde o temprano acabarán por arrepentirse amargamente.

—Como quieras, señor grillo; pero yo sé que mañana al amanecer me marcho de aquí, porque si me quedo, me sucederá lo que a todos los niños: me llevarán a la escuela y tendré que estudiar quiera o no quiera. Y yo te digo en confianza que no me gusta estudiar, y que mejor quiero entretenerme en cazar mariposas y en subir a los árboles a coger nidos de pájaros.

—¡Pobre tonto! Pero, ¿no comprendes que de ese modo cuando seas mayor estarás hecho un solemne borrico y que todo el mundo se burlará de ti?

—¡Cállate, grillucho de mal agüero! —gritó Pinocho.

Pero el grillo, que era paciente y filósofo, no se incomodó al oír esta impertinencia, y continuó diciendo con el mismo tono:

—Y ya que no te gusta ir a la escuela, ¿por qué no aprendes al menos un oficio que te sirva para ganar honradamente un pedazo de pan?

—¿Quieres que te lo diga? —contestó Pinocho, que empezaba ya a perder la paciencia—. Entre todos los oficios del mundo no hay más que uno que me guste.

—¿Y qué oficio es ese?

—El de comer, beber, dormir, divertirme y hacer desde la mañana a la noche vida de vagabundo.

—Te advierto —replicó el grillo-parlante con su acostumbrada calma— que todos los que siguen ese oficio acaban casi siempre en el hospital o en la cárcel.

—¡Mira, grillucho de mal agüero, si se me acaba la paciencia, pobre de ti!

—¡Pinocho! ¡Pinocho! ¡Me das verdadera lástima!

—¿Por qué te doy lástima?

—Porque eres un muñeco, y, lo que es peor aún, porque tienes la cabeza de madera.

Al oír estas palabras saltó del suelo Pinocho muy enfurecido, y cogiendo un mazo de madera que había sobre el banco, se lo tiró al grillo-parlante. Quizá no creía que iba a darle; pero, por desgracia, le dio en la misma cabeza, y el pobre grillo apenas pudo decir «cri, cri» quedó aplastado en la pared.

(CARLO COLLODI)

LOS MALOS PROTECTORES

Todos necesitamos que nos protejan. Los ejércitos protegen nuestras fronteras; los policías, la seguridad de las calles... y por supuesto, tus padres también te protegen. La protección es buena y necesaria, pero hay que ser muy prudente con las personas que nos protegen. Hay que evitar a los malos protectores. De eso mismo nos habla nuestro amigo el Infante don Juan Manuel (véase p. 24) en uno de los relatos de El Conde Lucanor*:*

DE LO QUE ACONTECIÓ A LOS CUERVOS CON LOS BÚHOS

Hablaba un día el Conde Lucanor con Patronio, su consejero, y díjole:

—Patronio, yo he contienda con un hombre muy poderoso; y aquel mi enemigo había en su casa un su pariente y su criado, y hombre a quien había hecho mucho bien. Y un día, por cosas que acaecieron entre ellos, aquel mi enemigo hizo mucho mal y muchas deshonras a aquel hombre con quien había tantas deudas. Y viendo el mal que había recibido y queriendo catar manera cómo se vengase, vínose a mí, y yo tengo que es muy gran mi pro, porque este me puede desengañar y apercibir para que pueda más ligeramente hacer daño a aquel mi enemigo. Pero, por la gran confianza que yo he en vos y en el vuestro entendimiento, ruégoos que me aconsejéis lo que haga en este hecho.

—Señor Conde —dijo Patronio—, lo primero, os digo que este hombre no vino a vos sino para engañaros; y para que sepáis la manera del su engaño, me placería que supieseis lo que aconteció a los búhos y a los cuervos.

El Conde le rogó que le dijese cómo había sido aquello.

—Señor Conde Lucanor —dijo Patronio—, los cuervos y los búhos habían entre sí gran contienda, pero los cuervos estaban en mayor apuro. Y los búhos, porque es su costumbre andar de noche, y de día están escondidos en cuevas muy malas de hallar, venían de noche a los árboles do los cuervos se albergaban y mataban a muchos de ellos y hacíanles mucho mal. Y pasando los cuervos tanto daño, un cuervo que había entre ellos muy sabedor, y que se dolía mucho del mal que había recibido de los búhos sus enemigos, habló con los cuervos, sus parientes, y cató de esta manera para poderse vengar.

»Y la manera fue esta: que los cuervos le mesaron todo, salvo de ello un poco de las alas, con que volaba muy mal y muy poco. Y desde que fue así maltrecho, fuese para los búhos y contóles el mal y el daño que los cuervos le habían hecho, señaladamente porque les decía que no quisiesen estar en contra de ellos; mas, pues tan malo habían hecho contra él, que si ellos quisiesen, que él les mostraría muchas maneras cómo se podían vengar de los cuervos y hacerles mucho daño.

»Cuando los búhos oyeron esto, plúgoles mucho, y tuvieron que por este cuervo que estaba con ellos, era todo su hecho enderezado, y comenzaron a hacer mucho bien al cuervo y a fiar en él todas sus haciendas y sus secretos.

»Entre los otros búhos, había allí uno que era muy viejo y que había pasado por muchas cosas, y desde que vio este hecho del cuervo, entendió el engaño con que el cuervo andaba, y fuese para el mayoral de los búhos y díjole que estuviese seguro de que aquel cuervo no había venido a ellos sino para su daño y para saber sus haciendas y que lo echasen de su compañía. Mas este búho no fue creído de los otros búhos; y desde que vio que no lo querían creer, partióse de ellos y fue a buscar tierra do los cuervos no lo pudiesen hallar.

»Y los otros búhos cuidaron bien al cuervo. Y desde que las plumas fueron igualadas, dijo a los búhos que, pues que podía volar, que quería saber do estaban los cuervos y que vendría a decírselo para que pudiesen juntarse e ir a destruirlos todos. A los búhos plugo mucho esto.

»Y desde que el cuervo estuvo con los otros cuervos, juntáronse muchos de ellos, y sabiendo toda la hacienda de los búhos, fueron a ellos de día cuando ellos no vuelan y estaban seguros y sin recelo y mataron y destruyeron de ellos tantos que quedaron vencedores los cuervos de toda su guerra.

»Y todo este mal vino a los búhos porque fiaron en el cuervo que naturalmente era su enemigo.

»Y vos, señor Conde Lucanor, pues sabéis que este hombre que a vos vino está muy en deuda con aquel vuestro enemigo, y naturalmente él y todo su linaje son vuestros enemigos, aconséjoos yo que de ninguna manera lo traigáis en vuestra compañía, porque seguro estad que no vino a vos sino para engañaros y para haceros algún daño. Pero si él os quiere servir estando alejado de vos, de guisa que no os pueda empecer, ni saber nada de vuestra hacienda, y de hecho hace tanto mal que nunca pudiera hacer las paces con él, entonces podréis confiar en ese pariente despechado, haciéndolo siempre con cautela para que no os pueda resultar peligroso.

Al Conde plugo mucho lo que Patronio dijo e hízolo así. Y con su consejo fue guardado de yerro.

Y porque entendió donjuan que este ejemplo era muy bueno, hízolo escribir en este libro, e hizo estos versos en que se entiende abreviadamente la intención de todo el ejemplo. Y los versos dicen así:

Al que antes tu enemigo solía ser
ni en nada ni nunca le debes creer.

(INFANTE DON JUAN MANUEL)

EL ENTROMETIMIENTO

Algunas personas necesitan estar metiéndose continuamente en la vida de los demás. A veces lo hacen por deseo de entrometerse y otras, con buena intención. Sin embargo, deberíamos aprender a respetar la intimidad de los otros y no entrar donde no nos llaman. Y es que —como enseña este relato del norteamericano O. Henry (1862-1910)— el meterse en la vida de los demás puede tener muy malas consecuencias.

PAN DE BRUJAS

La señorita Martha Meacham se quedó con la pequeña panadería de la esquina (esa que cuando abres la puerta tintinea la campanilla). Era cuarentona, con una cuenta corriente pendiente de un crédito de dos mil dólares, dos dientes falsos y un corazón compasivo.

Dos o tres veces por semana, acudía a su panadería un joven por el que tomó interés. Era un hombre de mediana edad, con gafas y cuidada barba. Tenía un fuerte acento alemán y se notaba que su ropa estaba raída en puntos muy concretos. Sin embargo, era aseado y muy educado.

Siempre compraba dos panecillos del día anterior. El pan del día costaba dos centavos la pieza pero por dos centavos conseguía cinco del día anterior. Jamás pedía otra cosa que pan rancio.

A menudo, cuando la señorita Martha se sentaba a tomar el té, se acordaba del joven, deseando poder compartir con él su comida; compartir algo más que pan del día anterior.

Había llegado a la conclusión de que era un artista. Lo supo el día en que entró a pedir —como habitualmente— dos panecillos del día anterior, y al recaer su vista sobre una de las baldas del fondo, le hizo un comentario acerca del cuadro con una escena veneciana que tenía arrumbado en una de ellas.

¡Como brillaban sus ojos a través de las gafas!... «En tantas ocasiones el genio tiene que luchar tanto hasta que se le reconozca...», pensaba.

Él seguía acudiendo, siempre a comprar pan del día anterior, jamás un bollo o una empanada; nada. Ninguna de las delicias que ella solía preparar.

En la trastienda, junto a la masa de hornear, Martha preparaba un compuesto a base de bórax, membrillo y semillas; un potingue muy eficaz para dar lustre al rostro. Y también había cambiado su antiguo e insulso delantal marrón de sarga, por uno primoroso y azul, bordado a mano.

¡Algo tenía que hacer! No podía consentir que alguien con su talento —obviamente— jamás probase un panecillo o algo un poco mejor que pan del día anterior. Pero sabía lo orgullosos que eran los artistas y pensó que le ofendería regalándole algo además de su compra habitual. No se sentía capaz de hacerlo cara a cara. Pero ¿qué otra cosa podría hacer...?

Al poco rato entraba su cliente como de costumbre, a pedir el pan habitual. Martha salió de la trastienda con su delantal azul. Justo en ese momento un estruendo en la calle, procedente de un coche de bomberos le hizo a él volver la cabeza y acercarse hasta la puerta. El momento idóneo.

En el estante inferior, detrás del mostrador, Martha acababa de dejar una libra de mantequilla que había traído el lechero hacía apenas diez minutos. Agarró el cuchillo e hizo un corte a lo largo del panecillo, untó gran cantidad de mantequilla y volvió a unir con fuerza las dos mitades para que no se notase el corte.

Para cuando él volvió a mirarla, ella ya estaba envolviéndolos en papel. Iba apresurado, apenas pudieron cruzar unas palabras. Quizás en otra ocasión.

¿Se lo tomaría como una ofensa?, ¿pensaría que era una descarada?, no, seguramente no, la mantequilla nunca había sido demérito para una señorita.

Cuántas veces a lo largo del día siguiente dió vueltas esa idea en su cabeza. Se sonrojaba sólo de pensarlo.

La campanita de la puerta sonó violentamente. Alguien entraba formando un estruendo.

La señorita Martha acudió corriendo. Había dos hombres, uno era un joven fumando en pipa, un hombre al que nunca había visto, y el otro... su artista.

Su cara estaba roja de ira, con el sombrero de medio lado y el pelo revuelto. Dejó las dos monedas bruscamente sobre el mostrador y miro fieramente a la señorita Martha.

—*Dummkopf!* —soltó, y a continuación—: *Tausendonfer!* —o algo parecido, y en verdad malsonante.

—¡Me ha fastidiado pero bien!, es una bruja metomentodo —dijo con los ojos que le salían por encima de las gafas.

La señorita Martha retrocedió hacia las baldas de la pared sin saber qué decir, mientras se agarraba al delantal.

—Oh, vamos, ya has dicho suficiente —dijo el otro hombre mientras le sacaba de la tienda a trompicones

—Tenía que haberle avisado, señora —dijo al regresar—. Es delineante. Trabaja en mi misma oficina. Lleva trabajando desde hace tres meses en un proyecto, diseñando un recinto para el ayuntamiento. Se presentaba a concurso. Acabó de pasarlo a tinta ayer. Ya sabe... los delineantes primero lo hacen a lápiz...

»Cuando había acabado, fue a borrar con la miga de pan rancio, es mejor que ninguna goma de borrar, ¿sabe? Sólo usted tiene pan rancio, por eso lo compraba aquí. Pero... la mantequilla... ya sabe, es buena para todo excepto para proyectos de arquitectura.

La señorita Martha regresó a la trastienda. Se quitó el delantal azul, se puso definitivamente el viejo marrón y lanzó por la ventana su potingue embellecedor.

(O. HENRY)

LA IMPOSTURA

Hay personas a las que les gusta fingir que son lo que no son. Seguramente, incluso tú conoces a algún niño que dice que su padre es más importante de lo que es en realidad o que cuenta que tiene cosas que, verdaderamente, no posee. Aunque quizá así se crea importante, en realidad, está mintiendo porque pretende que la gente crea que es diferente de como es. Ese comportamiento es el propio de un impostor y la impostura es una de las cosas que debes evitar. Así nos lo contaron tus amigos (véase p. 22), los hermanos Grimm:

LA NIÑA DE LOS GANSOS

Érase una vez una reina muy anciana que había enviudado hacía ya muchos años. Tenía una hija muy hermosa que, al llegarle la edad de casarse, tuvo que prometerse con el príncipe de un país lejano. Cuando llegó el momento de la boda y la princesa tuvo que partir hacia aquel lejano país, la madre le entregó muchos objetos preciosos, como joyas, oro y plata, vasos, alhajas..., en fin, todo lo que constituye un ajuar real, pues amaba a su hija de todo corazón. También le proporcionó una camarera, que debía acompañarla en el viaje y entregarla al novio. Cada una recibió para el viaje un caballo, pero el de la princesa se llamaba Falada y sabía hablar.

En el momento de despedirse, la anciana madre se dirigió a su dormitorio, cogió un pequeño cuchillo, se hizo un corte en los dedos hasta que sangraron y dejó caer tres gotas de sangre en un pañuelito blanco; luego, dándoselo a su hija, dijo:

—Hija mía, guárdalas bien, que quizá te hagan falta en el camino.

A continuación, las dos se despidieron emocionadas. La princesa guardó el pañuelito en su seno, montó a caballo, y partió hacia el país de su prometido. Cuando llevaban cabalgando una hora, sintió mucha sed y dijo a su camarera:

—Bájate del caballo y tráeme agua del arroyo en ese vaso que llevas para mí.

—¿Tenéis sed? —dijo la camarera—, entonces bajad vos misma, poneos a la orilla y bebed; yo no soy vuestra criada.

La princesa, que tenía mucha sed, bajó del caballo, se inclinó sobre el arroyo y bebió, aunque no en el vaso de oro.

—¡Ay, Dios mío! —exclamó.

Y las tres gotas de sangre respondieron:

—Si tu madre llegara a saberlo, el corazón se le llenaría de dolor hasta romperlo.

Pero como la princesa era humilde, no dijo nada y montó de nuevo en el caballo. Y así siguieron cabalgando unos cuantos kilómetros, pero el día era caluroso, el sol quemaba y volvió a sentir sed. Llegaron a un río, y dijo a su camarera:

—Bájate del caballo y dame de beber en mi vaso de oro.

Y es que ya hacía rato que había olvidado todas sus palabras ofensivas.

La camarera contestó, aún más orgullosa:

—¿Tenéis sed?, pues bebed vos misma; yo no soy vuestra criada.

La princesa, que tenía mucha sed, bajó de nuevo del caballo, se inclinó sobre el agua que corría y exclamó con lágrimas en los ojos:

—¡Ay, Dios mío!

Y las tres gotas de sangre respondieron:

—Si tu madre llegara a saberlo, el corazón se le llenaría de dolor hasta romperlo.

Y mientras bebía, se le cayó al agua el pañuelito con las tres gotas de sangre, y se lo llevó la corriente sin que ella se diera cuenta, de tan angustiada como estaba. La camarera, sin embargo, lo había visto todo y se regocijó de tener poder sobre la princesa, pues al perder las tres gotas de sangre la hermosa muchacha se había quedado indefensa y sin protección.

Y así, cuando quiso subir a su caballo, que se llamaba Falada, dijo la camarera:

—En Falada voy a ir yo; móntate tú en mi jamelgo.

Luego, la camarera le ordenó con palabras duras que se quitara las vestiduras reales y que se pusiera las de ella, que eran vulgares, y finalmente le hizo prometer ante el cielo que no hablaría con nadie de esto en la Corte real; de no haberlo jurado, allí mismo la habría matado. Pero Falada lo había visto todo y tomó buena nota de ello.

La camarera subió, pues, a lomos de Falada, y la verdadera novia, en el pobre rocín, y así continuaron hasta que finalmente llegaron al palacio real. A su llegada se produjo una gran alegría. El príncipe salió a su encuentro y, creyendo que era su esposa, ayudó a la camarera a bajarse del caballo y la condujo hasta lo alto de la escalinata real mientras la verdadera princesa se quedaba abajo.

El viejo rey, sin embargo, lo miraba todo a través de una ventana del palacio, vio a la princesa en el patio y contempló lo delicada, suave y hermosa que era; se dirigió rápidamente al aposento real y le preguntó a la novia quién era aquella muchacha que traía consigo y que estaba allí en el patio.

—Es una pobre joven que he recogido en el camino para hacerme compañía. Dadle algún trabajo para que no ande vagando todo el día.

Pero el anciano rey no tenía ninguno para ella, y no sabía qué hacer, así que dijo:

—Anda por aquí un niño que cuida los gansos; que vaya a ayudarlo.

El niño se llamaba Conrado y la verdadera novia tenía que ayudarle a cuidar los gansos.

Poco después, la falsa novia le dijo al joven príncipe:

—Querido esposo, os pido que me hagáis un favor.

—Lo haré con mucho gusto —contestó él.

—Bien; llamad al matarife y que corte la cabeza del caballo que me ha traído. No ha hecho más que fastidiarme por el camino.

En realidad, lo que ella temía es que el caballo hablara y dijera cómo se había portado con la princesa...

Tal como estaban las cosas no había otra salida, y el fiel Falada tuvo que morir. Llegó esto a oídos de la verdadera princesa, y esta le prometió secretamente al matarife una pieza de oro si le hacía un pequeño favor. En la ciudad había una puerta grande y lóbrega por la que tenía que pasar mañana y tarde con los gansos.

Le pidió que colgara la cabeza de Falada en la sombría puerta para poder verlo cada vez que pasara. El matarife prometió hacerlo; cortó la cabeza del caballo y la clavó en la lóbrega puerta. Por la mañana, cuando ella y Conrado salían por la puerta, la princesa dijo al pasar:

—¡Oh, cabeza de Falada,
que te veo ahí colgada!

Y la cabeza contestó:

—¡Oh, princesa encantadora,
que pasas por aquí ahora!
¡Si tu madre llegara a saberlo,
el corazón se le llenaría de dolor hasta romperlo!

Y así salió la verdadera princesa de la ciudad, sin decir una palabra y llevando los gansos a pastar. Al llegar a la pradera se sentó y se soltó los cabellos, que eran de oro puro. Conrado, que los vio, se entusiasmó tanto con su brillo que quiso arrancarle unos cuantos. Pero ella dijo entonces:

—Sopla, sopla, querido viento, quítale el gorro al pequeño Conrado, para que corra detrás sin parar, hasta que me haya peinado y tenga el pelo trenzado.

Y entonces sopló un viento tan fuerte, que le arrebató al muchacho el sombrero, haciéndolo volar por los aires. Conrado salió corriendo tras él, y cuando regresó, ella ya había terminado de peinarse y de adornarse, de modo que no pudo conseguir cabello alguno.

Tanto se enfadó Conrado que siguieron cuidando los gansos sin que él le dirigiera a ella una sola palabra, hasta que se hizo de noche y tuvieron que regresar a casa.

A la mañana siguiente, cuando pasaban por la lóbrega puerta, dijo la muchacha:

—¡Oh, cabeza de Falada,
que te veo ahí colgada!

Y Falada contestó:

—¡Oh, princesa encantadora,
que pasas por aquí ahora!

¡Si tu madre llegara a saberlo,
el corazón se le llenaría de dolor hasta romperlo

Y, ya en el campo, se sentó en la pradera y empezó a peinarse el cabello. Conrado corrió y quiso agarrárselo, pero ella exclamó rápidamente:

—Sopla, sopla, querido viento, quítale el gorro al pequeño Conrado para que corra detrás sin parar, hasta que me haya peinado y tenga el pelo trenzado.

Entonces sopló el viento y le quitó el sombrero de la cabeza con tal fuerza, que tuvo que correr tras él. Cuando regresó, ella ya se había peinado y trenzado el cabello hacía rato, y no pudo cogerle ninguno. Y así estuvieron cuidando los gansos hasta que se hizo de noche. Cuando regresaron a casa, Conrado fue a ver al rey y le dijo:

—No quiero volver a cuidar los gansos con esa muchacha.

—¿Por qué? —quiso saber el viejo rey.

—Porque no deja de hacerme rabiar todo el día.

Entonces el rey le mandó que le contara qué le pasaba con ella. Al oír esto, Conrado le dijo:

—Cada mañana, cuando pasamos por debajo de la lóbrega puerta con el rebaño, hay allí una cabeza de jamelgo colgada en la pared, y ella le dice: «¡Oh, cabeza de Falada, que te veo ahí colgada!», a lo que contesta la cabeza: «¡Oh, princesa encantadora, que pasas por aquí ahora! ¡Si tu madre llegara a saberlo, el corazón se le llenaría de dolor hasta romperlo!».

Y así siguió contando Conrado lo que pasaba en la pradera de los gansos y cómo todos los días tenía que correr detrás del sombrero, porque el viento siempre se lo llevaba.

El viejo rey le mandó que al día siguiente llevara a pastar los gansos, y él mismo, por la mañana, se puso detrás de la lóbrega puerta y oyó cómo la joven hablaba con la cabeza de Falada, y luego la siguió hasta el campo y se escondió en un matorral en la pradera. Con sus propios ojos vio cómo la doncella y el pastor de los gansos llevaban el rebaño y cómo poco después ella se deshacía las trenzas de su cabello, que relucían como el oro.

Y en ese momento volvió a decir:

—Sopla, sopla, querido viento, quítale el gorro al pequeño Conrado para que corra detrás sin parar, hasta que me haya peinado y tenga el pelo trenzado.

Justo entonces llegó una ráfaga de viento que se llevó el sombrero de Conrado, de tal manera que tuvo que correr hasta muy lejos, y la muchacha se peinó y trenzó sus rizos tranquilamente, mientras el rey lo contemplaba todo. Luego, regresó sin ser visto.

Cuando por la noche volvió la niña de los gansos a casa, la llamó aparte y le preguntó por qué hacía todo aquello.

—No puedo decíroslo, ni puedo quejarme ante nadie, porque lo he prometido ante el cielo. De no haberlo hecho, me habrían quitado la vida.

Aunque el rey insistió con más preguntas para saberlo todo nada pudo sonsacarle. Y entonces dijo:

—Si no quieres decírmelo a mí, cuéntale tus penas a la estufa.

Y se marchó.

Entonces, ella se metió en la estufa de hierro y empezó a lamentarse y a llorar, y descargando su corazón dijo:

—Heme aquí, abandonada de todo el mundo aunque sea una princesa, y todo porque una camarera mentirosa me quitó la ropa por la fuerza y usurpó mi puesto ante el príncipe, mientras yo tengo que estar cuidando gansos. ¡Si mi madre llegara a saberlo, el corazón se le llenaría de dolor hasta romperlo!

El viejo rey, sin embargo, estaba fuera escuchándola, junto al tubo de la estufa, y oyó todo lo que ella decía. Luego, entró de nuevo y la hizo salir. A continuación, la vistieron con sus vestiduras reales y parecía un milagro de lo hermosa que era.

El viejo rey mandó llamar al príncipe y le descubrió que su novia era una impostora; no era más que una simple camarera, y que la verdadera estaba en la pradera cuidando gansos. El joven rey sintió una gran felicidad cuando pudo contemplar la belleza y la virtud de su verdadera novia. Para celebrarlo, mandó el rey preparar un gran banquete al que fue invitado todo el mundo. A la cabecera de la mesa estaba sentado el novio; a un lado tenía a la princesa, y al otro, a la camarera, pero como esta estaba cegada por el resplandor de tan ricos ropajes, era incapaz de reconocerla. Después de haber comido y bebido, todos se pusieron de buen humor, de modo que el viejo rey le propuso a la camarera una adivinanza: qué castigo debería recibir a su juicio una persona que hubiese engañado al rey de alguna manera; y tras contarle todo lo sucedido, le preguntó:

—¿Qué es lo que se merece?

Entonces dijo la impostora:

—Semejante persona merece que la metan en un tonel desnuda y que dos caballos tiren de él y la arrastren por las calles hasta que muera.

—Tú eres esa persona —dijo el viejo rey—, y acabas de pronunciar tu propia sentencia. Se hará como has dicho.

Una vez cumplida la sentencia, el príncipe se casó con su verdadera prometida y gobernaron el reino en paz y prosperidad.

(Hermanos Grimm)

LA DIVERSIÓN IMPRUDENTE

Divertirse está muy bien. A todos nos gusta divertirnos y en nuestra vida debería haber un espacio para la diversión. Pero la buena diversión tiene siempre algunas características. Por ejemplo, antes de ir a divertirnos siempre tenemos que cumplir con nuestra obligación, como acabar nuestros deberes o ayudar en casa. Además tenemos que buscar diversiones sanas. Si olvidamos estas condiciones, si sólo pensamos en divertirnos, puede que caigamos en la trampa de gente que se aprovecha de que no sabemos cuándo y cómo hay que divertirse. Eso es lo que el autor norteamericano Mark Twain (1835-1910) nos cuenta que hizo un pillo llamado Tom Sawyer:

Las aventuras de Tom Sawyer

Llegó la mañana del sábado y el mundo estival apareció luminoso y fresco y rebosante de vida. En cada corazón resonaba un canto; y si el corazón era joven, la música subía hasta los labios.

Todas las caras parecían alegres, y los cuerpos, anhelosos de movimiento. Las acacias estaban en flor y su fragancia saturaba el aire.

El monte de Cardiff, al otro lado del pueblo, y alzándose por encima de él, estaba todo cubierto de verde vegetación y lo bastante alejado para parecer una deliciosa tierra prometida que invitaba al reposo y al ensueño.

Tom apareció en la calle con un cubo de lechada y una brocha atada en la punta de una pértiga. Echó una mirada a la cerca, y la naturaleza perdió toda alegría y una aplanadora tristeza descendió sobre su espíritu.

¡Treinta varas de valla de nueve pies de altura! Le pareció que la vida era vana y sin objeto y la existencia una pesadumbre. Lanzando un suspiro, mojó la brocha y la pasó a lo largo del tablón más alto; repitió la operación; la volvió a repetir, comparó la insignificante franja enjalbegada con el vasto continente de cerca sin encalar, y se sentó sobre el boj, descorazonado. Jim salió a la puerta haciendo cabriolas, con un balde de cinc y cantando *Las muchachas de Búffalo*. Acarrear agua desde la fuente del pueblo había sido siempre a los ojos de Tom una cosa aborrecible; pero entonces no le pareció así. Se acordó de que no faltaba allí compañía. Allí había siempre muchachos de ambos sexos, blancos, mulatos y negros, esperando vez; y entretanto, holgazaneaban, hacían cambios, reñían, se pegaban y bromeaban. Y se acordó de que, aunque la fuente sólo distaba ciento cincuenta varas, Jim jamás estaba de vuelta con un balde de agua en menos de una hora; y aun entonces era porque alguno había tenido que ir en su busca. Tom le dijo:

—Oye, Jim: yo iré a traer el agua si tú encalas un pedazo.

Jim sacudió la cabeza y contestó:

—No puedo, amo Tom. El ama vieja me ha dicho que tengo que traer el agua y no entretenerme con nadie. Ha dicho que se figuraba que el amo Tom me pediría que encalase, y que lo que tenía que hacer yo era andar listo y no ocuparme más que de lo mío..., que ella se ocuparía del encalado.

—No te importe lo que haya dicho, Jim. Siempre dice lo mismo. Déjame el balde, y no tardo ni un minuto. Ya verás cómo no se entera.

—No me atrevo, amo Tom... El ama me va a cortar el pescuezo. ¡De veras que sí!

—¿Ella?... Nunca pega a nadie. Da capirotazos con el dedal, y eso ¿a quién le importa? Amenaza mucho, pero aunque hable no hace daño, a menos que se ponga a llorar. Jim, te daré una canica. Te daré una de las blancas.

Jim empezó a vacilar.

—Una blanca, Jim; y es de primera.

—¡Anda! ¡De esas se ven pocas! Pero tengo un miedo muy grande del ama vieja.

Pero Jim era de débil carne mortal. La tentación era demasiado fuerte. Puso el cubo en el suelo y cogió la canica. Un instante después iba volando calle abajo con el cubo en la mano y un gran escozor en las posaderas. Tom enjalbegaba con furia, y la tía Polly se retiraba del campo de batalla con una zapatilla en la mano y el brillo de la victoria en los ojos.

Pero la energía de Tom duró poco. Empezó a pensar en todas las diversiones que había planeado para aquel día, y sus penas se exacerbaron. Muy pronto los chicos que tenían asueto pasarían retozando, camino de tentadoras excursiones, y se reirían de él porque tenía que trabajar...; y esta idea le encendía la sangre como un fuego. Sacó todas sus mundanales riquezas y les pasó revista: pedazos de juguetes, tabas y desperdicios heterogéneos; lo bastante quizá para lograr un cambio de tareas, pero no lo suficiente para poderlo trocar por media hora de libertad completa. Se volvió, pues, a guardar en el bolsillo sus escasos recursos, y abandonó la idea de intentar el soborno de los muchachos. En aquel tenebroso y desesperado momento sintió una inspiración. Nada menos que una soberbia magnífica inspiración. Cogió la brocha y se puso tranquilamente a trabajar.

Ben Rogers apareció a la vista en aquel instante: de entre todos los chicos, era de aquel precisamente de quien más había temido las burlas. Ben venía dando saltos y cabriolas, señal evidente de que tenía el corazón libre de pesadumbres y grandes esperanzas de divertirse. Estaba comiéndose una manzana, y de cuando en cuando lanzaba un prolongado y melodioso alarido, seguido de un bronco y profundo «tilín, tilín, tilón; tilín, tilón», porque, venía imitando a un vapor del Mississippi. Al acercarse acortó la marcha, enfiló hacia el medio de la calle, se inclinó hacia estribor y tomó la vuelta de la esquina pesadamente y con gran aparato y solemnidad, porque estaba representando al Gran Misuri y se consideraba a sí mismo con nueve pies de calado. Era buque, capitán y campana de las máquinas, todo en una pieza; y así es que tenía que imaginarse de pie en su propio puente, dando órdenes y ejecutándolas.

—¡Para! ¡Tilín, tilín, tilín! (La arrancada iba disminuyendo y el barco se acercaba lentamente a la acera.) ¡Máquina atrás! ¡Tilínlinlin! (Con los brazos rígidos, pegados a los costados.) ¡Atrás la de estribor! ¡Tilínlinlin! ¡Chuchuchu!... (Entretanto el brazo derecho describía grandes círculos porque representaba una rueda de cuarenta pies de diámetro.) ¡Atrás la de babor! ¡Tilín tilín, tilín!... (El brazo izquierdo empezó a voltear.) ¡Avante la de babor! ¡Alto la de estribor! ¡Despacio a babor! ¡Listo con la amarra! ¡Alto! ¡Tilín, tilín, tilín! ¡Chistsss!... (Imitando las llaves de escape.)

Tom siguió encalando, sin hacer caso del vapor. Ben se le quedó mirando un momento y dijo:

—¡Je, Je! Las estás pagando, ¿eh?

Se quedó sin respuesta. Tom examinó su último toque con mirada de artista; después dio otro ligero brochazo y examinó, como antes, el resultado. Ben atracó a su costado. A Tom se le hacía la boca agua pensando en la manzana; pero no cejó en su trabajo.

—¡Hola, compadre! —le dijo Ben—. Te hacen trabajar, ¿eh?

—¡Ah!, ¿eres tú, Ben? No te había visto.

—Oye, me voy a nadar. ¿No te gustaría venir? Pero, claro, te gustará más trabajar. Claro que te gustará.

Tom se le quedó mirando un instante y dijo:

—¿A qué llamas tú trabajo?

—¡Qué! ¿No es eso trabajo?

Tom reanudó su blanqueo y le contestó, distraídamente:

—Bueno; puede ser que lo sea y puede que no. Lo único que sé es que le gusta a Tom Sawyer.

—¡Vamos! ¿Me vas a hacer creer que a ti te gusta?

La brocha continuó moviéndose.

—¿Gustar? No sé por qué no va a gustarme. ¿Es que le dejan a un chico blanquear una cerca todos los días?

Aquello puso la cosa bajo una nueva luz. Ben dejó de mordisquear la manzana. Tom movió la brocha, coquetonamente, atrás y adelante; se retiró dos pasos para ver el efecto; añadió un toque allí y otro allá; juzgó otra vez el resultado. Y en tanto Ben no perdía de vista un solo movimiento, cada vez más y más interesado y absorto. Al fin dijo:

—Oye, Tom: déjame encalar un poco.

Tom reflexionó. Estaba a punto de acceder; pero cambió de propósito:

—No, no; eso no podría ser, Ben. Ya ves..., mi tía Polly es muy exigente para esta cerca porque está aquí, en mitad de la calle, ¿sabes? Pero si fuera la cerca trasera no me importaría, ni a ella tampoco. No sabes tú lo que le preocupa esta cerca; hay que hacerlo con la mar de cuidado; puede ser que no haya un chico entre mil, ni aun entre dos mil que pueda encalarla de la manera que hay que hacerlo.

—¡Quiá!... ¿Lo dices de veras? Vamos, déjame que pruebe un poco, nada más que una miaja. Si tú fueras yo, te dejaría, Tom.

—De veras que quisiera dejarte, Ben; pero la tía Polly... Mira: Jim también quiso, y ella no le dejó. Sid también quiso, y no lo consintió. ¿Ves por qué no puedo dejarte? ¡Si tú fueras a encargarte de esta cerca y ocurriese algo...!

—Anda..., ya lo haré con cuidado. Déjame probar. Mira, te doy el corazón de la manzana.

—No puede ser. No, Ben; no me lo pidas; tengo miedo...

—¡Te la doy toda!

Tom le entregó la brocha, con desgano en el semblante y con entusiasmo en el corazón. Y mientras el ex vapor Gran Misuri trabajaba y sudaba al sol, el artista retirado se sentó allí, cerca, en una barrica, a la sombra, balanceando las piernas, se comió la manzana y planeó el degüello de los más inocentes. No escaseó el material: a cada momento aparecían muchachos; venían a burlarse, pero se quedaban a encalar.

Para cuando Ben se rindió de cansancio, Tom había ya vendido el turno siguiente a Billy Fisher por una cometa en buen estado; cuando este se quedó aniquilado, Johnny Miller compró el derecho por una rata muerta, con un bramante para hacerla girar; así siguió y siguió hora tras hora. Y cuando avanzó la tarde, Tom, que por la mañana había sido un chico en la miseria, nadaba materialmente en riquezas. Tenía, además de las cosas que he mencionado, doce tabas, parte de un cornetín, un trozo de vidrio azul de botella para mirar las cosas a través de él, un carrete, una llave incapaz de abrir nada, un pedazo de tiza, un tapón de cristal, un soldado de plomo, un par de renacuajos, seis cohetillos, un gatito tuerto, un tirador de puerta, un collar de perro (pero sin perro), el mango de un cuchillo y una falleba destrozada. Había, entretanto, pasado una tarde deliciosa, en la holganza, con abundante y grata compañía, y la cerca ¡tenía tres manos de cal! De no habérsele agotado la existencia de lechada, habría hecho declararse en quiebra a todos los chicos del lugar.

Tom se decía que, después de todo, el mundo no era un páramo. Había descubierto, sin darse cuenta, uno de los principios fundamentales de la conducta humana, a saber: que para que alguien, hombre o muchacho, anhele alguna cosa, sólo es necesario hacerla difícil de conseguir. Si hubiera sido un eximio y agudo filósofo, como el autor de este libro, hubiera comprendido entonces que el trabajo consiste en lo que estamos obligados a hacer, sea lo que sea, y que el juego consiste en aquello a lo que no se nos obliga. Y esto le ayudaría a entender por qué confeccionar flores artificiales o andar en el *tread-mill* es trabajo, mientras que jugar a los bolos o escalar el Mont Blanc no es más que divertimiento. Hay en Inglaterra caballeros opulentos que durante el verano guían las diligencias de cuatro caballos y hacen el servicio diario de veinte o treinta millas porque el hacerlo les cuesta mucho dinero; pero si se les ofreciera un salario por su tarea, eso la convertiría en trabajo, y entonces dimitirían.

(MARK TWAIN)

EL DESPRECIO

Seguro que a ti no te gusta que te desprecien. Quiero decir que no te agrada que te miren por encima del hombro, que te vean como si no tuvieras ningún valor, que piensen que eres inferior. No te gusta porque esos comportamientos significa que te tienen en muy poco. Bien ¿y tú? ¿Tú desprecias a otros? Nunca deberías hacerlo. Si lo haces podría pasarte algo parecido a lo que le sucedió a Medio-pollito. Se trata de una historia que nos dejó una escritora que se llamaba Cecilia Böhl de Faber (1796-1877), pero que prefería firmar los libros con el seudónimo de Fernán Caballero.

MEDIO-POLLITO

Érase una vez una hermosa gallina, que vivía muy holgadamente en un cortijo rodeada de su numerosa familia, entre la cual se distinguía un pollo deforme y estropeado. Pues este era justamente el que la madre quería más; que así hacen siempre las madres. El tal aborto, que había nacido de un huevo muy rechiquetetillo, no era más que un pollo a medias; y no parecía sino que la espada de Salomón había ejecutado en él la sentencia que en cierta ocasión pronunció aquel rey tan sabio. No tenía más que un ojo, un ala y una pata, y con todo eso tenía más humos que su padre, el cual era el gallo más gallardo, más valiente y más galán que había en todos los corrales en veinte leguas a la redonda. Creíase el polluelo el fénix de su casta. Si los demás pollos se burlaban de él, pensaba que era por envidia; y si lo hacían las pollas, decía que era de rabia, por el poco caso que de ellas hacía.

Un día le dijo a su madre:

—Oiga usted, madre: el campo me fastidia. Me he propuesto ir a la Corte, quiero ver al rey y a la reina.

La pobre madre se echó a temblar al oír aquellas palabras.

—Hijo —exclamó—, ¿quién te ha metido en la cabeza semejante desatino? Tu padre no salió jamás de su tierra, y ha sido la honra de su casta. ¿Dónde encontrarás un corral como el que tienes? ¿Dónde un montón de estiércol más hermoso? ¿Un alimento más sano y abundante, un gallinero tan abrigado cerca del anden, una familia que más te quiera?

—*Nego* —dijo Medio-pollito en latín, pues la echaba de leído y escribido—; mis hermanos y primos son unos ignorantes y unos palurdos.

—Pero, hijo mío —repuso la madre—, ¿no te has mirado al espejo? ¿No te ves con una pata y con un ojo de menos?

—Ya que me sale usted por ese registro —replicó Medio-pollito—, diré que debía usted caerse muerta de vergüenza al verme en este estado. Usted tiene la culpa, y nadie más. ¿De qué huevo he salido yo al mundo? ¿A que fue del de un gallo viejo?

—No, hijo mío —dijo la madre—: de esos huevos no salen más que basiliscos. Naciste del último huevo que yo puse; y saliste débil e imperfecto porque aquel era el último de la overa. No ha sido por culpa mía.

—Puede ser —dijo Medio-pollito con la cresta encendida como la grana—, puede ser que encuentre un cirujano diestro que me ponga los miembros que me faltan. Conque, no hay remedio: me marcho.

Cuando la pobre madre vio que no había forma de disuadirle de su intento, le dijo:

—Escucha, a lo menos, hijo mío, los consejos prudentes de una buena madre. Procura no pasar por las iglesias donde está la imagen de san Pedro; el santo no es muy aficionado a gallos, y mucho menos a su canto. Huye también de ciertos hombres que hay en el mundo, llamados cocineros, los cuales son enemigos mortales nuestros, y nos tuercen el cuello en un santiamén. Y ahora, hijo mío, Dios te guíe y san Rafael bendito, que es abogado de los caminantes. Anda, y pídele á tu padre su bendición.

Medio-pollito se acercó a su padre, bajó la cabeza para besarle la pata, y le pidió la bendición. El venerable gallo se la dio con más dignidad que ternura, porque no le quería, en vista de su mala índole. La madre se enterneció, en términos de tener que enjugarse las lágrimas con una hoja seca.

Medio-pollito tomó el portante, batió el ala y cantó tres veces, en señal de despedida. Al llegar a las orillas de un arroyo casi seco, porque era verano, se encontró con que el escaso hilo del agua se hallaba detenido por unas ramas. El arroyo, al ver al caminante, le dijo:

—Ya ves, amigo, qué débil estoy; apenas puedo dar un paso; ni tengo fuerzas bastantes para empujar esas ramillas incómodas que embarazan mi senda. Tampoco puedo dar un rodeo para evitarlas, porque me fatigaría demasiado. Tú puedes fácilmente sacarme de este apuro, apartándolas con tu pico. En cambio, no sólo puedes apaciguar tu sed en mi corriente, sino contar con mis servicios cuando el agua del cielo haya restablecido mis fuerzas.

El pollito le respondió:

—Puedo, pero no quiero. ¿Acaso tengo yo cara de criado de arroyos pobres y miserables?

—¡Ya te acordarás de mí cuando menos lo pienses! —murmuró con voz debilitada el arroyo.

—¡Pues no faltaba más que la echaras de buche! —dijo Medio-pollito con socarronería—; no parece sino que te has sacado un terno a la lotería, o que cuentas de seguro con las aguas del diluvio.

Un poco más lejos encontró al viento, que estaba tendido y casi exánime en el suelo.

Querido Medio-pollito —le dijo—; en este mundo todos tenemos necesidad unos de otros. Acércate y mírame. ¿Ves cómo me ha puesto el calor del estío; a mí, tan fuerte, tan poderoso; a mí, que levanto las olas, que arraso los campos, que no hallo resistencia a mi empuje? Este día de canícula me ha matado; me dormí embriagado con la fragancia de las flores con que jugaba, y aquí me tienes desfallecido. Si tú quisieras levantarme dos dedos del suelo con el pico, abanicarme con tu ala, con esto tendría bastante para tomar vuelo, y encaminarme a mi caverna, donde mi madre y mis hermanas las tormentas se emplean en remendar unas nubes viejas que yo desgarré. Allí me darán unas sopitas y cobraré nuevos bríos.

—Caballero —respondió el malvado pollito—, hartas veces se ha divertido ustel conmigo, empujándome por detrás y abriéndome la cola a guisa de abanico, para que se mofaran de mí todos los que me veían. No, amigo; a cada puerco le llega su San Martín; y a más ver, so farsante.

Esto dijo, cantó tres veces con voz clara y pavoneándose siguió su camino. En medio de un campo segado al que habían pegado fuego los labradores, se alzaba una columnita de humo. Medio-pollito se acercó y vio una chispa diminuta, que se iba apagando por instantes entre las cenizas.

—Amado Medio-pollito —le dijo la chispa al verle—, a buenas horas vienes para salvarme la vida. Por falta de alimento estoy en el último trance. No sé dónde se ha metido mi primo el viento, que es quien siempre me socorre en estos lances. Tráeme unas pajas para reanimarme.

—¿Qué tengo yo que ver con la jura del rey? —le contestó el pollito—. Revienta si te da la gana, que maldita la falta que me haces.

—¡Quién sabe si te haré falta algún día! —repuso la chispa—. Nadie puede decir de esta agua no beberé.

—¡Hola! —dijo el perverso animal—. ¿Conque todavía echas plantas? Pues tómate esa.

Y diciendo esto, le cubrió de cenizas; tras de lo cual se puso a cantar, según era su costumbre, como si hubiera hecho una gran hazaña.

Medio-pollito llegó a la capital; pasó por delante de una iglesia que le dijeron era la de san Pedro, se puso enfrente de la puerta, y allí se desgañitó cantando, no más que por hacer rabiar al santo y tener el gusto de desobedecer a su madre.

Al acercarse a palacio, donde quiso entrar para ver al rey y a la reina, los centinelas le gritaron: «¡Atrás!». Entonces dio la vuelta y penetró por una puerta trasera en una pieza muy grande, donde vio entrar y salir mucha gente. Preguntó quiénes eran, y supo que eran los cocineros de su majestad. En lugar de huir, como se lo había prevenido su madre, entró muy erguido de cresta y cola;

pero uno de los galopines le echó el guante y le torció el pescuezo en un abrir y cerrar de ojos.

—Vamos —dijo—, venga agua para desplumar a este penitente.

—¡Agua, mi querida doña Cristalina —dijo el pollito—, hazme el favor de no escaldarme! ¡Ten piedad!. ¡Compadéceme!...

—¿La tuviste tú de mí cuando te pedí socorro, mal engendro —le respondió el agua, hirviendo de cólera. Y le inundó de arriba abajo, mientras los galopines le dejaban sin una pluma para un remedio.

Paca, que estaba arrodillada junto a su abuela, se puso muy colorada y muy triste.

—El cocinero, entonces —continuó la tía María—, agarró a Medio-pollito y lo puso en el asador.

—¡Fuego, brillante fuego! —gritó el infeliz—. Tú, que eres tan poderoso y tan resplandeciente, duélete de mi situación, reprime tu ardor, apaga tus llamas, no me quemes.

—¡Bribonazo! —respondió el fuego—. ¿Cómo tienes valor para acudir a mí, después de haberme ahogado bajo el pretexto de no necesitar nunca de mis auxilios? Acércate y verás lo que es bueno.

Y, en efecto, no se contentó con dorarle, sino que le abrasó hasta ponerle como un carbón. Al oír esto, los ojos de Paca se llenaron de lágrimas.

Cuando el cocinero le vio en tal estado —continuó la abuela—, le agarró por la pata y le tiró por la ventana. Entonces el viento se apoderó de él.

—Viento —gritó Medio-pollito—, mi querido, mi venerado viento; tú que reinas sobre todo y a nadie obedeces, poderoso entre los poderosos, ten compasión de mí, déjame tranquilo en ese montón de estiércol.

—¡Dejarte! —rugió el viento arrebatándolo en un torbellino y volteándolo en el aire como un trompo—. No en mis días.

Las lágrimas que se asomaron a los ojos de Paca corrían ya por sus mejillas.

—El viento —siguió la abuela— depositó a Medio-pollito en lo alto de un campanario. San Pedro extendió la mano y lo clavó allí de firme. Desde entonces ocupa aquel puesto, negro, flaco y desplumado, azotado por la lluvia y empujado por el viento, del que guarda siempre la cola. Ya no se llama Medio-pollito, sino veleta; pero sépanse ustedes que allí está pagando sus culpas y pecados, su desobediencia, su orgullo y su maldad.

(Fernán Caballero)

LA FALSA AMISTAD

Hay pocas cosas tan buenas como un amigo. El amigo comparte nuestras diversiones, pero también nos ayuda en los problemas. Sabemos que podemos contar con él cuando hay dificultades y que está a nuestro lado cuando necesitamos reír o jugar con alguien. Precisamente porque los amigos son tan importantes, hay que saber distinguir los amigos malos de los buenos. A los buenos tienes que procurar conservarlos toda la vida. De los malos, apártate no sea que te suceda lo que nos cuenta tu ya amigo (véase p. 31) Samaniego:

Los dos amigos y el oso

A dos amigos se aparece un oso:
el uno muy medroso,
en las ramas de un árbol se asegura;
el otro abandonado a la ventura,
se finge muerto repentinamente.

El oso se le acerca lentamente:
mas como este animal,
según se cuenta,
de cadáveres nunca se alimenta,
sin ofenderlo lo registra y toca,
huélele las narices y la boca;

no le siente el aliento,
ni el menor movimiento,

y así se fue diciendo sin recelo:
«Este tan muerto está como mi abuelo».

Entonces el cobarde
de su grande amistad haciendo alarde,
del árbol se desprende muy ligero,
corre, llega y abraza al compañero,
pondera la fortuna
de haberlo hallado sin lesión alguna.

Y al fin le dice: «Sepas que he notado
que el oso te decía algún recado.
¿Qué pudo ser?».
«Diréte lo que ha sido;
estas dos palabritas al oído:
Aparta tu amistad de la persona
que si te ve en el riesgo, te abandona».

(Félix María de Samaniego)

LA FALTA DE RESPETO POR LO SAGRADO

Hay algunas personas que se ríen de lo sagrado. Incluso piensan que se puede jugar con ello. Deberías evitar con todas tus fuerzas ese comportamiento; has de respetar siempre las creencias de los demás y, muy especialmente, las religiosas. La gente que desprecia lo que es sagrado, que piensa que puede jugar con ello, y a ello se acerca sin reverencia puede encontrarse con terribles consecuencias. La historia que viene a continuación fue escrita por el británico W.W. Jacobs (1863-1943) y publicada en 1902. En ella se nos muestra hasta qué punto hemos de tener un inmenso cuidado para no profanar lo sagrado:

La pata de mono

La noche era fría y húmeda, pero en la pequeña sala de Laburnum Villa los postigos estaban cerrados y el fuego ardía vivamente.

Padre e hijo jugaban al ajedrez. El primero tenía ideas personales sobre el juego y ponía al rey en tan desesperados e inútiles peligros que provocaba el comentario de la vieja señora que tejía plácidamente junto a la chimenea.

—Oíd el viento —dijo el señor White; había cometido un error fatal y trataba de que su hijo no lo advirtiera.

—Lo oigo —dijo este moviendo implacable la reina—. Jaque.

—No creo que venga esta noche —dijo el padre con la mano sobre el tablero.

—Mate —contestó el hijo.

—Esto es lo malo de vivir tan lejos —vociferó el señor White con imprevista y repentina violencia—. De todos los suburbios, este es el peor. El camino es un pantano. No sé qué piensa la gente. Como hay sólo dos casas alquiladas, no les importa.

—No te aflijas, querido —dijo suavemente su mujer, ganarás la próxima vez.

El señor White alzó la vista y sorprendió una mirada de complicidad entre madre e hijo. Las palabras murieron en sus labios y disimuló un gesto de fastidio.

—Ahí viene —dijo Herbert White al oír el golpe del portón y unos pasos que se acercaban.

Su padre se levantó con apresurada hospitalidad y abrió la puerta; le oyeron condolerse con el recién venido. Luego, entraron. El forastero era un hombre fornido, con los ojos salientes y la cara rojiza.

—El sargento Morris —dijo el señor White, presentándolo.

El sargento les dio la mano, aceptó la silla que le ofrecieron y observó con satisfacción que el dueño de casa traía whisky y unos vasos y ponía una pequeña pava de cobre sobre el fuego.

Al tercer vaso, le brillaron los ojos y empezó a hablar. La familia miraba con interés a ese forastero que hablaba de guerras, de epidemias y de pueblos extraños.

—Hace veintiún años —dijo el señor White sonriendo a su mujer y a su hijo—. Cuando se fue era apenas un muchacho. Miradlo ahora.

—No parece haberle sentado tan mal —dijo la señora White amablemente.

—Me gustaría ir a la India —dijo el señor White—. Sólo para echar un vistazo.

—Mejor quedarse aquí —replicó el sargento moviendo la cabeza. Dejó el vaso y, suspirando levemente, volvió a sacudir la cabeza.

—Me gustaría ver los viejos templos y faquires y malabaristas —dijo el señor White—. ¿Qué fue, Morris, lo que usted empezó a contarme el otro día, de una pata de mono o algo por el estilo?

—Nada —contestó el soldado apresuradamente—. Nada que valga la pena oír.

—¿Una pata de mono? —preguntó la señora White.

—Bueno, es lo que se llama magia, tal vez —dijo con desgana el militar.

Sus tres interlocutores lo miraron con avidez. Distraídamente, el forastero llevó la copa vacía a los labios: volvió a dejarla. El dueño de la casa la llenó.

—A primera vista, es una patita momificada que no tiene nada de particular —dijo el sargento mostrando algo que sacó del bolsillo.

La señora retrocedió, con una mueca. El hijo tomó la pata de mono y la examinó atentamente.

—¿Y qué tiene de extraordinario? —preguntó el señor White quitándosela a su hijo, para mirarla.

—Un viejo faquir le dio poderes mágicos —dijo el sargento. Un hombre muy santo... Quería demostrar que el destino gobierna la vida de los hombres y que nadie puede oponérsele impunemente. Le dio este poder: tres hombres pueden pedirle tres deseos.

Habló tan seriamente que los otros sintieron que sus risas desentonaban.

—Y usted, ¿por qué no pide las tres cosas? —preguntó Herbert White.

El sargento lo miró con tolerancia.

—Las he pedido —dijo, y su rostro curtido palideció.

—¿Realmente se cumplieron los tres deseos? —preguntó la señora White.

—Se cumplieron —dijo el sargento.

—¿Y nadie más pidió? —insistió la señora.

—Sí, un hombre. No sé cuáles fueron las dos primeras cosas que pidió; la tercera fue la muerte. Por eso entré en posesión de la pata de mono.

Habló con tanta gravedad que produjo silencio.

—Morris, si obtuvo sus tres deseos, ya no le sirve el talismán —dijo, finalmente, el señor White—. ¿Para qué lo guarda?

El sargento sacudió la cabeza:

—Probablemente he tenido, alguna vez, la idea de venderlo; pero creo que no lo haré. Ya ha causado bastantes desgracias. Además, la gente no quiere comprarlo. Algunos sospechan que es un cuento de hadas; otros quieren probarlo primero y pagarme después.

—Y si a usted le concedieran tres deseos más —dijo el señor White—, ¿los pediría?

—No sé —contestó el otro—. No sé.

Tomó la pata de mono, la agitó entre el pulgar y el índice y la tiró al fuego. White la recogió.

—Mejor que se queme —dijo con solemnidad el sargento.

—Si usted no la quiere, Morris, démela.

—No quiero —respondió terminantemente—. La tiré al fuego; si la guarda, no me eche las culpas de lo que pueda suceder. Sea razonable, tírela.

El otro sacudió la cabeza y examinó su nueva adquisición. Preguntó:

—¿Cómo se hace?

—Hay que tenerla en la mano derecha y pedir los deseos en voz alta. Pero le prevengo que debe temer las consecuencias.

—Parece de *Las mil y una noches* —dijo la señora White. Se levantó a preparar la mesa—. ¿No le parece que podrían pedir para mí otro par de manos?

El señor White sacó del bolsillo el talismán; los tres se rieron al ver la expresión de alarma del sargento.

—Si está resuelto a pedir algo —dijo agarrando el brazo de White— pida algo razonable.

El señor White guardó en el bolsillo la pata de mono. Invitó a Morris a sentarse a la mesa. Durante la comida el talismán fue, en cierto modo, olvidado. Atraídos, escucharon nuevos relatos de la vida del sargento en la India.

—Si en el cuento de la pata de mono hay tanta verdad como en los otros —dijo Herbert cuando el forastero cerró la puerta y se alejó con prisa, para alcanzar el último tren—, no conseguiremos gran cosa.

—¿Le diste algo? —preguntó la señora mirando atentamente a su marido.

—Una bagatela —contestó el señor White, ruborizándose levemente—. No quería aceptarlo, pero le obligué. Insistió en que tirara el talismán.

—Sin duda —dijo Herbert, con fingido horror—, seremos felices, ricos y famosos. Para empezar tienes que pedir un imperio, así no estarás dominado por tu mujer.

El señor White sacó del bolsillo el talismán y lo examinó con perplejidad.

—No se me ocurre nada para pedirle —dijo con lentitud—. Me parece que tengo todo lo que deseo.

—Si pagaras la hipoteca de la casa serías feliz, ¿no es cierto? —dijo Herbert poniéndole la mano sobre el hombro—. Bastará con que pidas doscientas libras.

El padre sonrió avergonzado de su propia credulidad y levantó el talismán; Herbert puso una cara solemne, hizo un guiño a su madre y tocó en el piano unos acordes graves.

—Quiero doscientas libras —pronunció el señor White.

Un gran estrépito del piano contestó a sus palabras. El señor White dio un grito. Su mujer y su hijo corrieron hacia él.

—Se movió —dijo, mirando con desagrado el objeto, y lo dejó caer—. Se retorció en mi mano como una víbora.

—Pero yo no veo el dinero —observó el hijo, recogiendo el talismán y poniéndolo sobre la mesa—. Apostaría que nunca lo veré.

—Habrá sido tu imaginación, querido —dijo la mujer, mirándolo ansiosamente.

Sacudió la cabeza.

—No importa. No ha sido nada. Pero me dio un susto.

Se sentaron junto al fuego y los dos hombres acabaron de fumar sus pipas. El viento era más fuerte que nunca. El señor White se sobresaltó cuando golpeó una puerta en los pisos altos. Un silencio inusitado y deprimente los envolvió hasta que se levantaron para ir a acostarse.

—Se me ocurre que encontrarás el dinero en una gran bolsa, en medio de la cama —dijo Herbert al darles las buenas noches—. Una aparición horrible, agazapada encima del ropero, te acechará cuando estés guardando tus bienes ilegítimos.

Ya solo, el señor White se sentó en la oscuridad y miró las brasas, y vio caras en ellas. La última era tan simiesca, tan horrible, que la miró con asombro; se rió, molesto, y buscó en la mesa su vaso de agua para echárselo encima y apagar la brasa; sin querer, tocó la pata de mono; se estremeció, limpió la mano en el abrigo y subió a su cuarto.

A la mañana siguiente, mientras tomaba el desayuno en la claridad del sol invernal, se rió de sus temores. En el cuarto había un ambiente de prosaica salud que faltaba la noche anterior; y esa pata de mono; arrugada y sucia, tirada sobre el aparador, no parecía terrible.

—Todos los viejos militares son iguales —dijo la señora White—. ¡Qué idea, la nuestra, escuchar esas tonterías! ¿Cómo puede creerse en talismanes en esta época? Y si consiguieras las doscientas libras, ¿qué mal podrían hacerte?

—Pueden caer de arriba y lastimarte la cabeza —dijo Herbert.

—Según Morris, las cosas ocurrían con tanta naturalidad que parecían coincidencias —dijo el padre.

—Bueno, no vayas a encontrarte con el dinero antes de mi vuelta —dijo Herbert, levantándose de la mesa—. No sea que te conviertas en un avaro y tengamos que repudiarte.

La madre se rió, lo acompañó hasta afuera y lo vio alejarse por el camino; de vuelta a la mesa del comedor, se burló de la credulidad del marido.

Sin embargo, cuando el cartero llamó a la puerta corrió a abrirla, y cuando vio que sólo traía la cuenta del sastre se refirió con cierto malhumor a los militares de costumbres intemperantes.

—Me parece que Herbert tendrá tema para sus bromas —dijo al sentarse.

—Sin duda —dijo el señor White—. Pero, a pesar de todo, la pata se movió en mi mano. Puedo jurarlo.

—Habrá sido en tu imaginación —dijo la señora suavemente.

—Afirmo que se movió. Yo no estaba sugestionado. Era... ¿Qué sucede?

Su mujer no le contestó. Observaba los misteriosos movimientos de un hombre que rondaba la casa y no se decidía a entrar. Notó que el hombre estaba bien vestido y que tenía una galera nueva y reluciente; pensó en las doscientas libras. El hombre se detuvo tres veces en el portón; por fin se decidió a llamar.

Apresuradamente, la señora White se quitó el delantal y lo escondió debajo del almohadón de la silla.

Hizo pasar al desconocido. Este parecía incómodo. La miraba furtivamente, mientras ella le pedía disculpas por el desorden que había en el cuarto y por el guardapolvo del marido. La señora esperó cortésmente que les dijera el motivo de la visita; el desconocido estuvo un rato en silencio.

—Vengo de parte de Maw & Meggins —dijo por fin.

La señora White tuvo un sobresalto.

—¿Qué pasa? ¿Qué pasa? ¿Le ha sucedido algo a Herbert?

Su marido se interpuso.

—Espera, querida. No te adelantes a los acontecimientos. Supongo que usted no trae malas noticias, señor. —Y lo miró patéticamente.

—Lo siento... —empezó el otro.

—¿Está herido? —preguntó, enloquecida, la madre.

El hombre asintió.

—Mal herido —dijo pausadamente—. Pero no sufre.

—Gracias a Dios —dijo la señora White, juntando las manos—. Gracias a Dios.

Bruscamente, comprendió el sentido siniestro que había en la seguridad que le daban y vio la confirmación de sus temores en la cara significativa del hombre. Retuvo la respiración, miró a su marido que parecía tardar en comprender, y le tomó la mano temblorosamente. Hubo un largo silencio.

—Lo agarraron las máquinas —dijo en voz baja el visitante.

—Lo agarraron las máquinas —repitió el señor White, aturdido.

Se sentó, mirando fijamente por la ventana; tomó la mano de su mujer, la apretó en la suya, como en sus tiempos de enamorados.

—Herbert era lo único que teníamos en este mundo —dijo volviéndose ligeramente hacia el visitante—. No tiene usted idea de lo duro que resulta perderle.

El hombre, incómodo, carraspeó y, poniéndose en pie, se acerco lentamente a la ventana.

—La compañía me ha encargado que les exprese sus condolencias por esta gran pérdida —dijo sin darse la vuelta—. Les ruego que comprendan que soy tan sólo un empleado y que obedezco las órdenes que me dieron.

No hubo respuesta. La cara de la señora White estaba lívida.

—También me han encargado decirles que Maw & Meggins niega cualquier tipo de responsabilidad en lo ocurrido —continuó diciendo el hombre—. No obstante, en consideración a los servicios prestados por su hijo a lo largo de los últimos años, la empresa desea hacerles entrega de cierta cantidad de dinero a manera de compensación.

El señor White soltó la mano de su mujer y, levantándose, miró con terror al visitante. Lentamente, sus labios resecos se abrieron para preguntar:

—¿A cuánto... a cuánto asciende esa cantidad?

—Doscientas libras —fue la respuesta.

Sin oír el grito de su mujer, el señor White sonrió levemente, extendió los brazos hacia delante, como un ciego, y se desplomó, desmayado.

En el cementerio nuevo, a unas dos millas de distancia, marido y mujer dieron sepultura a su hijo y volvieron a la casa transidos de sombra y de silencio.

Todo pasó tan pronto que al principio casi no lo entendieron y quedaron esperando alguna otra cosa que les aliviara el dolor. Pero los días pasaron y la expectativa se transformó en resignación, esa desesperada resignación de los viejos, que algunos llaman apatía. Pocas veces hablaban, porque no tenían nada que decirse; sus días eran interminables hasta el cansancio.

Una semana después, el señor White, despertándose bruscamente en la noche, estiró la mano y se encontró solo.

El cuarto estaba a oscuras; oyó cerca de la ventana un llanto contenido. Se incorporó en la cama para escuchar.

—Vuelve a la cama, querida —dijo con toda la ternura de que fue capaz—. Hace mucho frío.

—Más frío hace donde está mi hijo ahora —respondió la anciana dando rienda suelta a sus lágrimas.

Los sollozos de su esposa fueron apagándose poco a poco en sus oídos mientras él, echándose de nuevo sobre el cálido lecho, cerraba los ojos y se hundía lentamente en el sueño. Así permaneció durante un buen rato hasta que, de repente, los gritos de su mujer lo despertaron.

—¡*La pata de mono*! —gritaba la anciana, fuera de sí—. ¡Claro que sí, Dios mío, claro que sí! ¡*La pata de mono*!

El señor White se incorporó alarmado.

—¿Dónde? ¿Dónde está? ¿Qué sucede?

Ella se acercó:

—La quiero. ¿No la has destruido?

—Está en la sala, sobre la repisa —contestó asombrado—. ¿Por qué la quieres?

Llorando y riendo se inclinó para besarlo, y le dijo histérica:

—Sólo ahora he pensado... ¿Por qué no he pensado antes? ¿Por qué tú no pensaste?

—¿Pensaste en qué? —preguntó.

—En los otros dos deseos —respondió enseguida—. Sólo hemos pedido uno.

—¿No fue bastante?

—No —gritó ella triunfalmente—. Le pediremos otro más. Búscala pronto y pide que nuestro hijo vuelva a la vida.

El hombre se sentó en la cama, temblando.

—Dios mío, estás loca.

—Búscala pronto y pide —le balbuceó—; ¡mi hijo, mi hijo!

El hombre encendió la vela.

—Vuelve a acostarte. No sabes lo que estás diciendo.

—Nuestro primer deseo se cumplió. ¿Por qué no hemos de pedir el segundo?

—Fue una coincidencia.

—Búscala y desea —gritó con exaltación la mujer.

El marido se volvió y la miró:

—Hace diez días que está muerto y además, no quiero decirte otra cosa, lo reconocí por el traje. Si ya entonces era demasiado horrible para que lo vieras...

—¡Tráemelo! —gritó la mujer arrastrándolo hacia la puerta—. ¿Crees que temo al niño que he criado?

El señor White bajó en la oscuridad, entró en la sala y se acercó a la repisa.

El talismán estaba en su lugar. Tuvo miedo de que el deseo todavía no formulado trajera a su hijo hecho pedazos, antes de que él pudiera escaparse del cuarto.

Perdió la orientación. No encontraba la puerta. Tanteó alrededor de la mesa y a lo largo de la pared y de pronto se encontró en el zaguán, con el maligno objeto en la mano.

Cuando entró en el dormitorio, hasta la cara de su mujer le pareció cambiada. Estaba ansiosa y blanca y tenía algo sobrenatural. Le tuvo miedo.

—¡Pídelo! —gritó con violencia.

—Es absurdo y perverso —balbuceó.

—Pídelo —repitió la mujer.

El hombre levantó la mano:

—Deseo que mi hijo viva de nuevo.

El talismán cayó al suelo. El señor White siguió mirándolo con terror. Luego, temblando, se dejó caer en una silla mientras la mujer se acercaba a la ventana y levantaba la cortina. El hombre no se movió de allí, hasta que el frío del alba lo traspasó. A veces miraba a su mujer que estaba en la ventana. La vela se había consumido; hasta casi apagarse. Proyectaba en las paredes y el techo sombras vacilantes.

Con un inexplicable alivio ante el fracaso del talismán, el hombre volvió a la cama; un minuto después, la mujer, apática y silenciosa, se acostó a su lado. No hablaron; escuchaban el latido del reloj. Crujió un escalón. La oscuridad era opresiva; el señor White reunió valor, encendió un fósforo y bajó a buscar una vela.

Al pie de la escalera el fósforo se apagó. El señor White se detuvo para encender otro; simultáneamente resonó un golpe furtivo, casi imperceptible, en la puerta de entrada.

Los fósforos cayeron. Permaneció inmóvil, sin respirar, hasta que se repitió el golpe. Huyó a su cuarto y cerró la puerta. Se oyó un tercer golpe.

—¿Qué es eso? —gritó la mujer.

—Un ratón —dijo el hombre—. Un ratón. Se me cruzó en la escalera.

La mujer se incorporó. Un fuerte golpe retumbó en toda la casa.

—¡Es Herbert! ¡Es Herbert!

La señora White corrió hacia la puerta, pero su marido la alcanzó.

—¿Qué vas a hacer? —le dijo ahogadamente.

—¡Es mi hijo; es Herbert! —gritó la mujer, luchando para que la soltara—. Me había olvidado de que el cementerio está a dos millas. Suéltame; tengo que abrir la puerta.

—Por amor de Dios, no le dejes entrar —dijo el hombre, temblando.

—¿Tienes miedo de tu propio hijo? —gritó—. Suéltame. Ya voy, Herbert; ya voy.

Hubo dos golpes más. La mujer se libró y huyó del cuarto. El hombre la siguió y la llamó, mientras bajaba la escalera. Oyó el ruido de la tranca de abajo; oyó el cerrojo; y luego, la voz de la mujer, anhelante:

—La tranca —dijo—. No puedo alcanzarla.

Pero el marido, arrodillado, tanteaba el piso, en busca de la pata de mono.

—Si pudiera encontrarla antes de que eso entrara...

Los golpes volvieron a resonar en toda la casa. El señor White oyó que su mujer acercaba una silla; oyó el ruido de la tranca al abrirse; en el mismo instante encontró la pata de mono y, frenéticamente, balbuceó el tercer y último deseo.

Los golpes cesaron de pronto; aunque los ecos resonaban aún en la casa. Oyó retirar la silla y abrir la puerta. Un viento helado entró por la escalera, y un largo y desconsolado alarido de su mujer le dio valor para correr hacia ella y luego hasta el portón. El camino estaba desierto y tranquilo.

(Wymark William Jacobs)

Segunda parte

HISTORIAS SOBRE CÓMO HAY QUE SER

En esta vida no basta con evitar lo que está mal. Por supuesto hay que hacerlo, pero no es suficiente. Además de no ser como no se debe ser, hay que ser como hay que ser. Vamos a ver si me explico: no se trata solamente de que no caigas en la vanidad, en la mentira, en el desprecio. Además, tu vida debe ser positiva. Eso lo han entendido los creadores de historias de todos los tiempos y lugares y es precisamente lo que te vas a encontrar en esta segunda parte del libro.

LA COMPASIÓN

La palabra «compasión» significa «padecer con». Se trata de una cualidad muy importante, porque una persona que tiene compasión no pasará de largo cuando vea a alguien que necesita ayuda. Así es como deberías comportarte tú. El siguiente relato forma parte de mi libro El maestro de Scherezade *y en él la protagonista se refiere a lo valiosa que es esta cualidad.*

EL MAESTRO DE SCHEREZADE

Scherezade leyó:

Un hombre de Shiraz paseaba por la calle cuando vio cómo un sabio dejaba en el suelo los libros que llevaba para arrodillarse junto a un niño y sacarle una espina que se le había clavado en el pie. Aquella misma noche, el hombre tuvo un sueño en el que veía al sabio paseando por el Pardés. Pensó entonces que estaba recibiendo el premio debido a su sabiduría, pero en ese mismo instante escuchó la voz de un ángel que le decía: «Fue aquella espina arrancada la que produjo las rosas que ahora disfrutas».

(CÉSAR VIDAL)

LA FIDELIDAD A UNO MISMO

Hay personas que piensan que mandar, destacar, aparentar son cosas importantísimas. Incluso las más importantes que hay. Esa manera de pensar es equivocada; en realidad, mucho más importante que estar en una posición alta es estar en la posición que debemos. Un fontanero que realiza bien su trabajo es mucho más importante que un ministro que lo hace mal. Una cajera que cumple bien con su deber es mucho más importante que una gran dama que sólo sabe aparentar. Un tendero que realiza bien sus labores es mucho más importante que un rey indigno. La historia que vas a leer trata de ese tema. Es una de mis historias preferidas, una antigua fábula que aparece en la Biblia, en el Antiguo Testamento:

Los árboles que eligieron rey

Fueron una vez los árboles a elegir rey sobre sí, y dijeron al olivo: «Reina sobre nosotros». Mas el olivo respondió: «¿He de dejar mi aceite, con el cual en mí se honra a Dios y a los hombres, para ir a ser grande sobre los árboles?».

Y dijeron los árboles a la higuera: «Anda tú, reina sobre nosotros». Y respondió la higuera: «¿He de dejar mi dulzura y mi buen fruto, para ir a ser grande sobre los árboles?».

Dijeron luego los árboles a la vid: «Pues ven tú, reina sobre nosotros». Y la vid les respondió: «¿He de dejar mi mosto, que alegra a Dios y a los hombres, para ir a ser grande sobre los árboles?».

Dijeron entonces todos los árboles a la zarza: «Anda tú, reina sobre nosotros». Y la zarza respondió a los árboles: «Si en verdad me elegís por rey sobre vosotros, venid, abrigaos bajo de mi sombra; y si no, salga fuego de la zarza y devore a los cedros del Líbano».

(Antiguo Testamento. Jueces 9)

LA COMPRENSIÓN

Un antiguo proverbio dice que no se debe juzgar a nadie sin caminar en sus zapatos durante un tiempo. En otras palabras, para poder entender a los demás hay que ponerse en su lugar. A eso se le llama comprensión y pocas virtudes son más hermosas que la de saber comprender a los demás. Un ejemplo de ello lo tienes en este relato de tus amigos (véanse pp. 22 y 101), los hermanos Grimm:

La mujer del manantial y sus gansos

He aquí la historia de una ancianita que vivía con sus gansos en un claro del bosque que había entre las montañas, donde tenía su cabaña. Cada mañana la anciana cogía su bastón y se adentraba lentamente en la espesura del bosque.

La ancianita andaba siempre muy ocupada, mucho más de lo que sus años permitían suponer: recogía hierbas para sus gansos, recolectaba frutos silvestres en la medida en que podía alcanzarlos con sus manos, y todo se lo echaba a la espalda para llevarlo a su hogar. Podría pensarse que la pesada carga tendría que aplastarla contra el suelo, pero siempre lograba transportarla felizmente a su casa. Cuando se tropezaba con alguien, lo saludaba con amabilidad:

—¡Hola, querido paisano, qué buen día hace hoy! Sí, ya veo que os asombra que una vieja como yo lleve semejante carga a cuestas, pero ¿no es verdad que cada cual ha de llevar su propia carga al hombro?

Lo cierto es que la ancianita no caía demasiado bien a las demás personas, que preferían dar un rodeo antes que encontrarse con ella; de modo que cuando un padre pasaba por su lado con su hijo, se oía el susurro dirigido al niño:

—Cuídate mucho de esa vieja; se hace la tonta, pero es una bruja.

Un buen día por la mañana apareció un apuesto joven en el bosque. El sol brillaba con todo su esplendor, los pájaros cantaban y un viento fresco acariciaba dulcemente las hojas, llenándolo todo de alegría. Aún no se había encontrado con nadie por el camino cuando vio de repente a la ancianita, arrodillada en el suelo y cortando hierbas con una pequeña hoz. Su saco estaba ya repleto y tenía junto a ella dos cestos llenos de peras y manzanas silvestres.

—Señora —dijo el joven—, ¿cómo puede cargar con tanto peso?

—Tengo que hacerlo, querido señor —respondió—; ya sé que los hijos de los ricos no tienen estas obligaciones, pero entre nosotros, los campesinos, se dice:

No vuelvas la cabeza,
que tu joroba no se endereza.

—¿Queréis ayudarme? —añadió, al ver que el joven se detenía ante ella—. Tenéis todavía los hombros erguidos y fuertes piernas; os será fácil. Y mi casa tampoco está muy lejos de aquí; está en un claro del bosque, en las montañas. ¡Qué pronto llegaríais!

El joven sintió pena por la ancianita.

—Mi padre no es campesino —respondió—, sino un conde muy rico, pero para que veáis que no sólo vosotros podéis cargar fardos, yo mismo os llevaré el saco.

—Si queréis intentarlo —dijo la anciana—, mucho me alegraré. Tendréis que caminar durante una hora, pero ¡qué os puede importar eso! Aquí tenéis las manzanas y las peras, puesto que también tendréis que llevarlas.

El joven conde pareció alarmarse un poco al oír hablar de una hora de camino, pero la anciana no le dejó ir, le echó el saco al hombro y le colgó un cesto de cada brazo.

—¿Lo veis? —dijo—, se llevan muy bien.

—No, no se llevan muy bien —respondió el conde, con gesto contrariado—; el saco pesa tanto como si estuviese lleno de piedras, estas manzanas y estas peras parecen de plomo; casi no puedo ni respirar.

El joven hubiera querido desembarazarse de todo, pero la anciana no le dejó.

—¿Lo veis? —dijo con una sonrisa en los labios—; el joven señor no se atreve a llevar lo que yo, una pobre anciana, he cargado tantas veces. Todos son muy generosos con las palabras, pero cuando hay que arrimar el hombro, prefieren salir corriendo. ¿Qué hacéis ahí temblando como un pajarillo? —añadió—; ¡poneos bien derecho y enderezad las piernas! Os aseguro que nadie os quitará la carga.

Mientras caminó por terreno llano pudo soportarlo, pero cuando llegó a las montañas, y tuvo que subir, y las piedras se deslizaron bajo sus pies como si estuvieran vivas, la marcha le resultó excesiva para sus fuerzas. Las gotas de sudor empaparon su frente y gruesos goterones corrían, ora fríos ora calientes, por su espalda.

—Señora —dijo—; no puedo más, quiero descansar un poco.

—Pero no aquí —respondió la anciana—; ya descansaréis cuando lleguemos; ahora hay que seguir avanzando. ¡Quién sabe lo que os traerá de bueno!

Se esforzó, pero era inútil: el saco se agarraba con tal firmeza a su espalda como si estuviese pegado a ella. Se retorció y revolvió, pero no pudo desembarazarse de él. Por si fuera poco, la anciana se reía, brincando alegremente sobre su bastón.

—No os enfadéis, querido señor —dijo—; os ponéis rojo como un tomate. Llevad vuestra carga con paciencia, que cuando lleguemos a casa os daré una buena propina.

¿Qué otro remedio le quedaba? Tuvo que resignase con su suerte y seguir pacientemente a la anciana. Ella parecía volverse cada vez más ágil, y a él la carga se le hacía cada vez más pesada. Y de repente la anciana dio un brinco, saltó sobre el saco y se sentó encima; y, aunque era tan delgada como un espárrago, pesaba tanto como la más corpulenta de las campesinas. Al joven le temblaban las piernas, pero cuando no avanzaba la anciana le azotaba las piernas con una vara y con ortigas. Sin parar de lamentarse subió por las montañas y llegó finalmente a la casa de la anciana, justo cuando pensaba tirarse al suelo. Cuando los gansos vieron a la anciana se acercaron a ella saludándola con sus graznidos. Tras los gansos, con una vara en la mano, iba una mujer ya entrada en años, fornida y grandona y más fea que Picio.

—Madre —dijo a la anciana—, ¿os ha pasado algo? Habéis tardado tanto en volver...

—Dios me libre, hijita mía —replicó la anciana—; nada malo me ha ocurrido; al contrario: este amable señor me ha llevado la carga; e imagínate, cuando me he sentido cansada me ha llevado a mí misma sobre sus espaldas. El camino no ha sido largo, lo hemos hecho con alegría y nos hemos divertido mucho.

Por fin saltó la anciana al suelo, cogió el saco de la espalda y los cestos de los brazos del joven, lo miro y le dijo:

—Ahora sentaos en el banco, frente a la puerta, y descansad. Os habéis ganado honradamente un premio, que también se os dará.

Entonces dijo a la mujer que cuidaba los gansos:

—Entra en casa, hijita mía; no está bien que te encuentres a solas con un joven señor, que no hay que echar leña al fuego; podría enamorarse de ti.

El conde no sabía si reír o llorar. «Menuda joya —pensó—: ni con treinta años menos podría gustarme lo más mínimo».

Entretanto, la anciana mimaba y acariciaba los gansos como si fueran niños; luego entró en la casa con su hija. El joven se echó cuan largo era en el banco, bajo un manzano silvestre. El aire era templado y benigno; alrededor se extendía una verde campiña cubierta de primaveras, tomillo y miles de otras flores; entre ellas cantaba un cristalino arroyuelo que brillaba al sol, y los blancos gansos se paseaban indolentes de un lado para otro o chapoteaban en el agua.

—Es realmente un lugar encantador —dijo el joven—, pero estoy tan cansado que se me cierran los ojos; dormiré un rato. Mientras no salte un viento que me arranque de un soplo las piernas del cuerpo, pues están más secas que una paja.

Cuando había dormido un poco salió la anciana y le sacudió hasta despertarle.

—Levántate —dijo—; aquí no puedes quedarte. Es verdad que ya te he molestado bastante, pero tampoco te ha costado la vida. Ahora voy a darte un premio; dinero y bienes no necesitas, de modo que te daré otra cosa.

Y diciendo esto le puso en la mano un cofrecillo que estaba tallado en una sola esmeralda.

—Consérvalo bien —añadió—, te traerá suerte.

El conde se incorporó, y como se sintiese de nuevo con fuerzas y completamente despejado, dio las gracias a la anciana por su regalo y se puso en camino, sin dirigir ni una mirada a la hija.

Cuando había caminado un buen trecho, oyó todavía a lo lejos el alegre graznar de los gansos.

El conde anduvo errante durante tres días por la espesura antes de lograr salir del bosque. Llegó entonces a una gran ciudad; y como nadie lo conocía, le llevaron al palacio real a ver al rey y a la reina, que se encontraban en el trono. El conde se arrodilló, sacó del bolsillo el cofrecillo de esmeralda y lo puso a los pies de la reina. Ella le ordenó que se levantara y que le alcanzase el cofrecillo. Pero cuando la reina lo hubo abierto y mirado su interior, cayó al instante como muerta al suelo. El conde fue detenido por los servidores del rey, y ya iba a ser conducido a prisión cuando la reina abrió los ojos y mandó que lo soltaran y que todos salieran de allí, pues quería hablar a solas con él.

Cuando se fueron todos, la reina comenzó a llorar amargamente y dijo:

—De qué me sirven el esplendor y la gloria que me rodean si cada mañana me levanto preocupada y afligida. Tuve tres hijas: la menor era tan hermosa que a todo el mundo le parecía un milagro. Era tan blanca como la nieve, tan sonrosada como un botón de manzana, y sus cabellos relucían como rayos de sol. Cuando lloraba, en vez de lágrimas caían de sus ojos perlas y piedras preciosas. Cuando cumplió quince años, el rey mandó comparecer ante su trono a las tres hermanas. Teníais que haber visto cómo miraban las gentes, era como si saliera el sol. El rey dijo: «Hijas mías, como no sé cuánto tiempo me queda de vida, quiero decidir hoy lo que recibiréis cada una después de mi muerte. Todas me queréis, pero la que me quiera más recibirá lo mejor». Cada una afirmó ser la que más le quería. «¿Me podéis decir —repuso el rey— como a qué me queréis? Así sabré con qué me comparáis». La mayor dijo: «Quiero a mi padre tanto como al más dulce azúcar». La segunda: «Quiero a mi padre tanto como a mi mejor vestido». Pero la menor permaneció callada. Entonces le preguntó el padre: «¿Y tú, niña querida, tú como a qué me quieres?». «No lo sé —respondió—, no puedo comparar mi amor con nada». Pero el padre insistió para que nombrase alguna cosa. Al fin dijo: «Ni la mejor de las comidas me gusta sin sal, por eso quiero a mi padre como a la sal». Cuando el rey oyó esto se enfadó y dijo: «Si me quieres tanto como a la sal, con sal será correspondido tu amor». Entonces mandó dividir el reino entre las dos hermanas mayores, y atar a la menor un saco de sal a la espalda y que dos siervos la llevaran al bosque salvaje. Todos imploramos y rogamos por ella, pero no hubo forma de aplacar la ira del rey. ¡Cómo lloraba cuando tuvo que dejarnos! Todo el camino quedó regado con las perlas que manaban de sus ojos. El rey se arrepintió muy pronto de su gran dureza y mandó buscar a la pobre niña por todo el bosque, pero nadie logró encontrarla. Cuando pienso que tal vez ha sido devorada por las fieras no puedo soportar la tristeza; a veces me consuela la esperanza de que todavía viva, escondida en una cueva o amparada por gentes piadosas. Cuando abrí vuestro cofrecillo de esmeralda vi dentro una perla, precisamente como las que lloraba mi hija; ya os podréis imaginar cuánto me conmovió verla. Tenéis que decirme cómo la habéis conseguido.

El conde contó que se la había dado una anciana del bosque que le había parecido muy de temer, casi sin duda una bruja; pero que de su hija nada había visto ni oído. El rey y la reina decidieron partir en busca de la anciana; pues pensaron que quien tuviese las perlas quizá tendría también noticias de su hija.

La anciana estaba dentro de la casa hilando a la rueca. Ya había oscurecido y un madero ardía en el hogar, iluminando con pálida luz. De repente se oyó la algarabía de los gansos, que venían del prado dando sus roncos graznidos. Tras ellos llegó la hija. Pero la anciana apenas la hizo caso y se limitó a mover un poco la cabeza. La hija se sentó a su lado, tomó su rueca y torció el hilo con la agilidad de una jovencita. Así se estuvieron durante dos horas, sin intercambiar palabra. Luego se oyó algo tras la ventana y dos ojos de fuego se asomaron por ella. Era una viejo búho que gritaba por tres veces «uhu». La anciana apenas levantó la cabeza diciendo:

—Ya es hora, hijita, de que salgas; haz tu labor.

La hija se levantó y se fue. ¿Dónde fue? Atravesó la campiña y se internó en el bosque. Finalmente llegó a un claro donde un manantial brotaba bajo tres encinas. Entretanto, la luna, redonda y grande, se había alzado tras las montañas, y daba tanta luz, que se hubiese podido encontrar una aguja en un pajar. Entonces se arrancó una piel que tenía pegada al rostro, se inclinó sobre el manantial y comenzó a lavarse. Cuando terminó metió también la piel en el agua y luego la puso en el suelo para que empalideciera secándose a la luz de la luna. Pero, ¡cómo se había transformado la mujerona! ¡Algo como nunca habéis visto! Al caer al suelo la trenza gris quedaron sueltos sus cabellos dorados como rayos de sol, tan largos que cubrieron su cuerpo como un abrigo. Los ojos relucían y brillaban como estrellas del cielo, y las mejillas lucían como el sonrosado terciopelo de los botones del manzano.

Pero la hermosa joven estaba triste. Se sentó y lloró amargamente. Lágrima tras lágrima brotaron de sus ojos y se deslizaron entre los largos cabellos hasta el suelo. Así estaba y así se hubiese estado mucho más tiempo si no se hubiese oído crujir las ramas de un árbol próximo. Saltó como un gamo al oír los disparos del cazador. La luna se había ocultado en ese momento tras una negra nube; la joven se cubrió inmediatamente con su vieja piel y desapareció como una chispa cuando el viento la arrastra.

Temblando como una hoja corrió a la casa. Encontró a la anciana en la puerta y le quiso contar lo que le había sucedido, pero la anciana le sonrió amablemente y le dijo:

—Ya lo sé todo.

La hizo entrar y encendió otro madero. Pero no se puso de nuevo a hilar, sino que cogió una escoba y comenzó a barrer.

—Todo ha de quedar bien limpio —dijo a la joven.

—Pero, madre —dijo la joven—, ¿por qué os ponéis a hacer la limpieza a estas horas?

—¿Sabes cuál es? —preguntó la anciana.

—Todavía no llegó la medianoche —respondió la joven—; pero ya dieron las once, ¿no?

—¿No recuerdas —prosiguió la anciana— que llegaste aquí hace hoy exactamente tres años? Se cumplió tu plazo y no podemos seguir viviendo juntas por más tiempo.

La joven se asustó y dijo:

—¡Ay!, querida madre, ¿queréis echarme? ¿Dónde podré ir? No tengo amigos, ni una patria a la que dirigirme. Hice todo cuanto me pediste y siempre habéis estado contenta de mí; no me echéis de vuestro lado.

La anciana no quiso decir a la joven lo que iba a pasar.

—No puedo quedarme aquí mucho más —le dijo—, pero antes de irme la casa ha de quedar limpia: por eso no debes interrumpir mi trabajo. No te preocupes por ti; encontrarás un techo bajo el que vivir, y la recompensa que te daré te dejará satisfecha.

—Pero decidme al menos qué pasará —suplicó la chica.

—Te lo repito, no me interrumpas en mi trabajo. No pronuncies ni una palabra más, vete a tu alcoba, quítate la piel del rostro y ponte el vestido de seda que llevabas cuando me encontraste; y luego espera allí hasta que yo te llame.

Pero yo he de volver con el rey y la reina, para contar que ya habían salido con el conde en busca de la anciana del calvero. El conde los había perdido por la noche en el bosque y tuvo que continuar solo. Al día siguiente le pareció que iba por buen camino. Siguió su marcha hasta que oscureció, y entonces trepó a un árbol para pasar allí la noche, pues temía perderse. Cuando la luna iluminó el lugar, divisó una figura que bajaba por la montaña. No llevaba una vara en la mano, pero reconoció a la mujer que cuidaba a los gansos, la misma que viera en casa de la anciana.

—¡Hola! —se dijo—; ahí viene; y cogiendo a una de las brujas no se me escapará la otra.

Mas cuán grande no sería su sorpresa al ver cómo la mujer se acercaba al manantial, se quitaba la piel y se bañaba, y sus dorados cabellos le caían sobre los hombros, convirtiéndose en el ser más hermoso que nunca viera. Apenas se atrevía a respirar, pero asomó la cabeza tanto como pudo entre el follaje y la miró atentamente. Bien porque se estirase demasiado, bien por otras razones, el caso es que una rama crujió de repente; en ese mismo instante se cubrió la joven con la piel y saltó como un gamo; y como la luna se oscureció al mismo tiempo, no pudo seguir viéndola.

Apenas había desaparecido y ya el conde bajaba del árbol y la seguía a buen paso. No había andado mucho cuando entrevió en la oscuridad dos figuras deslizándose por la campiña. Eran el rey y la reina, que habían visto a lo lejos la luz de la casa de la anciana y se encaminaban hacia allá. El conde les contó las cosas asombrosas que viera en el manantial, y ellos comprendieron que se trataba de su hija desaparecida. Llenos de alegría siguieron caminando y pronto llegaron a la casita. Los gansos dormían junto a la casa con la cabeza metida bajo las alas, y ninguno de ellos se movió. Miraron por la ventana; dentro estaba la anciana sentada hilando a la rueca con la cabeza gacha y sin mirar en torno suyo. La habitación estaba muy limpia, como si viviesen en ella los pequeños hombrecillos de la niebla, que no llevan polvo en sus zapatos. Pero no vieron a su hija. Estuvieron mirando un rato, hasta que cobraron ánimos y tocaron suavemente en la ventana. La anciana parecía esperarles, porque se levantó y les dijo amablemente:

—Pasad, pasad, que ya sé quienes sois.

Cuando entraron dijo la anciana:

—Os hubierais ahorrado tan largo viaje si no hubierais expulsado injustamente hace tres años a vuestra hija, que es tan buena y cariñosa. A ella no le vino mal; durante tres años ha tenido que cuidar de mis gansos; nada malo ha aprendido, sino que ha conservado puro su corazón. Y en cuanto a vosotros, con la angustia en que habéis vivido ya recibisteis con creces vuestro castigo.

Entonces fue a la alcoba y dijo:

—Sal, hijita mía.

La puerta se abrió y apareció la princesa con su vestido de seda, sus dorados cabellos y sus relucientes ojos, y fue como si un ángel bajara de cielo.

Corrió junto a sus padres, los abrazó y los besó. Todos se echaron a llorar de alegría. El joven conde estaba a su lado, y cuando lo miró se puso colorada como una rosa de los musgos; ella misma no sabía por qué. El rey dijo:

—Querida hija, ya regalé mi reino; ¿qué puedo darte a ti?

—Nada necesita —dijo la anciana—; yo le regalaré las lágrimas que lloró por vosotros; son perlas tan hermosas que oscurecen a las del mismo mar, y tienen más valor que vuestro reino. Y como recompensa por sus servicios le dejaré mi casita.

Y diciendo esto la anciana desapareció ante los mismos ojos de todos ellos. Se oyeron ruidos en las paredes, y luego, cuando miraron en torno suyo, vieron que la casa se había convertido en un espléndido palacio; una mesa real estaba servida y los criados iban de aquí para allá.

La historia continúa, pero a mi abuela, que me la contó, le empezaba a fallar la memoria y se había olvidado del resto. Yo estoy convencido de que la hermosa princesa se casó con el conde y se quedó con él en el palacio, donde vivieron felices hasta que Dios quiso. No sé si los blancos gansos que había en la casita serían en realidad muchachas (nadie podrá enfadarse por ello) que la anciana había tomado bajo su protección, como tampoco sé si recobraron luego su figura humana y se quedaron para servir a la joven reina; pero me lo imagino. Algo si sé de cierto, y es que la anciana no era una bruja, como pensaba la gente, sino un hada de buenas intenciones. Tal vez fue ella la que otorgó a la princesa, al nacer, la gracia de llorar perlas en vez de lágrimas. Hoy día esto ya no ocurre porque, de lo contrario, los pobres pronto se harían ricos.

(HERMANOS GRIMM)

LA VALENTÍA

Los antiguos griegos decían que la suerte sólo ayuda a los valientes. Es verdad. En esta vida hay que ser valiente. Hay muchas maneras en que puedes serlo, por ejemplo, puedes ser valiente diciendo la verdad cuando por cobardía preferirías mentir, defendiendo a los débiles cuando es más fácil ponerse del lado de los fuertes, hablando bien de tus amigos cuando todos los atacan... Y es que hasta un niño o un joven pueden ser valientes como muestra la historia que aparece a continuación y que debemos, como otros cuentos que ya has leído (vease pp. 22, 101, 135) a los hermanos Grimm:

El sastrecillo valiente

Una mañana de primavera se encontraba un humilde sastrecillo sentado junto a su mesa, al lado de la ventana. Estaba de buen humor y cosía con entusiasmo; en esto, una campesina pasaba por la calle pregonando su mercancía:

—¡Vendo buena mermelada! ¡Vendo buena mermelada!

Esto sonaba a gloria en los oídos del sastrecillo, que asomó su fina cabeza por la ventana y llamó a la vendedora:

—¡Venga, buena mujer, que aquí la aliviaremos de su mercancía!

Subió la campesina las escaleras que llevaban hasta el taller del sastrecillo con su pesada cesta a cuestas; tuvo que sacar todos los tarros que traía para enseñárselos al sastre. Este los miraba y los volvía a mirar uno por uno, metiendo en ellos las narices; por fin, dijo:

—La mermelada me parece buena, así que pésame dos onzas, buena mujer, y si llegas al cuarto de libra, no vamos a discutir por eso.

La mujer, que esperaba una mejor venta, le dio lo que pedía y se marchó malhumorada y refunfuñando.

—¡Muy bien —exclamó el sastrecillo—, que Dios me bendiga esta mermelada y me dé salud y fuerza!

Y, sacando un pan de la despensa, cortó una rebanada grande y la untó de mermelada.

—Parece que no sabrá mal —se dijo—; pero antes de probarla, terminaré este jubón.

Dejó la rebanada de pan sobre la mesa y continuó cosiendo; y tan contento estaba, que las puntadas le salían cada vez más largas.

Mientras tanto, el dulce aroma que se desprendía de la mermelada se extendía por la habitación, hasta las paredes donde las moscas se amontonaban en gran número; estas, sintiéndose atraídas por el olor, se lanzaron sobre el pan como un verdadero enjambre.

—¡Eh!, ¿quién os ha invitado? —gritó el sastrecillo, tratando de espantar a tan indeseables huéspedes.

Pero las moscas, que no entendían su idioma, lejos de hacerle caso, volvían a la carga en bandadas cada vez más numerosas. El sastrecillo, por fin, perdió la paciencia; irritado, cogió un trapo y, al grito de: «¡Esperad, que ya os daré!», descargó sin compasión sobre ellas un golpe tras otro. Al retirar el trapo y contarlas, vio que había liquidado nada menos que a siete moscas.

—¡Vaya tío estás hecho! —exclamó, admirado de su propia valentía—; esto tiene que saberlo toda la ciudad.

Y, a toda prisa, el sastrecillo cortó un cinturón a su medida, lo cosió y luego le bordó en grandes letras: «¡Siete de un golpe!».

—¡Qué digo la ciudad! —añadió—; ¡el mundo entero tiene que enterarse de esto! —y su corazón palpitaba de alegría como el rabo de un corderillo.

Luego se ciñó el cinturón y se dispuso a salir al mundo, convencido de que su taller era demasiado pequeño para su valentía. Antes de marcharse, estuvo rebuscando por toda la casa a ver si encontraba algo que pudiera llevarse; pero sólo encontró un queso viejo, que se metió en el bolsillo. Frente a la puerta vio un pájaro que se había enredado en un matorral, y también se lo guardó en el bolsillo, junto al queso. Luego se puso valientemente en camino y, como era delgado y ágil, no sentía ningún cansancio.

El camino lo llevó por una montaña arriba. Cuando llegó a lo más alto, se encontró con un gigante que estaba allí sentado, mirando plácidamente el paisaje. El sastrecillo se le acercó con atrevimiento y le dijo:

—¡Buenos días, camarada! ¿Qué tal? Estás contemplando el ancho mundo, ¿no? Hacia él voy yo precisamente, en busca de fortuna. ¿Quieres venir conmigo?

El gigante miró al sastrecillo con desprecio y le dijo:

—¡Quítate de mi vista, enano! ¡Miserable criatura...!

—¿Ah, sí? —contestó el sastrecillo, y, desabrochándose la chaqueta, le enseñó el cinturón—; ¡aquí puedes leer qué clase de hombre soy!

El gigante leyó: «¡Siete de un golpe!» y, pensando que se trataba de hombres derribados por el sastre, empezó a tenerle un poco de respeto. De todos modos decidió ponerlo a prueba: agarró una piedra y la exprimió hasta sacarle unas gotas de agua.

—¡A ver si lo haces —dijo—, ya que eres tan fuerte!

—¿Nada más que eso? —preguntó el sastrecillo—. ¡Para mí es un juego de niños!

Y metiendo la mano en el bolsillo sacó el queso y lo apretó hasta sacarle todo el jugo.

—¿Qué me dices? Un poquito mejor, ¿no te parece?

El gigante no supo qué contestar, y apenas podía creer que hiciera tal cosa aquel hombrecillo. Tomando entonces otra piedra, la arrojó tan alto que la vista apenas podía seguirla.

—Anda, hombrecito, a ver si haces algo parecido.

—Un buen tiro —dijo el sastrecillo—, aunque la piedra volvió a caer a tierra. Ahora verás.

Y sacando el pájaro del bolsillo, lo lanzó al aire. El pájaro, encantado de verse libre, se elevó por los aires y se perdió de vista.

—¿Qué te pareció este tiro, camarada? —preguntó el sastrecillo.

—Tirar piedras sí que sabes —admitió el gigante—. Ahora veremos si puedes soportar alguna carga digna de este nombre.

Y llevando al sastrecillo hasta un majestuoso roble que estaba derribado en el suelo, le dijo:

—Si eres verdaderamente fuerte, ayúdame a sacar este árbol del bosque.

—Con mucho gusto —respondió el sastrecillo—. Tú cárgate el tronco al hombro y yo me encargaré de la copa, que es lo más pesado.

En cuanto el gigante se echó al hombro el tronco, el sastrecillo se sentó sobre una rama, de modo que el gigante, que no podía volverse, tuvo que cargar también con él, además de todo el peso del árbol. El sastrecillo iba de lo más contento allí detrás y se puso a tararear la canción *Tres sastres cabalgaban hacia la ciudad,* como si el cargar árboles fuese un juego de niños.

El gigante, después de llevar un buen trecho la pesada carga, no pudo más y gritó:

—¡Eh, tú! ¡Cuidado, que tengo que soltar el árbol!

El sastrecillo saltó ágilmente al suelo, sujetó el roble con los dos brazos, como si lo hubiese sostenido así todo el tiempo, y dijo:

—¡Un grandullón como tú y ni siquiera puedes cargar con un árbol!

Siguieron andando y, al pasar junto a un cerezo, el gigante, agarrando la copa, donde cuelgan las frutas más maduras, inclinó el árbol hacia abajo y lo puso en manos del sastre, invitándolo a comer las cerezas. Pero el hombrecito era demasiado débil para sujetar el árbol y, en cuanto lo soltó el gigante, volvió a enderezarse, arrastrando al sastrecillo por los aires. Cayó al suelo sin hacerse daño, y el gigante le dijo:

—¿Qué es eso? ¿No tienes fuerza para sujetar esa delgada vara?

—No es que me falten fuerzas —respondió el sastrecillo—. ¿Crees que semejante minucia es para un hombre que mató a siete de un golpe? Es que salté por encima del árbol, porque hay unos cazadores allá abajo disparando contra los matorrales. ¡Haz tú lo mismo, si puedes!

El gigante lo intentó, pero se quedó colgando entre las ramas; de modo que también esta vez el sastrecillo se llevó la victoria. Dijo entonces el gigante:

—Ya que eres tan valiente, ven conmigo a nuestra cueva y pasa la noche con nosotros.

El sastrecillo aceptó la invitación y lo siguió. Cuando llegaron a la caverna, encontraron a varios gigantes sentados junto al fuego; cada uno tenía en la mano un cordero asado y se lo estaba comiendo. El sastrecillo miró a su alrededor y pensó: «Esto es mucho más espacioso que mi taller».

El gigante le enseñó una cama y lo invitó a acostarse y dormir. La cama, sin embargo, era demasiado grande para el hombrecito; así que, en vez de acomodarse en ella, se acurrucó en un rincón.

A medianoche, creyendo el gigante que su invitado estaría profundamente dormido, se levantó y, empuñando una enorme barra de hierro, descargó un formidable golpe sobre la cama. Luego volvió a acostarse, en la certeza de que había despachado para siempre a tan impertinente saltarín. A la mañana siguiente, los gigantes, sin acordarse ya del sastrecillo, se disponían a marcharse al bosque cuando, de pronto, lo vieron venir hacia ellos tan alegre y tranquilo como de costumbre. Aquello fue más de lo que podían soportar y, creyendo que iba a matarlos a todos, salieron corriendo, cada uno por su lado.

El sastrecillo prosiguió su camino, siempre a la buena de Dios. Tras mucho caminar, llegó al jardín del palacio real y, como se sentía muy cansado, se echó a dormir sobre la hierba. Mientras dormía, se le acercaron varios cortesanos, lo examinaron de arriba a abajo y leyeron en el cinturón: «¡Siete de un golpe!».

—¡Ah! —exclamaron—. ¿Qué hace aquí tan terrible hombre de guerra, ahora que estamos en paz? Sin duda, será algún poderoso caballero.

Y corrieron a dar la noticia al rey, diciéndole que en su opinión sería un hombre extremadamente valioso en caso de guerra y que en modo alguno debía perder la oportunidad de ponerlo a su servicio. Al rey le complació el consejo y envió a uno de sus nobles para que le hiciese una oferta tan pronto despertara. El emisario permaneció junto al durmiente y, cuando vio que abría los ojos y despertaba, le comunicó la propuesta del rey.

—Precisamente por eso he venido aquí —respondió el sastrecillo—. Estoy dispuesto a servir al rey.

Así que lo recibieron con todos los honores y le prepararon una residencia especial para él.

Pero los soldados del rey estaban molestos con él y deseaban verlo a mil leguas de distancia.

—¿Qué ocurrirá? —comentaban entre sí—. Si nos peleamos con él y nos ataca, a cada golpe derribará a siete. Eso no lo resistiremos.

Tomaron, pues, la decisión de presentarse al rey y pedirle que los licenciase del Ejército.

—No estamos preparados —le dijeron— para estar al lado de un hombre capaz de matar a siete de un golpe.

El rey se disgustó mucho cuando vio que por culpa de uno iba a perder a todos sus fieles servidores. Se lamentaba de haber visto al sastrecillo y, gustosamente, se habría desembarazado de él; pero no se atrevía a hacerlo, por miedo a que lo matara junto a todos los suyos y luego ocupase el trono. Estuvo pensándolo largamente hasta que, por fin, encontró una solución. Mandó decir al sastrecillo que, siendo tan poderoso guerrero, tenía una propuesta que hacerle: en un bosque del reino vivían dos gigantes que causaban enormes daños con sus robos, asesinatos, incendios y otras atrocidades; nadie podía acercárseles sin correr peligro de muerte. Si él lograba vencer y exterminar a estos dos gigantes, recibiría la mano de su hija y la mitad del reino como dote nupcial; además, cien jinetes lo acompañarían y le prestarían su ayuda.

«¡No está mal para un hombre como tú! —se dijo el sastrecillo—. Que a uno le ofrezcan una bella princesa y la mitad de un reino es cosa que no sucede todos los días.»

—Claro que acepto —respondió—. Acabaré muy pronto con los dos gigantes. Y no necesito a los cien jinetes. El que derriba a siete de un solo golpe no tiene por qué asustarse con dos.

Así, pues, el sastrecillo se puso en marcha, seguido por los cien jinetes. Al llegar al lindero del bosque, dijo a sus acompañantes:

—Esperad aquí. Yo solo acabaré con los gigantes.

Y de un salto se internó en el bosque, donde empezó a buscar por todas partes. Al cabo de un rato descubrió a los dos gigantes: estaban durmiendo al pie de un árbol y roncaban tan fuerte, que las ramas se balanceaban arriba y abajo. El sastrecillo, ni corto ni perezoso, se llenó los bolsillos de piedras y trepó al árbol. Antes de llegar a la copa se deslizó por una rama hasta situarse justo encima de los durmientes; entonces fue tirando a uno de los gigantes una piedra tras otra, apuntándole al pecho. El gigante, al principio, no sintió nada, pero finalmente reaccionó dando un empujón a su compañero y diciéndole:

—¿Por qué me pegas?

—Estás soñando —dijo el otro—; yo no te estoy pegando.

De nuevo se volvieron a dormir y, entonces, el sastrecillo le tiró una piedra al otro.

—¿Qué significa esto? —gruñó el gigante—. ¿Por qué me tiras piedras?

—No te he tirado ninguna piedra —refunfuñó el primero.

Aún estuvieron discutiedo un buen rato; pero como los dos estaban cansados, dejaron las cosas como estaban y volvieron a cerrar los ojos. El sastrecillo siguió con su peligroso juego. Esta vez, eligiendo la piedra más grande, se la tiró con toda su fuerza al primer gigante, dándole en pleno pecho.

—¡Esto ya es demasiado! —gritó furioso el gigante. Y saltando como un loco, arremetió contra su compañero y lo empujó con tal fuerza contra el árbol, que lo hizo temblar. El otro le pagó con la misma moneda, y los dos se enfurecieron tanto que arrancaron de cuajo dos árboles enteros y estuvieron golpeándose con ellos hasta que ambos cayeron muertos al mismo tiempo. Entonces bajó del árbol el sastrecillo.

«Es una suerte que no hayan arrancado el árbol en que me encontraba —se dijo—, pues habría tenido que saltar a otro como una ardilla; menos mal que soy ágil.»

Y, desenvainando la espada, asestó unos buenos tajos a cada uno en el pecho. Enseguida se fue a ver a los jinetes y les dijo:

—Se acabaron los gigantes, aunque debo reconocer que ha sido un trabajo verdaderamente duro: desesperados, se pusieron a arrancar árboles para defenderse; pero, cuando se tiene enfrente a alguien como yo, que mata a siete de un golpe, no hay nada que valga.

—¿Y no estás herido? —preguntaron los jinetes.

—No piensen tal cosa —dijo el sastrecillo—; no me tocaron ni un pelo.

Los jinetes no podían creerlo. Se internaron con él en el bosque y allí encontraron a los dos gigantes flotando en su propia sangre y, a su alrededor, los árboles arrancados de cuajo.

El sastrecillo se presentó al rey para exigirle la recompensa ofrecida; pero el rey se hizo el remolón y maquinó otra manera de deshacerse del héroe.

—Antes de que recibas la mano de mi hija y la mitad de mi reino —le dijo—, tendrás que llevar a cabo una nueva hazaña. En el bosque se encuentra un unicornio que hace grandes estragos y debes capturarlo primero.

—Menos temo yo a un unicornio que a dos gigantes —respondió el sastrecillo—. Siete de un golpe: esa es mi especialidad.

Y se internó en el bosque con un hacha y una cuerda, después de haber rogado a sus escoltas que lo esperasen fuera. No tuvo que buscar mucho: el unicornio se presentó de pronto y lo embistió ferozmente, decidido a atravesarlo con su único cuerno sin ningún tipo de contemplaciones.

—Poco a poco; la cosa no es tan fácil como piensas —dijo el sastrecillo.

Plantándose muy quieto delante de un árbol, esperó a que el unicornio estuviese cerca y, entonces, saltó ágilmente detrás del árbol. Como el unicornio había embestido con toda su fuerza, el cuerno se clavó en el tronco tan profundamente que, por más que lo intentó, ya no pudo sacarlo y quedó aprisionado.

—¡Ya cayó el pajarillo! —dijo el sastre.

Y saliendo de detrás del árbol, ató la cuerda al cuello del unicornio y cortó el cuerno de un hachazo; cogió al animal y se lo presentó al rey.

Pero este aún no quiso entregarle el premio ofrecido y le exigió un tercer trabajo: antes de que la boda se celebrase, el sastrecillo tendría que cazar un feroz jabalí que rondaba por el bosque causando enormes daños. Para ello contaría con la ayuda de los cazadores.

—¡No faltaba más! —dijo el sastrecillo—. ¡Si es un juego de niños!

Dejó a los cazadores a la entrada del bosque, con gran alegría de ellos, pues de tal modo los había recibido el feroz jabalí en otras ocasiones, que no les quedaban ganas de enfrentarse a él de nuevo. Tan pronto vio al sastrecillo, el jabalí se lanzó sobre él con sus afilados colmillos echando espuma por la boca. A punto de alcanzarlo, el ágil héroe huyó a todo correr en dirección hacia una ermita que estaba en las cercanías; entró en ella y, de un salto, pudo salir por la ventana del fondo. El jabalí había entrado tras él en la ermita; pero ya el sastrecillo había dado la vuelta y le cerró la puerta de un golpe, con lo que el enfurecido animal quedó apresado, pues era demasiado torpe y pesado como para saltar por la ventana. El sastrecillo se apresuró a llamar a los cazadores, para que contemplasen al animal en su prisión.

El rey, acabadas todas sus tretas, tuvo que cumplir su promesa y le dio al sastrecillo la mano de su hija y la mitad de su reino, celebrándose la boda con gran esplendor, aunque con no demasiada alegría. Y así fue como se convirtió en todo un rey el sastrecillo valiente.

Pasado algún tiempo, la joven reina oyó a su esposo hablar en sueños:

—Mozo, cóseme la chaqueta y echa un remiendo al pantalón, si no quieres que te dé entre las orejas con la vara de medir.

Entonces la joven se dio cuenta de la baja condición social de su esposo, yéndose a quejar a su padre a la mañana siguiente, para rogarle que la liberase de un hombre que no era más que un pobre sastre. El rey la consoló y le dijo:

—Deja abierta esta noche la puerta de tu habitación, que mis servidores entrarán en ella cuando tu marido se haya dormido; lo secuestrarán y lo conducirán en un barco a tierras lejanas.

La mujer quedó complacida con esto, pero el fiel escudero del rey, que oyó la conversación, comunicó estas nuevas a su señor.

—Tengo que acabar con esto —dijo el sastrecillo.

Cuando llegó la noche se fue a la cama con su mujer como de costumbre; la esposa, al creer que su marido ya dormía, se levantó para abrir la puerta del dormitorio, y se volvió a acostar después. Entonces el sastrecillo, fingiendo que dormía, empezó a dar voces:

—Mozo, cóseme la chaqueta y echa un remiendo al pantalón, si no quieres que te dé entre las orejas con la vara de medir. He derribado a siete de un solo golpe, he matado a dos gigantes, he cazado a un unicornio y a un jabalí. ¿Crees acaso que voy a temer a los que están esperando frente a mi dormitorio?

Los criados, al oír estas palabras, salieron huyendo como alma que lleva el diablo y nunca jamás se les volvería a ocurrir el acercarse al sastrecillo.

Y así, el joven sastre siguió siendo rey durante toda su vida.

(HERMANOS GRIMM)

EL CONOCIMIENTO ANTES DE LA ACCIÓN

En esta vida vas a tener que tomar decisiones. De repente, ante ti se abrirán varios caminos y tendrás que ir por uno mientras abandonas los otros. Eso ya te sucede cuando tienes que decidir entre una cosa y otra, entre un comportamiento y otro. Pues bien, para que te salgan las cosas de la mejor manera, tienes que pensarlas y, sobre todo, tener una idea lo más completa posible de lo que puede sucederte en cada caso. Sobre ese tema versa el cuento que viene a continuación. Está tomado del Sendebar *o* Libro de los engaños de las mujeres, *una colección de relatos de origen oriental que se recopiló en España en el siglo* XIII.

EJEMPLO DEL QUINTO PRIVADO, EL PERRO, LA CULEBRA Y EL NIÑO

Y vino el quinto privado ante el rey, y dijo:

—Alabado sea Dios. Tú eres sabio y discreto, y sabes que nada debe hacerse apresuradamente antes de averiguar la verdad y, si se hace así, será una locura, y cuando lo quisieres enmendar, ya no se podrá; y sucederá así como pasó una vez al dueño de un perro.

Y dijo el rey:

—¿Cómo fue eso?

Y él dijo:

—Señor, oí decir que había un hombre que era criado de un rey; y aquel hombre tenía un perro de caza muy bueno y muy amaestrado, y nunca le mandaba hacer nada que no lo hiciera; y sucedió un día que su mujer se fue a ver a unos parientes, y se fueron con ella todos sus criados. Y le dijo al marido:

»—Quédate con tu hijo que está durmiendo en la cama, que yo no me detendré allá, pues estaré aquí enseguida.

»El hombre se sentó junto a su hijo; estando allí, llegó un hombre de la casa del rey, el cual le mandaba llamar deprisa; y el buen hombre le dijo al perro:

»—Guarda bien a este niño, y no te alejes de él hasta que yo vuelva.

»Y el hombre cerró su puerta y se fue con el rey; y estando el perro junto al niño, vino a él una culebra muy grande y lo quiso matar por el olor de la leche materna; y cuando el perro la vio, saltó sobre ella y la despedazó por completo; y el hombre volvió pronto por amor a su hijo que había dejado solo y, cuando abrió la puerta, salió a su encuentro el perro para presumir ante su señor por lo que había hecho, y traía el morro y el pecho sangrientos; y cuando lo vio así, se creyó que había matado a su hijo, y echó mano a su espada, y le dio un gran golpe al perro y lo mató; y se acercó a la cama, y halló a su hijo durmiendo y la culebra despedazada a sus pies; y cuando vio esto, se golpeó el rostro arañándoselo y no pudo hacer otra cosa; y se tuvo por desgraciado por haberse equivocado.

»Y señor, no te suceda así con tus cosas, pues después no te podrás arrepentir. No mates a tu hijo, que los engaños de las mujeres no tienen fin.

(Cuento tradicional oriental)

LA HUMILDAD

Nunca debes tener una idea de ti mismo superior a la que te corresponde. A eso se le llama humildad, a saber exactamente lo que vales y a no dar un paso más allá. Las personas humildes —al contrario que las soberbias, las vanidosas y las presumidas— suelen recibir su recompensa. Eso es lo que le sucedió precisamente a la paloma según nos cuenta alguien a quien ya conoces (véase p. 61), Isaac Bashevis Singer:

Por qué Noé eligió la paloma

Cuando el pueblo pecó y Dios decidió castigarlo enviando el diluvio, todos los animales se reunieron en torno al arca de Noé. Noé era un hombre recto y obediente al que Dios le había dicho cómo salvarse junto con su familia, construyendo un arca que flotaría y les daría cobijo al subir las aguas.

Los animales habían oído el rumor de que Noé acogería en el Arca sólo a las mejores de las criaturas vivientes. Y así los animales acudieron, compitiendo entre sí, cada uno de ellos presumiendo de sus propias virtudes y, cuando era posible, rebajando los méritos de los demás.

El león rugió:

—Soy el animal más fuerte y, ciertamente, me deben salvar.

El elefante barritó:

—Yo soy el más grande. Tengo la trompa más larga, las orejas grandes, y las patas más pesadas.

—Ser grande y pesado no es tan importante —protestó el zorro—. Yo, el zorro, soy el más inteligente de todos.

—Parece que cualquiera puede ser inteligente —dijo la mofeta —. Yo huelo mejor que cualquier otro. Mi perfume es famoso.

—Todos vosotros os arrastráis por la tierra, pero yo soy el único que trepa a los árboles —gritó el mono.

—El único —gruñó el oso—. ¿Y qué crees que hago yo?

—¿Y yo qué? —alegó indignada la ardilla.

—Yo soy familia del tigre —ronroneó el gato.

—Yo soy primo del elefante —dijo el ratón.

—Y yo soy tan fuerte como el león —replicó el tigre—. Y tengo la piel más bonita.

—Mis manchas son más admiradas que tus rayas —interpuso el leopardo.

—Yo soy el mejor amigo del hombre —gañó el perro.

—Tú no eres amigo. No eres más que un adulador que mueve la cola —aulló el lobo—. Yo soy orgulloso. Soy el lobo solitario y no adulo a nadie.

—Beé —baló la oveja—. Por eso siempre tienes hambre. No dar nada, no recibir nada. Yo le doy al hombre mi lana y él me cuida.

—Le das tu lana al hombre, sin embargo yo le doy la dulce miel —zumbó la abeja—. Además tengo veneno para protegerme de mis enemigos.

—¿Qué es tu veneno comparado con el mío? —cascabeleó la serpiente—. Y yo estoy más cerca de la Madre Tierra que cualquiera de vosotros.

—No tan cerca como yo —protestó el gusano de tierra, asomando su cabeza por un agujero.

—Yo pongo huevos —cacareó la gallina.

—Yo doy leche —mugió la vaca.

—Yo ayudo a labrar la tierra —mugió más roncamente el buey.

—Yo llevo a los hombres —relinchó el caballo—. Y mis ojos son los más grandes.

—Tú tienes los ojos más grandes, pero sólo tienes dos, mientras que yo tengo muchos —zumbó la mosca en el oído del caballo.

—Comparados conmigo todos sois enanos —llegaron desde lejos las palabras de la jirafa, que mordisqueaba las hojas de la copa de los árboles.

—Soy casi tan alto como tú —alegó el camello—. Y puedo viajar por el desierto durante días enteros sin alimento ni agua.

—Vosotros sois altos, pero yo soy gordo —lanzó el hipopótamo—. Y estoy muy seguro de que mi boca es más grande que la de cualquiera de vosotros.

—No estés tan seguro —dijo el cocodrilo, y bostezó.

—Yo puedo hablar como un humano —gritó el loro.

—Tu no hablas realmente, sólo imitas —cacareó el gallo—. Yo sólo sé una palabra, *quiquiriquí*, pero es mía.

—Veo con las orejas; vuelo de oído —silbó el murciélago.

—Y yo canto con las alas —cantó el grillo.

Hubo muchas otras criaturas ansiosas de alabarse a sí mismas. Pero Noé había observado que la paloma se había quedado sola en una rama y no trataba de hablar ni de competir con los otros animales.

—¿Por qué guardas silencio? —le preguntó Noé a la paloma—. ¿No tienes nada de que vanagloriarte?

—No creo ser ni peor ni mejor, ni más sabia, ni más atractiva que los demás animales —arrulló la paloma—. Cada uno de nosotros tiene algo que el otro no tiene y que nos ha sido concedido por Dios, que nos creó a todos.

—Tiene razón la paloma —dijo Noé—. No es necesario presumir ni competir unos con otros. Dios me ha ordenado que recoja en el arca criaturas de todas las especies: ganado y fiera, pájaro e insecto.

Los animales se sintieron dichosos al escuchar estas palabras y olvidaron todos sus enfados.

Antes de abrir la puerta del arca, Noé dijo:

—Os amo a todos, pero puesto que la paloma fue modesta y guardó silencio, mientras todos los demás os vanagloriabais y os querellabais, la elijo para que sea mi mensajera.

Noé cumplió su palabra. Cuando las lluvias cesaron, envió a la paloma a sobrevolar la tierra y traer noticias de la situación. Finalmente regresó con una rama de olivo en el pico, y Noé supo que las aguas ya habían bajado. Cuando la tierra se secó por fin, Noé, su familia y todos los animales salieron del arca.

Después del diluvio, Dios prometió que nunca volvería a destruir la tierra por los pecados de los hombres, y que nunca se detendría el tiempo de sembrar o cosechar, el frío o el calor, el verano o el invierno, el día o la noche.

La verdad es que en el mundo hay más palomas que tigres, leopardos, buitres u otros animales feroces. La paloma vive contenta sin luchar. Es el ave de la paz.

(Isaac Bashevis Singer)

LA BONDAD

Seguramente cuando te despides de tus padres por la mañana para ir al colegio o sales de casa para divertirte, te dicen que seas bueno. No se trata de palabras vacías. En realidad, pocas cosas hay más dignas de ser poseídas que la bondad. Un ejemplo de lo que estoy diciéndote lo encontrarás en este cuento tradicional, que adapta en estas líneas la escritora japonesa Yoshiko Uchida (1922-1992):

El mar de oro

En una pequeña isla, en que casi todos los hombres aptos y sanos eran pescadores, vivía una vez un joven llamado Hikoichi. Era amable y bondadoso, aunque sin muchas luces, por lo que no encontró a nadie en toda la isla dispuesto a enseñarle lo que tenía que aprender para ser pescador.

—¿Quién sería capaz de hacer de ti un pescador? —le decía la gente—. ¡Eres demasiado lerdo para aprender nada!

Pero Hikoichi se moría de ganas de trabajar, y se esforzó de veras por encontrar trabajo. Estuvo buscando y buscando durante muchos meses hasta que por fin le dieron trabajo de cocinero en un barco de pesca. Claro que si había conseguido el empleo era porque nadie lo quería. Nadie quería trabajar metido entre fogones humeantes, hirviendo arroz y cortando verduras, mientras el barco subía y bajaba las olas en medio del mar. Nadie quería ser el cocinero, que siempre se llevaba la peor parte de la pesca en el reparto. Pero eso a Hikoichi le traía sin cuidado. Él estaba muy contento por haber conseguido un trabajo, por fin.

A los pescadores del barco en que trabajaba les gustaba zaherirle, y solían llamarle Holgazán, o Estúpido.

—¡A ver si te esmeras un poco y nos das de comer algo decente, Estúpido! —le gritaban.

O bien:

—¡Este arroz está sin cocer, Holgazán! —se quejaban.

Pero por mucho que le gritaran y por muchas cosas que le llamaran, Hikoichi no se enfadaba nunca. Él se limitaba a contestar: «Sí, señor», o «Lo siento, señor», y de ahí no pasaba.

Hikoichi era muy cuidadoso con la comida, y procuraba no desperdiciar ni un solo grano de arroz. No le gustaba nada tirar las sobras, hasta tal punto que las guardaba con toda meticulosidad en la despensa de la cocina. Pero en el pequeño y atestado barco de pesca no había espacio para cosas inútiles. Cada rincón se necesitaba para almacenar las capturas, pues cuantos más peces llevaran a la isla, más dinero obtendrían todos. Cuando la tripulación descubrió que Hikoichi guardaba las sobras de la comida, le reprendieron con rudeza.

—¡Maldito estúpido! —le dijeron a gritos—. No vuelvas a utilizar nuestro valioso espacio para almacenar basura. ¡Tírala al mar!

«Qué terrible desperdicio de buena comida», pensó Hikoichi, pero hubo de hacer lo que le dijeron. Cogió todas las sobras que había ido almacenando y las subió a cubierta.

«Si voy a tener que tirarlo todo al mar —se dijo—, al menos que los peces se den un buen festín. Después de todo, si no fuera por ellos, no sé de qué viviríamos». De modo que, según iba arrojando las sobras de comida al agua, llamaba a los peces:

—¡Eh! ¡Aquí, pececitos! ¡Mirad qué cena más buena! ¡Venid todos!

A partir de aquel día, Hikoichi se ponía a llamar a los peces antes de tirar las sobras al mar.

—¡Aquí, aquí, venid aquí! —les llamaba—. ¡Disfrutad con el arroz de mis fogones! —Y seguía hablando con ellos hasta que habían devorado hasta el último resto de comida que había tirado por la borda.

Los pescadores se reían al oírle.

—Venid a escuchar al idiota cómo habla con los peces —se mofaban.

Y a Hikoichi le decían:

—A lo mejor algún día te contestan y te dicen cuánto les ha gustado la cena.

Pero Hikoichi no hacía caso de los pescadores. Él, al final del día, seguía recogiendo las sobras de la mesa y tirándoselas a los peces. Y cada vez que lo hacía, llamaba a los peces como si fueran sus mejores amigos, y su amable voz se propagaba como un eco sobre las danzarinas olas del mar.

Y así pasaron los años, hasta que Hikoichi dejó de ser un joven. Él continuaba, eso sí, cocinando para los pescadores del barco, y dando de comer a los peces y hablando con ellos todas las noches.

Cierto día, el barco de pesca salió a alta mar, más lejos de lo habitual, en busca de peces más grandes. Estuvo navegando durante tres días y tres noches, alejándose cada vez más de la pequeña isla. La tercera noche, estando todavía muy lejos en alta mar, echaron el ancla. Era una noche tranquila y estrellada, y la luna llena brillaba en lo alto del cielo. Los hombres estaban cansados por el trabajo de toda la jornada, y no había pasado mucho rato después de acabada la cena cuando dormían ya todos profundamente.

Sin embargo, Hikoichi tenía aún mucho por hacer. Fregó las cazuelas, limpió los fogones y lavó el arroz para el desayuno. Cuando terminó, recogió las sobras en un cubo de madera y subió a cubierta.

—Venid todos aquí, pececitos lindos —los llamó como siempre—. Disfrutad de la cena.

Vació el cubo y se quedó viendo comer a los peces. Luego se fue a su litera, y estaba a punto de meterse en la cama cuando notó una sensación extraña en el barco. Había dejado de mecerse. En realidad no se movía en absoluto, como si estuviera posado en tierra firme.

«Qué raro», pensó Hikoichi, que corrió a cubierta para ver qué había sucedido. Se inclinó sobre la barandilla y miró al horizonte.

—¿Qué? —exclamó—. ¡El mar ha desaparecido!

Y así era en verdad. No se veía ni una sola gota de agua por ninguna parte. Hasta donde le alcanzaba la vista, no había más que kilómetros y kilómetros de arena. Era como si el barco estuviera instalado en medio de un vasto desierto de arena reluciente.

«¿Qué habrá pasado? —se preguntó Hikoichi—. ¿Habremos embarrancado de repente en una isla desconocida? ¿Se habrá secado el océano? No puede ser, ¡es imposible! ¡Debo de estar soñando!»

Hikoichi parpadeó con fuerza y sacudió la cabeza. Luego se pellizcó en las mejillas, pero no estaba soñando. Entonces se alarmó de verdad. Pensó en bajar a despertar a los demás, pero sabía que se enfadarían mucho si les despertaba a media noche. Le gritarían y le dirían que era un maldito estúpido y que estaba mal de la mollera. Hikoichi decidió que para qué despertarles. Si por la mañana el barco seguía posado en tierra, ya lo verían todos con sus propios ojos.

Pero de momento él no podía dar crédito a los suyos. Tenía que salir del barco para comprobar si de verdad estaban sobre tierra firme. Bajó con cuidado por una escalerilla de cuerda hasta el travesaño inferior. Con mucho tiento, posó el pie en el suelo y notó un crujido de algo sólido. No, aquello no era agua. Era lo que parecía: arena. Hikoichi miró a su alrededor, entornando los ojos, pues bajo la luz de la luna, la arena relucía y emitía destellos como si fuera una playa de oro. Levantó un puñado en alto y vio cómo brillaba al escurrírsele por entre los dedos.

«¡Vaya, qué hermosura!», pensó Hikoichi, a quien se le llenó el corazón de gozo ante aquella espléndida visión. «Tengo que quedarme con un poco de esta arena para poder recordar para siempre esta noche maravillosa.» Subió a toda prisa al barco en busca de un cubo, lo llenó de arena brillante y luego lo cargó a bordo y lo escondió con todo cuidado debajo de su litera. Miró a los demás hombres, tumbados a su alrededor, pero estaban todos profundamente dormidos. Ninguno parecía haberse dado cuenta de que el barco estaba quieto. Hikoichi se metió en silencio en su estrecho y oscuro camastro, y pronto también él se quedó profundamente dormido.

A la mañana siguiente Hikoichi fue el primero en despertar. Se acordó del increíble acontecimiento de la noche anterior y se levantó de un salto, con la intención de avisar a los demás para que vieran el extraño suceso. Pero mientras se vestía, notó el familiar vaivén del barco. Subió a toda prisa a cubierta y comprobó que estaban de nuevo en mitad del océano, rodeados de olas. Hikoichi sacudió la cabeza, pero esta vez no fue capaz de guardarse el secreto. Tan pronto como los demás hombres subieron a cubierta, él les contó la historia.

—¡Es la verdad! —exclamó al ver las grandes sonrisas que se dibujaban en sus rostros—. El mar había desaparecido, y en kilómetros y kilómetros no había otra cosa que arena. Brillaba y centelleaba bajo la luna llena, ¡era como si navegáramos por un mar de arena dorada!

Los hombres prorrumpieron en sonoras risotadas.

—Hikoichi, no cabe duda que estabas borracho —le dijeron—. Y ahora déjate de sueños y prepáranos algo de desayunar.

—No, no, nada de eso, yo no estaba borracho, ni tampoco lo soñé —insistió Hikoichi—. Bajé por la escalerilla y caminé por la arena. Cogí un puñado y noté cómo se me escurría por entre los dedos. No era ningún sueño. De verdad que no lo era.

—Pobre Estúpido —se burlaron con desdén—. Al final el cerebro se te ha vuelto mantequilla. Tendremos que mandarte a casa.

Entonces fue cuando Hikoichi se acordó del cubo.

—¡Esperad! Os lo puedo demostrar. Venid conmigo y veréis —dijo, y llevó a los hombres hasta su litera. Se puso a cuatro patas y sacó con cuidado el cubo lleno de arena.

—¡Aquí lo tenéis! —dijo con orgullo—. Esto es lo que recogí cuando bajé y caminé por la arena. ¿Me creéis ahora?

Los hombres dejaron de reír de repente.

—Esto no es arena —dijeron, tocándola con la mano—. ¡Es oro! ¡Este cubo está lleno de oro puro!

—¿Por qué no cogiste más, idiota? —le espetó uno de los hombres.

—Tendrás que darnos un poco también a nosotros —añadió otro.

—Nosotros compartimos el pescado contigo. Tú tienes que compartir el oro con nosotros —dijo otro más.

Muy pronto todos gritaban y vociferaban y se empujaban para echarle la mano al cubo de oro de Hikoichi.

Pero entonces, el pescador más viejo de todos alzó la voz:

—¡Basta! ¡Deteneos ya! —exclamó—. Este oro no os pertenece a ninguno de vosotros. Es de Hikoichi.

Les dijo que recordaran cuántos años llevaba Hikoichi dando de comer a los peces del mar como a sus hijos.

—Y ahora el Rey del Mar le ha dado a Hikoichi una recompensa por su bondad hacia los peces —les explicó. Y volviéndose a Hikoichi añadió—: tú no eres ningún tonto, ni un estúpido, ni un holgazán, mi querido amigo. Eres gentil, amable y bueno. Este regalo que te ha hecho el Rey del Mar es tu recompensa por ello. Quédate tú con todo el oro, pues te pertenece sólo a ti.

Los agitados y vociferantes pescadores se habían quedado de pronto callados y pensativos, pues sabían que el viejo pescador tenía razón. Se avergonzaron por haberse reído de Hikoichi año tras año, y comprendieron que sólo él se merecía de verdad aquella preciada recompensa.

Sin pronunciar palabra, los hombres volvieron a su trabajo. La pesca de aquel día completó el barco, que regresó cargado hasta los topes a la pequeña isla.

La siguiente vez que el barco se hizo a la mar, Hikoichi no iba ya a bordo, pues el oro que tenía le bastó para dejar su trabajo de cocinero para siempre. Se hizo una casa nueva preciosa, e incluso se compró un pequeño barco con el que salir a navegar para seguir dando de comer a los peces. Supo dar un uso prudente y sabio a su tesoro del mar, y llevó una vida larga y feliz en la pequeña isla, donde nadie más volvió a llamarle nunca Estúpido ni Holgazán.

(CUENTO TRADICIONAL JAPONÉS *adaptado por* YOSHIKO UCHIDA)

LA HOSPITALIDAD

Seguro que te gusta llegar a una casa que no es la tuya y que te traten bien. Seguro que te apetece quedarte a dormir con los amigos. Seguro que te gusta que te ofrezcan una buena merienda mientras estás en su compañía. Eso es porque te gusta la hospitalidad, aunque no sepas que se llama así. ¿Eres tú también hospitalario con los demás? ¿Te agrada recibirlos en tu casa y compartir tus cosas con ellos? La historia que viene a continuación trata precisamente de dos personas que eran hospitalarias. Nos la cuenta, de nuevo (véanse pp. 32, 67, 90) el romano Ovidio en Las Metamorfosis*:*

LAS METAMORFOSIS. FILEMÓN Y BAUCIS

Después de esta narración, calló Aqueloo y todos se quedaron admirados de una cosa tan portentosa; pero Piritoo, hijo de Ixión, que no tenía respeto a los dioses, y que era de ánimo feroz, se burló de la credulidad de sus compañeros:

—Tú nos cuentas —dijo a Aqueloo— unas patrañas y juzgas que los dioses son todopoderosos y quitan y ponen a las cosas sus figuras.

Todos se quedaron espantados y ninguno aprobó semejantes blasfemias, y tomando la mano Lelex, grave ya en edad y prudencia, dijo así:

—Es inmenso y no tiene fin el poder del cielo, y los dioses hacen todo lo que quieren, y para que menos lo dudes, has de saber que en los montes de Frigia hay una encina inmediata a un tilo, cercada con un pequeño muro; yo mismo vi el paraje cuando Piteo me envió a este país, en que reinaba en otro tiempo su padre. Bien cerca hay un estanque, que antes fue tierra habitable, y ahora es una laguna frecuentada de cuervos marinos y cercetas. Júpiter, en figura de hombre mortal, vino a tal sitio acompañado de su hijo Mercurio, sin alas ni caduceo. Después que en muchas casas pidieron hospedaje, y les fue negado, llegaron por último a una pequeña cabaña, cubierta de paja y cañas palustres, en la que los recibieron con mucho agasajo Filemón y Baucis, su mujer, anciana llena de piedad, como también su marido.

»Los dos de igual edad, se habían casado muy jóvenes y envejecido en aquella pobre choza. Pobres y sin bienes habían sabido con su virtud disminuir los riesgos de la indigencia. Ellos solos en esta cabaña eran los señores y criados y componían toda la familia; ellos mismos daban las órdenes y ellos las ejecutaban. Luego que Júpiter y Mercurio entraron bajando la cabeza, porque la puerta era muy baja, Filemón les rogó que descansaran, presentándoles unos asientos, sobre los cuales Baucis puso un poco de paja para que estuviesen con más comodidad. Después desenvolvió la caliente ceniza y buscó entre ellas algunas pequeñas brasas que habían quedado del día anterior, y poniendo sobre ellas hojas y virutas secas, a fuerza de soplar con fatigado aliento, estas concibieron llamas, y para cebarlas arrancó del techo de la choza algunos manojos y ramos menudos, y partiéndolos en trozos, los aplicó a un pequeño caldero que había puesto con agua a la lumbre, y al mismo tiempo cortó y preparó unas verduras que su marido había cogido en un pequeño huerto; él entre tanto alcanzó con una horquilla una espaldilla de tocino que estaba colgada en una negra viga, y cortando de ella una pequeña parte, la puso a cocer en el agua hirviendo del caldero. Para que a los dioses no se les hiciese largo el tiempo que gastaban en disponer la comida, los entretuvieron con varias conversaciones. En un rincón pendía de una asa encorvada un barreño de haya, que Filemón llenó de agua para que se lavasen los pies. Había también en medio de la choza un tarimón o lecho de madera de sauce con los pies de lo mismo, sobre el cual estaba un jergón rehenchido de suaves ovas, en el cual extendió la vieja Baucis una manta que solía servirles para los días de fiesta, bien que vil y despreciable y acomodada a la armadura de sauce. Sentáronse en él los dioses, y Baucis, arregazada y temblando de vejez, puso la mesa; pero por desgracia tenía desigual un pie, y lo remedió poniendo debajo un pedazo de teja.

»Después que la enderezó, limpió y cubrió con hierbabuena, sirvió y puso sobre ella aceitunas aderezadas, cerezas, otras hierbas y raíces conservadas y adobadas en vino, queso y algunos huevos asados en el rescoldo, y todo servido en platos de barro. Un jarro de la misma materia, con unos vasos de haya bien encerados por dentro, componían toda la vajilla. Después de esto sirvieron la comida condimentada y vino, que no era muy añejo, y por postres nueces, higos pasos, sazonados dátiles, ciruelas, manzanas olorosas y uvas recién cogidas; todo en un canastillo, y en medio de todo ello un blanco panal. La comida era a la verdad frugal; pero dada con buen semblante, y lo que vale más que todo, con una sincera voluntad.

»Entre tanto, las dos buenas personas advirtieron que el jarro se llenaba por sí cuando quedaba vacío y que el vino se aumentaba en vez de disminuirse. Atónitos ante la vista de este prodigio, se pasmaron y levantaron sus manos trémulas al cielo, pidiendo perdón a sus huéspedes de la comida y del poco aparato de ella. Quedábales aún un ganso que guardaba la cabaña e iban a matarlo; pero como tenía alas, cansó a Baucis y Filemón, pesados con la edad, y los burló por mucho rato, y al fin, huyendo de ellos, se acogió a los mismos dioses, quienes, después que impidieron que lo matasen, se dieron a conocer, anunciándoles al mismo tiempo la justa venganza que querían tomar de toda aquella impía población: «Vosotros —les dijeron— quedaréis libres del castigo; abandonad al punto vuestra cabaña y seguidnos; venid con nosotros a la cumbre del monte». Filemón y Baucis obedecieron la orden, y sostenidos en sus báculos, hicieron esfuerzos para subir a la cima. No estaban ya de ella tan distante como el tiro de una saeta, cuando volvieron la vista y vieron todo el país anegado, excepto su casa. Pasmándose de ver este prodigio, y llorando la triste suerte de sus vecinos, advirtieron que su reducida cabaña se había convertido en templo. Las rústicas vigas que la sostenían antes se volvieron columnas magníficas; la paja que la cubría se convirtió en oro, y el suelo estaba enlosado con riquísimos mármoles, y la puerta adornada de escultura y bajorrelieves; en una palabra, toda la mansión brillaba con el oro.

»Admirados estaban aún cuando Júpiter les habló en estos términos: "Justo anciano, y tú, digna esposa de un marido tan virtuoso, decidme lo que deseáis, y podéis pedirlo con seguridad". "Todos nuestros deseos —le respondió Filemón con Baucis, después de haber consultado por un breve espacio con su mujer— se limitan a ser los sacerdotes de este nuevo templo, y porque siempre hemos vivido en una perfecta unión, quisiéramos también morir en un mismo día: concédeme la gracia de no ver el sepulcro de mi esposa ni que ella sobreviva a mi funeral". Júpiter accedió a otorgarles su petición, y ellos sirvieron en el templo el resto de su vida.

»Luego que llegaron a una extrema vejez, un día que se hallaban sentados en las gradas de un templo y que hablaban de sus extraños acaecimientos, Baucis advirtió de repente que el cuerpo de Filemón se cubría de hojas y él observó que lo mismo sucedía a su mujer. Viendo enseguida ambos que la corteza empezaba a llegar hasta la cabeza, prorrumpieron mientras pudieron en estas mutuas expresiones: "Adiós, querida esposa", le dijo tiernamente Filemón; "Adiós, querido esposo", le respondió Baucis. Apenas pronunciaron estas palabras cuando sus bocas se cerraron para siempre. Un morador de Tiana muestra aún allí los troncos de estos dos árboles, el uno cerca del otro.

»Esta es —añadió Lelex— la historia que me han contado unos viejos dignos de que se les dé crédito y que no tenían ningún interés en engañarme. Yo mismo he visto las ramas de estos árboles adornadas de ramilletes y guirnaldas, y aun algunas puse yo diciendo: De este modo recompensan los dioses la piedad y honran después de su muerte a los que les han dado culto durante su vida».

(OVIDIO)

EL CONOCIMIENTO DE LA NATURALEZA HUMANA

Quizá alguna vez has sufrido algo malo y te has encontrado con gentes malas o que te han hecho daño. También en más de una ocasión te habrás preguntado por qué suceden cosas malas en el mundo, por qué hay gente que sufre y que lo pasa mal. La verdad es que hay que conocer la naturaleza humana y comprender que hay una inclinación hacia el mal en todos nosotros. El ruso Liev Nikolayevich Tolstoi (1828-1910) —uno de los escritores más importantes de todos los tiempos— también se hizo esas preguntas y, después de hacérselas, escribió el cuento que aparece a continuación:

EL ORIGEN DEL MAL

En medio de un bosque vivía un ermitaño, sin temer a las fieras que allí moraban. Es más, por concesión divina o por tratarlas continuamente, el santo varón entendía el lenguaje de las fieras y hasta podía conversar con ellas.

En una ocasión en que el ermitaño descansaba debajo de un árbol, se cobijaron allí, para pasar la noche, un cuervo, un palomo, un ciervo y una serpiente. A falta de otra cosa para hacer y con el fin de pasar el rato, empezaron a discutir sobre el origen del mal.

—El mal procede del hambre —declaró el cuervo, que fue el primero en abordar el tema—. Cuando uno come hasta hartarse, se posa en una rama, grazna todo lo que le viene en gana y las cosas se le antojan de color de rosa. Pero, amigos, si durante días no se prueba bocado, cambia la situación y ya no parece tan divertida ni tan hermosa la naturaleza. ¡Qué desasosiego! ¡Qué intranquilidad siente uno! Es imposible tener un momento de descanso. Y si vislumbro un buen pedazo de carne, me abalanzo sobre él, ciegamente. Ni palos ni piedras, ni lobos enfurecidos serían capaces de hacerme soltar la presa. ¡Cuántos perecemos como víctimas del hambre! No cabe duda de que el hambre es el origen del mal.

El palomo se creyó obligado a intervenir, apenas el cuervo hubo cerrado el pico.

—Opino que el mal no proviene del hambre, sino del amor. Si viviéramos solos, sin hembras, sobrellevaríamos las penas. Más ¡ay!, vivimos en pareja y amamos tanto a nuestra compañera que no hallamos un minuto de sosiego, siempre pensando en ella «¿Habrá comido?», nos preguntamos. «¿Tendrá bastante abrigo?» Y cuando se aleja un poco de nuestro lado, nos sentimos como perdidos y nos tortura la idea de que un gavilán la haya despedazado o de que el hombre la haya hecho prisionera. Empezamos a buscarla por doquier, con loco afán; y, a veces, corremos hacia la muerte, pereciendo entre las garras de las aves de rapiña o en las mallas de una red. Y si la compañera desaparece, uno no come ni bebe; no hace más que buscarla y llorar. ¡Cuántos mueren así entre nosotros! Ya ven que todo el mal proviene del amor, y no del hambre.

—No; el mal no viene ni del hambre ni del amor —arguyó la serpiente—. El mal viene de la ira. Si viviésemos tranquilos, si no buscásemos pendencia, entonces todo iría bien. Pero, cuando algo se arregla de modo distinto a como quisiéramos, nos arrebatamos y todo nos ofusca. Sólo pensamos en una cosa: descargar nuestra ira en el primero que encontramos. Entonces, como locos, lanzamos silbidos y nos retorcemos, tratando de morder a alguien. En tales momentos, no se tiene piedad de nadie; mordería uno a su propio padre o a su propia madre; podríamos comernos a nosotros mismos; y el furor acaba por perdernos. Sin duda alguna, todo el mal viene de la ira.

El ciervo no fue de este parecer.

—No; no es de la ira ni del amor ni del hambre de donde procede el mal, sino del miedo. Si fuera posible no sentir miedo, todo marcharía bien. Nuestras patas son ligeras para la carrera y nuestro cuerpo vigoroso. Podemos defendernos de un animal pequeño, con nuestros cuernos, y la huida nos preserva de los grandes. Pero es imposible no sentir miedo. Apenas cruje una rama en el bosque o se mueve una hoja, temblamos de terror. El corazón palpita, como si fuera a salirse del pecho, y echamos a correr. Otras veces, una liebre que pasa, un pájaro que agita las alas o una ramita que cae, nos hace creer que nos persigue una fiera; y salimos disparados, tal vez hacia el lugar del peligro. A veces, para esquivar a un perro, vamos a dar con el cazador; otras, enloquecidos de pánico, corremos sin rumbo y caemos por un precipicio, donde nos espera la muerte. Dormimos preparados para echar a correr; siempre estamos alertas, siempre llenos de terror. No hay modo de disfrutar de un poco de tranquilidad. De ahí deduzco que el origen del mal está en el miedo.

Finalmente intervino el ermitaño y dijo lo siguiente:

—No es el hambre, el amor, la ira ni el miedo, la fuente de nuestros males, sino nuestra propia naturaleza. Ella es la que engendra el hambre, el amor, la ira y el miedo.

(LIEV NIKOLAYEVICH TOLSTOI)

EL TRABAJO BIEN HECHO

¿Alguna vez has terminado los deberes deprisa y corriendo, sin fijarte? ¿Alguna vez has ordenado tu habitación pronto y mal? ¿Alguna vez has hecho las cosas de manera inadecuada para acabar antes? Pues no deberías. Cualquier trabajo que tengamos que hacer —por modesto y pequeño que resulte— debemos hacerlo bien. De eso precisamente trata el cuento que viene a continuación y que debemos, otra vez (véanse pp. 86, 88), a Tomás de Iriarte:

EL GUSANO DE SEDA Y LA ARAÑA

Trabajando un gusano su capullo,
la araña, que tejía a toda prisa,
de esta suerte le habló con falsa risa,
muy propia de su orgullo:

«¿Qué dice de mi tela el señor gusano?
Esta mañana la empecé temprano,
y ya estará acabada al mediodía.
¡Mire qué sutil es, mire qué bella!...»

El gusano con sorna respondía:
«Usted tiene razón; así sale ella».

Se ha de considerar la calidad de la obra
y no el tiempo que se ha tardado en hacerla.

(TOMÁS DE IRIARTE)

LA CASTIDAD

Hay quien piensa que las relaciones entre un hombre y una mujer apenas tienen importancia. Casi, casi parecen considerar que no tienen más relevancia que ir al cine o tomarse un refresco. Ese es un enorme error. En realidad, son algo tan hermoso, tan importante, tan digno de consideración que nunca deberías iniciar una relación sin pensarlo bien y sin quererlo. Si no tienes seguridad, si no es conveniente, lo mejor es apartarse de esa posibilidad. Es lo mismo que hizo Dafne, según nos cuenta Ovidio, de nuevo (véanse pp. 32, 67, 90, 165) en Las Metamorfosis*:*

LAS METAMORFOSIS. DAFNE CONVERTIDA EN LAUREL

El primer objeto del amor de Apolo fue Dafne, hija del río Peneo; pasión que no fue fruto de la casualidad, sino una venganza del amor irritado contra él. Orgulloso Delio por la victoria que acababa de conseguir sobre la serpiente pitón, viendo a Apolo, que estiraba su arco, le dice:

—¿Qué pretendes hacer, joven afeminado con esas poderosas armas? Esas insignias son propias de mis hombros, y sólo de mí, que puedo dar certeras heridas a las fieras y dirigir acertados tiros a mis enemigos. Acabo de matar con innumerables heridas a la serpiente pitón, cuyo enorme cuerpo cubría muchas yugadas de tierra.

—Tu arco, Febo —respondió a este el Amor—, puede herir a cuantos te agrade, mas tú no has de poder huir del mío, y así tu gloria es menor que la mía en razón de lo inferiores que son a un dios los animales que matas.

Esto dijo, y volando ligero surcó batiendo las alas el aire y se paró en la umbrosa cumbre del Parnaso. Allí sacó de su carcaj dos flechas, cuyos efectos son tan contrarios que la una enciende el amor y la otra lo apaga. La que enciende el amor es dorada y puntiaguda y la que lo apaga embotada y con la punta de plomo. Con esta tiró Cupido al corazón de Dafne, hija del río Peneo, y con la otra hirió a Apolo, traspasándole hasta los huesos. Al punto este amó y aquella huyó hasta del nombre del amante, y queriendo imitar a Diana, se ocultó en las selvas y en las pieles de las fieras que cazaba. Se ataba desaliñadamente los cabellos con una cinta. Muchos la habían pedido por mujer, pero ella, despreciándolos, paseaba impaciente y libre de marido los escabrosos bosques, sin cuidarse de qué cosa eran amor y casamiento. Su padre repetidas veces le dijo:

—Hija mía, debes darme un yerno; debes darme algunos nietos.

Mas ella, aborreciendo casarse como un delito y cubriendo sus mejillas un modesto rubor, se arrojó a los brazos de su padre y le habló de esta manera:

—Concédeme padre mío, no casarme nunca; esta gracia ha concedido ya antes Júpiter a Diana.

Otorgó su padre la petición:

—Pero tu hermosura —añadió— va en contra de tus deseos y es un obstáculo para verificarlos.

Apolo la vio, la amó y deseó poseerla. Ardió en llamas aquel dios; así se abrasó el corazón de Febo, y con la esperanza fue fomentando un amor vano y estéril. Miró los cabellos de la ninfa, que, sin adorno alguno, caían por su cuello, y dijo: «¿Qué sería si estuviesen rizados?». Vio sus ojos tan resplandecientes, que se asemejaban a las estrellas; observó su delicada boca, pero no se contentó con verla; alabó sus dedos y manos y los brazos medio desnudos, pero aún le pareció mejor lo que ocultaba. Ella huyó más ligera que el aire, y no se detuvo siquiera a estas palabras que le dirigió Apolo:

—Espera —le dijo—, te suplico, bella ninfa de Peneo, detente; no te sigo como enemigo. Aguarda, ninfa; así huye del lobo la oveja, del león la cierva y del águila la sencilla paloma, agitando tímidamente sus alas; todo animal huye de sus enemigos, pero a mí me obliga a seguirte el amor. ¡Ay desdichado de mí! Temo no sea que, inclinada, caigas sobre las espinas y estas hieran tus rodillas, que no merecen ser maltratadas, y entonces sea yo la causa de tu dolor. Ásperos son los lugares por dónde discurres; te suplico no corras tan precipitadamente, que yo moderaré el ardor con que sigo. Considera, sin embargo, a quien ha sorprendido tu hermosura. No habito yo en el monte; no soy pastor; no guardo aquí desaliñado ganados y rebaños. Ignoras, temeraria, ignoras de quién huyes y esta es la causa de tu fuga. La tierra de Delfos, de Claros, Ténedos y los reinos patareos me rinden los debidos honores. Júpiter es mi padre; por mí se declara lo presente, pasado y venidero; a mí se debe el ingenioso arte de unir la voz al son de la lira; soy diestro en tirar las flechas, pero, ¡ah!, aquel que con la suya me hirió el corazón, libre de todo amor, es mucho más que yo; mía es la invención de la medicina y el universo me mira como un dios auxiliador y benéfico; conozco la virtud de las plantas, pero, ¡ay de mí!, no hay ninguna que pueda curar el amor, y mis inventos, tan favorables a todos, no pueden aprovechar al inventor.

Apolo quiso hablar más, cuando Dafne, redoblando temerosa su paso, le interrumpió y le dejó con las palabras a medio pronunciar. Parecía más hermosa con la precipitación de la fuga. Los vientos descubrían su cuerpo y los soplos contrarios tremolaban sus vestidos; el aire echó sus cabellos con una graciosa descompostura sobre las espaldas, y cuanto más huía tanto más se acrecentaba su belleza. Pero el joven dios ya no pudo sufrir producirse en inútiles cariños, y según le aconsejaba el amor, siguió sus huellas con precipitados pasos. Y a la manera que el galgo cuando ve a la liebre en campo raso persigue la presa, del mismo modo corrían Apolo y la hermosa Dafne; aquel ligero con la esperanza y esta con el temor. Fatigada Dafne de tan veloz carrera, vio en fin que sus fuerzas la abandonaban, y mirando las olas de Peneo con rostro pálido:

—Amado padre —le dijo—, si es cierto que los ríos gozan del privilegio de divinidades, socórreme, o tú, tierra, en donde tanto agradó mi hermosura, recíbeme en tu seno o haz que yo pierda esta figura tan encantadora que tanto mal me causa.

Apenas había concluido la súplica, cuando todos los miembros se le entorpecieron, sus entrañas se cubrieron de una tierna corteza, los cabellos se convirtieron en hojas, los brazos en ramas, los pies, que eran antes tan ligeros, se transformaron en retorcidas raíces; ocupó, finalmente, el rostro la altura y sólo quedaba en ella la belleza. Dafne se había convertido en laurel. Este nuevo árbol fue, no obstante, el objeto del amor de Apolo, y puesta su mano derecha del tronco, advirtió que aún palpitaba el corazón de su amada dentro de la nueva corteza, y abrazando las ramas como miembros de su cariño, besó aquel árbol, que parecía rechazar sus besos. Por último, le dijo:

—Pues veo que ya no puedes ser mi esposa, por lo menos serás un árbol consagrado a mi deidad. Mis cabellos, mi lira y mi aljaba se adornarán de laureles. Tú ceñirás las sienes de los alegres capitanes cuando el alborozo publique su triunfo y suban hasta el capitolio con los despojos que hayan ganado a sus enemigos. Serás fidelísima guarda de las puertas de los emperadores, cubriendo con tus ramas la encina que está en medio, y así como mis cabellos se conservan en su estado juvenil, tus hojas permanecerán siempre verdes.

Luego que Apolo dejó de hablar, hizo demostración el laurel de aceptar la oferta, moviendo sus nuevas ramas, y, como si tuviera cabeza, meneó también su erguida copa.

(OVIDIO)

LA NECESIDAD DE PREPARACIÓN

Quizá alguna vez has visto cómo un niño más pequeño que tú rompía un juguete simplemente porque no sabía utilizarlo. También te habrás encontrado en alguna ocasión con algún compañero que suspendía un examen porque no había estudiado bastante. Y es que para la mayoría de las cosas en esta vida hay que tener preparación. Desde una ensalada a un cohete, desde un batido a una casa, desde una suma a una película, nada —absolutamente nada— de lo que merece la pena en esta vida se puede hacer sin preparación. ¿Y si lo haces? bueno, te puede suceder lo mismo que al aprendiz de brujo:

1. EL APRENDIZ DE BRUJO

Hace muchos años, en la lejana Suiza, vivía un brujo. Es decir, no es que el brujo no viva ya, que es posible que sí, por lo que sabemos, sino que esta historia tuvo lugar hace muchos años. Su nombre de entonces era Willibald, que es un nombre un poco raro, pero no más de lo que lo era él. Era un hombre alto y delgado, con una nariz larga y afilada en consonancia. Llevaba unas ropas largas y holgadas, que le arrastraban por el suelo. Lo que le quedaba de pelo era blanco. En lo alto de la cabeza, caída un poco hacia atrás, llevaba una pequeña gorra negra.

Willibald no era un brujo cualquiera. Sus colegas brujos, por poner un ejemplo, se habían especializado en desaparecer en medio de una nube de humo, y en reaparecer al cabo de un instante en lugares muy distantes. A Willibald, en cambio, le parecía que aquellos trucos eran indignos de su categoría. Para él eran insignificancias para darse tono. Él, para ir de un lugar a otro, se desplazaba montado en un burro. Claro está que tardaba bastante más, pero nadie mejor que él sabía que no era un brujo cualquiera, y que sus clientes esperarían.

Sin embargo, tenía una debilidad por que le sirvieran. Había adoptado la costumbre de hacer que los enseres domésticos, sillas, mesas, escabeles, incluso las escobas, obedecieran sus mandatos. Por supuesto, de vez en cuando algún transeúnte se daba un buen susto al ver una mesa caminando a brincos por la calle con un cubo de agua encima. Pero pasaba pocas veces. El brujo vivía hacia las afueras de la ciudad, en una calle no precisamente elegante. Y solía poner sumo cuidado en que nadie le viera cuando ponía en obra sus hechizos. Ni siquiera Fritzl, su aprendiz, sabía cómo los hacía.

Fritzl era un muchacho que estaba aprendiendo las artes de la brujería. No era muy inteligente, ni tampoco muy aplicado. Cometía muchos errores, derramaba brebajes, en general era más bien un incordio. De hecho, sólo la paciencia de Willibald le había salvado de ser devuelto a casa castigado.

Naturalmente, Fritzl estaba encantado de que otros le hicieran la mayor parte de las tareas más pesadas. Así él no tenía que quitar el polvo, ni barrer, ni fregar, ni ir por agua para llenar el depósito del taller del brujo, situado en el sótano. Willibald necesitaba mucha agua para sus hechizos, y esta historia sucedió mucho antes de que hubiera grifos, lavabos y tuberías de agua para abastecer a las ciudades.

Pero a pesar de todo ello, Fritzl no estaba contento. Había veces en que el brujo se marchaba y le dejaba con todo el trabajo. A Fritzl esos días no le gustaban nada. Así que decidió aprender a hacer el hechizo que utilizaba su maestro con los enseres domésticos. Un día se aventuró hasta el descansillo superior de las escaleras del sótano y se asomó hacia abajo. Willibald estaba removiendo algo en un puchero que hervía sobre el fuego.

Dejó de remover para ir a buscar un trozo de leña, y se le oyó exclamar:

—¡Otra vez sin leña! ¡Demonio de chico! ¡Fritzl! ¡Fritzl!

Fritzl se puso a temblar, pero no respondió, por miedo a que su maestro se diera cuenta de que estaba espiando.

—¡Fritzl! ¿Dónde se habrá metido? Nunca está cuando lo necesitas.

Siguió refunfuñando, hasta que dejó de remover de nuevo, se apartó del fuego y colocó una escoba de pie apoyada contra la pared. Retrocedió tres pasos, avanzó dos y dio tres sonoras palmadas. Entonces exclamó:

—¡Escoba, escobita mágica! ¡A por leña ve rápida!

Al instante pareció como si a la escoba le hubieran salido brazos... un poco flacos, bien es verdad, y bastante astillosos, pero brazos a fin de cuentas. Se fue directa a las escaleras, saltando y brincando sobre la paja de su extremo inferior. Willibald continuó removiendo el interior del puchero, mientras que Fritzl se esperó hasta que la escoba hubo pasado de largo dando brincos por delante de su escondite. Luego se marchó con sigilo. Ahora ya conocía el hechizo, y se sentía muy satisfecho de sí mismo. Ya no tendría que trabajar tanto cuando el viejo Willibald se marchara dejándole a él solo con todo.

Llegó un día en que el brujo tuvo que ausentarse con urgencia para atender sus asuntos en el otro extremo de la ciudad. Tal era el apremio que casi estuvo tentado de desplazarse por el sistema de la nube de humo, en lugar de hacerlo a lomos de su burro como de costumbre. Pero recordó a tiempo quién era, de modo que al cabo de unos minutos los cascos de su montura resonaban ya calle abajo. Pero antes de marcharse, no olvidó decirle a Fritzl:

—Esto está hecho un puro desorden. Mientras estoy fuera, quiero que te dediques a darle un buen repaso. Y sobre todo, friega bien el suelo del sótano. Anoche se me derramó el hechizo que estaba revolviendo, y se ha quedado una gran mancha. Dentro de unos días espero la visita de una personalidad de la Sociedad de Brujos de Silesia, y no quiero que piense que se me derraman las cosas. Ah, y no te olvides de volver a llenar luego la cuba de agua del taller.

Está visto que Willibald tenía la pequeña vanidad de conservar su reputación de no ser un brujo cualquiera.

Cuando se fue su maestro, Fritzl se puso manos a la obra con la escoba. Levantaba nubes de polvo —de los mágicos y de los de suciedad— en todas direcciones. Cuando acabó con la escoba se aplicó a los muebles, que limpió y frotó hasta sacarles brillo. Después bajó al taller y fregó el suelo. La mancha era muy grande y muy oscura, y se pasó un buen rato fregando. Al terminar, la cuba de agua estaba vacía. Era un día caluroso, y había trabajado duro. La idea de dar viajes y más viajes al río cargado con el cubo de agua no le seducía lo más mínimo.

Entonces se le ocurrió otra idea mejor: ¿por qué no mandar a la escoba a por el agua? Por supuesto, si se enteraba el viejo Willibald lo más probable es que se enfadara de lo lindo. Pero seguro que para cuando volviera el brujo, la cuba ya estaría llena y no se enteraría nadie. Eso fue lo que pensó Fritzl, y no perdió el tiempo en pensar más.

Cogió la escoba, la colocó de pie apoyada contra la pared, retrocedió tres pasos, avanzó dos, tal y como le había visto hacer a Willibald, dio tres sonoras palmadas haciendo chocar las manos y dijo las palabras mágicas:

—¡Escoba, escobita mágica! ¡Al río ve por agua!

Se sintió alborozado al ver que a la escoba le salían sus finos brazos y que cogía el cubo de agua y subía, uno por uno, los escalones de la escalera.

La escoba no tardó en volver, y antes de que Fritzl se diera cuenta, inclinó el cubo y arrojó el agua con fuerza contra el suelo del taller. Y se fue otra vez, saltando de escalón en escalón, antes de que Fritzl pudiera detenerla.

El agua se había desparramado por todo el suelo y se le había metido a Fritzl en los zapatos, lo cual le resultó bastante incómodo. Pensó: «Bueno, quizá debería haberlo pensado antes. Cuando vuelva le ordenaré que tire el agua dentro de la cuba, en lugar de arrojarla al suelo».

Pero antes de tener tiempo para más, la escoba estaba ya de vuelta. Tan pronto la vio aparecer en lo alto de las escaleras con otro cubo lleno de agua, Fritzl dijo en voz alta:

—¡No la tires! ¡Viértela en la cuba!

Pero la escoba no le hizo caso. Lanzó el agua como la primera vez y se fue por más, saltito a saltito.

El pobre Fritzl se puso frenético. «Aquí hay algo que no funciona —pensó—. Será mejor que haga yo el trabajo sin recurrir a la magia». Y cuando la escoba regresó de nuevo, dio tres fuertes palmadas y gritó:

—¡Escoba, escobita mágica! ¡Deja ya de traer agua!

Pero tampoco esta vez le prestó la menor atención, derramando el agua por tercera vez por el suelo del taller. Antes de volverse a por más, sin saltarse un solo escalón.

La escoba iba y venía una y otra vez, vaciando a cada viaje el cubo de agua y volviendo al río en busca de otro. Fritzl estaba desesperado. El nivel del agua fue subiendo y subiendo hasta que le llegó hasta las rodillas. Todos los objetos del taller, incluida la cuba de agua, flotaban de un lado para otro. Y el pánico de Fritzl también crecía y crecía. Al final cogió una hacha y cuando volvió la escoba, con su cubo de agua, la descargó con furia y partió la escoba de arriba abajo. Pero en lugar de parar, las dos mitades de escoba continuaron alegremente. Le salió un nuevo brazo a cada una, y apareció de la nada un nuevo cubo. Y se marcharon, subiendo de uno en uno los escalones, en dirección hacia el río.

La inundación iba en aumento sin cesar. Las dos escobas iban y venían cada vez más rápidas. Fritzl lloraba y suplicaba. Repetía fragmentos de hechizos que le había oído utilizar a su maestro. Quiso salir del sótano, pero el agua se había llevado los escalones de madera. Las escobas proseguían su trabajo y el agua estaba cada vez más alta. Cuando le llegaba ya a la barbilla, Fritzl oyó el ruido de los cascos del burro de su maestro que subían por la calle. Luego oyó detenerse al burro, y a Willibald que abría la puerta principal.

—¡Socorro! ¡Socorro! —gritó.

Willibald apareció enseguida en lo alto del descansillo.

—¿Qué está pasando aquí? —aulló.

En aquel preciso instante llegaban las escobas con más agua, que derramaron una vez más. A Willibald, que estaba en medio, le empaparon la ropa. Y no hay nada más terrible que un brujo mojado.

—¡Auxilio, maestro, pronto! —gemía el pobre Fritzl—. Quise mandar a la escoba a por agua, pero luego no ha habido forma de pararla. ¡Haga algo antes de que me ahogue!

—¡Cabeza de chorlito! —rugió Willibald—. Debería dejar que te ahogaras. ¡Es justo lo que te mereces!

Nada más decirlo se apartó a toda prisa, pues ya se oían las escobas venir, saltito a saltito, por dentro de la casa. En cuanto aparecieron, el brujo dio cuatro sonoras palmadas y acto seguido pronunció una larga e ininteligible retahíla. Pero Fritzl no pudo escucharla, pues justo en aquel momento la cuba de agua a la deriva le propinaba un fuerte golpe en la cabeza. Perdió pie y se hundió en el agua con un borboteo.

Lo siguiente de lo que tuvo conciencia fue que estaba tumbado en el suelo, tosiendo y jadeando. Miró a su alrededor. El agua había desaparecido. De hecho, en el sótano no había nada que estuviera ni siquiera mojado. Los escalones de madera estaban en su lugar. En el hueco del trastero había apoyada una escoba que descansaba, tranquila y pacíficamente, junto a un cubo. La otra escoba y el otro cubo habían desaparecido.

Fritzl miraba con ojos temerosos a su maestro. El brujo estaba en lo alto de las escaleras, echando chispas y humo de rabia.

—¡Sal de mi vista, mequetrefe! ¡Has llegado al colmo de mi paciencia! ¡Vamos, fuera de aquí! ¡Vuélvete al lugar de donde viniste! —Dio una ligera palmada con ambas manos y un pisotón en el suelo con el pie izquierdo, y una nube de humo apareció junto a Fritzl.

La nube de humo fue haciéndose cada vez más grande, y a medida que lo hacía se desplazaba, hasta que cubrió al aprendiz. Este cerró los ojos, temeroso. Notó que se elevaba y oyó un silbido en los oídos, como el del viento. Luego fue dejado caer con un fuerte golpe. Al abrir los ojos comprobó que estaba en el jardín de entrada de la casa de su madre.

Fritzl vivió muchos años y se hizo muy viejo, pero no volvió a ver al brujo nunca jamás. Ni tampoco quiso. En las suaves noches de verano se sentaba a contarles cuentos a sus nietos. El que más les gustaba era el del viejo Willibald y la escoba. Lo conservaron en la memoria y se lo contaron a su vez a sus nietos. Y estos se lo contaron a su vez a los suyos. Y así es como ha llegado hasta nosotros.

(CUENTO TRADICIONAL)

¿Has visto las consecuencias de no contar con la debida preparación para hacer las cosas? No debes olvidar nunca esa lección. Hay que estar preparado —lo mejor posible, además— para hacer algo bien. Si no estás preparado, te harás daño a ti mismo y, por añadidura, se lo harás a los demás. La importancia de la preparación fue precisamente uno de los temas que abordó el premio Nobel británico Rudyard Kipling (1865-1936) en uno de los capítulos de su obra más famosa, El Libro de la Selva*:*

2. EL LIBRO DE LA SELVA. KAA SALE DE CAZA

Del leopardo orgullo son sus manchas,
honor del búfalo son sus cuernos.
¡Limpio! Pues del que caza se juzga
a fuerza por el color de su piel.

Si acaso el toro te embiste y aterra,
o una cornada del sambhur recibes,
por narrarlo el trabajo no abandones,
pues cosa es que tenemos ya olvidada.
Nunca del cachorro débil y ajeno abuses;
cual a un hermano debes mirarle,
que, aunque débil y torpe, es probable
que a una osa —puede ser— tenga por madre.
¡Nadie como yo! Jáctase el cachorro
cuando a sus plantas ve la primera pieza.
Pero él es pequeño, y grande la Selva:
que medite en calma,
porque ahora apenas empieza.

(Máximas de Baloo)

Narramos aquí lo que sucedió algún tiempo antes de que Mowgli fuera expulsado de la manada de lobos de Seeonee y tomara venganza de Shere Khan, el tigre.

Era el tiempo en que Baloo lo instruía acerca de la Ley de la Selva. Muy contento y ufano estaba el serio, viejo y enorme oso pardo con aquel discípulo tan listo, pues a los lobatos no les gusta aprender de la Ley de la Selva sino lo que se refiere a su propia manada y tribu, y se escapan en cuanto aprenden de memoria estas palabras de la *Canción de Caza*: «Pies que pisan sin el menor ruido, ojos que ven en plena oscuridad, orejas capaces de oír los diferentes vientos desde el cubil, blancos y afilados dientes: características son todas estas de nuestros hermanos, exceptuando a Tabaqui, el chacal, y a la hiena, que odiamos».

Pero Mowgli, como hombrecito que era, tuvo que aprender muchas cosas más. Bagheera, la pantera negra, se acercaba en algunas ocasiones, curioseando por la selva, para ver cómo andaba su niño mimado; apoyaba la cabeza contra un árbol y escuchaba, roncando sordamente, la lección que Mowgli recitaba a Baloo. Trepaba el muchacho a los árboles casi con la misma facilidad con que andaba; nadaba casi con la misma habilidad con que corría.

Por esto Baloo, el maestro de la Ley, le enseñó las leyes del bosque y del agua: cómo distinguir una rama carcomida de otra sana; cómo debía hablar cortésmente a las abejas silvestres cuando, a quince metros sobre el nivel del suelo, encontrara una de sus colmenas; qué debería decirle a Mang, el murciélago, cuando tuviera que molestarlo entre las ramas, durante el día; cómo tenía que avisar a las serpientes de agua que viven en las lagunas, antes de lanzarse a las aguas entre ellas.

A ningún habitante de la selva le gusta que lo molesten, por lo que todos están siempre dispuestos a arrojarse sobre los intrusos. Mowgli aprendió después de todo esto la *Consigna del cazador forastero* que debe repetirse una y otra vez en voz alta hasta que sea contestada por alguien, siempre que alguno de los habitantes de la selva cace fuera de sus propios terrenos. La consigna, ya traducida, dice así: «Dadme permiso para cazar aquí, porque tengo hambre». Y la respuesta afirma: «Puedes cazar para buscar comida, pero no para tu recreo».

Todo esto muestra las muchas cosas que hubo de aprender Mowgli de memoria; llegaba a cansarse de tanto repetir lo mismo más de cien veces. Pero, como le dijo un día Baloo a Bagheera, cuando tuvo que pegarle al muchacho y este se marchó enojado:

—Un cachorro humano es un cachorro humano, y tengo el deber de enseñarle toda la Ley de la Selva.

—Pero has de tener presente que es muy pequeño —respondió la pantera negra, pues ella, sin duda, habría mimado excesivamente a Mowgli si la hubieran dejado que lo educara a su manera—. ¿Y cómo pueden caber tus largas explicaciones en una cabeza tan pequeña?

—¿Existe acaso en la selva alguna cosa que por ser pequeña no pueda matarse? No. Ahora bien: por esa causa le enseño todo lo que le enseño, y por lo mismo le pego con mucha suavidad cuando se le olvida algo.

—¡Con suavidad! ¿Qué sabrás tú de suavidades, viejo patas de hierro? —gruñó Bagheera—. Le has llenado hoy toda la cara de cardenales con tu... suavidad. ¡Bah!

—Valdrá más que esté lleno de cardenales de la cabeza a los pies, causados por mí, que lo quiero, que no que le ocurra alguna desgracia por ignorancia —respondió Baloo con suma gravedad—. Le enseño ahora las Palabras Mágicas de la Selva que habrán de protegerlo contra los pájaros, contra el pueblo de las serpientes y contra todo cuadrúpedo de caza, excepto contra su propia manada. A partir de este momento y con sólo recordar esas palabras, podrá pedir protección a todos los habitantes de la selva. ¿No vale la pena recibir algunos golpes por todo esto?

—Sí, pero cuídate de no matar al cachorro de hombre. Mira que no es un tronco de árbol en donde puedas afilar tus embotadas garras. Pero, dime, ¿cuáles son esas Palabras Mágicas de que estás hablando? Aunque es más probable que tenga yo que prestarle ayuda a alguien, que pedirla. —Al decir esto, Bagheera estiró una de sus patas y contempló, admirado, los acerados cinceles de sus garras—. No obstante —añadió— me gustaría saberlo.

—Voy a llamar a Mowgli y él te dirá las palabras… si es que se le antoja. ¡Ven aquí, pequeño!

—Siento la cabeza como un árbol lleno de abejas que zumban —respondió por encima de los que hablaban una voz malhumorada, y Mowgli (pues era él), indignado, se deslizó por el tronco de un árbol, y añadió al llegar al suelo—: ¡Si acudo a tu llamado es por Bagheera y no por ti, Baloo, viejo gordinflón!

—Me da lo mismo —respondió este, aunque le tocó en lo vivo y le apenó la respuesta—. ¡Ea! Dile a Bagheera las Palabras Mágicas de la Selva que te he enseñado hoy.

—¿Las Palabras Mágicas… para qué pueblo? —interrogó Mowgli, muy complacido por la ocasión que se le ofrecía de exhibir sus conocimientos—. En la selva hay muchos lenguajes. Yo los sé todos.

—Algo de ellos sabes, pero no mucho. ¿Oyes, Bagheera? Los discípulos nunca son agradecidos con quien les enseña. Jamás ha venido a darle las gracias a Baloo por sus enseñanzas un solo lobato. ¡Vaya! Di, pues, las Palabras para el pueblo cazador… ¡gran sabio!

—«Tú y yo somos de la misma sangre» —recitó Mowgli, y le dio a sus palabras el acento especial del oso que usan todos los que cazan allí.

—Bueno. Ahora las que sirven para los pájaros.

Las repitió Mowgli y terminó la frase con el silbido que singulariza al milano.

—Ahora las que son para el pueblo de las serpientes —dijo Bagheera.

La contestación fue un silbido indescriptible; después, Mowgli hizo en celebración de su propia habilidad una pirueta salvaje, batió palmas y de un salto subió al lomo de Bagheera, se sentó de medio lado y taloneó sobre la reluciente piel, en tanto le hacía a Baloo las muecas más horribles.

—¿Lo ves? ¡Mira para qué han servido los cardenales! —dijo con ternura el oso pardo—. Algún día me lo agradecerás.

Miró luego a Bagheera para decirle cómo había pedido a Hathi, el elefante salvaje, que sabe todas esas cosas, que le dijera las Palabras Mágicas, y cómo Hathi llevó a Mowgli a una laguna para obtener de una serpiente de agua la palabra que sirve para todas las serpientes, porque Baloo no podía pronunciarla; y en fin, cómo Mowgli podía ya considerarse a salvo de todas las contingencias que pudieran presentársele en la selva, porque no le causarían daño alguno ni las serpientes, ni los pájaros ni las fieras.

—Ya no hay motivo para temer a nadie —dedujo de lo expuesto Baloo, dándose suaves golpecitos con aire de orgullo, en el enorme y peludo vientre.

«Excepto a los de su propia tribu», dijo Bagheera para sí. Luego añadió, en voz alta, dirigiéndose a Mowgli:

—¡Un poco de cuidado con mis costillas, pequeño! ¿A qué viene tanto bailoteo?

Mowgli había estado intentando hacerse oír tirándole de la piel de las espaldillas a Bagheera y dándole fuertes talonazos.

Cuando los dos le prestaron atención, grito a voz en cuello:

—De manera que yo tendré una tribu toda mía y la dirigiré por entre las ramas durante todo el día.

—¿Qué clase de nueva locura es esa? ¿Estás ya haciendo castillos en el aire? —dijo Bagbeera.

—Sí, y le tiraré ramas y porquería al viejo Baloo —prosiguió Mowgli—. Me lo han prometido... ¡Ah!

—¡Wuuf!..

La gruesa pata de Baloo arrojó a Mowgli del sitio en que descansaba sobre el lomo de Bagheera, hasta el suelo, y desde allí, donde quedó tendido frente a las patas delanteras de la pantera, pudo ver que el oso se había enfadado.

—¡Mowgli! —le dijo Baloo—. ¡Dime que no has hablado con los Bandar-log!

Mowgli miró a Bagheera para ver si también la pantera se había incomodado, y observó que los ojos de esta tenían una expresión tan dura como si fueran dos piedras de jade.

—Tú has estado con el pueblo de los monos..., con los monos grises... con el pueblo sin ley... con los que comen cuanto se les presenta. ¡Qué vergüenza!

—Cuando Baloo me golpeó en la cabeza, me marché —dijo Mowgli, que seguía aún tendido de espaldas—; entonces los monos grises bajaron de los árboles y se acercaron a mí, compadeciéndome. Sólo ellos me hicieron caso.

Al decir esto, su voz se alteró un poco.

—¡La piedad del pueblo de los monos!... —rezongó Baloo—. ¡La inmovilidad del torrente que desciende del monte!... ¡El fresco de un sol de verano!... ¿Y qué sucedió después, cachorro humano?

—Después... después... Me dieron nueces y cosas muy buenas para comer, y... me condujeron en brazos a la parte más alta de los árboles... diciéndome que yo era su hermano, que éramos de la misma sangre, aunque yo carecía de cola, y que llegaría a ser su jefe.

—No tienen jefe —dijo Bagheera—. Mienten. Siempre han mentido.

—Conmigo se mostraron muy afables y me suplicaron que regresara a visitarlos. ¿Por qué nunca me habéis llevado a donde está el pueblo de los monos? Caminan en dos pies como yo. No me pegan, no tienen las patas duras... Juegan todo el día. ¡Dejadme subir a donde están ellos! ¡Baloo, malo! ¡Déjame subir! Jugaremos de nuevo.

—Atiende, pequeño —observó el oso, y su voz retumbó como el trueno en una noche calurosa—. Te he instruido sobre la Ley de la Selva para que te sirva con todos los pueblos que existen en la selva... excepto el de los monos, que vive en los árboles. Los monos no tienen ley. Son los repudiados por todo el mundo. No tienen lenguaje propio, sino que echan mano de palabras robadas que oyen por casualidad cuando atisban y escuchan, y están al acecho en lo alto de los árboles. Su camino no es el de nosotros. No tienen jefes. Carecen de memoria. Alardean, charlan y pretenden ser un gran pueblo ocupado en asuntos importantísimos; pero si cae una nuez desde el árbol, revientan de risa y basta para que todo lo olviden. No nos tratamos con ellos nosotros los de la selva. No bebemos donde los monos beben; no vamos a donde los monos van; no cazamos donde ellos cazan; no morimos donde ellos mueren. ¿Es que alguna vez me has oído hablar de los Bandar-log?

—No —dijo Mowgli en voz muy baja, pues se había hecho silencio absoluto en el bosque cuando enmudeció Baloo.

—El pueblo de la selva los tiene desterrados tanto de su boca como de su pensamiento. Son numerosísimos, perversos, sórdidos, procaces, y desean llamar nuestra atención. Si es que puede decirse de ellos que tengan algún deseo fijo. Pero nosotros no les hacemos el menor caso, ni siquiera cuando arrojan sobre nuestra cabeza nueces e inmundicias.

No había terminado de hablar, cuando cayó de las copas de los árboles una lluvia de nueces y ramas, en tanto que se escuchaban toses, aullidos y rumor de saltos entre las ramas.

—Al pueblo de la selva le está prohibido todo trato con el pueblo de los monos —dijo Baloo—. Acuérdate.

—¡Prohibido! —repitió Bagheera—. Pero me parece que Baloo debió haberte prevenido antes contra ellos.

—¿Yo?... ¿Yo?... ¿Cómo podía adivinar que se le ocurriría jugar con gentuza de ese jaez? ¡El pueblo de los monos! ¡Qué asco!

Una nueva lluvia cayó sobre ellos, y ambos echaron a correr hacia otro lugar llevándose consigo a Mowgli.

Era muy cierto cuanto había dicho Baloo acerca de los monos. Vivían en las copas de los árboles, y como las fieras rara vez miran hacia lo alto, casi no se ofrecía ocasión de que se cruzaran por el mismo camino. Pero siempre que veían un lobo enfermo, un tigre herido o un oso, se divertían atormentándolo; arrojaban palos y nueces a cualquier fiera, sólo a guisa de diversión y por el gusto de hacerse notar. Entonces aullaban, chillaban luego canciones sin sentido, incitando al pueblo de la selva a subir a los árboles para pelear, o bien se enzarzaban en salvajes peleas entre ellos mismos por cualquier bagatela, y dejaban después sus muertos donde pudiera verlos el pueblo de la selva. Siempre estaban a punto de nombrar un jefe, de darse leyes y usos propios, pero al cabo nunca lo lograban porque de un día a otro se les borraba todo de la memoria, y de esta manera se contentaban con repetir constantemente estas palabras: «Lo que piensan ahora los Bandar-log, toda la selva lo pensará después», y esta idea los consolaba. Ninguna fiera podía llegar hasta las alturas donde moraban; pero también es cierto que ninguna se fijaba en ellos, y de ahí su alegría cuando vieron que Mowgli iba a buscarlos para tomar parte en sus juegos, y que esto irritaba grandemente a Baloo.

No se propusieron pasar de allí, porque los Bandar-log nunca se proponen nada; pero a uno de ellos se le ocurrió una idea que le pareció excelente, se la expuso a los demás, y los persuadió de que convenía a la tribu tener consigo a una persona tan útil como Mowgli, ya que este sabía trenzar ramas de modo que les protegieran contra el viento, y por esto, si se apoderaban de él, podrían obligarlo a que les enseñara ese arte. Por supuesto, Mowgli, como hijo de leñador, heredó de su padre toda suerte de instintivas habilidades y solía construir chozas con las ramas caídas, sin pensar siquiera en que sabía hacer tales cosas. Pero al observarlo el pueblo de los monos desde lo alto de los árboles, consideraba aquel simple juego como un portento. Lo que es en esta ocasión, decían entre ellos, tendrían realmente un jefe y serían el pueblo más sabio de toda la selva... Tan sabio que sería la admiración y envidia de todos. En consecuencia, siguieron con el mayor sigilo a Baloo, Bagheera y Mowgli al través de la selva, hasta que llegó la hora de la siesta. Entonces Mowgli, que en realidad sentía vergüenza de sí mismo, se durmió entre la pantera y el oso, después de resolver que no tendría más tratos con el pueblo de los monos.

Tras esto, lo único que pudo recordar fue que sintió el contacto de unas manos en sus piernas y brazos —manos duras, fuertes y pequeñas—; luego, el choque de unas ramas en la cara, y después, estar mirando hacia abajo al través del movedizo ramaje, en tanto que Baloo despertaba a toda la selva con sus ásperos gritos y Bagheera saltaba tronco arriba del árbol, mostrando todos sus dientes. Chillaron los Bandar-log con aire de triunfo, y treparon, jugueteando, a las ramas más altas, donde Bagheera no se atrevió a seguirlos. Entre tanto, gritaban:

—¡Se ha fijado en nosotros! ¡Bagheera se ha fijado en nosotros! ¡Nos admira todo el pueblo de la selva por nuestra habilidad y astucia!

Empezó entonces su huida, y una huida del pueblo de los monos al través del país arbóreo es una cosa realmente indescriptible. Tienen sus caminos amplios y sus atajos, sus subidas y bajadas, todo trazado a quince, veinte o treinta metros por encima del suelo, y viajan por allí inclusive de noche, si es necesario. Dos de los monos más fuertes cogieron a Mowgli por las axilas y se lo llevaron por entre las copas de los árboles, dando saltos de casi seis metros de altura. De haber marchado completamente libres, su velocidad hubiera sido mayor, pero el peso del muchacho los entorpecía y detenía un poco. Aun cuando se sintió mareado y medio enfermo, Mowgli no pudo menos de deleitarse con aquella loca carrera, por más que lo aterrorizaran los trozos de tierra que vislumbraba allá abajo; y aquel detenerse y partir de nuevo, al final de cada balanceo en el vacío, lo mantenía con el alma en un hilo. Conducíanlo sus acompañantes hacia lo más alto de la copa de un árbol, hasta que sentía que crujían y se doblaban con su peso las ramas más delgadas de la cima, y luego, con fuerte resoplido, se arrojaban al aire, avanzando y descendiendo a un mismo tiempo; para después elevarse de nuevo y quedar colgados, por las manos o por los pies, de las ramas inferiores del próximo árbol.

Columbraba en ocasiones leguas y leguas de extensión en que todo no era sino quieta y verde selva, de igual manera que un hombre encaramado en un mástil abarca millas enteras de mar con la mirada, y entonces el ramaje le sacudía la cara y él y su guía llegaban casi al nivel del suelo. De esta manera, saltando, haciendo ruido, resoplando fuertemente y chillando, la tribu entera de los Bandar-log cruzó los caminos trazados en lo alto de los árboles llevando prisionero a Mowgli.

Hubo momentos en que este temió que lo dejaran caer, lo que hizo que empezara a ponerse de mal humor; pero, demasiado sagaz para rebelarse abiertamente, se limitó a pensar qué haría. Lo primero que le vino a las mientes fue avisar a Baloo y a Bagheera, porque, dada la velocidad con que huían los monos, comprendía bien que sus amigos se quedarían muy rezagados. Era del todo inútil mirar hacia abajo, pues nada podía ver si no eran las puntas de las ramas a uno y otro lado. Dirigió, pues, sus ojos hacia arriba, y logró distinguir a lo lejos, en la inmensidad azul, a Rann, el milano, que se balanceaba describiendo curvas en el aire en tanto que vigilaba la selva y esperaba que los seres se murieran en ella. Y así, vio Rann que los monos se habían apoderado de algo que se llevaban, y abatió el vuelo unos centenares de metros para indagar si aquella presa era comestible. Al ver a Mowgli arrastrado hacia lo más alto de la copa de un árbol y al oírle gritar, se sorprendió mucho el milano y le contestó con un silbido: «Tú y yo somos de la misma sangre». La oleada del ramaje se cerró por encima del muchacho, pero Rann, con un balanceo, se dirigió al árbol más próximo en el preciso instante en que asomó de nuevo la cara morena de Mowgli.

—¡Sigue mi pista! —gritó este—. ¡Avisa a Baloo, de la manada de Seeonee, y a Bagheera, del Consejo de la Peña!

—¿En nombre de quién, hermano? —preguntó Rann que nunca había visto a Mowgli, pero que desde luego había oído hablar de él.

—En nombre de Mowgli, la Rana. ¡El cachorro humano me llaman! ¡Sigue mi pista!...

Las últimas palabras hubo de proferirlas cuando de nuevo lo balanceaban en el aire, pero Rann movió la cabeza, asintiendo, y se elevó hasta que su tamaño se tornó no mayor que un grano de polvo, y allí remontado observó con el telescopio de sus ojos el movimiento de las copas de los árboles al paso de la escolta de monos que conducían a Mowgli.

—No se alejarán mucho, no —profirió con risa ahogada—. Nunca llevan a término feliz lo que empiezan a hacer. Los Bandar-log pican siempre aquí y allá en cosas nuevas. Pero en esta ocasión, o yo estoy ciego, o picaron en algo que les dará quehacer, porque Baloo no es ningún polluelo que se caiga del nido, y yo sé que Bagheera es muy capaz de matar algo más que cabras.

Al decir esto, se meció en el aire, abiertas las alas y recogidas las patas bajo el cuerpo, y esperó.

Entre tanto, Baloo y Bagheera se sentían locos de furor y de pena. Bagheera se subió a los árboles hasta donde nunca antes se atreviera a llegar; pero se quebraron bajo su peso las ramas delgadas y resbaló hasta el suelo, con las garras llenas de cortezas.

—¿Por qué nunca le has hablado de ellos al cachorro humano? —le decía rugiendo al pobre Baloo, que sostenía un trote algo pesado con la esperanza de adelantarse a los monos—. ¿De qué sirve que casi lo mates a golpes si no lo previenes contra esto?

—¡Deprisa! ¡Deprisa! Todavía... podría ser que lo alcanzáramos —respondió Baloo jadeando.

—¡Al paso que vamos!... No alcanzarías ni a una vaca herida. Maestro de la ley... Azota-cachorros... Con que tuvieras que moverte del modo como lo haces durante un cuarto de legua de distancia, sería suficiente para que reventaras. ¡Descansa y piensa! Traza un plan. No es este el momento de perseguirlo. Podrían dejarlo caer si lo seguimos muy de cerca.

—¡Grrrr!... Quizá lo han hecho ya, cansados de llevarlo. ¿Quién puede fiarse de los Bandar-log? ¡Acumula murciélagos muertos sobre mi cabeza! ¡Dame por toda comida huesos negros!

¡Méteme en una colmena de abejas silvestres para que me maten a picaduras y luego entiérrame al lado de una hiena, porque soy el más desdichado de cuantos osos existen! ¡Grrrr!... ¡Ayyy!... ¡Oh! ¡Mowgli! ¡Mowgli! ¿Por qué no te previne contra el pueblo de los monos, en vez de romperte la cabeza? ¿Cómo saber si por los golpes que le he dado le he sacado de la memoria la lección del día, y ahora se hallará solo en la selva sin la ayuda de las Palabras Mágicas? —Y Baloo se cogió la cabeza con las patas y se arrastró gimoteando.

—Al menos hace un momento a mí me ha repetido todas las palabras correctamente —replicó Bagheera, impaciente—. Baloo —prosiguió— has perdido la memoria y el respeto propio. ¿Qué pensaría de mí la selva toda, si yo, la pantera negra, me hiciera una bola como Ikki, el puerco espín, y empezara a aullar?

—¿Qué me importa lo que la selva piense? A esta hora, quizá él ha muerto ya.

—Si no lo han dejado caer por juego, o si no lo han matado por pereza, no creo que debamos temer por el cachorro humano. Es listo y está bien enseñado, y, sobre todo, cuenta con sus ojos que atemorizan a todo el pueblo de la selva. Pero —y este es un grave mal que hay que reconocer—, está en poder de los Bandar-log, que, por vivir en los árboles, no le tienen miedo a nuestra gente.

Al decir esto, Bagheera se lamió una de sus patas delanteras con aire preocupado.

—¡Tonto de mí! ¡Oh! ¡Qué gordo y necio soy! ¡No soy más que un desenterrador de raíces! —exclamó Baloo desenroscándose de un brinco—. Es una gran verdad lo que dice Hathi, el elefante salvaje, cuando afirma que «cada quien tiene su miedo peculiar». Ahora bien: los Bandar-log temen a Kaa, la serpiente de la Peña. Sabe encaramarse tan bien como ellos; les roba sus hijos por la noche. Su solo nombre les hiela de espanto hasta las endiabladas colas. Vayamos a ver a Kaa.

—¿Y qué puede hacer? No es de nuestra tribu, puesto que no tiene patas... Además, la maldad está escrita en sus ojos... —dijo Bagheera.

—Es muy vieja y muy astuta. Ante todas las cosas, hay que pensar en que siempre está hambrienta —respondió Baloo esperanzado—. Prométele muchas cabras.

—No bien se come una, duerme un mes entero. Muy bien pudiera suceder que estuviese durmiendo ahora. Pero, ¿y si prefiere matar las cabras por su propia cuenta? —Bagheera, que sabía muy pocas cosas de Kaa, se inclinaba naturalmente a desconfiar.

—En tal caso, vieja cazadora, tú y yo juntos la haríamos mostrarse razonable. —Al decir esto Baloo frotó su hombro, de un desteñido color pardo, contra la pantera, y ambos fueron en busca de Kaa, la serpiente pitón que vive en la Peña.

La hallaron tendida al sol en el tibio reborde de una roca, admirando, deleitada, su hermosa piel nueva, pues acababa de pasar diez días en el más completo retiro para mudarla, y ahora estaba en verdad espléndida, con la enorme cabeza roma a lo largo del suelo, y tenía enroscado el cuerpo de nueve metros de largo en fantásticos nudos y curvas, y se relamía al pensar en la próxima comida.

—Está en ayunas —dijo Baloo con un gruñido de satisfacción en cuanto vio la hermosa piel moteada de amarillo y de color de tierra—. ¡Mucho cuidado, Bagheera! Siempre queda medio ciega después del cambio de piel y tiende a atacar con la mayor facilidad.

Kaa no era serpiente venenosa y la verdad es que despreciaba por cobardes a las de tal clase; su poder estribaba en la fuerza de su presión, y cuando había envuelto a alguien en sus enormes anillos, ya podía darse por terminada la lucha.

—¡Buena caza! —gritó Baloo sentándose sobre sus cuartos traseros.

Kaa era bastante sorda como todas las serpientes de su especie y no oyó bien al principio lo que le decían. Por lo que pudiera suceder, se enrolló en forma de espiral y mantuvo baja la cabeza.

—¡Buena caza para todos! —respondió—. ¡Ah! ¿Eres tú, Baloo? ¿Y qué haces por aquí? ¡Buena caza, Bagheera! Uno de nosotros necesita comer, cuando menos. ¿Sabéis si hay algo a la mano por allí? ¿Por ejemplo, algún gamo, aunque sea joven? Estoy vacía como un pozo seco.

—Vamos de caza —dijo Baloo negligentemente, porque esto lo sabía él bien; con Kaa no hay que apresurarse; es muy grande para andarse con prisas.

—Dejadme que vaya con vosotros —suplicó Kaa—. Nada significa para Bagheera y Baloo un zarpazo de más o de menos. En cambio, yo... Yo tengo que esperar días y días en alguna senda del bosque, o emplear media noche para subirme a los árboles, y luego debo tener mucha suerte para tropezar con algún mono joven. ¡Ssssss! Las ramas de ahora no son ya como lo eran cuando yo era joven. Las más tiernas están podridas, y secas las mayores.

—Es probable que tu enorme peso tenga algo que ver algo en este asunto —dijo Baloo.

—Pues sí; no me falta longitud... no me falta... —respondió Kaa con un dejo de orgullo—. Pero así y todo, la culpa no es mía sino del ramaje nuevo. Poco faltó, muy poco, para que me cayera en mi última cacería, y, como no estaba agarrada al tronco del árbol con mi cola, el ruido que hice despertó a los Bandar-log, que empezaron a insultarme.

—Lombriz de tierra, amarilla y sin patas —murmuró entre dientes Bagheera como si tratara de recordar algo.

—¡Ssssss! ¿Me han insultado así alguna vez? —preguntó Kaa.

—Algo parecido nos gritaron a nosotros durante el último cuarto de luna pasado, pero no les hicimos ningún caso. Capaces son de decir cualquier cosa... Por ejemplo, que te has quedado sin dientes, y que no osas hacerle frente a algo que sea mayor que un cabrito, porque... (¡vaya!, que son desvergonzados esos Bandar-log) porque les tienes miedo a los cuernos —continuó diciendo suavemente Bagheera.

Ahora bien: raras veces da muestras de cólera una serpiente, sobre todo una serpiente pitón tan circunspecta como era Kaa. Pero Baloo y Bagheera pudieron ver en ese momento cómo los enormes músculos que Kaa tiene a cada lado del cuello se movían e hinchaban.

—Los Bandar-log huyeron de su acostumbrado terreno —dijo calmosamente—. Oí sus gritos en las copas de los árboles hoy, cuando salí a tomar el sol.

—Precisamente... precisamente nosotros vamos siguiendo su pista —respondió Baloo.

Pero las palabras se le atoraron en el gaznate porque, si la memoria no lo engañaba, aquella era la primera vez que alguien perteneciente al pueblo de la selva confesaba su interés por algo que hicieran los monos.

—Sin duda debe de ser muy importante lo que obliga a dos cazadores como vosotros, tan reconocidos en la Selva y entre los vuestros, a seguir los pasos de los Bandar-log —observó Kaa afablemente, pero llena de curiosidad.

—A decir verdad —empezó Baloo—, yo no soy sino el anciano maestro de la ley, a las veces bastante tonto, encargado de enseñársela a los lobatos de Seeonee, y Bagheera, aquí presente...

—Se conforma con ser Bagheera —dijo la pantera negra, cerrando las quijadas con un golpe seco, porque no estaba para modestias—. Esto es lo que nos ocurre, Kaa: esos ladrones de nueces y de hojas de palmera han robado a nuestro cachorro humano, de quien quizás has oído hablar.

—Algo le oí a Ikki (cuyas púas son motivo de presunción para él), acerca de una especie de hombre admitido en una manada de lobos. Pero no creí nada de eso. Ikki siempre anda con cuentos que oye mal y cuenta peor.

—Pero en el caso presente dijo la verdad. El cachorro humano es tal, como jamás hubo otro —dijo Baloo—. El mejor, el más inteligente, el más apuesto de todos... Mi discípulo que hará célebre el nombre de Baloo en todas las selvas..., Y, ¡bueno!, yo... o mejor dicho... nosotros, lo queremos de verdad, Kaa.

—¡Sssss! ¡Sssss! —respondió esta, y sacudió la cabeza—; también yo supe una vez lo que es querer. ¡Podría contaros cosas que...!

—Que exigirían una noche clara y un estómago lleno para apreciarlas debidamente —dijo Bagheera con prontitud—. Nuestro cachorro humano está ahora en poder de los Bandar-log, y nos consta que a nadie temen ellos más que a Kaa, de todo el pueblo de la selva.

—A nadie más que a mí, y no les falta razón —respondió Kaa—. Charlatanes, locos y vanos... Vanos, locos y charlatanes: así son los monos. Pero si entre ellos hay algo humano, corre peligro. Les cansa pronto la nuez que cogen, y la tiran. Son capaces de cargar una rama durante medio día, proponiéndose hacer grandes cosas con ella, y luego la parten en dos pedazos. No es digno de envidia, a la verdad, el cachorro humano ese. Al insultarme, ¿no me han llamado también pez amarillo? ¿Eh?

—Lombriz..., lombriz..., lombriz de tierra —respondió Bagheera—; y otras cosas más que ahora no puedo repetir por vergüenza.

—Habrá que enseñarles a expresarse con más respeto de su maestro. ¡Ssssss! Deberemos refrescarles un tanto la memoria. Pero, decidme, ¿a dónde se han llevado al cachorro?

—Sólo la selva puede saberlo. Me parece que hacia el lado donde se oculta el sol. Creíamos que tú lo sabrías, Kaa.

—¿Yo? ¿Y cómo? Acostumbro apoderarme de ellos cuando se me ponen a la mano, pero no voy a cazar a los Bandar-log, ni a las ranas, ni a esa espuma verde que hay en las lagunas, y que, para el caso, da lo mismo.

—¡Eh! ¡Eh! ¡Eh! ¡Arriba! ¡Arriba! ¡Mira hacia arriba, Baloo, de la manada de lobos de Seeonee!...

Baloo miró hacia arriba para ver de dónde salía la voz que lo llamaba, y vio a Rann, el milano, que descendía, deslizándose por el espacio con las alas desplegadas en cuyos bordes, vueltos hacia arriba, brillaba el sol. Ya casi era la hora del sueño para Rann, pero hasta ese momento había estado buscando por toda la selva a Baloo, sin encontrarlo, por culpa del espeso follaje.

—¿Qué sucede? —interrogó Baloo.

—He visto a Mowgli entre los Bandar-log. Él mismo me ha pedido que te lo dijera. He estado al acecho; se lo han llevado al otro lado del río... A la ciudad de los monos, a las Moradas Frías. Lo mismo optarán por quedarse allí una noche que diez, o que un rato. He pedido a los murciélagos que vigilen durante las horas de oscuridad. Es cuanto tengo que decirte. ¡Buena suerte para todos!

—¡Buena suerte, que llenes el buche y duermas bien, Rann! —gritó Bagheera—. No te olvidaré en mi próxima caza: reservaré para ti la cabeza de lo que mate, porque eres el mejor de todos los milanos.

—Lo que he hecho no es nada..., no es nada. El muchacho ha recordado y ha dicho las Palabras Mágicas, y yo no he podido menos que cumplir con mi deber —respondió Rann elevándose por el aire trazando círculos para dirigirse a su escondrijo.

—¡Vamos! Por lo menos veo que no ha perdido la lengua —dijo Baloo con una sonrisa de satisfacción y orgullo—. ¡Y pensar que, siendo tan joven, ha recordado las Palabras Mágicas que sirven para los pájaros, en el mismo momento en que lo llevaban al través de los árboles!

—¡Bien que se las has metido en la cabeza! —respondió Bagheera—. Pero estoy orgullosa de él. Ahora, vamos a las Moradas Frías.

Todo el pueblo de la selva sabe dónde está aquel lugar, pero nadie va nunca allí, porque lo que llaman las Moradas Frías es una antigua ciudad abandonada, perdida y hundida en la selva, y en contadas ocasiones se ve que las fieras habiten un lugar donde antes habitaron los hombres. Hará esto el jabalí, pero no las tribus cazadoras. Por lo demás, aun los monos vivían allí tan poco como en cualquier otro sitio fijo, y ningún animal que se respete se acercará hasta la distancia que alcance la vista, excepto en las épocas de sequía, cuando conservaban un poco de agua las cisternas medio arruinadas y los estanques.

—Media noche nos tomará hacer la jornada, yendo a toda velocidad —dijo Bagheera, y esto hizo que Baloo se pusiera muy serio.

—Iré tan rápido como pueda —respondió ansiosamente.

—No nos atrevemos a esperarte. Síguenos, Baloo; Kaa y yo no podemos ir a paso lento.

—Con pies o sin pies, puedo correr tanto como tú con los cuatro que tienes —dijo Kaa lacónicamente.

Baloo se esforzó en acelerar el paso, pero al cabo tuvo que sentarse echando los bofes. Y así lo dejaron para que fuera más despacio, en tanto que Bagheera se adelantaba con el rápido galope propio de la pantera. Kaa no dijo palabra, pero, por más que corriera Bagheera, la enorme serpiente pitón de la Peña no se dejaba adelantar. Al llegar a una torrentera llena de agua, venció Bagheera, porque la atravesó de un salto, mientras Kaa tenía que nadar, con la cabeza y una pequeña parte del cuello fuera del agua. Mas, al llegar de nuevo a tierra, pronto la serpiente recuperó la distancia perdida.

—¡Por la cerradura que me dio la libertad, afirmo que eres buena andadora! —exclamó Bagheera al disiparse la última luz del crepúsculo.

—Es que tengo hambre —respondió Kaa—. Además, me han llamado rana con manchas...

—Lombriz..., lombriz de tierra... Y amarilla de añadidura.

—Lo mismo da. Sigamos adelante.

Y parecía como si Kaa se derramara por encima de la tierra, buscando con ojo certero el camino más corto y siguiéndolo estrictamente.

Allá en las Moradas Frías, los monos, en lo que menos podían pensar, era en los amigos de Mowgli.

Habiéndose llevado al muchacho a la ciudad perdida, quedaron con eso muy satisfechos por el momento. Jamás Mowgli, hasta entonces, había visto ninguna ciudad india, y aunque aquella no fuera sino un montón de ruinas, le pareció espléndida y maravillosa. Tiempo atrás la había edificado un rey en la cumbre de una colina, y todavía podía adivinarse el trazo de las calzadas de piedra que conducían a las destrozadas puertas cuyas últimas astillas colgaban de los goznes, comidos por el moho. Crecían árboles a uno y otro lado de las paredes. Las almenas yacían hechas pedazos, y a lo largo de los muros pendían de las ventanas las enredaderas silvestres en grandes y apretadas masas.

La colina estaba coronada por un gran palacio sin techo; el mármol de patios y fuentes estaba rajado y cubierto de manchas rojas y verdes; en los mismos pisos empedrados de los patios donde solían vivir los elefantes del rey, las piedras estaban separadas por la hierba y los árboles nuevos que crecían entre ellas. Desde el palacio podían verse numerosas hileras de casas sin techo que habían formado parte de la ciudad y que ahora eran como destapadas colmenas llenas tan sólo de negras sombras. Podía verse también la informe piedra que había sido un ídolo en la plaza donde desembocaban cuatro avenidas; y los hoyos y hoyuelos en las esquinas de las calles donde en otro tiempo existieron pozos públicos; y las rotas cúpulas de los templos con higueras silvestres que crecían a los lados.

Los monos llamaban a ese lugar *su ciudad* y despreciaban al pueblo de la selva porque vivía en el bosque. No obstante, nunca supieron para qué se habían levantado aquellos edificios ni cómo debían usarlos. Se sentaban formando círculos en la antecámara de la real sala del consejo, y se rascaban buscándose las pulgas y dándoselas de hombres. O bien, entraban y salían corriendo de aquellas salas sin techo, recogían pedazos de yeso y ladrillos viejos, llevándolos a un rincón, para olvidarse al momento siguiente del lugar donde los habían escondido y empezar a pelearse y a gritar en vacilantes grupos, poniéndose luego, de pronto, a jugar, subiendo y bajando por las terrazas del jardín real, sacudiendo los rosales y los naranjos por diversión para ver caer las flores y los frutos. Ya habían explorado todos los pasadizos y caminos subterráneos que había en el palacio, y los centenares de oscuras y pequeñas salas; pero nunca se acordaron de lo que vieron o dejaron de ver, y así se paseaban de uno en uno, por pares o por grupos, y se decían los unos a los otros que hacían lo mismo que hacen los hombres. Bebían en las cisternas, ensuciaban el agua, armaban peleas por esta causa y después, en montón, se lanzaban juntos gritando: «No hay nadie en la selva tan sabio, inteligente, fuerte y discreto como los Bandar-log». Volvían entonces a las andadas, hasta que, al fin, se cansaban de estar en la ciudad y regresaban a las copas de los árboles abrigando la esperanza de que se fijara en ellos el pueblo de la selva.

A Mowgli no le gustó este género de vida, ni llegó a entenderlo, porque había sido educado según la Ley de la Selva. Tocaba a su fin la tarde cuando los monos se lo llevaron a las Moradas Frías, y, en vez de irse a dormir, como hubiera hecho Mowgli después del largo viaje, se cogieron de las manos y empezaron a bailar y a cantar las canciones más disparatadas. Uno de los monos les echó un discurso en el que afirmó que la captura de Mowgli marcaba un hito nuevo en la historia de los Bandar-log, porque les enseñaría a construir, con palos y cañas, un refugio contra la lluvia y el frío.

Mowgli cogió algunas enredaderas y empezó a entretejerlas, y los monos trataron de imitarlo; pero al cabo de pocos minutos dejó de interesarles aquello y comenzaron a estirarse la cola los unos a los otros, o a saltar, puestos a gatas y tosiendo.

—Quisiera comer —dijo Mowgli—. Soy forastero en esta parte de la selva. Dadme comida o permiso para cazar aquí.

Veinte o treinta monos saltaron rápidamente fuera del recinto para traerle nueces y papayas silvestres. Pero en el camino se enzarzaron en una pelea y les pareció luego demasiada molestia regresar con los restos de aquellos frutos. Mowgli sentía el cuerpo dolorido, estaba tan malhumorado como hambriento; anduvo errante por la ciudad abandonada, lanzando de cuando en cuando el grito de caza de los forasteros; pero, al no contestarle nadie, se convenció de que en verdad había ido a parar a un lugar pésimo.

«Cuanto dijo Baloo respecto de los Bandar-log no es más que la verdad —pensó—. No tienen ley, ni grito de caza, ni jefes... No más que loca palabrería y unas manos muy pequeñas y muy ladronas. Por tanto, si me matan de hambre o de cualquier otra manera, a nadie podré culpar más que a mí mismo. Pero he de hacer todo lo posible por volver a mi propia selva. Baloo me pegará, ciertamente, pero prefiero eso que ir estúpidamente a caza de las hojas de rosal en compañía de los Bandar-log.»

No bien llegó a las murallas de la ciudad, lo hicieron retroceder los monos, diciéndole que no se daba cuenta de la felicidad que le había caído con estar allí, y le pellizcaban para enseñarle a ser agradecido. Apretó Mowgli los dientes y nada dijo, pero se dirigió, entre el alboroto producido por los monos, a una terraza ubicada sobre los depósitos de piedra roja destinados al agua y que entonces se hallaban llenos a medias. En el centro de la terraza había un cenador de mármol blanco construido para uso de reinas que habían muerto hacía cien años. Su techo, en forma de cúpula, se encontraba medio hundido, y, al caer, había obstruido el pasadizo subterráneo que comunicaba con el palacio, y que en otro tiempo estaba abierto para que por él pudieran pasar las reinas. Pero las paredes estaban hechas de una suerte de biombos de mármol recortado, y era una hermosísima labor calada, blanca como la leche, con incrustaciones de ágata, cornalina, jaspe y lapislázuli. Cuando la luna se asomó tras la colina, brilló al través de los calados, y proyectó sobre el suelo sombras parecidas a un bordado de terciopelo negro. Por más lastimado de los lomos, soñoliento y muerto de hambre que se sintiera Mowgli, no pudo menos de reír cuando veinte de los Bandar-log, hablando a la vez, empezaron a decirle lo grandes, inteligentes, fuertes y cuerdos que eran, y la locura que él había cometido al pretender escapar de ellos.

—Somos grandes, somos libres, somos admirables. El más admirable pueblo que hay en toda la selva, somos nosotros. Todos decimos esto, de donde se sigue que tiene que ser verdad —gritaban—. Pero esta es la primera vez que puedes escucharnos, y seguramente tendrás ocasión de repetir nuestras palabras al pueblo de la selva para que en adelante se fije en nosotros; por tanto, diremos cuanto se refiere a nuestras valiosísimas personas.

Mowgli no objetó nada a esto. Los monos, varios centenares, se reunieron en la terraza para escuchar a sus propios oradores. Estos entonaban alabanzas a los Bandar-log, y cuantas veces uno de los oradores callaba durante un instante para tomar aliento, los demás gritaban al unísono:

—¡Muy cierto! ¡Esa es también nuestra opinión!

Mowgli afirmaba con la cabeza y parpadeaba, añadía un «sí» cuando le preguntaban algo y sentía que le daban vahídos, aturdido por el alboroto. «Tabaqui el chacal —pensaba— seguramente ha mordido a todos estos y por eso se han vuelto locos. En verdad esto es *dewanee,* la locura. ¿No dormirá nunca esta gente? Por allá veo una nube que cubrirá la luna. ¡Ojalá la nube sea bastante grande! Así podría escaparme, amparándome en la oscuridad. Pero me siento fatigado.»

Al mismo tiempo que Mowgli, dos amigos suyos miraban aquella misma nube desde los fosos, cegados a medias, que circundaban las murallas de la ciudad. Bagheera y Kaa sabían lo peligroso que era enfrentarse con el pueblo de los monos cuando estos se reunían en crecido número, y no querían arriesgarse demasiado. Porque los monos nunca aceptan la lucha, como no sea en proporción de cien a uno y pocos son los habitantes de la selva que aceptan tan desiguales condiciones.

—Me dirigiré al lado oeste de la muralla —musitó Kaa en voz tan baja que pareció un susurro—; desde allí me lanzaré rápidamente, aprovechando el declive del terreno. A mí no se me echarán encima a centenares, pero...

—Yo sé lo que haré. ¡Si Baloo estuviera aquí!... Pero tendremos que limitarnos a lo que podamos. Cuando esa nube cubra la luna al pasar junto a ella, iré a la terraza. Están allí celebrando una suerte de consejo para hablar del muchacho.

—¡Buena caza! —dijo Kaa con aire fiero y se deslizó suavemente hacia el lado occidental del muro.

Era este, por casualidad, el que se encontraba mejor conservado; la enorme serpiente tardó un poco en encontrar un camino transitable por entre las piedras. La nube cubrió la luz de la luna. Cuando Mowgli se preguntó qué iba a acontecer entonces ahí, oyó los ligerísimos pasos de Bagheera que estaba ya en la terraza. Había subido el declive casi sin ruido y empezó de inmediato a repartir golpes —ya que comprendió que morder sería perder el tiempo— a derecha y a izquierda entre la multitud de monos que, en torno de Mowgli, estaban sentados en círculos de cincuenta o sesenta.

Se escuchó un aullido general de miedo y de rabia, y entonces, al tropezar Bagheera con los cuerpos que rodaban por el suelo pateando debajo del suyo, uno de los monos chilló:

—¡Nada más es uno, uno solo! ¡Matadlo! ¡Matadlo!

Se arrojó contra Bagheera un desordenado montón de monos que mordían, arañaban, rasgaban y arrancaban cuanto les salía al paso, en tanto que cinco o seis se apoderaron de Mowgli, lo arrastraron a lo alto del cenador, lo metieron por un agujero de la rota cúpula y lo dejaron caer dentro de ella. Hubiera sufrido serio daño cualquier muchacho educado entre los hombres, pues la caída, cuando menos, fue de cuatro metros de altura; pero Mowgli cayó de pie, tal como Baloo le había enseñado.

—Ahí te quedas —le gritaron— hasta que matemos a tus amigos, y luego vendremos a jugar contigo... Si es que el pueblo venenoso te deja con vida.

—¡Vosotros y yo somos de la misma sangre! —dijo Mowgli apresurándose a decir las Palabras Mágicas que sirven para las serpientes. Oía claramente roces y silbidos entre las piedras que lo rodeaban, y, para mejor asegurarse, tornó a gritar lo mismo.

—¡Esss verdad! ¡Vosotrass! ¡Abajo las capuchass! —exclamaron media docena de voces muy suaves; cada sitio en ruinas se convierte en la India, tarde o temprano, en morada de serpientes y el antiguo cenador era un hervidero de cobras—. Permanece quieto, hermano, para que tus pies no nos lastimen.

Mowgli procuró mantenerse lo más quieto posible; miraba al través de los calados de mármol y escuchaba el ruido de la rabiosa lucha que los monos libraban contra la pantera negra: eran aullidos, rechinar de dientes y golpes secos de la refriega; y asimismo se percibía el profundo y ronco resoplido de Bagheera mientras retrocedía, avanzaba, se revolvía o se hundía bajo las enormes masas de sus enemigos. Por primera vez en su vida, Bagheera luchaba únicamente por salvar su propio pellejo.

«Por aquí cerca debe de andar Baloo, porque Bagheera no se hubiera arriesgado a venir sola», pensó Mowgli. Y entonces gritó:

—¡A las cisternas! ¡Bagheera, a las cisternas! ¡Vete a ellas y zambúllete dentro! ¡Al agua!

Al escuchar la voz de Mowgli, Bagheera supo que estaba el muchacho a salvo, y entonces sintió renacer sus fuerzas. Desesperadamente, metro a metro y repartiendo golpes en silencio, se abrió camino en dirección a las cisternas. En ese momento, desde el muro en ruinas que estaba más próximo a la selva, se elevó el rugiente grito de guerra de Baloo. Aunque el buen oso había hecho todo lo posible, no había podido llegar antes.

—¡Bagheera, aquí estoy! —gritó—. ¡Ahora subo! ¡Corro en tu ayuda! ¡Grrrrrrr! ¡Resbalan las piedras bajo mis plantas, pero espérame! ¡Ah, infames Bandar-log!

Llegó a la terraza casi sin aliento, e inmediatamente su cuerpo desapareció, hasta el cuello, bajo una verdadera oleada de monos; pero se plantó resueltamente en dos pies, abrió los brazos, cogió entre ellos el mayor número posible de enemigos y empezó a golpearlos con un interrumpido ¡paf! ¡paf! ¡paf! que parecía el chapoteo de una rueda de palas. El ruido de algo que cayó en el agua hizo saber a Mowgli que Bagheera había logrado abrirse paso hasta la cisterna, en la que ya no podían perseguirla los monos.

Hallábase echada la pantera, respirando anhelosamente por la boca con el agua hasta el cuello, en tanto que los monos la vigilaban desde los rojos escalones sentados en filas de tres en fondo; subían y bajaban con rabia, prestos a saltar sobre ella, desde todos los lados a la vez, si intentaba salir para ayudar a Baloo.

Fue entonces cuando Bagheera levantó la cabeza —el agua le chorreaba de la barba—, y, perdida ya toda esperanza, lanzó en busca de protección el grito que sirve para las serpientes: «Tú y yo somos de la misma sangre»; creyó que, en el último minuto, Kaa se había vuelto atrás. Inclusive Baloo, medio ahogado bajo la masa de monos que no lo dejaba avanzar en el borde de la terraza, no pudo reprimir la risa cuando oyó que la pantera negra pedía auxilio. Pero en aquellos precisos momentos Kaa se acababa de abrir paso entre el muro situado hacia el oeste; el último esfuerzo que hizo para trasponerlo logró que se produjera un desprendimiento en las piedras de la albardilla, y una roca rodó hasta el fondo del foso. No quiso desperdiciar ninguna de las ventajas que le proporcionaba aquel terreno; se enroscó y desenroscó varias veces para comprobar que su cuerpo tenía amplia capacidad para trabajar con lucimiento. Hizo esto en tanto que se desarrollaba la lucha en que Baloo desempeñaba el principal papel; mientras, en derredor de Bagheera, en la cisterna, aullaban los monos, y Mang, el murciélago, volando de un lado a otro, llevaba la noticia de la gran batalla por toda la selva, de tal manera que inclusive Hathi, el elefante salvaje, empezó a dar bramidos, y a lo lejos, grupos dispersos de monos que se despertaron fueron brincando entre los árboles, a prestar ayuda a sus compañeros de las Moradas Frías, al mismo tiempo que se ponían alerta todas las aves diurnas de algunas leguas a la redonda.

Entonces, rápidamente, Kaa atacó en línea recta, sintiendo el vivo deseo de matar. Todo el poder que tiene en la lucha una serpiente pitón estriba en el empuje con que su cabeza embiste, apoyada por el fuerte y pesado cuerpo. Si se imagina el lector una lanza, un ariete o un martillo que pese media tonelada, y que pueda ser movido por una inteligencia fría, imperturbable, que resida en el mango o en el asta, tendrá una idea aproximada de lo que era Kaa en el terreno de la lucha. Una serpiente pitón, de no más de un metro, o un metro y medio de longitud, puede perfectamente derribar a un hombre si se lanza contra él de frente y le pega en mitad del pecho. Pues bien: hay que recordar que Kaa medía nueve metros de largo. Su primera embestida fue contra el centro de la tremenda masa que rodeaba a Baloo. Fue una arremetida a boca cerrada, silenciosa. No necesitó ir acompañada de la segunda. Los monos huyeron en desbandada, gritando:

—¡Kaa! ¡Es Kaa! ¡Corred! ¡Corred!

Generaciones enteras de monos habían aprendido a hacer lo que era debido en presencia de Kaa, gracias a las narraciones que sobre ella habían escuchado de sus mayores; sobre esta, a quien llamaban ladrona nocturna, que podía deslizarse a lo largo de las ramas de los árboles con el mismo silencio con que crece el musgo, y llevarse consigo al mono más fuerte que jamás vivió en el mundo; sobre la vieja Kaa, que tenía suma pericia para tomar el aspecto de una rama muerta o de un tronco de árbol carcomido, de tal manera que hasta los más hábiles se engañaban, hasta que el tronco se apoderaba de ellos. Kaa representaba para los monos lo más temible de la selva, porque ninguno de ellos sabía hasta dónde llegaba su poder; ninguno osaba mirarla cara a cara, y jamás nadie salió con vida de entre sus anillos.

Por todo esto, muertos de miedo, huyeron hacia los muros y los techos de las casas y, al cabo, Baloo pudo respirar. Su piel era más gruesa que la de Bagheera, pero había sufrido gravemente en la lucha. Por primera vez, abrió Kaa la boca y emitió un largo silbido, que era una de sus palabras; esto hizo que los monos que acudían presurosos desde lejos en defensa de sus hermanos de las Moradas Frías se detuvieran al instante en el lugar donde estaban, completamente acobardados, y su peso hacía doblar y crujir las ramas. Cesó la algazara de los que se encontraban sobre los muros y las casas vacías, y, en medio del silencio que reinó en la ciudad, Mowgli oyó a Bagheera sacudiéndose de encima el agua, al salir de la cisterna. De nuevo estalló entonces la algarabía de antes. Los monos se encaramaron por los muros a mayor altura; asiéndose al cuello de los grandes ídolos de piedra, chillaron saltando por las almenas. Y mientras esto acontecía, Mowgli, bailoteando en el cenador, miraba por los calados del mármol y graznaba como un búho en son de burla para demostrar su alegría.

—Saca al cachorro humano fuera de esa trampa, pues yo ya no puedo hacer nada más —dijo Bagheera casi sin aliento—. Cojámoslo y vámonos; podría ser que de nuevo nos atacaran.

—No se atreverán a moverse hasta que yo se lo mande. ¡Quietoss! ¡Asssí! —silbó Kaa, y una vez más la ciudad quedó en silencio. Continuó Kaa, dirigiéndose a Bagheera—: No he podido venir antes, hermana; pero me ha parecido haberte oído llamar…

—Puede ser… Puede ser que haya gritado en mitad de la lucha —respondió Bagheera—. Baloo, ¿te han hecho daño?

—De tanto estirarme, no estoy muy seguro de que no me hayan convertido en un centenar de pequeños oseznos —respondió gravemente Baloo, alargando una pata y luego la otra—. ¡Ay!… Tengo todo el cuerpo dolorido… Kaa, creo que a ti te debemos la vida Bagheera y yo…

—¡Qué más da! ¿Dónde está el cachorro humano?

—¡Aquí en la trampa! No puedo trepar para salir de ella —gritó Mowgli. Veía sobre su cabeza la curva de la rota cúpula.

—Sacadlo de ahí. Baila y baila como Mao, el pavo real, y aplastará a nuestras crías —dijeron desde dentro las cobras.

—¡Ja, ja, ja! —se rió Kaa—. Donde quiera tiene amigos este cachorro humano. Échate un poco hacia atrás. Y vosotras, pueblo venenoso, escondeos. Derribaré la pared.

Kaa examinó detenidamente para descubrir en los calados de mármol una grieta que indicara un punto débil; dio encima dos o tres golpecitos con la cabeza para calcular la distancia conveniente, y luego, levantando por completo del suelo el cuerpo, en una longitud de cerca de dos metros, dio con toda su fuerza media docena de terribles testaradas y su nariz fue la primera que pegó contra el mármol. El cenador cayó en pedazos envueltos en una nube de polvo y de escombros. Mowgli saltó por el boquete abierto, se arrojó entre Baloo y Bagheera y pasó un brazo en torno del cuello de cada uno.

—¿Te han hecho daño? —preguntó Baloo, abrazándolo.

—Me duele todo el cuerpo, tengo hambre y estoy lleno de cardenales. Pero... ¡Oh! ¡Cómo os han puesto a vosotros!... ¡Estáis cubiertos de sangre!

—Otros también lo están —respondió Bagheera relamiéndose y mirando el gran número de monos muertos que había en la terraza, en derredor de la cisterna.

—¡Eso no es nada... no es nada! —gimoteó Baloo—. ¡Lo importante es que tú te hayas salvado, ranita mía, orgullo mío!

—Ya hablaremos de eso más tarde —dijo Bagheera, tan secamente que Mowgli se sintió descorazonado—. Pero aquí está Kaa, a la cual debemos nosotros haber ganado la batalla, y tú, la vida. Dale las gracias, según es nuestra costumbre, Mowgli.

Se volvió este, y vio, a muy poca distancia de su cabeza, a la gran serpiente pitón, que balanceaba la suya.

—De modo que este es el cachorro humano —observó Kaa—. Su piel es muy fina, y ciertamente tiene parecido con los Bandar-log. Cuídate, pequeño, de que no me equivoque y te tome por un mono, algún día, cuando haya acabado de cambiar de piel.

—Tú y yo somos de la misma sangre —respondió Mowgli—. Me has salvado la vida esta noche. Será para ti, Kaa, lo que yo mate en la caza, siempre que sientas hambre.

—Mil gracias, hermano —dijo Kaa, cuyos ojos brillaron maliciosamente—. ¿Qué puede matar tan fiero cazador? Pido permiso desde ahora para seguirle cuando vaya de cacería.

—Nada mato... Soy demasiado pequeño para ello. Con todo, acorralo a las cabras y las hago ir al sitio en que están los que pueden apoderarse de ellas. Cuando tengas el vientre vacío, ven conmigo y verás si te engaño. Soy un tanto diestro en el manejo de estas —añadió mostrando sus manos—; si algún día llegas a caer en una trampa, podría pagarte entonces la deuda que he contraído contigo, con Bagheera y con Baloo, aquí presentes. ¡Buena suerte para todos, maestros míos!

—¡Bien dicho! —gruñó Baloo, pues vio la habilidad con que había dado Mowgli las gracias.

Kaa dejó caer suavemente por un momento su cabeza sobre el hombro del muchacho y le dijo:

—Es tan grande tu corazón como cortés tu lengua. Ambos te llevarán muy lejos en la selva, cachorro humano. Ahora, márchate pronto de aquí con tus amigos. Márchate y ve a dormir; la luna va a dejarnos y no es conveniente que veas lo que sucederá.

Desaparecía la luna tras las colinas, y diríase que las filas de monos, temblando de miedo, agrupados sobre los muros y las almenas, parecían la rota y movible orla de aquel escenario. Baloo se dirigió a la cisterna para beber, Bagheera se alisaba la piel y Kaa se deslizó hasta el centro de la terraza, cerrando la boca con un sonoro crujido que atrajo las miradas de todos los monos.

—La luna se oculta —dijo—. ¿Hay suficiente luz todavía para que puedan verme?

De los muros se desprendió una especie de gemido semejante al que produce el viento en las copas de los árboles.

—Todavía podemos verte, Kaa —se oyó.

—Está bien. Empieza ahora la danza....., la Danza del Hambre de Kaa. Quedaos quietos y mirad.

Se enroscó entonces dos o tres veces en forma de un gran círculo y balanceó la cabeza de derecha a izquierda. Luego empezó a formar con su cuerpo óvalos y ochos, triángulos viscosos de vértices romos que se disolvían en cuadrados y pentágonos y torres hechas de anillos. No descansaba un momento, no se apresuraba nunca, no cesaba el zumbido de su canción especial. Oscurecía cada vez más, hasta que dejaron de verse al fin las cambiantes ondulaciones de la serpiente; con todo, podía aún oírse el rumor que producían sus escamas. Como si fuesen de piedra, se quedaron parados Baloo y Bagheera, lanzaban sordos aullidos guturales y erizaban los pelos del cuello. Mowgli miraba todo aquello sorprendido.

—Bandar-log —dijo al fin Kaa—: ¿podéis mover los pies o las manos sin que yo os lo ordene? ¡Hablad!

—No podemos hacer eso sin orden tuya, Kaa.

—¡Así está bien! Dad un paso al frente. Acercaos.

Sin poder resistir, las filas de monos se inclinaron hacia adelante; al mismo tiempo que ellas, dieron también un paso, inconscientemente, Bagheera y Baloo.

—¡Másss cerca! —silbó Kaa, y los monos se movieron de nuevo.

Mowgli puso sus manos sobre Baloo y Bagheera para llevárselos de allí, y las dos enormes fieras echaron a andar como si despertaran de un sueño.

—No quites tu mano de mi hombro —susurró Bagheera—. No la quites, o no podré menos de retroceder... Tendré que ir a donde está Kaa. ¡Aah!

—¡Pero si no hace otra cosa que trazar círculos en el suelo! —dijo Mowgli—. Vámonos.

Y los tres escaparon por un boquete abierto en las murallas y se dirigieron a la selva.

—¡Uf! —gruñó Baloo al encontrarse de nuevo bajo los árboles—. Nunca más buscaré a Kaa como aliada. —Y sacudió el cuerpo.

—Sabe más que nosotros —dijo Bagheera temblando—. Si me quedo allí un rato más, hubiera ido a parar derecho a su garganta.

—Antes de que salga de nuevo la luna, muchos serán los que vayan a parar a ella —afirmó Baloo— ¡Buena caza tendrá... a su modo!

—Pero, ¿qué significaba todo eso? —preguntó Mowgli, porque ignoraba el poder de fascinación de Kaa—. No he visto sino a una enorme serpiente que trazaba círculos del modo más idiota, hasta que hemos quedado en la oscuridad. Y tenía la nariz muy hinchada. ¡Jo, jo, jo!

—Mowgli —le dijo Bagheera de muy mal humor—: si su nariz estaba hinchada, es por tu culpa; por tu culpa también están mis orejas, mis flancos, mis patas y el cuello y pecho de Baloo llenos de mordiscos. En muchos días, no podrán cazar a gusto ni Bagheera ni Baloo.

—No importa —respondió Baloo—; hemos recuperado al cachorro humano.

—Es verdad, pero nos ha costado nuestro tiempo, el cual hubiéramos podido emplear mucho mejor en una buena cacería. También nos ha costado nuestras heridas, nuestro pelo (tengo raída a medias la espalda), y nuestra honra, finalmente. Porque, recuerda, Mowgli, que yo, la pantera negra, he tenido que llamar en auxilio mío a Kaa, y Baloo y yo hemos quedado aturdidos como pajarillos al ver la Danza del Hambre. Todo esto, por haber ido tú a jugar con los Bandar-log.

—Es verdad, es verdad —respondió con tristeza Mowgli—. Soy un cachorro humano muy malo, y aquí, en mi pecho, siento la tristeza de haberlo sido.

—¡Hum! ¿Qué dice la Ley de la Selva, Baloo?

Este no deseaba acumular más desdichas sobre Mowgli, pero tampoco podía hacer burla de la ley, de manera que murmuró:

—«No libra del castigo el arrepentimiento». Pero recuerda, Bagheera, que todavía es muy pequeño —añadió.

—Lo recuerdo, pero, puesto que ha cometido una falta, hay que castigarle. ¿Tienes algo que decir, Mowgli?

—Nada. He hecho mal. Baloo y tú estáis heridos. Es justo.

Entonces Bagheera le dio media docena de golpes; juzgándolos con criterio de pantera, fueron leves y cariñosos y apenas hubieran despabilado a uno de sus cachorros. Pero para un niño de siete años, fue una paliza en verdad fenomenal, y ciertamente el lector no hubiera querido recibirla. Cuando terminó el castigo, Mowgli estornudó y se enderezó de nuevo, sin decir palabra.

—Ahora —dijo Bagheera—, siéntate en mi lomo, hermano, y volvamos a casa.

Cosa muy hermosa en la Ley de la Selva y que puede notarse fácilmente es que el castigo salda en definitiva las cuentas pendientes, y ya no se habla más del asunto.

Se tendió Mowgli en el lomo de Bagheera, apoyó en él la cabeza y tan profundamente se durmió, que ni siquiera despertó cuando lo pusieron junto a Madre Loba, en la caverna donde tenía su hogar.

(RUDYARD KIPLING)

LA PERSEVERANCIA

¿Alguna vez has comenzado a hacer los deberes y los has dejado antes de terminarlos? ¿O le has prometido a tus padres que harías algo, pero luego te has cansado antes de acabar? ¿O te has puesto a aprender algo y lo has abandonado antes de conseguirlo? Si la respuesta es que sí, entonces, necesitas perseverancia. La perseverancia es la virtud de seguir hasta el final, de no abandonar, de no tirar la toalla, de no rendirse. La historia que viene a continuación es especialmente hermosa. Cuenta cómo un hombre —Jacob— supo perseverar durante años y años porque amaba a una muchacha llamada Raquel. Su origen está en el Génesis, el primer libro de la Biblia:

EL AMOR FIEL. JACOB Y RAQUEL

Salió, pues, Jacob de Beerseba, y fue a Harán. Y llegó a un cierto lugar, y durmió allí: porque ya el sol se había puesto; y tomó de las piedras de aquel paraje y puso a su cabecera, y se acostó en aquel lugar.

Y soñó: y he aquí una escalera que estaba apoyada en tierra, y su extremo tocaba en el cielo; y he aquí ángeles de Dios que subían y descendían por ella.

Y he aquí, el Señor estaba en lo alto de ella, el cual dijo: Yo soy el Señor, el Dios de Abraham tu padre, y el Dios de Isaac; la tierra en que estás acostado te la daré a ti y a tu descendencia.

Será tu descendencia como el polvo de la tierra, y te extenderás al occidente, al oriente, al norte y al sur; y todas las familias de la tierra serán benditas en ti y en tu simiente.

He aquí, yo estoy contigo, y te guardaré por dondequiera que fueres, y volveré a traerte a esta tierra; porque no te dejaré hasta que haya hecho lo que te he dicho.

Y despertó Jacob de su sueño, y dijo: Ciertamente el Señor está en este lugar, y yo no lo sabía.

Y tuvo miedo, y dijo: ¡Cuán terrible es este lugar! No es otra cosa que casa de Dios, y puerta del cielo.

Y se levantó Jacob de mañana, y tomó la piedra que había puesto de cabecera, y la alzó por señal, y derramó aceite encima de ella.

Y llamó el nombre de aquel lugar Bet-el, aunque Luz era el nombre de la ciudad primero.

E hizo Jacob voto, diciendo: Si fuere Dios conmigo, y me guardare en este viaje en que voy, y me diere pan para comer y vestido para vestir. Y si volviere en paz a casa de mi padre, el Señor será mi Dios. Y esta piedra que he puesto por señal, será casa de Dios; y de todo lo que me dieres, el diezmo apartaré para ti.

Siguió luego Jacob su camino, y fue a la tierra de los orientales.

Y miró, y vio un pozo en el campo; y he aquí tres rebaños de ovejas que yacían cerca de él, porque de aquel pozo abrevaban los ganados; y había una gran piedra sobre la boca del pozo.

Y juntaban allí todos los rebaños; y revolvían la piedra de la boca del pozo, y abrevaban las ovejas, y volvían la piedra sobre la boca del pozo a su lugar.

Y les dijo Jacob: Hermanos míos, ¿de dónde sois? Y ellos respondieron: De Harán somos.

Él les dijo: ¿Conocéis a Labán hijo de Nacor?

Y ellos dijeron: Sí, le conocemos.

Y él les dijo: ¿Está bien? Y ellos dijeron: Bien; y he aquí Raquel su hija viene, con las ovejas.

Y él dijo: He aquí es aún muy de día; no es tiempo todavía de recoger el ganado; abrevad las ovejas, e id a apacentarlas.

Y ellos respondieron: No podemos, hasta que se junten todos los rebaños, y remuevan la piedra de la boca del pozo, para que abrevemos las ovejas.

Mientras él aún hablaba con ellos, Raquel vino con el rebaño de su padre, porque ella era la pastora. Y sucedió que cuando Jacob vio a Raquel, hija de Labán, hermano de su madre, y las ovejas de Labán el hermano de su madre, se acercó Jacob y removió la piedra de la boca del pozo; y abrevó el rebaño de Labán hermano de su madre. Y Jacob besó a Raquel, y alzó su voz y lloró. Y Jacob dijo a Raquel que él era hermano de su padre, y que era hijo de Rebeca; y ella corrió, y dio las nuevas a su padre. Así que oyó Labán las nuevas de Jacob, hijo de su hermana, corrió a recibido, y lo abrazó, lo besó, y lo trajo a su casa; y él contó a Labán todas estas cosas.

Y Labán le dijo: Ciertamente hueso mío y carne mía eres.

Y estuvo con él durante un mes.

Entonces dijo Labán a Jacob: ¿Por ser tú mi hermano, me servirás de balde? Dime cuál será tu salario.

Y Labán tenía dos hijas: el nombre de la mayor era Lea, y el nombre de la menor, Raquel. Y los ojos de Lea eran delicados, pero Raquel era de lindo semblante y de hermoso. Y Jacob amó a Raquel, y dijo: Yo te serviré siete años por Raquel tu hija menor.

Y Labán respondió: Mejor es que te la dé a ti, y no que la dé a otro hombre; quédate conmigo.

Así sirvió Jacob por Raquel siete años; y le parecieron como pocos días, porque la amaba.

Entonces dijo Jacob a Labán: Dame mi mujer, porque mi tiempo se ha cumplido, para unirme a ella.

Y sucedió que a la noche tomó a Leasu hija, y se la trajo; y él se llegó a ella. Y dio Labán su sierva Zilpa a su hija Lea por criada.

Venida la mañana, he aquí que era Lea; y Jacob dijo a Labán: ¿Qué es esto que me has hecho? ¿No te he servido por Raquel?; ¿Por qué, pues, me has engañado?

Y Labán respondió: No se hace así en nuestro lugar, que se dé la menor antes de la mayor. Cumple la semana de esta, y se te dará también la otra, por el servicio que hagas conmigo otros siete años.

E hizo Jacob así, y cumplió la semana de aquella; y él le dio a Raquel su hija por mujer. Y dio Labán a Raquel su hija su sierva Bilha por criada.

Y se llegó también a Raquel, y la amó también más que a Lea; y sirvió a Labán aún otros siete años.

(ANTIGUO TESTAMENTO. GÉNESIS 28-29)

LA UTILIDAD POR DELANTE DE LAS APARIENCIAS

Imagínate un automóvil que fuera muy bonito por fuera, pero muy bonito, y que luego no pudiera ponerse en marcha porque no tuviera motor. Imagínate un barco que poseyera un aspecto muy hermoso, pero que no pudiera hacerse a la mar porque su casco estuviera lleno de agujeros. Tanto el automóvil como el barco tendrían una apariencia atractiva, quizá incluso impresionante, pero no servirían de nada. Y es que en esta vida la utilidad es mucho más importante que las apariencias. Así nos lo cuenta la fábula que viene a continuación:

EL CIERVO Y LA FUENTE

Un ciervo se miraba
en una hermosa y cristalina fuente.
Placentero admiraba
los enramadas cuernos de su frente;
pero al ver sus delgadas largas piernas,
al alto cielo daba quejas tiernas:

«¡Oh, dioses! ¿A qué intento
a esta fábrica hermosa de cabeza
construís su cimiento
sin guardar proporción en la belleza?
¡Oh, qué pesar! ¡Oh, qué dolor profundo
no haber gloria cumplida en este mundo!»

Hablando de esta suerte,
el ciervo vio venir un lebrel fiero.
Por evitar su muerte,
parte al bosque espeso muy ligero;
pero el cuerno retarda su salida
con una y otra rama entretejida.

Mas, libre del apuro
a duras penas, dijo con espanto:
«Si me veo seguro,
pese a mis cuernos fue por correr tanto.
¡Lleve el Diablo lo hermoso de mis cuernos!
¡Haga mis feos pies el cielo eternos!»

El hombre se deslumbra con lo hermoso
elige lo aparente,
abrazando tal vez lo más dañoso;
pero escarmiente ahora en tal cabeza:
el útil bien es la mejor belleza.

(ESOPO, *versión de* FÉLIX MARÍA DE SAMANIEGO)

EL RESPETO HACIA LOS DÉBILES

En esta vida te encontrarás gente que se halla en una situación de debilidad frente a los demás. A veces es porque son ancianos; a veces, porque padecen alguna minusvalía; a veces, porque son pobres; a veces, porque los persiguen. Existen personas indignas que aprove-

chan esa debilidad para burlarse, para reírse, para engañar, para oprimir. Jamás lo hagas. Los débiles merecen tu ayuda, tu comprensión y, sobre todo, tu respeto. Esa lección podrás verla en el siguiente cuento escrito por José María Sánchez Silva (1911-2002), el único español que ganó el premio Andersen (que es como el premio Nobel de la literatura infantil y juvenil):

La primavera

El pueblo era viejo. No se sabía, desde la orilla, qué cosa fuese más vieja: si el pueblo o el mar.

Había huellas de fenicios y de cartagineses, de griegos y romanos. Había castillo arruinado y coso taurino. Había juzgado y mercado y grupo escolar, y hasta sucursal de Banco. Era un pueblo tan completo. Había hasta tonto.

Pepe el tonto. El pueblo estaba orgulloso de su tonto. Alguna discusión de rivalidad comarcana solía terminar así:

—Pero vosotros no tenéis tonto.

Y Pepe el tonto poseía unos ojos castaños muy bellos, muy suaves y como llenos también de amor. A veces, hasta los hombres en quienes alentaba aún cierto pequeño pedazo de corazón habían de hurtar la mirada ante aquellos ojos mansos, dulces, obedientes. Pepe el tonto trabajaba a su manera. De la manera más trabajosa del mundo. Hacía pequeños mandados, ayudaba a cargar bultos en el coche de línea. Tenía, desde niño, algo roto dentro del cerebro. O quizá era que le faltaba algo. A veces vagaba una mañana entera con un pequeño cesto de pescado sin saber adonde tenía que dejarlo ni qué cosa se hubiera propuesto al cargar con él. Otras, durante todo el santo día, buscaba algo perdido por la playa entre las algas. Miraba al cielo de cuando en cuando, quizá para descansar sus doloridos riñones, y repetía:

—Aquí era, pero ya no está. Aquí era, pero ya no está.

A Pepe el tonto le gustaba un vaso de vino de cuando en vez. Por broma lo emborrachaban, y entonces Pepe sufría, sufría. Era como si se volviese listo y no pudiese explicarlo. Nebulosamente, en su interior, en algún lugar que muy bien pudiera ser cualquier lugar de su cuerpo menos el cerebro, algo parecía avisarle de que corría el peligro de volverse listo.

El pueblo vivía de su campo y de su mar. Pero, más aún, de su verano. Por el verano venían los veraneantes, y Pepe el tonto creía buenamente que el verano lo hacían, lo traían, lo extendían sobre el campo y sobre el mar, por debajo de los cielos, aquellos veraneadores que alquilaban las casitas de la playa y algunas del montañar. Los veraneantes trataban muy bien a Pepe el tonto. Y sus niños, mejor aún. Era la gran época del pueblo, y, por alguna rara paradoja, como si el pueblo fuese concretamente la persona de Pepe el tonto, también para él era la gran época. Durante ella siempre tenía dinero, que le duraba tanto cuanto se lo permitían sus convecinos más desaprensivos.

Aquel año, con el verano en puertas, en la taberna de la playa, adonde a la caída de la tarde recalaban, de camino para el pueblo, los caseros con propiedades junto al mar, se hablaba del verano tan próximo. Para el verano oficial faltaban muy pocos días. Ya habían venido los primeros buscadores de casitas, de hotelitos, de pequeños albergues junto al mar. Eran el anuncio de los veraneantes, cuando no los veraneantes mismos. Y los propietarios de casas para alquilar bajaban a la playa con sus bicicletas a pintar las fachadas, a repasar los tejados, a corregir los defectos en las instalaciones de luz o de agua.

Desde primeros de junio, la tabernita de la playa se animaba. Allí se hacían tertulias con esperanzas de ganancia, allí funcionaba la pequeña bolsa de alquileres, allí se bebía un poco y se jugaba algo. Al llegar esta época, el contertulio más puntual era Pepe el tonto. Y una noche faltó.

Se notaba mucho la ausencia de Pepe el tonto en la tabernita. Sin él, había menos risas, y también menos seriedad. A su lado, ni un solo hombre dejaba de gozar del dominio de las potencias de su alma, y eso a los hombres sencillos les daba un respeto; a su lado, cualquier graciosa crueldad, casi siempre inofensiva, despertaba la hilaridad. O cualquier frase de Pepe el tonto, o cualquiera de sus pacíficos desvaríos.

Terminada la partida, Julián el del autobús pidió otra ronda, porque había perdido. La mesa estaba rodeada de mirones que fumaban en silencio. Entonces Julián habló:

—No ha venido Pepe hoy. ¡Qué raro!

Miraron en torno, porque les parecía imposible. Pero no había venido. Era cierto.

Entonces Serafín el fontanero, repentinamente, se echó a reír. Se había hablado mucho durante el crepúsculo de la inmediata llegada del verano. Y dijo Serafín el fontanero:

—Se me está ocurriendo algo gracioso tocante a Pepe el tonto.

Bebieron el vino con lentitud, y Serafín se explicó: ¿por qué no hacerle creer a Pepe el tonto que este año habría una fiesta de despedida a la Primavera? ¿Por qué no decirle que irían todos a despedirla al Camino del Mediodía? ¿Por qué no hacerle creer que alguna vez la Primavera, en su camino hacia el mar, había sido vista, y que era una bella joven que tenía por costumbre manifestarse a algún niño o muchacha o espíritu simple parecido al suyo y concederle un don?

—Yo seré la primavera —dijo Julián, que había comprendido rápidamente.

Resonó una carcajada en la taberna.

Pepe el tonto creyó. Pepe el tonto siempre creía. Por eso, tantas veces había paseado de un extremo del pueblo al otro extremo bajo el peso de algún falso encargo. Como un payaso, como uno de esos «tontos» listísimos de los circos, a veces a Pepe el tonto podía vérsele atrajinado durante todo el día con un enorme cesto de piedras, yendo del pueblo a la playa y de la playa al pueblo. Hasta que algún alma caritativa, deshaciendo el maldito hechizo de la broma, se hacía pasar por el destinatario del cestón de morralla y le daba a Pepe unas perras para un vaso.

Pepe creyó. Pepe el tonto siempre creía. Le habían dicho que ellos le recogerían aquella noche de junio en que la Primavera caminaría hasta el mar y dejaría paso al Verano. Había que ser muy puntual, porque las doce en punto del reloj de la iglesia tenían que darle a la entrada del Camino del Mediodía, que era de donde la

Primavera partía antes y marchaba de allí hasta el fondo del mar, a dormir hasta el año que viene, por marzo.

La noche era calma y sin luna. Estaban muy lejanas las estrellas, ensimismadas en su luz. De la partida eran: Serafín el fontanero, Marcial el del Pósito, Gabriel el tabernero y seis o siete más. Habían bebido todos lo suyo y Pepe el tonto también. Por si acaso, llevaban una bota bien llena.

—Tú ya sabes —le aleccionaban a Pepe—: le pides lo que quieras. Si la ves, claro, que a lo mejor no la vemos ni tú tampoco…

—Y tendrás que ponerte de rodillas ante ella —aseguraba Gabriel el tabernero.

—Y llamarla de vuecencia —afirmaba Marcial el del Pósito.

Y la risa les reventaba a todos sin disimulo; pero Pepe el tonto creía y estaba deseando que sus ojos castaños, suaves y misericordiosos, alcanzasen aquel prodigio. El Camino del Mediodía se abría junto al antiguo bosque. Era un lugar umbrío, cuyos árboles altos y espesos parecían las columnas de un templo en construcción. Allí se sentaron todos y corrió el vino de la bota alegremente. Pepe el tonto bebía también, reflexivo, ensimismado. El gozo, por el contrario, brillaba en los ojos de todos los demás. Por fin, Serafín reclamó silencio y atención. Todos se pusieron en pie bajo la noche estrellada, oscura entre los árboles y palpitante del mar tan próximo. Lenta y solemne, llegó rodando en el aire calmo la primera campanada de las doce desde el reloj de la iglesia.

—¡Atención —dijo en voz baja Serafín—, abrid bien los ojos!

Todos fingieron mirar y Pepe el tonto, en la oscuridad, abría sus grandes ojos oscuros, melosos, llenos de fe.

Una sombra avanzó entre los árboles y Pepe la vio el primero.

—¡Allí! —exclamó.

Los demás hacían como que no veían y preguntaban:

—¿Dónde, dónde?

—¡Allí, allí va! —decía Pepe el tonto, estremecido, señalando.

—¡Pues corre tras ella! —ordenaba Serafín—. Nosotros no vemos nada. ¡Ya sabes: arrodíllate, pídele el don, lo que tú quieras!…

Pepe el tonto avanzó tras la sombra y los demás tras él, conteniendo la risa. Poco a poco fue viendo que aquella sombra correspondía a una mujer con túnica y cabellos largos y un brazado de flores. Pepe corrió. Pepe llegó y con sus manos la detuvo y se arrodilló, diciendo:

—Señora Primavera, señora Primavera... Soy Pepe el tonto y quiero un don.

Pero en aquel instante resonó una múltiple carcajada y Pepe el tonto levantó los ojos. Todos los amigos estaban en torno suyo y de la Primavera, que también se reía a carcajadas y se sostenía la abultada barriga con las manos. Pepe el tonto miró mejor. Aquella señora Primavera se parecía a Julián el del autobús como una gota de agua a otra gota. La broma se quebró en atronadoras risotadas y volvió con la algazara el vino, y Pepe el tonto fue momentáneamente olvidado.

Pepe el tonto se había sentado en el suelo. No era tan tonto como para creer, pese a su fe, que Julián el del autobús fuese la Primavera.

—¡Vamos, Pepe, ha sido una broma, hombre! —le llamaban los otros.

Pepe se mantuvo silencioso por primera vez y se negó a caminar con ellos. No importaba. La noche era dulce, quedaba vino en la bota y la broma había sido consumada. Se fueron, no sin llamarle de cuando en cuando desde lejos.

Pepe el tonto se quedó solo a la entrada del Camino del Mediodía, en el bosque alto y rumoroso de estrellas, de aguas cercanas. Pasó media hora y luego mucho más. De pronto, junto a Pepe el tonto se levantó una extraña claridad. Pepe abrió los ojos y miró: una mujer bellísima, núbil y desnuda, con una flor en la mano, caminaba hacia el mar. Pepe corrió, se abrazó a las piernas de la mujer y ella le preguntó con una melodiosa voz:

—¿Qué deseas de mí?

Levantó sus ojos oscuros el tonto y, mirando embobado aquella radiante y purísima belleza, rogó:

—Quiero un don, quiero el don que das.

—Dime antes quién soy —ordenó ella sonriendo.

—Eres la Primavera —dijo Pepe el tonto con fe.

—Pues ya es tuyo el don —dijo ella, echando a andar.

Pepe la siguió un trecho desde lejos, porque ella caminaba ligera y como sin rozar el suelo.

Luego, Pepe se detuvo, y se buscaba el don, y sus manos estaban vacías y sus bolsillos también. Ella se había perdido en el mar. Pepe el tonto subió lentamente hacia el pueblo.

Solamente a la mañana siguiente, cuando Pepe se despertó y entró en la taberna, junto a la parada del autobús de línea, Serafín le pasó la mano por el hombro y lo llevó afuera para consolarle de lo de la noche pasada.

—Te convidaré a un vaso, Pepe —le dijo en voz baja—. Vamos, olvídalo.

Y entonces, sin darse cuenta de que ya hacía mucho que Pepe lo había olvidado todo, le miró por primera vez a los ojos. Eran los mismos ojos de siempre, puros, misericordiosos, grandes, transparentes, llenos de amor. Pero verdes. Verdes claros como el mar, verdes claros como la Primavera, verdes claros como la inocencia.

—¡Verdes! ¡Se le han vuelto verdes! —gritaba Serafín, corriendo, gritando como un loco por la calle abajo.

(José María Sánchez Silva)

LA RESPONSABILIDAD INDIVIDUAL

Seguramente habrás escuchado alguna vez la palabra «democracia». En España —como en otras naciones— vivimos en un sistema democrático. Tiene muchas ventajas que así sea, pero ningún sistema político, aunque sea una democracia, puede marchar bien si los ciudadanos no son responsables. El siguiente relato del autor norteamericano John R. Tunis (1889-1975) deja de manifiesto la importancia de la responsabilidad individual y cómo el hecho de que una persona sea responsable puede condicionar su futuro y, en conjunto, el de toda una sociedad:

Espíritu deportivo o una lección de ciudadanía

Un sentimiento de inquietud se había apoderado de toda la clase. El ruido de las patas de las sillas al arrastrarse contra el suelo era continuo y formaba un enervante coro de chirridos, al que se sumaba el rumor de los murmullos y siseos. Era el final de la evaluación, un día que sólo se repetía cada varios meses. Y era también la última hora del día, el momento en que en cada una de las aulas se entregaba a los estudiantes su boletín de calificaciones correspondiente al período que acababa de concluir.

Aquella escena, que no podía compararse con nada de lo que sucedía en la Academia, despertaba siempre en Ronny un gran interés. En la Academia tenías que llevar las tareas al día, de lo contrario te dejaban castigado por las tardes después de comer hasta que las terminaras. Aquí, en cambio, podías suspender en una materia y no enterarte de que estabas suspendido hasta el final de la evaluación. Miró en torno a la alterada clase, a los chicos en suéter, sin corbata ni chaqueta, todos ellos rostros ya familiares, con un nombre y una personalidad adheridos a ellos. A las chicas, que le daban a la clase ese tono de voz agudo que tanto le había chocado al principio. A Stacey, con una especie de camisa cuyas mangas se terminaban muy por encima del codo, y que llevaba el nombre del instituto en verde sobre el pecho; a Ned LeRoy, hundido en la silla y con la mirada fija al frente, aparentemente preparado para lo peor; a Meyer Goldman, en el fondo de la clase, compartiendo risas nerviosas con Mike Fronzak, sentado al otro lado del pasillo. Y a Sandra, enfrente de él. Especialmente a Sandra. Llevaba puestos los zapatos blancos con la puntera marrón, y el jersey rosa...

Tap-tap. Tap-tap-tap. El señor Kates, de pie junto a la mesa, dio unos severos golpes con el lápiz en demanda de orden. Su mirada sobre la concurrida clase era general.

—Silencio, por favor. Silencio. Un poco de atención.

Esperó en silencio un minuto, pasando su mirada por encima de las cuarenta sillas, cada una de ellas ocupadas por un chico o una chica nerviosos. Todos salvo uno. Gordon Brewster, sentado en una de las filas laterales, no se inmutó ante la visión de los boletines de notas que el señor Kates llevaba en la mano. El ruido, el rumor de voces, los chirridos de las sillas, todo fue amainando. El profesor se adelantó con el pequeño paquete marrón en el puño.

Las manos ansiosas se levantaban hacia él. Los boletines eran recibidos con mitigadas exclamaciones de alegría o con un profundo silencio, aún más significativo. Avanzaba por el pasillo hacia Ronald. Al tiempo que dejaba caer el boletín sobre el pupitre, el profesor se inclinó y dijo en un susurro:

—¿Querrás pasar por favor por el despacho del señor Curry antes de marcharte, Ronald?

Lo comprendió de inmediato. No necesitaba abrir el pequeño boletín doblado en dos para saber lo que había pasado. Había suspendido. Aunque no conocía la magnitud del desastre.

En la parte superior de la cartulina marrón ponía: «Boletín de calificaciones». Debajo, una línea: «Superación de estudios». Cada alumno tenía un número de serie. El suyo, el 1.166, figuraba en la esquina superior izquierda.

El boletín estaba distribuido en cuadrículas, una para cada una de las semanas de la evaluación. En un lateral estaba la escala de notas: 95 era sobresaliente; 85, notable; 70, aprobado. En la parte superior estaba el nombre de sus cinco asignaturas, y en cada cuadrícula había anotaciones en tinta roja. De este modo, el alumno, y no digamos los profesores y los padres que tenían que firmar el boletín, podían ver el progreso, o la falta del mismo, en cada una de las asignaturas, semana a semana.

Sí, lo sabía. Lo sabía muy bien. Mientras examinaba el boletín sabía que estaba por debajo de 70 en Latín. Pero en Historia, estaba fatal. Oh, mal de verdad; definitivamente mal, como diría Sandra. Notable en Álgebra, en Inglés y en Francés. Pero el Latín y la Historia. Fatal. No le extrañaba que el señor Curry quisiera verle. Ronald dobló el boletín y se lo metió en el bolsillo, al tiempo que advertía con cierto alivio que no se sentía en modo alguno aterrorizado por la inminente entrevista, como se sintió cuando le llamó el Duque. Eso sí, uno no podía evitar sentirse un poco preocupado.

—Entra. Siéntate, Ronald. —El señor Curry estaba hablando por teléfono, pero tapó el micrófono con la mano y le señaló una silla con la cabeza. Luego siguió hablando—. Sí. Sí, yo también lo creo. Supongo que lo hará. Sí, en eso estoy de acuerdo. ¿En la próxima reunión del consejo? Muy bien. Sí, iré. Sí, si lo desea. Está bien. Muy bien. Entonces quedamos que me llamará el martes. Muy bien. Adiós.

Mientras hablaba, Ronald estuvo observándole. Desde luego nadie diría que era el director de un gran Instituto. Era un hombre más bien anodino, en conjunto. Por eso uno no se sentía aterrorizado cuando le llamaba a su despacho. Eso sí, uno no podía evitar sentirse un poco preocupado.

—Siéntate, Ronald. Me alegro de verte. Prácticamente es la primera ocasión que tengo de hablar contigo desde que saliste del hospital. ¿Va todo bien?

Un hombre sorprendente, en verdad. Te preparas para recibir una buena bronca, y va y te sale con estas.

—Ehm... Sí, señor.

—Ya veo. Aquel pequeño incidente debió de resultarte bastante desagradable, pero en parte ha servido para limpiar la atmósfera, ¿no te parece?

—Sí, señor. Seguro que sí.

Sonrió.

—Vamos a ver. Llevas aquí cuatro... no, casi cinco meses, ¿verdad? Dime una cosa, ¿qué te parece todo esto en general? ¿Te gusta el Instituto?

—Sí, señor. Me gusta. Ahora ya me gusta.

—Hmm. Supongo que debió de ser duro al principio. Muy diferente de la Academia. —Bajó los ojos y se miró la regla que tenía en la mano. Observó los papeles que tenía esparcidos sobre la mesa y los ordenó. Miró por la ventana, que tenía la persiana medio bajada. Pero nunca te miraba directamente a los ojos, como hacía el Duque—. Hmm. Dime, Ronald, ¿qué te han parecido tus notas de esta evaluación?

La pregunta le sobresaltó.

—No muy buenas.

—No, no mucho, ¿verdad? ¿Cuál te parece que puede ser el problema?

—De verdad que no lo sé, señor.

—¿Los hábitos de estudio? Seguramente no necesitas que nadie te diga cómo debes estudiar. Eso ya te lo han explicado. Ya hemos tenido anteriormente otros chicos procedentes de la Academia, y todos tenían unos hábitos de estudio fantásticos.

—Sí, señor, quiero decir, no, señor.

—Ahora bien, seguramente es verdad que en la Academia tu trabajo recibía una atención más personalizada.

Ronald se sorprendió a sí mismo poniéndose a explicar cómo eran las cosas.

—Verá, en la Academia tenías que hacer los deberes por fuerza, porque todas las tardes tenías dos horas de estudio en la residencia.

—Exacto. Y aquí no hay horas de estudio por las tardes. Puedes irte al cine, o escuchar el programa de la familia Aldrich, o salir con tu chica. Aquí cada uno va a la suya. Nosotros no podemos vigilarte, no podemos cuidar de ti como si fueras un niño pequeño. Tampoco queremos hacerlo. En este colegio, Ronald, cada alumno debe ser responsable de sí mismo. Este es uno de los principios de una democracia, ¿no es verdad?

Bueno, sí. Sí, en eso no le faltaba razón. Era evidente que aquel hombre inseguro, tan diferente del Duque, tenía mucho más seso de lo que parecía a primera vista. No era ninguna figura, pero...

—Verás, hay una cosa que tienes que aprender, que todo el mundo aquí tiene que aprender. En este colegio eres dueño de ti mismo. Y tú tienes suerte. No necesitas que te enseñen a estudiar. Eso ya te lo han enseñado. Pero en una democracia, cada ciudadano es dueño de sí mismo. Sus asuntos no dependen de nadie. Tarde o temprano tendrás que acostumbrarte a arreglártelas por ti mismo, así que lo mejor será que lo hagas aquí y ahora.

—Sí, señor.

Lo había entendido. El hombre sentado tras el escritorio se recostó en el respaldo de su asiento, con las manos detrás de la nuca, y miró por la ventana con la persiana a medio bajar.

—¿Sabes? Es curioso. Me acuerdo de ti perfectamente, en aquel partido de fútbol, el pasado otoño. Eras un buen jugador, y espero que sigas siéndolo cuando juegues en nuestro equipo el año que viene. Te comportaste como un pequeño gran guerrero, por eso nos diste una paliza.

Bueno, tal vez. Quizá no tanto. Pero en fin, sí, tal vez sí.

El director hizo una pausa.

—Me acuerdo de una jugada en el último cuarto en que cruzaste nuestra línea defensiva, y era una línea dura de verdad la del pasado otoño, con Stacey y Goldman pisándote los talones y...

De pronto había vuelto allí. Había vuelto al campo de la Academia, y los tacos de sus botas se clavaban al correr en el césped, y el corazón se le salía por la boca, y unas manos como zarpas le agarraban, y podía oír la tensa respiración de Goldman en la oreja... arf... arf... arf...

—...y así es como debes tomarte el trabajo escolar. Tienes que ser agresivo, tienes que derrotar a las asignaturas por paliza. Si no quieres que sean ellas las que te la den a ti. ¿Crees que estas últimas seis semanas te has esforzado en tus estudios de esta manera que te digo?

De un sentimiento de euforia y satisfacción, del campo de atrás de la Academia, volvió a la tierra y al despacho del director del Instituto Abraham Lincoln. Y con ello le invadió un cierto desasosiego por el futuro. El respeto de Ronald hacia aquel hombre tranquilo se acrecentó. No, no era una brillante figura como el Duque. La ropa que llevaba, por ejemplo, no se parecía en nada a la que vestía el Duque, ni tampoco la forma de llevarla era igual. Pero tenía algo.

—No, señor.

—¿No crees que es posible que hayas descuidado un poco tus deberes durante estas últimas semanas?

—No señor, sí señor, es posible...

—¿Por qué motivo?

Ronald estaba desconcertado. Este hombre, qué forma tan asombrosa tenía de hacerte ver las cosas, de sacarte las cosas de la cabeza.

—¿Te parece posible que no te hayas quedado a trabajar todas las tardes que habría sido necesario?

—Sí, señor, es posible.

—Bien, ¿y en qué has estado pasando el tiempo? ¿Con chicas?

—Sí señor, quiero decir, no señor, bueno, no sé, a lo mejor.

—¿Con alguna chica en particular?

—Sí, señor.

—¿No podría ser con Sandra Fuller, quizá?

¡Toma! Ya se lo había sacado. El director daba unos suaves golpecitos con la regla sobre el escritorio, mientras la miraba con los ojos muy fijos. Ronny notó que le subía una oleada de calor, señal inequívoca de que se estaba ruborizando. Pero el hombre sentado detrás del escritorio seguía con los ojos clavados en la regla.

—Sandra es una muchacha encantadora. No te culpo de que te guste. Habrás salido mucho con ella, quizá, no sé, últimamente, ¿no? ¿Tú crees?

—Sí, señor.

—¿Cuánto? Quiero decir, desde que saliste del hospital.

—Dos o… tres veces por semana.

—O… ¿más?

Qué demonios, aquel hombre tenía algo, de verdad que tenía algo.

—Sí, señor, supongo… bueno, puede que sí.

—Yo también supongo que sí. —Se rió. Ronald se rió también. Eso hacía las cosas más fáciles—. Sí, yo también lo supongo. Y te diré por qué. La cosa es que durante el mes pasado te vi dos veces con ella en el Empire, y varias veces más en el Walgren's, bebiendo Coca-Cola. ¿Estoy en lo cierto?

—Sí, señor.

—Bien, Ronald, escucha una cosa. Sandra es una chica estupenda. Fantástica. Pero piensa un segundo. ¿Sabes? Recuerdo aún cuando tu padre estaba en Yale, y también cuando le vi jugar en el partido de la Copa del año veintidós. No, del veintitrés. Aquel partido en que se fue corriendo hacia la banda e interceptó el pase lateral en el último minuto de juego. Corrió lo que le quedaba hasta la línea y anotó el *touchdown*. ¡Qué partidazo! Para los que perdimos, un suplicio. Cuando te vi en el campo el otoño pasado, estaba viendo a tu padre a cada minuto. La misma forma de levantar la cabeza, de manejar la pelota, de esperar hasta el último segundo a lanzar el pase. ¡Fíjate bien! Eso es lo que estás poniendo en peligro, ni más ni menos. Yale, ese es tu destino. Imagínate por un momento cómo se sentiría tu padre si no consiguieras entrar en Yale. ¡Imagínatelo!

Se inclinó hacia delante y por vez primera miró a Ronald directamente a los ojos.

—Eso podría suceder, ¿sabes? ¡Si sigues por ese camino!

Acto seguido se recostó nuevamente hacia atrás con rapidez y se puso a darle vueltas y más vueltas a la regla entre las manos, mientras la observaba en silencio.

Bueno, no había qué decir ante este tipo de cosas. Nunca lo había pensado desde esa óptica, nunca jamás.

—Estoy muy contento de que te guste Sandra. Es una de las mejores chicas del Instituto. Estoy contento de que te gustemos. A nosotros nos gustas. Ya formas parte de este colegio, eres uno de los nuestros. Es verdad, ya lo sé, que lo pasaste mal al principio. Los chicos fueron un poco duros contigo. No se fiaban de ti porque venías de la Academia, necesitaban ponerte a prueba para saber cómo eras. Llámalo crueldad. Sí, una crueldad primitiva que todos llevamos oculta dentro, supongo. Tratamos de reprimirla, pero de vez en cuando aflora a la superficie, y en este caso ha sucedido, como suelo decir, que te ha tocado ser la víctima. Pero ya se ha terminado. Todos te apreciamos, y te respetamos, y deseamos que nos aprecies tú a nosotros. Y queremos que te vaya bien aquí. Sólo que tú también debes poner de tu parte. Tienes que pensar por encima de todo en entrar en Yale.

—Sí, señor.

—Imagínate cómo te sentirías dentro de un año, con qué ojos te miraría Sandra, si suspendieras el examen de ingreso. Si quieres salir con Sandra, me parece estupendo. Queda con ella el fin de semana, y así podrás estar con ella todo lo que quieras. Pero reserva todas las tardes de la semana para trabajar. Tenías béisbol después de comer, y también lo habías dejado relegado. De lunes a viernes, recuérdalo, tienes un empleo a tiempo completo cuyo objetivo es entrar en Yale.

—Sí, señor.

—Y no lo olvides, yo no puedo estudiar por ti. Ni tampoco tus padres, ni tus profesores. Eres lo suficientemente mayor como para arreglártelas tú solo. Eres ciudadano de una democracia. Tienes tus responsabilidades. Demuestra que estás a su altura.

Se levantó de la silla, con la mano extendida. Te miraba a la cara con un leve atisbo de sonrisa en los labios.

—Sí, señor. Lo haré. Délo por sentado, señor Curry.

Se estrecharon la mano. Un apretón firme, fuerte. A Ronny le gustó el director, le gustó todo en él. Por supuesto, no tenía una personalidad arrolladora como la del Duque. Pero también era un caballero.

—¡Ah! Una cosa más. —Ronald se volvió desde el umbral—. Naturalmente no entrarás dentro de la selección para jugar a béisbol en tanto tus notas no mejoren la próxima evaluación. ¿Queda entendido? Eso significa que se han acabado las actividades deportivas extracurriculares por lo que queda de curso.

Salió tambaleándose del despacho. Apenas vio a las chicas que escribían a máquina tras el mostrador del gran vestíbulo. Caminaba por el pasillo, incrédulo. Estaba confuso. ¡Tendría que renunciar al deporte después de clases! ¡No podría jugar en el equipo de béisbol!

¡Diablos! ¡Eso significaba que no podría jugar la semana siguiente contra la Academia! (...)

(JOHN R. TUNIS)

LA PRUDENCIA

La prudencia es una virtud indispensable. Gracias a ella no metes la mano en el fuego, no te lanzas desde una gran altura o no introduces los dedos en un enchufe. Bien. Pero la prudencia también sirve para salvarte de muchos otros peligros. Es casi una forma de sabiduría. Seguramente ya conoces Caperucita Roja, *el cuento que nos habla de la prudencia, pero me temo mucho que lo habrás escuchado en versiones, y no en su historia original. La verdadera historia de Caperucita Roja es la que contó el escritor francés Charles Perrault (1628-1703) y esa es precisamente la que te contamos aquí:*

CAPERUCITA ROJA

Había una vez una niña muy bonita. Su madre le había hecho una capa roja y la muchachita la llevaba tan a menudo que todo el mundo la llamaba Caperucita Roja.

Un día, su madre le pidió que llevase unos pasteles a su abuela que vivía al otro lado del bosque, recomendándole que no se entretuviese por el camino, pues cruzar el bosque era muy peligroso, ya que siempre andaba acechando por allí el lobo.

Caperucita Roja recogió la cesta con los pasteles y se puso en camino. La niña tenía que atravesar el bosque para llegar a casa de la abuelita, pero no le daba miedo porque allí siempre se encontraba con muchos amigos: los pájaros, las ardillas...

De repente vio al lobo, que era enorme, delante de ella.

—¿A dónde vas, niña? —le preguntó el lobo con su voz ronca.

—A casa de mi abuelita —le dijo Caperucita.

«No está lejos», pensó el lobo para sí, dándose media vuelta.

Caperucita puso su cesta en la hierba y se entretuvo cogiendo flores:

«El lobo se ha ido —pensó—, no tengo nada que temer. La abuela se pondrá muy contenta cuando le lleve un hermoso ramo de flores además de los pasteles.»

Mientras tanto, el lobo se fue a casa de la abuelita, llamó suavemente a la puerta y la anciana le abrió pensando que era Caperucita. El lobo devoró a la abuelita y se puso el gorro rosa de la desdichada, se metió en la cama y cerró los ojos. No tuvo que esperar mucho, pues Caperucita Roja llegó enseguida, toda contenta. La niña se acercó a la cama y vio que su abuela estaba muy cambiada.

—Abuelita, abuelita, ¡qué ojos más grandes tienes!

—Son para verte mejor —dijo el lobo tratando de imitar la voz de la abuela.

—Abuelita, abuelita, ¡qué orejas más grandes tienes!

—Son para oírte mejor —siguió diciendo el lobo.

—Abuelita, abuelita, ¡qué dientes más grandes tienes!

—Son para... ¡comerte mejoooor! —y diciendo esto, el lobo malvado se abalanzó sobre la niñita y la devoró, lo mismo que había hecho con la abuelita.

Vemos aquí que los adolescentes
y más las jovencitas
elegantes, bien hechas y bonitas,
hacen mal en oír a ciertas gentes,
y que no hay que extrañarse de la broma
de que a tantas el lobo se las coma.
Digo el lobo, porque estos animales
no todos son iguales:
los hay con un carácter excelente
y humor afable, dulce y complaciente,
que sin ruido, sin hiel ni irritación
persiguen a las jóvenes doncellas,
llegando detrás de ellas
a la casa y hasta la habitación.
¿Quién ignora que lobos tan melosos
son los más peligrosos?

(Charles Perrault)

LA ASTUCIA FRENTE AL MAL

Como habrás podido aprender por el cuento anterior, existen situaciones de peligro que también amenazan a los niños y a los jóvenes. Para salir de ellas, siempre podrás contar con tus padres y tus profesores, pero, quizá, en alguna ocasión te encuentres solo. Si es así, deberás ser prudente y también astuto. Eso es lo que te cuenta precisamente el cuento tradicional de la India que viene a continuación:

EL TIGRE, EL BRAHMÁN Y EL CHACAL

Había una vez un tigre que cayó en una trampa. Intentó escapar en vano a través de los barrotes mientras se revolvía y mordía de rabia y de pena al no poder huir. Por casualidad un pobre brahmán pasó por allí.

—¡Hombre santo! ¡Sácame de esta jaula! —gritó el tigre.

—No, amigo mío —respondió el brahmán suavemente—. Si lo hago, lo más probable es que me comas.

—En absoluto —le juró el tigre haciendo promesas sin parar—. Todo lo contrario. ¡Siempre te estaré agradecido y te serviré como esclavo!

Y cuando el tigre sollozaba, suspiraba, se lamentaba y juraba, el corazón del piadoso brahmán se ablandó y, al fin, consintió en abrir la puerta de la jaula.

—¡Qué estúpido eres! ¡Qué podrá impedir que te devore ahora! ¡Después de haber estado tanto tiempo encerrado tengo un hambre terrible!

El brahmán imploró inútilmente por su vida, pero lo único que pudo arrancar del tigre fue la promesa que hizo este de respetar la opinión que diesen las tres primeras cosas a las que el brahmán interrogase sobre la decisión del tigre.

En primer lugar, el brahmán preguntó a una higuera qué pensaba del asunto, mas este árbol respondió fríamente:

—¿De qué te quejas? ¿Acaso no ofrezco sombra y cobijo a todos los que pasan a mi lado y, a cambio, no rompen mis ramas para alimentar a su ganado? ¡No lloriquees y compórtate como un hombre!

Entonces, el brahmán con el corazón entristecido se adentró en el campo hasta que vio a una búfala que hacía girar la noria de un pozo; pero no tuvo mejor suerte pues esta es la respuesta que obtuvo:

—¡Eres un tonto si esperas gratitud! ¡Mírame a mí! Mientras les di leche me alimentaron con semillas y tortas de algodón, pero ahora que me he quedado seca me han uncido a esta noria y me rechazan como si fuese basura.

El brahmán, todavía más apenado, le pidió al camino su opinión.

—Mi querido señor —dijo el camino—. ¡Qué estúpido has sido esperando otra cosa! Aquí estoy yo, útil para todo el mundo pero, con todo, los ricos y los pobres, los grandes y los pequeños me pisotean cuando pasan, sin darme nada excepto las cenizas de sus pipas y las cáscaras de sus granos.

Al oír esto, el brahmán se volvió desconsolado. Pero en el viaje de vuelta, se encontró con un chacal que le llamó a voces:

—¡Eh! ¿Qué sucede, señor brahmán? Pareces tan desdichado como un pez fuera del agua.

Y el brahmán le contó lo que había pasado.

—¡Menudo lío! —dijo el chacal cuando terminó el relato—. ¿Te importaría volvérmelo a contar? Todo parece tan confuso...

Así lo hizo el brahmán, pero el chacal movía la cabeza como si estuviese aturdido y no le comprendiese del todo.

—Es muy extraño —dijo con pesar—, me parece que todo me entra por un oído y me sale por otro. Iré al lugar donde ha sucedido y quizá sea capaz de emitir un juicio.

Así, los dos volvieron a la jaula. Y al lado de esta, el tigre esperaba al brahmán mientras se afilaba las garras y los colmillos.

—¡Has estado fuera mucho tiempo! —gruñó aquella bestia salvaje—. Pero empecemos ahora con nuestra cena.

«¡Nuestra cena! —pensó el infeliz brahmán mientras le temblaban las rodillas de miedo—. ¡Vaya manera más delicada de decirlo!»

—Dame cinco minutos, mi señor —suplicó—, con el fin de que pueda explicarle el asunto al chacal que está aquí conmigo y que es algo duro de mollera.

El tigre asintió y el brahmán empezó toda la historia de nuevo sin dejarse un solo detalle, alargando el relato todo lo posible.

—¡Oh, esta pobre cabeza mía! ¡Oh, mi pobre cabeza! —exclamó el chacal retorciéndose las zarpas—. ¡Veamos! ¿Cómo empezó todo? Estabas en la jaula y el tigre apareció caminando...

—¡Qué va! —le interrumpió el tigre—. ¡Qué tonto eres! Era yo el que estaba en la jaula.

—¡Claro, claro! —exclamó el chacal fingiendo temblar de miedo—. ¡Sí! Yo estaba en la jaula... no era yo... ¡Señor, Señor! ¿Dónde tendré la cabeza? Entiendo, el tigre estaba en el brahmán y la jaula vino caminando... no, no. ¡Tampoco es así!... Bien, no me hagas caso y empieza a cenar porque nunca lo comprenderé.

—Sí que lo entenderás —replicó el tigre furioso ante la estupidez del chacal—. ¡Haré que lo comprendas! Mira, yo soy el tigre...

—Sí, mi señor.

—Y este es el brahmán...

—Sí, mi señor.

—Y esta es la jaula...

—Sí, mi señor.

—Y era yo el que estaba en la jaula... ¿Lo entiendes?

—Sí y no... por favor, mi señor...

—¿Y bien? —gritó el tigre impaciente.

—Por favor, ¡mi señor!... ¿Cómo entraste?

—¿Cómo? ¿Cómo? Pues de la forma normal y corriente, por supuesto.

—¡Ay, tonto de mí! Mi cabeza está empezando a darme vueltas. Por favor, no te enfades, mi señor, pero ¿cuál es la forma normal y corriente?

En ese momento, el tigre perdió la paciencia y saltando a la jaula gritó:

—¡Así! ¿Entiendes ahora cómo fue?

—Perfectamente —dijo el chacal sonriendo irónicamente mientras cerraba con habilidad la puerta de la jaula—. Y si me permites decirlo, creo que las cosas seguirán como estaban antes.

(CUENTO TRADICIONAL HINDÚ)

EL VALOR DEL DINERO

El dinero es necesario. Sin él, tus padres no podrían comprarte ropa ni juguetes, no podrían pagar la casa en que vivís ni podrían asegurarse siquiera de que tienes comida todos los días. Sin embargo, una cosa es que el dinero sea necesario y otra cosa es que se le dé más importancia de la que, verdaderamente, tiene. El cuento siguiente, surgido también (véase p. 168) de la pluma magistral de Liev Tolstoi, nos habla precisamente de cuál es el verdadero valor del dinero:

ILIAS

En la provincia de Ufim vivía un bashkiro llamado Ilias. Apenas hacía un año que su padre lo había casado, cuando murió, sin dejarle una gran herencia. Los bienes de Ilias se reducían a siete yeguas, dos vacas y veinte carneros. Pero era un buen administrador y no tardó en aumentar su patrimonio. Trabajaba desde por la mañana hasta por la noche, ayudado por su mujer; era el primero en levantarse y el último en acostarse. De este modo, su fortuna crecía de año en año.

Ilias vivió así durante treinta y cinco y llegó a reunir grandes riquezas.

Poseía doscientas cabezas de ganado caballar, ciento cincuenta de ganado vacuno y mil doscientos carneros. Numerosos pastores apacentaban sus rebaños, las mozas ordeñaban las yeguas y las vacas, preparaban el *kumys*, bebida fermentada hecha con leche de yegua, y hacían mantequilla y queso. Todo era abundante en casa de Ilias. Por eso las gentes de la región le envidiaban y solían decir:

—¡Qué dichoso es este Ilias! Tiene de todo en abundancia. La verdad es que no necesita morir para estar en el paraíso.

Las buenas gentes buscaban su amistad. Algunos venían a visitarlo desde lejos. Ilias acogía bien a todo el mundo, y a todos agasajaba, dándoles de comer y beber. Viniera quien viniese, había *kumys*, té y carne. En cuanto llegaba un visitante, se mataba uno o dos carneros y, si eran varios, se sacrificaba incluso a una yegua.

Ilias tenía dos hijos y una hija. Los había casado a los tres. Mientras fue pobre, sus hijos le ayudaban en las faenas y guardaban los rebaños; pero cuando se hicieron ricos, no pensaron más que en divertirse y uno de ellos hasta se dio a la bebida. El mayor murió en una riña; el otro, casado con una mujer orgullosa, dejó de obedecer a su padre, y este tuvo que separarlo de la familia.

Al separarse de su hijo, Ilias le dio una casa y ganado, con lo que disminuyeron sus bienes. Poco después, se declaró una epidemia entre los carneros, y murieron muchos. Luego sobrevino un año de hambre; los prados no dieron hierba y, durante el invierno, pereció gran parte del ganado. Por último, los kirguises se apoderaron de muchos de los rebaños de Ilias y su fortuna disminuyó sensiblemente. Cada vez caía más bajo. También le fallaron las fuerzas. Al llegar a los setenta años, se vio obligado a vender las pieles, los tapices, las sillas de montar, los coches y hasta las últimas cabezas de ganado que había podido conservar.

Y, poco tiempo después, se quedó sin nada. Así fue como, en los últimos días de su vida, se vio obligado a ir a servir a los demás para poder vivir. De sus antiguos bienes, lo único que le quedaba era una pelliza, un gorro, unas botas, y su mujer, Sham Shemagui, que no era menos vieja que él. Su hijo habíase marchado a un país lejano y su hija había muerto. No había nadie que pudiera acudir en ayuda de los viejos.

Su vecino, Mujamedshaj, se compadeció de ellos. No era ni pobre ni rico, y llevaba la vida uniforme de un hombre bueno. Recordó la hospitalidad de Ilias y le dijo:

—Ven a mi casa; vivirás en ella con tu esposa. En verano trabajarás en los melonares, en la medida de tus fuerzas; y, en invierno, darás de comer al ganado. Sham Shemagui ordeñará a las yeguas y preparará el *kumys*. Os mantendré y vestiré a ambos, y os daré lo que me pidáis.

Ilias dio las gracias a su vecino y se trasladó a su casa, en compañía de Sham Shemagui. Al principio, se les hizo penoso estar al servicio de Mujamedshaj; pero luego se acostumbraron y hasta pudieron soportar el trabajo sin cansarse demasiado.

Mujamedshaj estaba encantado de sus nuevos servidores, porque, como habían sido propietarios, sabían cómo se debe gobernar una casa y no escatimaban sus propios esfuerzos. Pero, al mismo tiempo, le daba pena ver que hubiesen caído tan bajo aquellas personas que vivieran tan bien en otro tiempo.

Sucedió un día que vinieron a visitar a Mujamedshaj unos parientes, que vivían muy lejos. Entre ellos había un almuédano. Mujamedshaj ordenó a Ilias que sacrificara un carnero. El viejo obedeció; y, tras de asarlo, lo mandó a su amo y a los huéspedes. Estos comieron, bebieron té y luego, sentados sobre edredones y tapices, empezaron a charlar con el anfitrión, ante unas tazas de *kumys*. En aquel momento, Ilias, que había terminado sus faenas, pasó ante la puerta. Al verlo, Mujamedshaj dijo a uno de sus huéspedes:

—¿Has visto a este viejo que acaba de pasar ante la puerta?

—Sí; lo he visto. ¿Qué tiene de particular? —replicó con interés el interpelado.

—Pues verás. Era el hombre más rico de toda la región. Se llama Ilias. Tal vez lo hayas oído nombrar.

—Claro que lo he oído nombrar. No lo conocía personalmente; pero su fama llegaba hasta muy lejos.

—Ahora no le queda nada de sus bienes; vive en mi casa como un criado, y su mujer ordeña mis yeguas.

Muy sorprendido, el invitado chascó la lengua, movió la cabeza y dijo:

—Está visto que la fortuna gira como una rueda, elevando a unos y haciendo bajar a otros. Me figuro que el viejo estará muy triste. ¿Verdad?

—¿Quién sabe? Vive apaciblemente y trabaja bien.

—¿Podría hablar con él? —preguntó el invitado.

—Claro que sí. ¡No faltaría más! —exclamó Mujamedshaj; y, asomándose a la puerta, llamó—: *Babai* —«abuelito» en lengua bashkira—, ven a tomar una taza de *kumys*, y trae también a tu mujer.

Ilias entró en el aposento, acompañado de Sham Shemagui. Saludó a los invitados y al dueño de la casa, recitó una oración y se puso en cuclillas junto a la puerta. Sham Shemagui pasó al otro lado de la cortina; y se instaló al lado de la mujer del amo.

Sirvieron a Ilias una taza de *kumys*. Después de hacer una reverencia a Mujamedshaj y a los invitados, bebió un trago y dejó la taza a un lado.

—Me parece que debe de apenarte vernos y comparar tu dicha de otro tiempo con la existencia que llevas hoy día. ¿No es cierto, abuelo?

—Si te hablase de la dicha y de la desdicha, no me creerías. Mejor será que le preguntes a mi vieja. Es una mujer y tiene en la lengua lo mismo que en el corazón. Ella te dirá la verdad sobre esto.

—Abuelita, ¿qué piensas de tu dicha pasada y de tu desgracia presente? —preguntó el invitado, a través de la cortina que separaba a las mujeres de los huéspedes.

Sham Shemagui respondió así, desde el otro lado de la cortina:

—He aquí lo que pienso. Mi viejo y yo hemos vivido cincuenta años buscando la felicidad sin encontrarla. Sólo desde hace dos años, ahora que no poseemos nada y servimos a otros, hemos hallado la verdadera dicha y no aspiramos a nada más.

Sorprendiéronse los invitados y el dueño de la casa. Este se levantó y apartó la cortina para ver a la viejecita. Sham Shemagui estaba en pie, con los brazos cruzados. Sonreía a su marido, que la miraba con una sonrisa también.

—He dicho la verdad. No creas que bromeo —continuó—. Durante medio siglo hemos buscado la felicidad; pero mientras fuimos ricos, no la encontramos. Ahora no nos queda nada, estamos sirviendo a otros y es cuando hemos hallado una felicidad tan grande, que no deseamos nada más.

—¿En qué consiste la dicha de que gozáis actualmente?

—Pues verás. Eramos ricos; pero ni mi marido ni yo teníamos un momento de sosiego. No podíamos conversar tranquilamente, pensar en la salvación de nuestra alma, ni rezar a Dios. ¡Eran tantas nuestras preocupaciones! Ora llegaban invitados y era preciso desvelarse por obsequiarlos o hacerles regalos, a fin de que no nos censurasen; ora había que vigilar a los criados, siempre inclinados a descansar y a comer bien, mientras que nosotros debíamos estar pendientes de que no se despilfarrasen nuestros bienes; ora era la preocupación de que los lobos arrebatasen un pollino o una ternera, o de que los ladrones se llevasen un rebaño. Una vez acostados, casi no dormíamos, temiendo que los carneros aplastasen a los corderos. Nos levantábamos a dar una vuelta por los rediles; pero en cuanto volvíamos a acostarnos, nos asaltaba la preocupación de que había que proveerse de pastos para el invierno. Y por si esto fuera poco, no nos llevábamos bien. Él quería hacer esto y yo aquello. Y empezábamos a discutir y pecábamos. Así es como vivíamos de preocupación en preocupación, y de pecado en pecado, sin conocer la felicidad.

—¿Y ahora?

—Ahora estamos siempre de acuerdo mi viejo y yo. No tenemos por qué discutir, ni más preocupación que la de servir a nuestro amo. Trabajamos con arreglo a nuestras fuerzas, y lo hacemos con gusto para que el amo no pierda, sino que obtenga beneficio. Volvemos del trabajo, y nos encontramos con que la comida está servida y que no nos falta el *kumys*. Si hace frío, tenemos buen fuego y pellizas. Y nos queda tiempo para conversar, para pensar en nuestras almas y rezar a Dios. Hemos buscado la felicidad durante cincuenta años, y sólo la hemos encontrado ahora.

Los invitados se echaron a reír.

—¡No os riáis, hermanos! —exclamó Ilias—. No se trata de una broma, sino de la vida humana. ¡Bien necios hemos sido antes mi mujer y yo, por haber llorado la pérdida de nuestra fortuna! Ahora Dios nos ha revelado la verdad; y si nosotros os la decimos, no es por nuestro gusto, sino por vuestro bien.

Entonces el almuédano dijo:

—Estas palabras están llenas de sabiduría. Ilias os ha dicho la verdad. Así está escrito en las Sagradas Escrituras.

Y los huéspedes cesaron de reír y se quedaron pensativos.

(LIEV NIKOLAYEVICH TOLSTOI)

LA SINCERIDAD

La sinceridad es indispensable para poder vivir. Si la gente que te rodea no fuera sincera, siempre sufrirías la angustia de no saber qué peligro podría ocultarse tras sus palabras. Si tú mismo no eres veraz, los que se encuentran a tu lado no podrán confiar en ti y, seguramente, tampoco desearán tenerte cerca. Es verdad que, algunas veces, ser sincero tiene sus riesgos, pero nunca deberíamos abandonar la sinceridad por egoísmo, por conveniencia o por miedo. Ese es precisamente el tema del cuento que viene a continuación, uno de los mejores —y más divertidos— de entre los nacidos de la prodigiosa imaginación de Hans Christian Andersen:

EL TRAJE NUEVO DEL EMPERADOR

Hace de esto muchos años, había un emperador tan aficionado a los trajes nuevos, que gastaba todas sus rentas en vestir con la máxima elegancia. No se interesaba por sus soldados ni por el teatro, ni le gustaba salir de paseo por el campo, a menos que fuera para lucir sus trajes nuevos. Tenía un vestido distinto para cada hora del día, y de la misma manera que se dice de un rey: «Está en el Consejo», de nuestro hombre se decía: «El emperador está en el vestuario».

La ciudad en que vivía el emperador era muy alegre y bulliciosa. Todos los días llegaban a ella muchísimos extranjeros, y una vez se presentaron dos truhanes que se hacían pasar por tejedores, asegurando que sabían tejer las más maravillosas telas. No solamente los colores y los dibujos eran hermosísimos, sino que las prendas con ellas confeccionadas poseían la milagrosa virtud de ser invisibles a toda persona que no fuera apta para su cargo o que fuera irremediablemente estúpida.

—¡Deben de ser vestidos magníficos! —pensó el emperador—. Si los tuviese, podría averiguar qué funcionarios del reino son ineptos para el cargo que ocupan. Podría distinguir entre los inteligentes y los tontos. Nada, que se pongan enseguida a tejer la tela. —Y mandó abonar a los dos pícaros un buen adelanto en metálico, para que pusieran manos a la obra cuanto antes.

Ellos montaron un telar y simularon que trabajaban; pero no tenían nada en la máquina. A pesar de ello, se hicieron suministrar las sedas más finas y el oro de mejor calidad, que se embolsaron bonitamente, mientras seguían haciendo como que trabajaban en los telares vacíos hasta muy entrada la noche.

«Me gustaría saber si avanzan con la tela», pensó el emperador. Pero había una cuestión que lo tenía un tanto cohibido, a saber, que un hombre que fuera estúpido o inepto para su cargo no podría ver lo que estaban tejiendo. No es que temiera por sí mismo; sobre este punto estaba tranquilo; pero, por si acaso, prefería enviar primero a otro, para cerciorarse de cómo andaban las cosas. Todos los habitantes de la ciudad estaban informados de la particular virtud de aquella tela, y todos estaban impacientes por ver hasta qué punto su vecino era estúpido o incapaz.

«Enviaré a mi viejo ministro a que visite a los tejedores —pensó el emperador—. Es un hombre honrado y el más indicado para juzgar las cualidades de la tela, pues tiene talento, y no hay quien desempeñe el cargo como él.»

El viejo y digno ministro se presentó, pues, en la sala ocupada por los dos embaucadores, los cuales seguían trabajando en los telares vacíos. «¡Dios nos ampare! —pensó el ministro para sus adentros, abriendo unos ojos como naranjas—. ¡Pero si no veo nada!». Sin embargo, no soltó palabra.

Los dos pícaros le rogaron que se acercase y le preguntaron si no encontraba magníficos el color y el dibujo. Le señalaban el telar vacío, y el pobre hombre seguía con los ojos desencajados, pero sin ver nada, puesto que nada había. «¡Dios santo! —pensó—. ¿Seré tonto acaso? Jamás lo hubiera creído, y nadie tiene que saberlo. ¿Es posible que sea inútil para el cargo? No, desde luego no puedo decir que no he visto la tela.»

—¿Qué? ¿No dice Vuecencia nada del tejido? —preguntó uno de los tejedores.

—¡Oh, precioso, maravilloso! —respondió el viejo ministro mirando a través de los lentes—. ¡Qué dibujo y qué colores! Desde luego, diré al emperador que me ha gustado extraordinariamente.

—Nos da una buena alegría —respondieron los dos tejedores, dándole los nombres de los colores y describiéndole el raro dibujo. El viejo tuvo buen cuidado de quedarse las explicaciones en la memoria para poder repetirlas sin falta al emperador; y así lo hizo.

Los estafadores pidieron entonces más dinero, seda y oro, ya que lo necesitaban para seguir tejiendo. Todo fue a parar a su bolsillo, pues ni una hebra se empleó en el telar, y ellos continuaron, como antes, trabajando en las máquinas vacías.

Poco después el emperador envió a otro funcionario de su confianza a inspeccionar el estado de la tela e informarse de si quedaría pronto lista. Al segundo le ocurrió lo que al primero; miró y miró, pero como en el telar no había nada, nada pudo ver.

—¿Verdad que es una tela bonita? —preguntaron los dos tramposos, señalando y explicando el precioso dibujo que no existía.

«Yo no soy tonto —pensó el hombre—, y el empleo que tengo no lo suelto. Sería muy fastidioso. Es preciso que nadie se dé cuenta.» Y se deshizo en alabanzas de la tela que no veía, y ponderó su entusiasmo por aquellos hermosos colores y aquel soberbio dibujo.

—¡Es digno de admiración! —dijo al emperador.

Todos los moradores de la capital hablaban de la magnífica tela, tanto, que el emperador quiso verla con sus propios ojos antes de que la sacasen del telar. Seguido de una multitud de personajes escogidos, entre los cuales figuraban los dos probos funcionarios de marras, se encaminó a la casa donde paraban los pícaros, los cuales continuaban tejiendo con todas sus fuerzas, aunque sin hebras ni hilados.

—¿Verdad que es admirable? —preguntaron los dos honrados dignatarios—. Fíjese Vuestra Majestad en estos colores y estos dibujos —y señalaban el telar vacío, creyendo que los demás veían la tela.

«¡Cómo! —pensó el emperador—. ¡Yo no veo nada! ¡Esto es terrible! ¿Seré tonto? ¿Acaso no sirvo para emperador? Sería espantoso.»

—¡Oh, sí, es muy bonita! —dijo—. Me gusta, la apruebo.

Con un gesto de agrado miraba el telar vacío; no quería confesar que no veía nada. Todos los componentes de su séquito miraban y remiraban, pero ninguno sacaba nada en limpio; no obstante, todo era exclamar, como el emperador:

—¡Oh, qué bonito!

Y le aconsejaron que estrenase los vestidos confeccionados con aquella tela, en la procesión que debía celebrarse próximamente.

—¡Es preciosa, elegantísima, estupenda! —corría de boca en boca, y todo el mundo parecía extasiado con ella.

El emperador concedió una condecoración a cada uno de los dos bellacos para que se la prendieran en el ojal, y los nombró tejedores imperiales.

Durante toda la noche que precedió al día de la fiesta, los dos embaucadores estuvieron levantados, con dieciséis lámparas encendidas, para que la gente viese que trabajaban activamente en la confección de los nuevos vestidos del soberano. Simularon quitar la tela del telar, cortarla con grandes tijeras y coserla con agujas sin hebra; finalmente, dijeron:

—¡Por fin, el vestido está listo!

Llegó el emperador en compañía de sus caballeros principales, y los dos truhanes, levantando los brazos como si sostuviesen algo, dijeron:

—Esto son los pantalones. Ahí está la casaca. Aquí tenéis el manto... Las prendas son ligeras como si fuesen de telaraña; uno creería no llevar nada sobre el cuerpo, mas precisamente esto es lo bueno de la tela.

—¡Sí! —asintieron todos los cortesanos, a pesar de que no veían nada, pues nada había.

—¿Quiere dignarse Vuestra Majestad quitarse el traje que lleva —dijeron los dos bribones— para que podamos vestiros el nuevo delante del espejo?

Quitóse el emperador sus prendas, y los dos simularon ponerle las diversas piezas del vestido nuevo, que pretendían haber terminado poco antes. Y cogiendo al emperador por la cintura, hicieron como si le atasen algo, la cola seguramente; y el monarca, todo era dar vueltas ante el espejo.

—¡Dios, y qué bien le sienta, le va estupendamente! —exclamaban todos—. ¡Vaya dibujo y vaya colores! ¡Es un traje precioso!

—El palio bajo el cual irá Vuestra Majestad durante la procesión aguarda ya en la calle —anunció el maestro de Ceremonias.

—Muy bien, estoy a punto —dijo el emperador—. ¿Verdad que me sienta bien? —y volvióse una vez más de cara al espejo, para que todos creyeran que veía el vestido.

Los ayudas de Cámara encargados de sostener la cola bajaron las manos al suelo como para levantarla, y avanzaron con ademán de sostener algo en el aire; por nada del mundo hubieran confesado que no veían nada. Y de este modo echó a andar el emperador bajo el magnífico palio, mientras el gentío, desde la calle y las ventanas, decía:

—¡Qué preciosos son los vestidos nuevos del emperador! ¡Qué magnífica cola! ¡Qué hermoso es todo!

Nadie permitía que los demás se diesen cuenta de que nada veía, para no ser tenido por incapaz en su cargo o por estúpido. Ningún traje del monarca había tenido tanto éxito como aquel.

—¡Pero si no lleva nada! —exclamó de pronto un niño.

—¡Dios bendito, escuchad la voz de la inocencia! —dijo su padre; y todo el mundo se fue repitiendo al oído lo que acababa de decir el pequeño.

—¡No lleva nada; es un chiquillo el que dice que no lleva nada!

—¡Pero si no lleva nada! —gritó, al fin, el pueblo entero.

Aquello inquietó al emperador, pues barruntaba que el pueblo tenía razón; mas pensó: «Hay que aguantar hasta el fin». Y siguió más altivo que antes; y los ayudas de Cámara continuaron sosteniendo la inexistente cola.

(HANS CHRISTIAN ANDERSEN)

LA PRUDENCIA CON LO QUE SE DESEA

Estoy seguro de que tú quieres muchas cosas. Diversiones, juguetes nuevos, ser feliz... También estoy seguro de que muchas de esas cosas son estupendas y está bien que las desees. Pero, a veces, queremos lo que no nos conviene. Por eso, hay que ser prudente en nuestros deseos. Y es que, como nos enseña Rudyard Kipling, a quien ya conoces *(véase p. 181)**, a veces podemos querer cosas que nos acaban «jorobando». Lo cuenta en su libro* Precisamente así*:*

CÓMO EL DROMEDARIO CONSIGUIÓ SU JOROBA

He aquí el siguiente cuento en el que se narra cómo consiguió el dromedario su joroba.

En el principio de los tiempos, cuando el mundo era tan nuevo y completo y los animales acababan de empezar a bregar para el hombre, había un dromedario que vivía en medio de un desierto aullador porque no quería trabajar. Además, el dromedario también era un aullador. Allí comía tallos y endrinos, tamariscos, asclepias y espinos holgazaneando sin hacer nada de nada; y cuando alguien le hablaba decía: «Joróbate»; sólo eso, «Joróbate», y nada más.

Al cabo de poco tiempo, un lunes por la mañana se le acercó un caballo con una silla en el lomo y un freno en la boca y le dijo:

—Dromedario, oh, dromedario, sal y trota como el resto de nosotros.

—¡Joróbate! —respondió el dromedario; y el caballo se fue y se lo contó al hombre.

Pasado un momento, el perro se acercó al dromedario con un palo en la boca y le dijo:

—Dromedario, oh, dromedario, ven a llevar y traer cosas como el resto de nosotros.

—¡Joróbate! —dijo el dromedario y el perro se fue y se lo contó al hombre.

Un rato después, se le acercó el buey con el yugo al cuello y le dijo:

—Dromedario, oh, dromedario, ven y ara como el resto de nosotros.

—¡Joróbate! —dijo el dromedario y el buey se fue y se lo contó al hombre.

Al final del día el hombre llamó al caballo, y al perro, y al buey, y cuando estuvieron todos juntos les dijo:

—¡Ay de vosotros tres! Lo siento mucho (con todo el mundo nuevo y completo), pero esa cosa del desierto que sólo dice «joróbate», no puede trabajar o sino ahora ya estaría aquí; por eso la dejaré sola y, en compensación, tendréis que trabajar el doble.

Esto hizo que el trío se enfadase mucho (en este mundo tan nuevo y tan completo) y celebraron una conferencia, y un *indaba* y un *punchayet* y un *pow-pow*[10] al borde del desierto. El dromedario se les acercó mascando asclepias absolutamente indiferente y se rió de ellos. Luego dijo: «Joróbate» y se fue otra vez.

Pasado un tiempo, vino el genio que se encarga de todos los desiertos rodando en una nube de polvo (los genios siempre viajan así porque saben de magia) y se detuvo para hablar y celebrar un *pow-pow* con aquellos tres.

—Genio de todos los desiertos —dijo el caballo—. ¿Es justo que haya un ocioso en este mundo tan nuevo y tan completo?

—En verdad que no —respondió el genio.

—Bien —siguió el caballo—, hay una cosa en medio de tu desierto aullador (él mismo es también un aullador) con un cuello largo y largas patas y que no ha pegado ni golpe desde el lunes por la mañana. No quiere trotar.

—¡Fiuu! —exclamó el genio silbando—. ¡Por todo el oro de Arabia! Ese es mi dromedario y, ¿qué dice él al respecto?

—Él dice «¡Joróbate!» —respondió el perro—. Y no quiere llevar ni traer cosas.

---

[10] *Conferencias o reuniones:* indaba *entre los aborígenes sudafricanos;* punchayet *entre los hindúes y paquistaníes del sur;* y pow-pow *entre los indios norteamericanos.*

—¿Dice alguna otra cosa más?

—Sólo «¡Joróbate!» y además no quiere arar —añadió el buey.

—Muy bien —dijo el genio—. Si tenéis la amabilidad de esperar un minuto veréis cómo le jorobo a él.

El genio se envolvió con su manto de polvo, marcó un rumbo en el desierto y se encontró con el dromedario más perezoso del mundo que estaba contemplando su propio reflejo en un estanque.

—Mi querido y efusivo amigo —dijo el genio—. ¿Qué es eso que he oído? ¿Acaso no quieres trabajar estando el mundo tan nuevo y completo?

—¡Joróbate! —respondió el dromedario.

El genio se sentó apoyando la barbilla en la mano y empezó a pensar en un gran hechizo, mientras el dromedario seguía mirándose en el agua del estanque.

—Por culpa de tu ociosidad has obligado a aquellos tres a trabajar más de la cuenta desde el lunes por la mañana —dijo el genio. Y siguió pensando en el hechizo con la mejilla apoyada en la mano.

—¡Joróbate! —dijo el dromedario.

—Si estuviese en tu lugar no volvería a decir eso —exclamó el genio—. Lo estás empezando a decir muchas veces. ¡Bonito!, quiero que te pongas a trabajar.

Y el dromedario respondió otra vez: «¡Joróbate!», pero en cuanto lo dijo vio cómo su espalda, de la que tan orgulloso estaba, se hinchaba e hinchaba transformándose en una enorme y saliente joroba.

—¿Lo ves? —dijo el genio—. Esta es la joroba que te has buscado tú mismo por no haber trabajado. Hoy es jueves, y no has hecho nada desde el lunes cuando empezaron las labores. Ahora, vas a trabajar.

—¿Cómo lo haré con esta joroba en la espalda? —preguntó el dromedario.

—La razón se debe a los tres días que has perdido —respondió el genio—. Ahora serás capaz de trabajar durante tres jornadas sin comer porque podrás vivir con lo que hay en la joroba, y así nunca podrás decir que no hice nada por ti. Sal del desierto, ve con los otros tres y compórtate. ¡Joróbate tú!

Y el dromedario se jorobó, con su joroba y todo, y se marchó para reunirse con los tres. Y desde ese día hasta hoy lleva siempre su joroba (a la que ahora llamamos «giba» para no herir sus sentimientos); nunca se pondrá al día con las tres jornadas que perdió en el principio del mundo, y tampoco ha aprendido a comportarse.

(RUDYARD KIPLING)

CONOCER TODOS LOS PUNTOS DE VISTA

Las personas no siempre se ponen de acuerdo. En ocasiones discuten, debaten, hasta puede que se griten. ¿Cómo se puede saber entonces quién tiene razón y quién está equivocado? El cuento que viene a continuación —un relato tradicional de la India— señala que hay que conocer todos los puntos de vista. Quizá hasta puede haber un pedacito de verdad en todos ellos. La versión que aparece aquí es la del escritor norteamericano John G. Saxe (1816-1887):

LOS CIEGOS Y EL ELEFANTE

Había seis hombres en el Indostán
muy devotos del estudio,
que fueron a ver al elefante
(aunque todos ellos eran ciegos),
pues con sus respectivas investigaciones
podrían saciar su curiosidad.

El primero se aproximó al elefante
y se tropezó contra el lomo grande
y firme del animal
y, al instante, empezó a dar gritos:
«¡Dios de mi vida! ¡El elefante
es como una pared!».

El segundo, palpando uno de los colmillos,
exclamó: «¡Ea! ¿Qué es lo que tenemos aquí,
tan redondeado, suave y afilado?
Para mí esto está completamente claro,
esta maravilla que es el elefante
es como ¡una lanza!».

El tercero se acercó al animal
y sucedió que agarró entre las manos
la trompa retorcida,
y así habló temerariamente:
«Ya veo —dijo—. ¡El elefante
es como una serpiente!».

El cuarto extendió ansioso una mano
y palpó la rodilla:
«Es algo evidente a qué se parece
esta bestia prodigiosa —dijo—.
¡Está bastante claro que el elefante
es como un árbol!».

El quinto que, por casualidad, tocó la oreja
dijo: «Incluso el más ciego de los hombres
podría decir qué es a lo que más se parece esto;
que niegue el hecho quien pueda pero,
¡esta maravilla de elefante
es como un abanico!».

El sexto no había empezado
siquiera a tentar la bestia,
cuando asió la cola que se balanceaba,
y al quedar a su alcance dijo:
«¡Ya veo, el elefante
es como una cuerda!».

Y así estos hombres del Indostán
discutieron largo y a gritos;
cada uno con su opinión,
inflexible y firme en exceso,
pues todos en parte tenían razón
y todos estaban equivocados.

(CUENTO TRADICIONAL HINDÚ *adaptado por* JOHN G. SAXE)

LA VIDA BIEN VIVIDA

Tienes toda la vida por delante. En realidad, puede decirse que lo más importante, lo más decisivo, lo mejor lo tienes casi todo situado en el futuro. Precisamente por ello, porque estás a tiempo, no debes caer en el error de que la mejor vida es la más larga, como muestra el siguiente relato, debido de nuevo a los hermanos Grimm (véanse pp. 22, 101, 135, 145). Y es que, en realidad, la mejor vida es la que se vive de una manera correcta y virtuosa.

LOS AÑOS DE VIDA

Cuando Dios creó el mundo y quiso determinar los años de vida de todas las criaturas vino el burro y le preguntó:

—Señor, ¿cuánto he de vivir?

—Treinta años —respondió Dios—. ¿Estás conforme?

—¡Oh, Señor! —repuso el burro—, es demasiado tiempo. Tened en cuenta mi penosa existencia: transportando pesadas cargas de la mañana a la noche, llevando sacos de trigo al molino para que otros se coman el pan; ¡siendo animado y reanimado sólo a golpes y patadas! ¡Perdonadme una parte de ese tiempo tan largo!

Entonces se apiadó el Señor y le concedió dieciocho años. El burro se fue ya consolado, y compareció el perro ante él.

—¿Cuánto tiempo quieres vivir? —le preguntó Dios—; al burro le parecieron demasiado treinta años, pero quizá tú te conformes con ellos.

—Señor —respondió el perro—, ¿es esa vuestra voluntad? Pensad que con lo mucho que tengo que correr no aguantarán tanto tiempo mis patas; y cuando haya perdido la fuerza para ladrar y los dientes para morder, ¿qué otra cosa podré hacer salvo ir gruñendo de un rincón para otro?

Dios vio que tenía razón y le otorgó doce años. Entonces vino el mono.

—Tú sí aceptarás con gusto vivir treinta años —le dijo el Señor—; no trabajarás como el burro y el perro y estarás siempre contento.

—¡Oh, Señor! —respondió—; eso parece, pero no es así. Si llueven gachas de mijo, no tengo cuchara. Tengo que estar haciendo siempre travesuras y muecas para hacer reír a la gente, y cuando me tiran una manzana y la muerdo, resulta que está agria. ¡Con cuánta frecuencia se oculta la tristeza tras la payasada! No podré soportar treinta años seguidos de una vida así.

Dios se mostró piadoso y le concedió diez años.

Finalmente se presentó el hombre: estaba alegre, sano y fresco, y pidió a Dios que le asignara sus años.

—Treinta años habrás de vivir —dijo el Señor—; ¿te bastan?

—¡Qué tiempo tan corto! —exclamó el hombre—. Una vez que haya construido mi casa y que el fuego arda en mi propio hogar; una vez que los árboles que haya plantado florezcan y den fruto; cuando empiece a disfrutar alegremente de la vida..., ¡he de morir! ¡Oh, Señor, alargad mis años!

—Te añadiré los dieciocho años del burro —dijo Dios.

—No son suficientes —protestó el hombre.

—Tendrás también los doce del perro.

—Todavía es poco.

—Bien —dijo Dios—; todavía te daré los diez años del mono, pero no recibirás más.

El hombre se fue, aunque no quedó satisfecho. Así que el hombre vive setenta años. Los treinta primeros son sus años de hombre, y pasan rápidamente; durante ellos vive sano, contento, trabaja con ganas y acepta su vida con alegría. Les siguen los dieciocho del burro, transporta entonces una carga tras otra, llevando el trigo con que otros se alimentan, y golpes y patadas recibe como jornal por sus fieles servicios. Luego vienen los doce años del perro; va por los rincones gruñendo y no tiene dientes para morder. Y cuando ya ha apurado ese tiempo, aún le quedan los diez años del mono antes de acabar. Entonces es un mentecato y un extravagante que hace cosas graciosas y es el hazmerreír de los niños.

(HERMANOS GRIMM)

EL REALISMO

La imaginación es estupenda. Gracias a la imaginación de otros lo estás pasando divinamente con este libro de relatos. Sin embargo, nunca debes consentir que te impida ser realista. Si en lugar de ver las cosas como son te dejas llevar por la fantasía... Bueno, te puede pasar lo mismo que a la pobre lechera de la que escribió alguien a quien ya has leído antes (véanse pp. 31, 118), Samaniego:

LA LECHERA

Llevaba en la cabeza
una lechera el cántaro al mercado
con aquella presteza,
aquel aire sencillo, aquel agrado,
que va diciendo a todo el que lo advierte,
¡yo sí que estoy contenta con mi suerte!

Porque no apetecía
más compañía que su pensamiento,
que alegre la ofrecía
inocentes ideas de contento,
marchaba sola la feliz lechera,
y decía entre sí de esta manera:

«Esta leche vendida
en limpio me dará tanto dinero,
y con esta partida
un canasto de huevos comprar quiero,
para sacar cien pollos, que al estío
me rodeen cantando el pío, pío.

»Del importe logrado
de tanto pollo, mercaré un cochino;
con bellota, salvado,
berza, castaña engordará sin tino;
tanto que puede ser que yo consiga
ver cómo se le arrastra la barriga.

»Llevarélo al mercado;
sacaré de él sin duda buen dinero:
compraré de contado
una robusta vaca y un ternero,
que salte y corra toda la campaña,
hasta el monte cercano a la cabaña.»

Con este pensamiento
enajenada, brinca de manera,
que a su salto violento
el cántaro cayó. ¡Pobre lechera!
¡Qué compasión! Adiós leche, dinero,
huevos, pollos, lechón, vaca y ternero.

¡Oh, loca fantasía!
¡Qué palacios fabricas en el viento!
Modera tu alegría;
no sea que saltando de contento,
al contemplar dichosa tu mudanza,
quiebre su cantarillo la esperanza.

No seas ambiciosa
de mejor, o más próspera fortuna,
que vivirás ansiosa
sin que pueda saciarte cosa alguna.

No anheles impaciente el bien futuro,
mira que ni el presente está seguro.

(FÉLIX MARÍA DE SAMANIEGO)

CONFIANZA EN EL FUTURO

Es posible que las cosas no te vayan bien. Quizá te miras al espejo y te ves gordo o débil o feo o incluso tonto. Quizá has recibido tus últimas notas y son para echarse a llorar. Quizá te sientas cargado de tristeza pensando que las cosas no van a poder ir bien jamás. Si piensas eso, te equivocas. Debes tener confianza en el futuro y pensar que las cosas pueden cambiar a mejor, a mucho mejor de lo que te imaginas. Eso es lo que nos cuenta Hans Christian Andersen (véase p. 240) en este famosísimo cuento:

1. EL PATITO FEO

¡Qué bonito estaba el campo! El verano había llegado ya: el trigo estaba amarillo; la avena, verde; la hierba de los prados se había cortado ya y quedaba recogida en los pajares, en cuyos tejados iba y venía la cigüeña, con sus largas patas rojas, hablando en egipcio, que era la lengua que le había enseñado su madre. Rodeaban los campos y prados grandes bosques, y entre ellos se escondían lagos profundos. ¡Qué bonito estaba el campo! Bañado así por el sol se erguía una gran casa señorial rodeada de profundos canales, y desde el muro hasta el agua crecían grandes plantas trepadoras formando una bóveda tan alta que dentro de ella podía estar de pie un niño pequeño, aunque por dentro estaba todo tan enmarañado, que más parecía el interior de un bosque. En medio de aquella maleza, una gansa, sentada en el nido, incubaba sus huevos. Estaba ya impaciente, ¡cómo tardaban en salir los polluelos!; además, ¡recibía tan pocas visitas! Los demás patos preferían nadar por los canales, en vez de entrar a hacerle compañía y charlar un rato.

Por fin empezaron a abrirse los huevos, uno tras otro.

—¡Pío, pío! —decían los pequeños; las yemas habían adquirido vida y los patitos asomaban la cabecita por la cáscara rota.

—¡Cuac, cuac! —gritaba ella con todas sus fuerzas, y entonces los polluelos empezaron a mirar a todos lados por entre las verdes hojas.

La madre los dejaba, pues el verde es bueno para los ojos.

—¡Qué grande es el mundo! —exclamaron los polluelos, pues ahora tenían mucho más sitio que en el interior del huevo.

—¿Creéis que todo el mundo es esto? —dijo la madre—. Pues andáis muy equivocados. El mundo se extiende mucho más lejos, hasta el otro lado del jardín, y se mete en el campo del cura, aunque yo nunca he estado allí. ¿Estáis todos? —prosiguió, incorporándose—. Pues no, no los tengo todos; el huevo gordote no se ha abierto aún. ¿Va a tardar mucho? ¡Ya estoy hasta la coronilla de tanto esperar!

—Bueno, ¿qué tal vamos? —preguntó una vieja gansa que venía de visita.

—¡Este huevo, que no termina nunca! —respondió la clueca—. No quiere salir. Pero mira los demás patitos: ¿verdad que son bonitos? Todos se parecen a su padre; y el muy sinvergüenza no viene a verme.

—Déjame ver el huevo que no quiere romper —dijo la vieja—. Créeme, esto es un huevo de pava; también a mí me engañaron una vez, y pasé muchas fatigas con los polluelos, pues le tienen miedo al agua. No pude con él; me desgañité y lo puse verde, pero todo fue inútil. A ver el huevo. Sí, es un huevo de pava. Déjalo y enseña a los otros a nadar.

—Lo empollaré un poquitín más —dijo la clueca—. ¡Tanto tiempo he estado encima de él, que bien puedo esperar otro poco!

—¡Como quieras! —contestó la otra, despidiéndose.

Al fin se partió el huevo.

—¡Pío, pío! —hizo el polluelo, saliendo de la cáscara. Era gordo y feo; la gansa se quedó mirándolo: «Es un pato enorme —pensó—, no se parece a ninguno de los otros; ¿será un pavo? Bueno, pronto lo sabremos; del agua no se escapa, aunque tenga que zambullirse a trompazos».

El día siguiente amaneció espléndido; el sol bañaba las verdes hojas de la enramada. La madre se fue con toda su prole al canal y, ¡plas!, se arrojó al agua. «¡Cuac, cuac!», gritaba, y un polluelo tras otro se fueron zambullendo también; el agua les cubrió la cabeza, pero enseguida volvieron a salir a flote y se pusieron a nadar tan lindamente. Las patitas se movían por sí solas y todos chapoteaban, incluso el último polluelo gordote y feo.

—Pues no es pavo —dijo la madre—. ¡Fíjate cómo mueve las patas, y qué bien se sostiene! Es hijo mío, no hay duda. En el fondo, si bien se mira, no tiene nada de feo, al contrario. ¡Cuac, cuac! Venid conmigo, os enseñaré el gran mundo, os presentaré a los patos del corral. Pero no os alejéis de mi lado, no vaya a ser que alguien os atropelle; y ¡mucho cuidado con el gato!

Y se encaminaron al corral de los patos, donde había un barullo espantoso, pues dos familias se disputaban una cabeza de anguila. Y al fin fue el gato quien se quedó con ella.

—¿Veis? Así va el mundo —dijo la gansa madre, afilándose el pico, pues también ella hubiera querido pescar el botín—. ¡Servíos de las patas! Y a ver si os despabiláis. Id a hacer una reverencia a aquel pato viejo de allí; es el más ilustre de todos los presentes; es de raza española, por eso está tan gordo. Ved la cinta colorada que lleva en la pata; es la mayor distinción que puede otorgarse a un pato. Es para que no se pierda y para que todos lo reconozcan, personas y animales. ¡Hala, sacudíos! No metáis los pies para dentro. Los patitos bien educados andan con las piernas esparrancadas, como papá y mamá. ¡Así!, ¿veis? Ahora inclinad el cuello y decir: «¡Cuac!».

Todos obedecieron, mientras los demás gansos del corral los miraban, diciendo en voz alta:

—¡Vaya! Sólo faltaban estos; ¡como si no fuésemos ya bastantes! Y, ¡qué asco! Fijaos en aquel pollito: ¡a ese sí que no lo toleramos!

Y enseguida se adelantó un ganso y le propinó un picotazo en el pescuezo.

—¡Déjalo en paz! —exclamó la madre—. No molesta a nadie.

—Sí, pero es gordote y extraño —replicó el agresor—; habrá que sacudirlo.

—Tiene usted unos hijos muy guapos, señora —dijo el viejo de la pata vendada—. Lástima de este gordote; ese sí que es un fracaso. Me gustaría que pudiese retocarlo.

—No puede ser, Señoría —dijo la madre—. Cierto que no es hermoso, pero tiene buen corazón y nada tan bien como los demás; incluso diría que mejor. Me figuro que al crecer se arreglará, y que con el tiempo perderá volumen. Estuvo muchos días en el huevo, y por eso ha salido demasiado robusto. —Y con el pico le pellizcó el pescuezo y le alisó el plumaje—. Además, es macho —prosiguió—, así que no importa gran cosa. Estoy segura de que será fuerte y se despabilará.

—Los demás polluelos son encantadores de veras —dijo el viejo—. Considérese usted en casa; y si encuentra una cabeza de anguila, haga el favor de traérmela.

Y de este modo tomaron posesión de la casa.

El pobre patito feo no recibía sino picotazos y empujones, y era el blanco de las burlas de todos, lo mismo de los gansos que de las gallinas. «¡Qué ridículo!», se reían todos, y el pavo, que por haber venido al mundo con espolones se creía el emperador, se henchía como un barco a toda vela y arremetía contra el patito, con la cabeza colorada de rabia. El pobre animalito nunca sabía dónde meterse; estaba muy triste por ser feo y porque era el hazmerreír de todo el corral.

Así transcurrió el primer día; pero en los sucesivos las cosas se pusieron aún peor. Todos acosaban al patito; incluso sus hermanos lo trataban brutalmente, y no cesaban de gritar: «¡Así te pescara el gato, bicho asqueroso!»; y hasta la madre deseaba perderlo de vista. Los patos lo picoteaban; las gallinas lo golpeaban y la muchacha encargada de repartir el pienso lo apartaba a puntapiés. Al fin huyó, saltando la cerca; los pajarillos de la maleza se echaron a volar, asustados. «¡Huyen porque soy feo!», se dijo el pato, y, cerrando los ojos, siguió corriendo a ciegas. Así llegó hasta el gran pantano, donde habitaban los patos salvajes. Cansado y dolorido, pasó allí la noche.

Por la mañana, los patos salvajes, al levantar el vuelo, vieron a su nuevo campañero:

—¿Quién eres? —le preguntaron.

Y el patito, volviéndose en todas direcciones, los saludó a todos lo mejor que supo.

—¡Eres un espantajo! —exclamaron los patos—. Pero no nos importa, con tal que no te cases en nuestra familia.

¡El infeliz! Lo último que pensaba era en casarse, dábase por muy satisfecho con que le permitiesen echarse en el cañaveral y beber un poco de agua del pantano.

Así transcurrieron dos días, al cabo de los cuales se presentaron dos gansos salvajes, machos los dos, para ser más precisos. No hacía mucho que habían salido del cascarón; por eso eran tan impertinentes.

—Oye, compadre —le dijeron—, eres tan feo que te encontramos simpático. ¿Quieres venirte con nosotros y emigrar? Cerca de aquí, en otro pantano, viven unas gansas salvajes muy amables, todas solteras, y saben decir «¡cuac!». A lo mejor tienes éxito, aun siendo tan feo.

¡Pim, pam!, se oyeron dos estampidos: los dos machos cayeron muertos en el cañaveral, y el agua se tiñó de sangre. ¡Pim, pam!, volvió a retumbar, y grandes bandadas de gansos salvajes alzaron el vuelo de entre la maleza, mientras se repetían los disparos. Era una gran cacería; los cazadores rodeaban el cañaveral, y algunos aparecían sentados en las ramas de los árboles que lo dominaban; se formaban nubecillas azuladas por entre el espesor del ramaje, cerniéndose por encima del agua, mientras los perros nadaban en el pantano. ¡Plas, plas!, y juncos y cañas se inclinaban de todos lados. ¡Qué susto para el pobre patito! Inclinó la cabeza para meterla bajo el ala, y en aquel mismo momento vio junto a sí un horrible perrazo con medio palmo de lengua fuera y una expresión atroz en los ojos. Alargó el hocico hacia el patito, le enseñó los agudos dientes y, ¡plas, plas!, se alejó sin cogerlo.

—¡Loado sea Dios! —suspiró el pato—. ¡Soy tan feo que ni el perro ha querido morderme!

Y se estuvo muy quietecito, mientras los perdigones silbaban por entre las cañas y seguían sonando los disparos.

Hasta muy avanzado el día no se restableció la calma; mas el pobre seguía sin atreverse a salir. Esperó aún algunas horas: luego echó un vistazo a su alrededor y escapó del pantano a toda la velocidad que le permitieron sus patas. Corrió a través de campos y prados, bajo una tempestad que le hacía muy difícil la huida.

Al anochecer llegó a una pequeña choza de campesinos; estaba tan ruinosa, que no sabía de qué lado caer, y por eso se sostenía en pie. El viento soplaba con tal fuerza contra el patito, que tuvo que sentarse sobre la cola para afianzarse y no ser arrastrado. La tormenta arreciaba más y más. Al fin, observó que la puerta se había salido de uno de los goznes y dejaba espacio para colarse en el interior; y esto es lo que hizo.

Vivía en la choza una vieja con su gato y su gallina. El gato, al que llamaba Hijito, sabía arquear el lomo y ronronear, e incluso desprendía chispas si se le frotaba a contrapelo. La gallina tenía las patas muy cortas, y por eso la vieja la llamaba Tortita paticorta; pero era muy buena ponedora, y su dueña la quería como a una hija.

Por la mañana se dieron cuenta de que había llegado un forastero, y el gato empezó a ronronear, y la gallina, a cloquear.

—¿Qué pasa? —dijo la vieja mirando a su alrededor. Como no veía bien, creyó que era un ganso cebado que se habría extraviado—. ¡No se cazan todos los días! —exclamó—. Ahora tendré huevos de pato. ¡Con tal que no sea un macho! Habrá que probarlo.

Y puso al patito a prueba por espacio de tres semanas; pero no salieron huevos. El gato era el mandamás de la casa, y la gallina, la señora, y los dos repetían continuamente «¡Nosotros y el mundo!», convencidos de que ellos eran la mitad del universo, y aun la mejor. El patito pensaba que podía opinarse de otro modo, pero la gallina no le dejaba hablar.

—¿Sabes poner huevos? —le preguntó.

—No.

—¡Entonces cierra el pico!

Y el gato:

—¿Sabes doblar el espinazo y ronronear y echar chispas?

—No.

—Entonces no puedes opinar cuando hablan personas de talento.

El patito fue a acurrucarse en un rincón, malhumorado. De pronto acordóse del aire libre y de la luz del sol, y le entraron tales deseos de irse a nadar al agua, que no pudo reprimirse y se lo dijo a la gallina.

—¿Qué mosca te ha picado? —le replicó esta—. Como no tienes ninguna ocupación, te entran estos antojos. ¡Pon huevos o ronronea, verás como se te pasan!

—¡Pero es tan hermoso nadar! —insistió el patito—. ¡Da tanto gusto zambullirse de cabeza hasta tocar el fondo!

—¡Hay gustos que merecen palos! —respondió la gallina—. Creo que has perdido la chaveta. Pregunta al gato, que es la persona más sabia que conozco, si le gusta nadar o zambullirse en el agua. Y ya no hablo de mí. Pregúntalo si quieres a la dueña, la vieja; en el mundo entero no hay nadie más inteligente. ¿Crees que le apetece nadar y meterse en el agua?

—¡No me comprendéis! —suspiró el patito.

—¿Que no te comprendemos? ¿Quién lo hará, entonces? No pretenderás ser más listo que el gato y la mujer, ¡y no hablemos ya de mí! No tengas esos humos, criatura, y da gracias al Creador por las cosas buenas que te ha dado. ¿No vives en una habitación bien calentita, en compañía de quien puede enseñarte mucho? Pero eres un charlatán y no da gusto tratar contigo. Créeme, es por tu bien que te digo cosas desagradables; ahí se conoce a los verdaderos amigos. Procura poner huevos o ronronear, o aprende a despedir chispas.

—Creo que me marcharé por esos mundos de Dios —dijo el patito.

—Es lo mejor que puedes hacer —respondióle la gallina.

Y el patito se marchó; se fue al agua, a nadar y zambullirse, pero todos los animales lo despreciaban por su fealdad.

Llegó el otoño: en el bosque, las hojas se volvieron amarillas y pardas, y el viento las arrancaba y arremolinaba, mientras el aire iba enfriándose por momentos; cerníanse las nubes, llenas de granizo y nieve, y un cuervo, posado en la valla, gritaba: «¡Au, au!», de puro frío. Sólo de pensarlo le entran a uno escalofríos. El pobre patito lo pasaba muy mal, realmente.

Un atardecer, cuando el sol se ponía ya, llegó toda una bandada de grandes y magníficas aves, que salieron de entre los matorrales; nunca había visto nuestro pato aves tan espléndidas. Su blancura deslumbraba y tenían largos y flexibles cuellos; eran cisnes. Su chillido era extraordinario, y, desplegando las largas alas majestuosas, emprendieron el vuelo, marchándose de aquellas tierras frías hacia otras más cálidas y hacia lagos despejados. Eleváronse a gran altura, y el patito feo experimentó una sensación extraña; giró en el agua como una rueda, y, alargando el cuello hacia ellas, soltó un grito tan fuerte y raro, que él mismo se asustó. ¡Ay!, no podía olvidar aquellas aves hermosas y felices, y en cuanto dejó de verlas, se hundió hasta el fondo del pantano. Al volver a la superficie estaba como fuera de sí. Ignoraba su nombre y hacia dónde se dirigían y, no obstante, sentía un gran afecto por ellas, como no lo había sentido por nadie. No las envidiaba. ¡Cómo se le hubiera podido ocurrir el deseo de ser como ellas! Habríase dado por muy satisfecho con que lo hubiesen tolerado los patos, ¡pobrecillo!, feo como era.

Era invierno, y el frío arreciaba; el patito se veía forzado a nadar sin descanso para no entumecerse; mas, por la noche, el agujero en que flotaba se reducía progresivamente. Helaba tanto, que se podía oír el crujido del hielo; el animalito tenía que estar moviendo constantemente las patas para impedir que se cerrase el agua, hasta que lo rindió el cansancio, y, al quedarse quieto, lo aprisionó el hielo.

Por la mañana llegó un campesino y, al darse cuenta de lo ocurrido, rompió el hielo con un zueco y, cogiendo el patito, lo llevó a su mujer. En la casa se reanimó el animal.

Los niños querían jugar con él, pero el patito, creyendo que iban a maltratarlo, saltó asustado en medio de la lechera, salpicando de leche toda la habitación. La mujer se puso a gritar y a agitar las manos, con lo que el ave se metió de un salto en la mantequera, y, de ella, en el jarro de la leche ¡y yo qué sé dónde! ¡Qué confusión! La mujer lo perseguía gritando y blandiendo las tenazas; los chiquillos corrían, saltando por encima de los trastos, para cazarlo, entre risas y barullo. Suerte que la puerta estaba abierta y pudo refugiarse entre las ramas, en la nieve recién caída. Allí se quedó, rendido.

Sería demasiado triste narrar todas las privaciones y la miseria que hubo de sufrir nuestro patito durante aquel duro invierno.

Lo pasó en el pantano, entre las cañas, y allí lo encontró el sol cuando volvió el buen tiempo. Las alondras cantaban, y despertó, espléndida, la primavera.

Entonces el patito pudo batir de nuevo las alas, que zumbaron con mayor intensidad que antes y lo sostuvieron con más fuerza; y antes de que pudiera darse cuenta, encontróse en un gran jardín, donde los manzanos estaban en flor, y las fragantes lilas curvaban sus largas ramas verdes sobre los tortuosos canales. ¡Oh, aquello sí que era hermoso, con el frescor de la primavera! De entre las matas salieron en aquel momento tres preciosos cisnes aleteando y flotando levemente en el agua. El patito reconoció a aquellas bellas aves y se sintió acometido de una extraña tristeza.

«¡Quiero irme con ellos, volar al lado de esas aves espléndidas! Me matarán a picotazos por mi osadía: feo como soy, no debería acercarme a ellos. Pero iré, pase lo que pase. Mejor ser muerto por ellos que verme vejado por los patos, aporreado por los pollos, rechazado por la criada del corral y sufriendo privaciones en invierno.» Con un par de aletazos se posó en el agua, y nadó hacia los hermosos cisnes. Estos, al verle, corrieron a su encuentro con gran ruido de plumas.

—¡Matadme! —gritó el animalito, agachando la cabeza y aguardando el golpe fatal.

Pero, ¿qué es lo que vio reflejado en la límpida agua? Era su propia imagen; vio que no era un pato desgarbado, torpe y de color negruzco, feo y repelente, sino un cisne como aquellos.

¡Qué importa haber nacido en un corral de patos, cuando se ha salido de un huevo de cisne!

Entonces recordó con gozo todas las penalidades y privaciones pasadas; sólo ahora comprendía su felicidad, ante la magnificencia que lo rodeaba.

Los cisnes mayores describían círculos a su alrededor, acariciándolo con el pico. Presentáronse luego en el jardín varios niños, que echaron al agua pan y grano, y el más pequeño gritó:

—¡Hay uno nuevo!

Y sus compañeros, alborozados, exclamaron también, haciéndole coro:

—¡Sí, ha venido uno nuevo!

Y todo fueron aplausos, y bailes, y brincos; y corriendo luego al encuentro de sus padres, volvieron a poco con pan y bollos, que echaron al agua, mientras exclamaban:

—El nuevo es el más bonito; ¡tan joven y precioso!

Y los cisnes mayores se inclinaron ante él. Pero él se sentía avergonzado, y ocultó la cabeza bajo el ala; no sabía qué hacer, ¡era tan feliz!, pero ni pizca de orgulloso. Recordaba las vejaciones y persecuciones de que había sido objeto, y he aquí que ahora decían que era la más hermosa entre las aves hermosas del mundo. Hasta las lilas bajaron sus ramas a su encuentro, y el sol brilló, tibio y suave. Crujieron entonces sus plumas, irguióse su esbelto cuello y, rebosante el corazón, exclamó:

—¡Cómo podía soñar tanta felicidad, cuando no era más que un patito feo!

(Hans Christian Andersen)

La siguiente historia está contenida en el primer libro de la Biblia, el Génesis. Resulta especialmente hermosa y nos enseña cómo podemos salir adelante en medio de las situaciones más desesperadas. Su protagonista es José: vendido por sus hermanos, fue llevado como esclavo a Egipto. Allí, por una mentira, lo encerraron en la prisión. Parecía que nada podía ir ya peor. Sin embargo, José no se dejó hundir. De la misma manera, tú tampoco debes perder la esperanza jamás.

2. José, el intérprete de sueños

Aconteció después de estas cosas, que el copero del rey de Egipto y el panadero delinquieron contra su señor el rey de Egipto.

Y se enojó Faraón contra sus dos oficiales, contra el jefe de los coperos y contra el jefe de los panaderos. Y los puso en prisión en la casa del capitán de la guardia, en la cárcel donde José estaba preso. Y el capitán de la guardia encargó de ellos a José, y él les servía; y estuvieron días en la prisión. Y ambos, el copero y el panadero del rey de Egipto, que estaban arrestados en la prisión, tuvieron un sueño, cada uno su propio sueño en una misma noche, cada uno con su propio significado.

Vino a ellos José por la mañana, y los miró, y he aquí que estaban tristes. Y él preguntó a aquellos oficiales de Faraón, que estaban con él en la prisión de la casa de su señor, diciendo: «¿Por qué parecen hoy mal vuestros semblantes?».

Ellos le dijeron: «Hemos tenido un sueño, y no hay quien lo interprete».

Entonces les dijo José: «¿No son de Dios las interpretaciones? Contádmelo ahora».

Entonces el jefe de los coperos contó su sueño a José, y le dijo: «Yo soñaba que veía una vid delante de mí, y en la vid tres sarmientos; y ella como que brotaba, y arrojaba su flor, viniendo a madurar sus racimos de uvas. Y que la copa de Faraón estaba en mi mano, y tomaba yo las uvas y las exprimía en la copa de Faraón, y daba yo la copa en mano de Faraón».

Y le dijo José: «Esta es su interpretación: los tres sarmientos son tres días. Al cabo de tres días levantará Faraón tu cabeza, y te restituirá a tu puesto, y darás la copa a Faraón en su mano, como solías hacerlo cuando eras su copero. Acuérdate, pues, de mí cuando tengas ese bien, y te ruego que uses conmigo de misericordia, y hagas mención de mí a Faraón, y me saques de esta casa. Porque fui hurtado de la tierra de los hebreos; y tampoco he hecho aquí por qué me pusiesen en la cárcel».

Viendo el jefe de los panaderos que había interpretado para bien, dijo a José: «También yo soñé que veía tres canastillos blancos sobre mi cabeza. En el canastillo más alto había de toda clase de manjares de pastelería para Faraón; y las aves las comían del canastillo de sobre mi cabeza».

Entonces respondió José, y dijo: «Esta es su interpretación: los tres canastillos tres días son. Al cabo de tres días quitará Faraón tu cabeza de sobre ti, y te hará colgar en la horca, y las aves comerán tu carne de sobre ti».

Al tercer día, que era el día del cumpleaños de Faraón, el rey hizo banquete a todos sus sirvientes; y alzó la cabeza del jefe de los coperos, y la cabeza del jefe de los panaderos, entre sus servidores. E hizo volver a su oficio al jefe de los coperos, y dio este la copa en mano de Faraón. Mas hizo ahorcar al jefe de los panaderos, como lo había interpretado José. Y el jefe de los coperos no se acordó de José, sino que le olvidó.

Aconteció que pasados dos años tuvo Faraón un sueño. Le parecía que estaba junto al río; y que del río subían siete vacas, hermosas a la vista, y muy gordas, y pacían en el prado. Y que tras ellas subían del río otras siete vacas de feo aspecto y enjutas de carne, y se pararon cerca de las vacas hermosas a la orilla del río; y que las vacas de feo aspecto y enjutas de carne devoraban a las siete vacas hermosas y muy gordas. Y despertó Faraón.

Se durmió de nuevo, y soñó la segunda vez: que siete espigas llenas y hermosas crecían de una sola caña, y que después de ellas salían otras siete espigas menudas y abatidas del viento solano; y las siete espigas menudas devoraban a las siete espigas gruesas y llenas. Y despertó Faraón, y he aquí que era sueño.

Sucedió que por la mañana estaba agitado su espíritu, y envió e hizo llamar a todos los magos de Egipto, y a todos sus sabios; y les contó Faraón sus sueños, mas no había quien los pudiese interpretar a Faraón.

Entonces el jefe de los coperos habló a Faraón, diciendo: «Me acuerdo hoy de mis faltas. Cuando Faraón se enojó contra sus siervos, nos echó a la prisión de la casa del capitán de la guardia a mí y al jefe de los panaderos. Y él y yo tuvimos un sueño en la misma noche, y cada sueño tenía su propio significado. Estaba allí con nosotros un joven hebreo, siervo del capitán de la guardia; y se lo contamos, y él nos interpretó nuestros sueños, y declaró a cada uno conforme a su sueño. Y aconteció que como él nos los interpretó, así fue: yo fui restablecido en mi puesto, y el otro fue colgado».

Entonces Faraón envió y llamó a José. Y lo sacaron apresuradamente de la cárcel, y se afeitó, y mudó sus vestidos, y vino a Faraón. Y dijo Faraón a José: «Yo he tenido un sueño, y no hay quien lo interprete; mas he oído decir de ti, que oyes sueños para interpretarlos».

Respondió José a Faraón, diciendo: «No está en mí; Dios será el que dé respuesta propicia a Faraón».

Entonces Faraón dijo a José: «En mi sueño me parecía que estaba a la orilla del río; y que del río subían siete vacas de gruesas carnes y hermosa apariencia, que pacían en el prado. Y que otras siete vacas subían después de ellas, flacas y de muy feo aspecto; tan extenuadas, que no he visto otras semejantes en fealdad en toda la tierra de Egipto. Y las vacas flacas y feas devoraban a las siete primeras vacas gordas; y estas entraban en sus entrañas, mas no se conocía que hubiesen entrado, porque la apariencia de las flacas era aún mala, como al principio. Y yo desperté.

»Vi también soñando, que siete espigas crecían en una misma caña, llenas y hermosas. Y que otras siete espigas menudas, marchitas, abatidas del viento solano, crecían, después de ellas; y las espigas menudas devoraban a las siete espigas hermosas; y lo he dicho a los magos, mas no hay quien me lo interprete».

Entonces respondió José a Faraón: «El sueño de Faraón es uno mismo; Dios ha mostrado a Faraón lo que va a hacer. Las siete vacas hermosas siete años son; y las espigas hermosas son siete años: el sueño es uno mismo. También las siete vacas flacas y feas que subían tras ellas son siete años; y las siete espigas menudas y marchitas del viento solano siete años serán de hambre. Esto es lo que respondo a Faraón. Lo que Dios va a hacer lo ha mostrado a Faraón. He aquí vienen siete años de gran abundancia en toda la tierra de Egipto. Y tras ellos seguirán siete años de hambre; y toda la abundancia será olvidada en la tierra de Egipto, y el hambre consumirá la tierra. Y aquella abundancia no se echará de ver, a causa del hambre siguiente la cual será gravísima. Y el suceder el sueño a Faraón dos veces significa que la cosa es firme de pacte de Dios, y que Dios se apresura a hacerla. Por tanto, provéase ahora Faraón de un varón prudente y sabio, y póngalo sobre la tierra de Egipto. Haga esto Faraón, y ponga gobernadores sobre el país, y quinte la tierra de Egipto en los siete años de la abundancia. Y junten toda la provisión de estos buenos años que vienen, y recojan el trigo bajo la mano de Faraón para mantenimiento de las ciudades; y guárdenlo. Y esté aquella provisión en depósito para el país, para los siete años de hambre que habrá en la tierra de Egipto; y el país no perecerá de hambre».

El asunto pareció bien a Faraón y a sus siervos, y dijo Faraón a sus siervos: «¿Acaso hallaremos a otro hombre como este, en quien esté el espíritu de Dios?».

Y dijo Faraón a José: «Pues que Dios te ha hecho saber todo esto, no hay entendido ni sabio como tú. Tú estarás sobre mi casa, y por tu palabra se gobernará todo mi pueblo; solamente en el trono seré yo mayor que tú. —Dijo además Faraón a José—: He aquí yo te he puesto sobre toda la tierra de Egipto».

Entonces Faraón quitó su anillo de su mano, y lo puso en la mano de José, y lo hizo vestir de ropas de lino finísimo y puso un collar de oro en su cuello; y lo hizo subir en su segundo carro, y pregonaron delante de él: «¡Doblad la rodilla!»; y lo puso sobre toda la tierra de Egipto.

Y dijo Faraón a José: «Yo soy Faraón; y sin ti ninguno alzará su mano ni su pie en toda la tierra de Egipto».

Y llamó Faraón el nombre de José, Zafnat-panea; y le dio por mujer a Asenat, hija de Potifera sacerdote de On. Y salió José por toda la tierra de Egipto.

Era José de edad de treinta años cuando fue presentado delante de Faraón rey de Egipto; y salió José de delante de Faraón, y recorrió toda la tierra de Egipto.

En aquellos siete años de abundancia la tierra produjo a montones, y él reunió todo el alimento de los siete años de abundancia que hubo en la tierra de Egipto, y guardó alimento en las ciudades, poniendo en cada ciudad el alimento del campo de sus alrededores. Recogió José trigo como arena del mar, mucho en extremo, hasta no poderse contar, porque no tenía número.

Y nacieron a José dos hijos antes que viniese el primer año del hambre, los cuales le dio a luz Asenat, hija de Potifera sacerdote de On. Y llamó José el nombre del primogénito, Manasés; porque dijo: «Dios me hizo olvidar todo mi trabajo, y toda la casa de mi padre». Y llamó el nombre del segundo, Efraín; porque dijo: «Dios me hizo fructificar en la tierra de mi aflicción».

Así se cumplieron los siete años de abundancia que hubo en la tierra de Egipto.

Y comenzaron a venir los siete años del hambre, como José había dicho; y hubo hambre en todos los países, mas en toda la tierra de Egipto había pan.

Cuando se sintió el hambre en toda la tierra de Egipto, el pueblo clamó a Faraón por pan. Y dijo Faraón a todos los egipcios: «Id a José, y haced lo que él os dijere».

Y el hambre estaba por toda la extensión del país. Entonces abrió José todo granero donde había, y vendía a los egipcios; porque había crecido el hambre en la tierra de Egipto.

Y de toda la tierra venían a Egipto para comprar de José, porque por toda la tierra había crecido el hambre.

(ANTIGUO TESTAMENTO. GÉNESIS 40-41)

LA ACEPTACIÓN DE LA VOLUNTAD DE DIOS

En ocasiones nos enfrentamos con situaciones difíciles que no podemos cambiar. Pueden ser incluso situaciones muy dolorosas como la pérdida de un familiar, una enfermedad, la pobreza... En momentos así la vida nos parece muy dura. Sin embargo, las personas que creemos en Dios sabemos que no debemos caer en el desánimo. Todo, incluso lo más difícil, tiene una finalidad en la vida aunque quizá no lo entendamos al principio. Y es que cuando uno acepta la voluntad de Dios en medio de las dificultades, cuando uno confía en que con su ayuda saldremos adelante, la vida adquiere un sentido especial. Eso mismo es lo que nos cuenta en el siguiente relato Hans Christian Andersen (véanse pp. 240, 254):

HISTORIA DE UNA MADRE

Estaba una madre sentada junto a la cuna de su hijo, muy afligida y angustiada, pues temía que el pequeño se muriera. Este, en efecto, estaba pálido como la cera, tenía los ojitos medio cerrados y respiraba casi imperceptiblemente, de vez en cuando con una aspiración profunda, como un suspiro. La tristeza de la madre aumentaba por momentos al contemplar a la tierna criatura.

Llamaron a la puerta y entró un hombre viejo y pobre, envuelto en un holgado cobertor, que parecía una manta de caballo; son mantas que calientan, pero él estaba helado. Se estaba en lo más crudo del invierno; en la calle todo aparecía cubierto de hielo y nieve, y soplaba un viento cortante.

Como el viejo tiritaba de frío y el niño se había quedado dormido, la madre se levantó y puso a calentar cerveza en un bote, sobre la estufa, para reanimar al anciano. Este se había sentado junto a la cuna, y mecía al niño. La madre volvió a su lado y se detuvo a contemplar al pequeño, que respiraba fatigosamente y levantaba la manita.

—¿Crees que vivirá? —preguntó la madre—. ¡El buen Dios no querrá quitármelo!

El viejo, que era la Muerte en persona, hizo un gesto extraño con la cabeza; lo mismo podía ser afirmativo que negativo. La mujer bajó los ojos, y las lágrimas rodaron por sus mejillas. Tenía la cabeza pesada, llevaba tres noches sin dormir y se quedó un momento como aletargada; pero volvió enseguida en sí, temblando de frío.

—¿Qué es esto? —gritó, mirando en todas direcciones.

El viejo se había marchado, y la cuna estaba vacía. ¡Se había llevado al niño! El reloj del rincón dejó oír un ruido sordo, la gran pesa de plomo cayó rechinando hasta el suelo, ¡paf!, y las agujas se detuvieron.

La desolada madre salió corriendo a la calle, en busca del hijo. En medio de la nieve había una mujer, vestida con un largo ropaje negro, que le dijo:

—La Muerte estuvo en tu casa; lo sé, pues la vi escapar con tu hijito. Volaba como el viento. ¡Jamás devuelve lo que se lleva!

—¡Dime por dónde se fue! —suplicó la madre—. ¡Enséñame el camino y la alcanzaré!

—Conozco el camino —respondió la mujer vestida de negro— pero antes de decírtelo tienes que cantarme todas las canciones con que meciste a tu pequeño. Me gustan, las oí muchas veces, pues soy la Noche. He visto correr tus lágrimas mientras cantabas.

—¡Te las cantaré todas, todas! —dijo la madre—, pero no me detengas, para que pueda alcanzarla y encontrar a mi hijo.

Pero la Noche permaneció muda e inmóvil, y la madre, retorciéndose las manos, cantó y lloró; y fueron muchas las canciones, pero fueron aún más las lágrimas. Entonces dijo la Noche:

—Ve hacia la derecha, por el tenebroso bosque de abetos. En él vi desaparecer a la Muerte con el niño.

Muy adentro del bosque se bifurcaba el camino, y la mujer no sabía por dónde tomar. Levantábase allí un zarzal, sin hojas ni flores, pues era invierno, y las ramas estaban cubiertas de nieve y hielo.

—¿No has visto pasar a la Muerte con mi hijito?

—Sí —respondió el zarzal— pero no te diré el camino que tomó si antes no me calientas apretándome contra tu pecho; me muero de frío, y mis ramas están heladas.

Y ella estrechó el zarzal contra su pecho, apretándolo para calentarlo bien; y las espinas se le clavaron en la carne, y la sangre le fluyó a grandes gotas. Pero del zarzal brotaron frescas hojas y bellas flores en la noche invernal: ¡tal era el ardor con que la acongojada madre lo había estrechado contra su corazón! Y la planta le indicó el camino que debía seguir.

Llegó a un gran lago, en el que no se veía ninguna embarcación. No estaba bastante helado para sostener su peso, ni era tampoco bastante somero para poder vadearlo; y, sin embargo, no tenía más remedio que cruzarlo si quería encontrar a su hijo. Se echó entonces al suelo, dispuesta a beberse toda el agua; pero ¡qué criatura humana sería capaz de ello! Mas la angustiada madre no perdía la esperanza de que sucediera un milagro.

—¡No, no lo conseguirás! —dijo el lago—. Mejor será que hagamos un trato. Soy aficionado a coleccionar perlas, y tus ojos son las dos perlas más puras que jamás he visto. Si estás dispuesta a desprenderte de ellos a fuerza de llanto, te conduciré al gran invernadero donde reside la Muerte, cuidando flores y árboles; cada uno de ellos es una vida humana.

—¡Ay, qué no diera yo por llegar a donde está mi hijo! —exclamó la pobre madre, y se echó a llorar con más desconsuelo aún, y sus ojos se le desprendieron y cayeron al fondo del lago, donde quedaron convertidos en preciosísimas perlas.

El lago la levantó como en un columpio y de un solo impulso la situó en la orilla opuesta. Se levantaba allí un gran edificio, cuya fachada tenía más de una milla de largo. No podía distinguirse bien si era una montaña con sus bosques y cuevas, o si era obra de albañilería; y menos lo podía averiguar la pobre madre, que había perdido los ojos a fuerza de llorar.

—¿Dónde encontraré a la Muerte, que se marchó con mi hijito? —preguntó.

—No ha llegado todavía —dijo la vieja sepulturera que cuida del gran invernadero de la Muerte—. ¿Quién te ha ayudado a encontrar este lugar?

—El buen Dios me ha ayudado —dijo la madre—. Es misericordioso, y tú lo serás también. ¿Dónde puedo encontrar a mi hijo?

—Lo ignoro —replicó la mujer—, y veo que eres ciega. Esta noche se han marchitado muchos árboles y flores; no tardará en venir la Muerte a trasplantarlos. Ya sabrás que cada persona tiene su propio árbol de la vida o su flor, según su naturaleza. Parecen plantas corrientes, pero en ellas palpita un corazón; el corazón de un niño puede también latir. Atiende, tal vez reconozcas el latido de tu hijo, pero, ¿qué me darás si te digo lo que debes hacer todavía?

—Nada me queda para darte —dijo la afligida madre— pero iré por ti hasta el fin del mundo.

—Nada hay allí que me interese —respondió la mujer— pero puedes cederme tu larga cabellera negra; bien sabes que es hermosa, y me gusta. A cambio te daré yo la mía, que es blanca, pero también te servirá.

—¿Nada más? —dijo la madre—. Tómala y enhorabuena.

Dio a la vieja su hermoso cabello, y se quedó con el suyo, blanco como la nieve.

Entraron entonces en el gran invernadero de la Muerte, donde crecían árboles y flores en maravillosa mezcolanza. Había preciosos jacintos bajo campanas de cristal, y grandes peonías fuertes como árboles; y había también plantas acuáticas, algunas lozanas, otras enfermizas. Serpientes de agua las rodeaban, y cangrejos negros se agarraban a sus tallos. Crecían soberbias palmeras, robles y plátanos, y no faltaba el perejil ni tampoco el tomillo; cada árbol y cada flor tenía su nombre, cada uno era una vida humana; la persona vivía aún: este en la China, este en Groenlandia o en cualquier otra parte del mundo. Había grandes árboles plantados en macetas tan pequeñas y angostas, que parecían a punto de estallar; en cambio, veíanse míseras florecillas emergiendo de una tierra grasa, cubierta de musgo todo alrededor. La desolada madre fue inclinándose sobre las plantas más diminutas, oyendo el latido del corazón humano que había en cada una; y entre millones reconoció el de su hijo.

—¡Es este! —exclamó, alargando la mano hacia una pequeña flor azul de azafrán que colgaba de un lado, gravemente enferma.

—¡No toques la flor! —dijo la vieja—. Quédate aquí, y cuando la Muerte llegue, pues la estoy esperando de un momento a otro, no dejes que arranque la planta; amenázala con hacer tú lo mismo con otras y entonces tendrá miedo. Es responsable de ellas ante Dios; sin su permiso no debe arrancarse ninguna.

De pronto sintióse en el recinto un frío glacial, y la madre ciega comprendió que entraba la Muerte.

—¿Cómo encontraste el camino hasta aquí? —preguntó—. ¿Cómo pudiste llegar antes que yo?

—¡Soy madre! —respondió ella.

La Muerte alargó su mano huesuda hacia la flor de azafrán, pero la mujer interpuso las suyas con gran firmeza, aunque temerosa de tocar una de sus hojas. La Muerte sopló sobre sus manos y ella sintió que su soplo era más frío que el del viento polar. Y sus manos cedieron y cayeron inertes.

—¡Nada podrás contra mí! —dijo la Muerte.

—¡Pero sí lo puede el buen Dios! —respondió la mujer.

—¡Yo hago sólo su voluntad! —replicó la Muerte—. Soy su jardinero. Tomo todos sus árboles y flores y los trasplanto al jardín del Paraíso, en la tierra desconocida; y tú no sabes cómo es y lo que en el jardín ocurre, ni yo puedo decírtelo.

—¡Devuélveme a mi hijo! —rogó la madre, prorrumpiendo en llanto.

Bruscamente puso las manos sobre dos hermosas flores, y gritó a la Muerte:

—¡Las arrancaré todas, pues estoy desesperada!

—¡No las toques! —exclamó la Muerte—. Dices que eres desgraciada, y pretendes hacer a otra madre tan desdichada como tú.

—¡Otra madre! —dijo la pobre mujer, soltando las flores—. ¿Quién es esa madre?

—Ahí tienes tus ojos —dijo la Muerte—, los he sacado del lago; ¡brillaban tanto! No sabía que eran los tuyos. Tómalos, son más claros que antes. Mira luego en el profundo pozo que está a tu lado; te diré los nombres de las dos flores que querías arrancar y verás todo su porvenir, todo el curso de su vida. Mira lo que estuviste a punto de destruir.

Miró ella al fondo del pozo; y era una delicia ver cómo una de las flores era una bendición para el mundo, ver cuánta felicidad y ventura esparcía a su alrededor. La vida de la otra era, en cambio, tristeza y miseria, dolor y privaciones.

—Las dos son lo que Dios ha dispuesto —dijo la Muerte.

—¿Cuál es la flor de la desgracia y cuál la de la ventura? —preguntó la madre.

—Esto no te lo diré —contestó la Muerte—. Sólo sabrás que una de ellas era la de tu hijo. Has visto el destino que estaba reservado a tu propio hijo, su porvenir en el mundo.

La madre lanzó un grito de horror:

—¿Cuál de las dos era mi hijo? ¡Dímelo, sácame de la incertidumbre! Pero si es el desgraciado, ¡líbralo de la miseria, llévatelo antes! ¡Llévatelo al reino de Dios! ¡Olvídate de mis lágrimas, olvídate de mis súplicas y de todo lo que dije e hice!

—No te comprendo —dijo la Muerte—. ¿Quieres que te devuelva a tu hijo o prefieres que me vaya con él adonde ignoras lo que pasa?

La madre, retorciendo las manos, cayó de rodillas y elevó esta plegaria a Dios Nuestro Señor:

—¡No me escuches cuando te pida algo que va contra tu voluntad, que es la más sabia! ¡No me escuches! ¡No me escuches!

Y dejó caer la cabeza sobre el pecho, mientras la Muerte se alejaba con el niño, hacia la tierra que nadie conoce.

(Hans Christian Andersen)

LA ESPERANZA TRAS LA MUERTE

Tarde o temprano, la muerte aparece en nuestra vida. Es una experiencia muy dura y muy difícil, especialmente cuando significa la pérdida de algún ser querido. Sin embargo, muchos tenemos la esperanza de que la muerte no es el final, sino sólo la puerta de entrada en otra vida. Ese tema lo hemos recogido en dos relatos. El primero lo escribió Hans Christian Andersen (véanse pp. 240, 254, 269) y está relacionado con la esperanza de encontrarnos al otro lado de la muerte con seres queridos:

1. La niña de los fósforos

¡Hacía un frío glacial!; nevaba y ya empezaba a oscurecer; era la última noche del año, la noche de San Silvestre. Bajo aquel frío y en aquella oscuridad, pasaba por la calle una pobre muchachita, descalza y con la cabeza descubierta. Verdad es que al salir de su casa llevaba zapatillas, pero, ¡de qué le sirvieron! Eran unas zapatillas que su madre había llevado últimamente, y a la pequeña le venían tan grandes, que las perdió al cruzar corriendo la calle para librarse de dos coches que venían a toda velocidad. Una de las zapatillas no hubo medio de encontrarla, y la otra se la había puesto un mozalbete, que dijo que la haría servir de cuna el día que tuviese hijos.

Y así la pobrecilla andaba descalza con los desnudos piececitos completamente amoratados por el frío. En un viejo delantal llevaba un puñado de fósforos, y un paquete en una mano. En todo el santo día nadie le había comprado nada, ni le había dado un mísero chelín; volvíase a su casa hambrienta y medio helada, ¡y parecía tan abatida, la pobrecilla! Los copos de nieve caían sobre su largo cabello rubio, cuyos hermosos rizos le cubrían el cuello; pero no estaba ella para presumir.

En un ángulo que formaban dos casas —una más saliente que la otra—, se sentó en el suelo y se acurrucó hecha un ovillo. Encogía los piececitos todo lo posible, pero el frío la iba invadiendo, y, por otra parte, no se atrevía a volver a casa, pues no había vendido ni un fósforo, ni recogido un triste céntimo. Su padre le pegaría, además de que en casa hacía frío también; sólo los cobijaba el tejado, y el viento entraba por todas partes, pese a la paja y los trapos con que habían procurado tapar las rendijas. Tenía las manitas casi ateridas de frío. ¡Ay, un fósforo la aliviaría seguramente! ¡Si se atreviese a sacar uno solo del manojo, frotarlo contra la pared y calentarse los dedos! Y sacó uno: «¡Ritch!». ¡Cómo chispeó y cómo quemaba! Dio una llama clara, cálida, como una lucecita, cuando la resguardó con la mano; una luz maravillosa. Parecióle a la pequeñuela que estaba sentada junto a una gran estufa de hierro, con pies y campana de latón; el fuego ardía magníficamente en su interior, ¡y calentaba tan bien! La niña alargó los pies para calentárselos a su vez, pero se extinguió la llama, se esfumó la estufa, y ella se quedó sentada, con el resto de la consumida cerilla en la mano.

Encendió otra, que, al arder y proyectar su luz sobre la pared, volvió a esta transparente como si fuese de gasa, y la niña pudo ver el interior de una habitación donde estaba la mesa puesta, cubierta con un blanquísimo mantel y fina porcelana. Un pato asado humeaba deliciosamente, relleno de ciruelas y manzanas. Y lo mejor del caso fue que el pato saltó fuera de la fuente y, anadeando por el suelo con un tenedor y un cuchillo a la espalda, se dirigió hacia la pobre muchachita. Pero en aquel momento se apagó el fósforo, dejando visible tan sólo la gruesa y fría pared.

Encendió la niña una tercera cerilla, y se encontró sentada debajo de un hermosísimo árbol de Navidad. Era aún más alto y más bonito que el que viera la última Nochebuena, a través de la puerta de cristales, en casa del rico comerciante. Millares de velitas ardían en las ramas verdes, y de estas colgaban pintadas estampas, semejantes a las que adornaban los escaparates. La pequeña levantó los dos bracitos... y entonces se apagó el fósforo. Todas las lucecitas se remontaron a lo alto, y ella se dio cuenta de que eran las rutilantes estrellas del cielo; una de ellas se desprendió y trazó en el firmamento una larga estela de fuego.

«Alguien se está muriendo», pensó la niña, pues su abuela, la única persona que la había querido, pero que estaba muerta ya, le había dicho: «Cuando una estrella cae, un alma se eleva hacia Dios».

Frotó una nueva cerilla contra la pared; se iluminó el espacio inmediato, y apareció la anciana abuelita, radiante, dulce y cariñosa.

—¡Abuelita! —exclamó la pequeña—. ¡Llévame, contigo! Sé que te irás también cuando se apague el fósforo, del mismo modo que se fueron la estufa, el asado y el árbol de Navidad.

Se apresuró a encender los fósforos que le quedaban, afanosa de no perder a su abuela; y los fósforos brillaron con luz más clara que la del pleno día. Nunca la abuelita había sido tan alta y tan hermosa; tomó a la niña en el brazo y, envueltas las dos en un gran resplandor, henchidas de gozo, emprendieron el vuelo hacia las alturas, sin que la pequeña sintiera ya frío, hambre ni miedo. Estaban en la mansión de Dios Nuestro Señor.

Pero en el ángulo de la casa, la fría madrugada descubrió a la chiquilla, rojas las mejillas, y la boca sonriente... Muerta, muerta de frío en la última noche del Año Viejo. La primera mañana del Nuevo Año iluminó el pequeño cadáver, sentado, con sus fósforos, un paquetito de los cuales aparecía consumido casi del todo. «¡Quiso calentarse!», dijo la gente. Pero nadie supo las maravillas que había visto, ni el esplendor con que, en compañía de su anciana abuelita, había subido a la gloria del Año Nuevo.

(HANS CHRISTIAN ANDERSEN)

El segundo texto que ofrecemos sobre la esperanza que va más allá de la muerte está tomado de la Biblia, en concreto del capítulo 11 del evangelio de san Juan. Se trata de una historia de amistad —la que existía entre Jesús y su amigo Lázaro— y constituye un hermoso relato sobre la esperanza en la resurrección:

2. JESÚS Y SU AMIGO LÁZARO

Estaba entonces enfermo uno llamado Lázaro, de Betania, la aldea de María y de Marta su hermana. (María, cuyo hermano Lázaro estaba enfermo, fue la que ungió al Señor con perfume, y le enjugó los pies con sus cabellos.) Enviaron, pues, las hermanas para decir a Jesús: «Señor, he aquí el que amas está enfermo».

Oyéndolo Jesús, dijo: «Esta enfermedad no es para muerte, sino para la gloria de Dios, para que el Hijo de Dios sea glorificado por ella». Y amaba Jesús a Marta, a su hermana y a Lázaro.

Cuando oyó, pues, que estaba enfermo, se quedó dos días más en el lugar donde estaba.

Luego, después de esto, dijo a los discípulos: «Vamos a Judea otra vez». Le dijeron los discípulos: «Rabí, ahora procuraban los judíos apedrearte, ¿y otra vez vas allá?». Respondió Jesús: «¿No tiene el día doce horas? El que anda de día, no tropieza, porque ve la luz de este mundo; pero el que anda de noche, tropieza, porque no hay luz en él».

Dicho esto, les dijo después: «Nuestro amigo Lázaro duerme; mas voy para despertarle». Dijeron entonces sus discípulos: «Señor, si duerme, sanará».

Pero Jesús decía esto de la muerte de Lázaro; y ellos pensaron que hablaba del reposar del sueño.

Entonces Jesús les dijo claramente: «Lázaro ha muerto; y me alegro por vosotros, de no haber estado allí, para que creáis; mas vamos a él».

Dijo entonces Tomás, llamado Dídimo, a sus condiscípulos: «Vamos también nosotros, para que muramos con él».

Vino, pues, Jesús, y halló que hacía ya cuatro días que Lázaro estaba en el sepulcro.

Betania estaba cerca de Jerusalén, como a quince estadios; y muchos de los judíos habían venido a Marta y a María, para consolarlas por su hermano.

Entonces Marta, cuando oyó que Jesús venía, salió a encontrarle; pero María se quedó en casa. Y Marta dijo a Jesús: «Señor, si hubieses estado aquí, mi hermano no habría muerto. Mas también sé ahora que todo lo que pidas a Dios, Dios te lo dará».

Jesús le dijo: «Tu hermano resucitará».

Marta le dijo: «Yo sé que resucitará en la resurrección, en el día postrero».

Le dijo Jesús: «Yo soy la resurrección y la vida; el que cree en mí, aunque esté muerto, vivirá. Y todo aquel que vive y cree en mí no morirá eternamente. ¿Crees esto?».

Le dijo: «Sí, Señor; yo he creído que Tú eres el Cristo, el Hijo de Dios, que has venido al mundo».

Habiendo dicho esto, fue y llamó a María su hermana, diciéndole en secreto: «El Maestro está aquí y te llama».

Ella, cuando lo oyó, se levantó deprisa y vino a Él.

Jesús todavía no había entrado en la aldea, sino que estaba en el lugar donde Marta le había encontrado. Entonces los judíos que estaban en casa con ella y la consolaban, cuando vieron que María se había levantado deprisa y había salido, la siguieron, diciendo: «Va al sepulcro a llorar allí».

María, cuando llegó adonde estaba Jesús, al verle, se postró a sus pies, diciéndole: «Señor, si hubieses estado aquí, no habría muerto mi hermano».

Jesús entonces, al verla llorando, y a los judíos que la acompañaban, también llorando, se estremeció en espíritu y se conmovió, y dijo: «¿Dónde le pusisteis?». Le dijeron: «Señor, ven y ve».

Jesús lloró.

Dijeron entonces los judíos: «Mirad cómo le amaba».

Y algunos de ellos dijeron: «¿No podía este, que abrió los ojos al ciego, haber hecho también que Lázaro no muriera?».

Jesús, profundamente conmovido otra vez, vino al sepulcro. Era una cueva, y tenía una piedra puesta encima.

Dijo Jesús: «Quitad la piedra». Marta, la hermana del que había muerto, le dijo: «Señor, hiede ya, porque es de cuatro días». Jesús le dijo: «¿No te he dicho que si crees, verás la gloria de Dios?».

Entonces quitaron la piedra de donde había sido puesto el muerto. Y Jesús, alzando los ojos a lo alto, dijo: «Padre, gracias te doy por haberme oído. Yo sabía que siempre me oyes; pero lo dije por causa de la multitud que está alrededor, para que crean que Tú me has enviado».

Y habiendo dicho esto, clamó a gran voz: «¡Lázaro, ven fuera!».

Y el que había muerto salió, atadas las manos y los pies con vendas, y el rostro envuelto en un sudario.

Jesús les dijo: «Desatadle, y dejadle ir».

(NUEVO TESTAMENTO. JUAN 11)

TERCERA PARTE

HISTORIAS SOBRE LO VERDADERAMENTE IMPORTANTE

En los relatos anteriores hemos examinado, primero, una serie de comportamientos que hay que evitar y, despúes, otros que hay que adquirir. Lo hemos hecho así porque deseamos que vuestras vidas —las de niños que un día serán adultos— sean dichosas, que resulten útiles a los demás y que posean un sentido positivo.

En esta última parte del libro, vamos a detenernos en lo que es verdaderamente importante en esta vida. Son justo esas cosas a las que debemos prestar la mayor atención. Están relacionadas con la calidad, el valor, la consistencia de tus próximos años. Y es que de que las vivas de la manera adecuada dependerá —mucho más de lo que piensas— el que de niño pases a ser un verdadero adulto.

[EL ESFUERZO]

Quizá hayas visto alguna vez cómo se entrena un deportista profesional: tiene que sacrificar muchas cosas, ordenar su tiempo, comer de una manera especial, pero todo lo hace porque sabe que no hay otra forma de triunfar. Sin esfuerzo, sería imposible que alcanzara la meta que se ha fijado. Con nuestra vida sucede igual. No puedes esperar obtener nada importante en esta vida si no te esfuerzas, si no trabajas, si no te preparas y si alguien te dice lo contrario, te está mintiendo. Esfuérzate y tendrás posibilidades de éxito en esta vida; niégate al esfuerzo y comenzarás a adentrarte por el camino del fracaso.

No todo el mundo desea lo mismo. Por supuesto, hay personas que sueñan con triunfar sin trabajar, que esperan que les den todo hecho, que desean esforzarse lo menos posible... Tener esa actitud constituye un peligro y, sobre todo, se basa en una falsedad. Sin estudiar, sin esforzarte, sin trabajar, será imposible que te abras camino en la vida. Y así nos lo cuenta el premio Nobel de Literatura (véanse pp. 61, 156) Isaac Bashevis Singer:

1. Cuento que trata de tres deseos

Frampol. Ese era el nombre del pueblo. Tenía todo lo que un pueblo debe tener: una sinagoga, una casa de estudio, un asilo para los pobres, un rabino, y unos cuantos cientos de habitantes. Todos los jueves era día de mercado en Frampol y los campesinos llegaban de los villorrios, para vender cereales, patatas, gallinas, terneros, miel y comprar sal, queroseno, zapatos, botas, y todo aquello que puede necesitar un campesino.

En Frampol vivían tres niños que a menudo jugaban juntos: Shlomah, o Salomón, de siete años; su hermana Esther, de seis; y su amigo Moshe, que tenía más o menos la edad de Shlomah.

Shlomah y Moshe iban al mismo *cheder* y allí alguien les dijo que durante Hoshanah Rabbah, el último día de la fiesta de los Tabernáculos, el cielo se abre, bien entrada la noche. Los que consiguen ver esto disponen de un minuto para formular un deseo y, cualquiera que sea el deseo, se hará realidad.

Shlomah, Moshe y Esther conversaban sobre esto con frecuencia. Shlomah decía que le gustaría ser tan sabio y rico como el rey Salomón, su tocayo. Moshe quería ser tan erudito en temas religiosos como el famoso rabino Moshe Maimónides. Esther deseaba ser tan hermosa y respetada como la reina Esther.

De manera que decidieron quedarse juntos y despiertos toda la noche para formular sus deseos, en el momento en que se abriera el cielo.

Los niños deben ir pronto a la cama, pero los tres resistieron despiertos hasta que sus padres se durmieron. Entonces escaparon de casa y se reunieron a esperar el milagro en el patio de la sinagoga.

Era una gran aventura. La noche era fría y sin luna. Los niños habían oído que los demonios acechaban en el exterior, listos para atacar a todo el que se atreve a salir durante una noche oscura. También se hablaba de muertos que, pasada la medianoche, rezaban y leían el rollo sagrado en la sinagoga. Si alguien pasaba cerca de la sinagoga a hora tan tardía, corría el riesgo de que lo llamaran al facistol, lo cual era algo realmente espeluznante. Pero Shlomah y Moshe se habían puesto ropa con flecos y Esther llevaba dos delantales, uno por delante y otro por detrás, con el fin de protegerse de los espíritus malignos. A pesar de todo, los niños tenían miedo. Ululaba una lechuza. A Esther le habían dicho que, de noche, revoloteaban los murciélagos y que si alguno se enredaba en el pelo de una niña, esta moriría antes de un año. Esther se había puesto un pañuelo ceñido cubriéndole el pelo.

Pasó una hora, dos, tres, y todavía no se abría el cielo. Los niños se sentían fatigados y hasta hambrientos. De pronto hubo relámpagos y el cielo se abrió. Entonces vieron ángeles, serafines, querubines, carros de fuego y también la escala que Jacob vio en sueños, y por ella subían y bajaban ángeles alados, tal como está escrito en la Biblia. Todo sucedió tan velozmente, que olvidaron sus deseos.

Esther fue la primera en hablar:

—Tengo hambre. Me gustaría tener un *blintz*.

De inmediato, ante los ojos de los niños, apareció un *blintz*. Cuando Shlomah vio que su hermana había malgastado su deseo en algo tan insignificante como un *blintz*, se encolerizó y gritó:

—¡Niña tonta! ¡Me gustaría que tú misma fueras un *blintz*!

Al instante, Esther se transformó en un *blintz*. Sólo asomaba, entre la masa, su cara pálida y asustada.

Moshe quería a Esther desde que tenía memoria. Cuando vio que su adorada Esther se había convertido en *blintz*, le embargó una terrible desesperación. No había tiempo que perder. El minuto casi había expirado, y exclamó:

—Quiero que vuelva a ser lo que era.

Y eso fue lo que ocurrió.

De inmediato el cielo volvió a cerrarse.

Cuando los niños se dieron cuenta de que habían desperdiciado sus deseos tontamente, se echaron a llorar. La noche se había vuelto tan negra como la boca de un lobo y no podían encontrar el camino de regreso a casa. Parecía que se habían perdido en un lugar extraño. En Frampol no había montañas, pero subían por la ladera de una montaña. Quisieron descender, pero sus pies seguían subiendo por sí solos. Entonces apareció un anciano de barba blanca. En una mano tenía un bastón y en la otra una lámpara con una vela en el interior. Ceñía su traje con un cinturón blanco. El viento arreciaba, poderoso, pero la llama de la vela no pestañeaba.

El anciano preguntó:

—¿A dónde vais? ¿Y por qué lloráis?

Shlomah le contó la verdad: cómo se habían quedado despiertos toda la noche y la forma que habían tenido de desperdiciar sus deseos.

El anciano volvió la cabeza:

—Nunca se malgasta un buen deseo.

—Tal vez los demonios nos confundieron y nos hicieron olvidar los nuestros —sugirió Moshe.

—Ningún demonio tiene poder en la noche sagrada de Hoshanah Rabbah —dijo el anciano.

—Entonces, ¿por qué el cielo nos hizo una jugarreta?

—El cielo no hace jugarretas —respondió el anciano—. Vosotros erais los únicos que intentabais engañar al cielo. Nadie puede llegar a sabio sin tener experiencia, nadie puede ser erudito sin haber estudiado.

»En cuanto a ti, pequeña niña, ya eres hermosa, pero la belleza del cuerpo debe ir hermanada con la belleza del alma. Ninguna niña pequeña puede poseer el amor y la devoción de una reina que estuvo dispuesta a sacrificar la vida por su pueblo. Por haber deseado demasiado, no recibisteis nada.

—¿Y qué debemos hacer ahora? —preguntaron los niños.

—Regresad a casa y tratad de obtener con esfuerzo lo que deseabais conseguir demasiado fácilmente.

—¿Tú quién eres? —preguntaron los niños.

Y el anciano respondió:

—En las alturas me llaman el vigilante Nocturno.

Tan pronto como hubo pronunciado estas palabras, los niños se encontraron nuevamente en el patio de la sinagoga. Estaban tan extenuados que, al momento de llegar a sus casas y poner la cabeza en la almohada, se quedaron dormidos. Nunca le contaron a nadie lo que les había ocurrido. Fue su secreto.

Pasaron los años. Shlomah se había vuelto cada vez más ávido de conocimientos. Demostraba tanto talento, había estudiado tantos libros de historia, comercio y finanzas, que llegó a ser consejero del rey de Polonia. Lo llamaban el rey sin corona y el rey Salomón de Polonia. Se casó con la hija de un hombre importante y alcanzó fama por su sabiduría y su caridad.

Moshe siempre había estado profundamente interesado en la religión. Conocía la Biblia y el Talmud casi de memoria. Escribió muchos libros de religión y llegó a ser conocido como el Maimónides de nuestros días.

Esther creció y se convirtió no sólo en una joven bella, sino también instruida y virtuosa. Muchos jóvenes de familias ricas enviaron casamenteros a sus padres para pedir su mano, pero Esther sólo amaba a Moshe y él sólo la amaba a ella.

Cuando el viejo rabino de Frampol murió, Moshe fue nombrado rabino de la ciudad. Un rabino debe tener esposa, y el rabino Moshe se casó con Esther.

Todo el pueblo de Frampol asistió a la boda. El hermano de la novia, Shlomah, acudió a la boda de su hermana en un carruaje tirado por seis caballos, con palafreneros cabalgando delante y detrás del coche. Hubo música y bailes, y la joven pareja recibió muchos regalos. Entrada la noche, pidieron al novio que bailara con la novia, y también bailaron los invitados, mientras la novia sostenía una punta del pañuelo y su pareja la otra, como señala la tradición. Cuando alguien preguntó si todos habían bailado con la novia, el animador de bodas dijo:

—Sí, excepto el vigilante Nocturno.

Al pronunciar estas palabras, un anciano surgió de la nada, llevando un bastón en una mano, una lámpara en la otra, y la cintura adornada con un cinto blanco. La novia, su hermano y el novio reconocieron al anciano, pero guardaron silencio. Este, poniendo su lámpara y su bastón en un banco próximo, se acercó a la novia y comenzó a bailar con ella, mientras todos los asistentes observaban atentamente, con asombro y temor. Nadie había visto antes al anciano.

La orquesta dejó de tocar. Se hizo un silencio tan profundo que se podía oír el chisporrotear de las velas y el canto de las cigarras en el exterior. El anciano levantó su lámpara y se la pasó al rabino Moshe, diciendo:

—Que su luz te muestre los senderos de la Tora.

Luego ofreció el bastón a Shlomah con estas palabras:

—Que este bastón te proteja de todos tus enemigos.

A Esther, que sostenía el cinto blanco, le dijo:

—Que este cinto te una para siempre a tu pueblo y a sus necesidades.

Una vez pronunciadas estas palabras, el anciano desapareció.

En los años que siguieron, los judíos fueron con frecuencia a pedir a Esther que intercediera por ellos ante los amos de la tierra. Ella se ataba el cinto blanco a la cintura y nunca dejó de ayudar a su pueblo. Todos la llamaban Reina Esther.

Cada vez que el rabino Moshe tenía dificultades para comprender algún punto delicado de la ley, abría el Arca en la que estaba la lámpara de la luz eterna y todo se le aclaraba. Cuando Shlomah estaba en apuros, empuñaba el bastón y sus enemigos se volvían impotentes.

Los tres vivieron hasta una edad muy avanzada. Sólo antes de morir, el rabino Moshe reveló al pueblo de Frampol lo ocurrido aquella noche de Hoshanah Rabbah. Dijo:

—Para quienes están dispuestos a esforzarse, están reservados grandes milagros y tesoros maravillosos. Para ellos están siempre abiertas las puertas del Paraíso.

(ISAAC BASHEVIS SINGER)

Algunas personas piensan que las circunstancias en que han nacido son tan malas que no merece la pena esforzarse para salir adelante. Es como si desde su nacimiento estuvieran marcadas y no pudieran abandonar esa situación. Ese punto de vista no se corresponde con la realidad y además constituye el primer paso para no progresar. El siguiente relato —debido a Elizabeth Yates (1905-2001)— cuenta un episodio de la vida de Amos Fortune. Amos había nacido como un príncipe en África, sin embargo, cuando tenía quince años fue secuestrado y vendido como esclavo en América. Pero no se desanimó. Por el contrario, se propuso obtener la libertad perdida, lo consiguió a los sesenta años después de mucho trabajar. Pero no se detuvo ahí. Con el dinero obtenido con el esfuerzo, consiguió la libertad de otros esclavos, incluidos su esposa Violet y su hija Celyndia. Nuestra histo-

ria está situada en el momento en que Amos Fortune ya es octogenario y se ha convertido en un rico hacendado.

2. Amos Fortune. Hombre libre: el fruto del esfuerzo en las peores circunstancias

Con la ayuda de sus vecinos, Amos había acabado de construir la casa antes de que llegaran las primeras nevadas del invierno. Era una casa pequeña, similar a tantas otras de la campiña, con una gran chimenea central y otras dos más pequeñas. Al principio el mobiliario era de lo más simple. Pero a medida que el trabajo de curtidor prosperaba y la tetera de metal resonaba con las monedas recogidas en ella, Amos iba añadiendo algunas comodidades a la vida diaria: colchones de plumas, un escritorio, un tocador con espejo, prensas para hacer queso y mantequeras, una rueca nueva para hilar y un telar más grande. Ahora que tenía un establo propio y extensiones de campo, compró otro caballo para que el viejo *Cyclops* pudiera dedicarse a pastar el resto de sus días. Una vaca y una ternera ocuparon sus lugares respectivos en el establo, y a los utensilios del negocio de curtidor se añadieron las herramientas de granjero.

Había clientes que recorrían distancias considerables para llevarle a Amos Fortune sus cueros y sus pieles. Aquellos que querían un trabajo bien hecho no se lo pensaban dos veces a la hora de viajar desde lugares tan lejanos como Reading o Sterling, en Massachusetts, o como Amherst o New Ipswich, en New Hampshire. La reputación del curtidor de Jaffrey se había extendido de forma segura y constante. Y gracias a un espacio más holgado, a un mejor equipamiento y a la contratación de los jóvenes Burdoo, además de su aprendiz, Simon Peter, con quien se había estipulado un contrato de aprendizaje de tres años, Amos podía aceptar un mayor número de encargos. La gente no sólo le confiaba el curtido de las pieles, sino que se dejaba aconsejar por él también en asuntos de compra y venta.

Una mañana, Amos abrió una carta y leyó su contenido a Violet:

«Señor:
Le pido por favor que le dé al señor Joel Adams una piel de becerro si la mía no está lista. Deje que se lleve una de las de usted y luego la canjearemos, o se queda con la mía.
B. Prescott.»

—¿Es que tienes alguna piel de becerro? —preguntó Violet.

Amos asintió:

—Una de las mejores. —Y pensó complacido en el gran establo y granero, que le permitía tener una buena reserva de pieles curtidas a mano para casos como aquel.

Había otra carta de Simeon Butters, en la que este le pedía a Amos que le pagara a Samuel Avery doce chelines: «Asumiendo yo la deuda», leyó Amos en voz alta.

Violet le preguntó:

—¿Puedes permitirte darle tanto dinero, Amos, sin saber cuándo va a devolvértelo?

Amos asintió de nuevo.

—No le pertenecemos a nadie, y en la tetera tenemos guardadas muchas monedas. Parecemos una familia de conejos en su madriguera.

Miró a Violet y le sonrió con aquella amplia sonrisa que significaba más que cualquier cosa que pudiera decir. Estaba en deuda de gratitud hacia ella, y seguiría pagando mientras viviera. La mujer inclinó la cabeza levemente, aceptando en silencio lo que en lo más hondo del corazón sabía que era su deber.

En Jaffrey se abrió una Biblioteca Social, y Amos se hizo socio. En invierno leía libros de la biblioteca, cuando las operaciones del curtido remitían, y los comentaba con los ciudadanos. Siempre estaba bien informado, pues se había suscrito a un periódico. Su acopio de información, conjuntamente con su pronto ingenio, le proporcionaban opiniones propias que los demás valoraban. Era el ciudadano por excelencia, Amos Fortune, a cuyo nombre solía añadírsele delante el tratamiento de «señor» con más frecuencia que sin ella. Se había ganado la consideración de ser un igual gracias al trabajo bien hecho y a una vida honrada. Pero su vida no era garantía para las vidas de sus seres queridos. Muchos de los amigos de Celyndia, que ahora tenía dieciséis años, eran blancos. Pero había veces en que no se sentía a gusto en el colegio a causa del color de su piel y de su forma diferente de vida. Violet, sin embargo, no estaba dispuesta a permitir que dejara de ir a la escuela. Ella sabía muy bien lo que era arrastrar por la vida la pesada carga del analfabetismo, y no quería que Celyndia tuviera que cargar con ella, además de la del color de la piel. De modo que Celyndia siguió yendo al colegio con valentía. No obstante, cuando más feliz se sentía era cuando se sentaba junto al telar y miraba tejer a Violet, o más aún cuando se sentaba a tejer ella misma.

Cuanto mejor le iban las cosas a Amos, más se afligía por aquellos que recibían lo necesario para vivir gracias tan sólo a la caridad. La ciudad había ayudado de nuevo a Lois Burdoo proporcionándole leña y víveres. Pero fuera la que fuera la ayuda que recibiera, no parecía capaz de sobreponerse jamás a su triste suerte. Sus hijos iban al colegio vestidos con harapos, y aunque les dieran ropa nueva, al día siguiente aparecían con la misma sucia y hecha jirones. Parecía como si fueran incapaces de no meterse entre los zarzales.

Después de años de ayuda ineficaz, la ciudad consideró que no podía seguir sosteniendo a Lois Burdoo por más tiempo. Recibió aviso de que los dos hijos mayores saldrían a Venta Pública el día treinta y uno de diciembre. Las ventas públicas eran subastas en que las gentes de la ciudad pujaban por el privilegio de emplear el dinero obtenido en cuidar de los indigentes. Al postor más bajo se le otorgaba el contrato. Era un recurso puesto en práctica por las ciudades pioneras para poder cuidar de sus pobres, y Jaffrey se había visto obligada a adoptar el sistema. Gran parte de la población recordaba el día de 1774 en que en el pleno municipal se había aprobado una resolución que decía: «Se vota a favor de no recaudar dinero para los pobres», con el subsiguiente sufrimiento humano. Porque pobres siempre los había, ya fuera por la suerte adversa, ya por su incapacidad para luchar contra las duras condiciones del entorno. Y algo había que hacer. Ninguna ciudad podía desentenderse por completo de la responsabilidad, y subastar a los pobres era uno de los medios por los que la ciudadanía trataba de asumir sus responsabilidades.

Antes del comienzo de cada año, en los lugares públicos se colgaban avisos firmados por el subastador en los que se anunciaba la celebración de la venta. Celyndia vio uno de estos avisos y se lo comentó a su madre.

Aquella noche, Violet le dijo a Amos:

—Así que Lois al final se ha conformado. Va a poner en venta a los dos mayores.

—¡No! ¡A Polly no!

—Sí, a Polly y a Moses.

—Pero Polly no es tan fuerte para resistir lo que le harán trabajar si la venden.

—Eso a Lois no le importa. Ella no puede dar de comer a sus hijos, y la ciudad no puede dejar que se mueran de hambre.

Amos no pudo creer lo que le decía Violet hasta que fue a la ciudad aquel mismo crudo día de diciembre. Entonces vio el aviso clavado en la puerta de la Sala de Plenos.

Figuraban los nombres de los pobres de la ciudad, ocho en total. A algunos los conocía más o menos, pero a ninguno tan bien como a los dos hermanos Burdoo. Bajo la lista de los nombres, leyó:

> «Los anteriores serán adjudicados al postor más bajo, que les proporcionará alojamiento y sustento tanto en la enfermedad como en la salud, y correrá con todos los gastos que tengan, salvo las facturas del médico, que asumirá la ciudad, y la ropa, que la ciudad les proveerá. El contrato se prolongará por un año a partir del primero de enero de 1793, cuando aquellas personas que se queden con ellos se los llevarán al lugar que se les proporcionará dentro de los límites de la ciudad de Jaffrey.»

Amos sacudía la cabeza con lentitud. No había sido capaz de mantenerse alejado de las subastas de esclavos durante todos los años en que había estado esperando la llegada de alguna chica de África. Ahora estaba ante una subasta de la que nada podría apartarle, pues estaba en juego el destino de una chica a la que conocía bien.

El día era frío e inclemente, el último del año. Amos fue caminando hasta la Sala de Plenos donde se celebraba la Venta Pública. El viento soplaba con fuerza y se arrebujó en su grueso abrigo, con la barbilla embutida en el cuello del mismo. No veía nada a su alrededor, pues la nieve barrida por la ventisca oscurecía la montaña. Pero esta seguía allí, pensó Amos. Se volvió hacia ella al alcanzar la cresta de la colina. Firme y profundamente asentada, no se movía un ápice, a pesar de los vientos que rugían a su alrededor y la nieve que la azotaba. La conciencia de su presencia le devolvió algo de la fuerza que el viento le había arrebatado en su esforzada ascensión por la ladera.

Al entrar en la Sala de Plenos se deslizó sin hacer ruido y se sentó en una silla del final, con la esperanza de pasar inadvertido. Pero todos los allí reunidos supieron que había entrado alguien por la racha de aire gélido que se había colado por la puerta. Amos miró por encima de las cabezas de la gente hacia los ocho infortunados, los pobres del año que iban a ser subastados, y que ahora permanecían sentados en silencio y amedrentados formando un grupo junto al subastador.

Era una extraña subasta, aquella Venta Pública, pues no se oía hablar a nadie, tan sólo algún cuchicheo entre los ciudadanos presentes en la sala. Algunos de ellos mostraban una expresión avergonzada, sabedores de que estaban allí para intentar obtener la mano de obra más barata existente. Otros llevaban la descarada intención de pujar por los más mayores, para sacar algunas libras por ellos fuera de la ciudad. Todos se sorprendieron al ver entrar al curtidor. La reputación de Amos Fortune por el negocio limpio era tal, que a nadie se le hubiera ocurrido verle tomar parte en una venta.

Lois Burdoo estaba sentada en un rincón, acurrucada entre sus tenues vestimentas, sollozando lastimosamente. Cuando Amos la distinguió, abandonó su asiento y fue a sentarse a su lado, al tiempo que le acariciaba las manos para consolarla y tranquilizarla.

El subastador se dirigió a la pequeña congregación y se puso a pregonar su mercancía como si fuera ganado lo que tenía a su disposición y le sobrara. La primera en ser subastada fue la chica negra de catorce años.

—Puede que les parezca flaca —dijo—, pero así no les costará mucho mantenerla, si come poco. Tiene un buen par de brazos, y estas piernas son capaces de llevarla donde cualquiera tenga que ir. ¿Quién ofrece? —Sus ojos se desplazaban entre la multitud, expectantes.

Alexander Milliken, de la taberna de la loma de la montaña, ofreció cuatro libras. Lois Burdoo se estremeció.

—No, no —murmuró en voz baja—, en una taberna, no.

Amos le susurró al oído:

—La que vale no es la primera puja, sino la última.

Hubo más ofertas, pero ninguna bajó de dos libras y diez chelines. La gente movía la cabeza de arriba abajo, como asintiendo, pues, ¿quién podía alimentar a una chica durante todo un año por menos dinero? A pesar de lo que hubiera dicho el subastador acerca de la robustez de sus miembros, resultaba evidente que poca labor podía obtenerse de una muchacha tan flaca como una niña y con aquellos ojos asustadizos y aquella tos que daba espanto.

—A la una —gritó el subastador—, a las dos…

—Una libra dieciséis —dijo Amos Fortune bien alto, con aquella voz que era tan clara y tan fuerte y conocida para tantos de los allí presentes.

El subastador se detuvo con un jadeo. Una oleada de asombro recorrió al grupo de personas reunida en la Sala de Plenos.

—Debes tener en mucho a tu ciudad para querer ahorrarle tanto dinero —comentó el subastador—. A la una, a las dos —añadió, y luego, alzando la voz—: concedida al señor Amos Fortune. Polly Burdoo, un año, por una libra y dieciséis chelines.

Polly abandonó el apiñado grupo de los pobres y corrió donde estaban su madre y Amos, volviéndose hacia el uno y el otro, demasiado asustada todavía para sonreír ante la buena fortuna que le había correspondido.

Ninguno de los demás rebajó tanto el precio. John Briant se quedó al cuidado de la viuda Combs por cinco libras y dieciocho chelines. Joseph Wilder se quedó con la viuda Cutter por diez libras y dieciséis chelines. Pero la viuda Cutter era coja, y tan vieja que no se movería del rincón de la chimenea. Moses Burdoo, de doce años de edad, quedó al cuidado de Joseph Stewart, el primero y único que pujó por él, desde aquel día y hasta que cumpliera veintiún años, por quince libras y quince chelines, la mitad de los cuales los cobraría al finalizar el primer año y la otra mitad, si el muchacho vivía, al terminar el segundo. Joseph Stewart conocía al chico, que ya había trabajado para él. Era un hombre duro, pero el chico estaba hecho un potro, y sus fuertes manos podían aprovecharse.

—Le llagará la espalda, de los golpes que le va a dar —dijo Lois.

—Ojalá le sirvan para el alma —le recordó Amos, pues también conocía bien a aquel chico—. Las alas no salen sin un poco de sufrimiento.

Es posible que Violet no sintiera mucha simpatía por la perezosa Lois, pero se encariñó de veras con Polly, a la que vistió con la ropa de Celyndia y enseñó algunas de las tareas del hogar. Celyndia y Polly tenían casi la misma edad, y Celyndia acogió calurosamente a su nueva hermana. Pero al margen del esbozo de sonrisa en el oscuro rostro de Polly y de unas pocas palabras, parecía haberse resignado para siempre a su suerte.

Cuando la veía sentada soñando despierta junto al fuego, Amos la sacaba a veces de su largo ensueño, y ella sacudía la cabeza y parpadeaba, sobresaltada.

—Sí, tío Amos —decía, deseosa de cumplir lo que le ordenara.

Pero aunque le preguntara, ella era incapaz de decir dónde habían volado sus pensamientos durante el tiempo que había durado la ensoñación.

Polly intentaba servir de ayuda a Violet en las tareas de la casa, pero tanto el trapo del polvo como la escoba tenían tendencia a caérsele de las manos. Violet se le plantaba delante y se la quedaba mirando, con la tarea que le había encomendado sin hacer. Polly se moría de ganas de trabajar con el telar, y Celyndia se pasaba las horas enseñándole sus sencillos misterios. Pero tan pronto como Polly hacía la tentativa de realizar el trabajo por sí sola, las manos se le escurrían de la lanzadera, los pies se le salían de los pedales y se quedaba mirando al frente, con los ojos inmóviles.

—¿En qué piensas tanto rato? —le preguntaba Celyndia.

Pero Polly era incapaz de decirlo.

Violet, exasperada por una sola tarea que se quedara sin hacer, se quejó a Amos:

—Sólo por tu bondad la mantenemos, Amos Fortune, porque cualquier otro hace tiempo que la habría devuelto a la ciudad.

Él se limitó a sonreír, por toda respuesta. Lo que había hecho, lo había hecho por un buen motivo, de modo que se sentía satisfecho.

A Polly le gustaba ir al colegio con Celyndia, pero al cabo de unos días trajo una nota que decía que el colegio no podía hacer nada por ella, pues era incapaz de aprender. Aquella tarde, Amos, vestido con una pieza de cuero lo bastante grande para chaleco y lo suficientemente fina para un caballero, fue a ver al maestro de la escuela. Le ofreció la piel a modo de obsequio y le suplicó benevolencia para Polly.

—No estará mucho con nosotros, y lo que usted le enseñe le servirá allá donde vaya —dijo Amos.

Puesto que lo que decía aquel anciano de alta estatura, ojos penetrantes y buen porte no podía contradecirse, el maestro aceptó quedarse con Polly. Mientras observaba al curtidor seguir su camino, se preguntó quién cuidaría de la muchacha un año más, y pensó que en ningún lugar encontraría la bondad que había encontrado en el hogar de los Fortune.

Al cabo de poco, Polly no podía levantarse de la cama, pero cuanto más débil estaba, más sonreía, como si una especie de satisfacción inundara su ser. Celyndia se pasaba las horas leyéndole, hablando con ella. Violet le traía algo de comer. Amos se sentaba junto a ella a lo largo de las tardes tranquilas. Polly le pedía que le contara cuentos, y él se los contaba, pero ella le pedía más que ningún otro que le contara el cuento del carro. Después de contárselo, ambos se ponían a cantar; la voz de ella seguía a la de él, a pesar de que apenas podía musitar las palabras.

Violet, sentada al telar al otro lado de la habitación, y Celyndia, con el huso en la mano, se les unían.

Una noche de principios de noviembre, Polly le pidió a Amos que la ayudara a sentarse. Él la rodeó con los brazos y la ayudó a incorporarse. Ella pesaba tan poco que él pensó que si hubiera sostenido una flor por el tallo no podría haber sido más ligera. Ella extendió los brazos y descansó la mano derecha en la de Violet, áspera y ruda por los cuidados que había dado a los demás, y la izquierda en la de Celyndia, que era suave y fuerte. No apartaba los ojos de Amos.

En su rostro había paz; una sonrisa se insinuó en sus labios, y por primera vez pareció como si viera con claridad a aquellos que la querían. Su mirada, que siempre había estado perdida, se había hecho al fin cercana. Un ligero estremecimiento le sacudió el cuerpo. Se sentó muy erguida por un momento, sin necesidad de la ayuda de los brazos de Amos. Y luego cayó de nuevo en sus brazos.

Celyndia se puso a llorar mansamente. Amos echó la cabeza hacia atrás, y Violet vio que formaba con los labios las palabras familiares:

—Gracias, Señor.

Violet se volvió hacia él con una interrogación en la mirada.

Amos le respondió:

—Quería que muriera libre. Sabía que no duraría mucho cuando pujé por ella, pero ha disfrutado casi de un año de libertad.

—Nunca fue una esclava —le recordó Violet—. Nació libre.

Él sacudió la cabeza.

—No era libre, siendo tan pobre. Se ha ido con una sonrisa en el rostro y luz en los ojos. Una niña asustada como era, se ha ido ella sola muy lejos y está atravesando el Jordán sin miedo.

Su rostro resplandecía, como si compartiera casi parte del esplendor que sabía que estaba a punto de rodear a Polly.

Violet le miró. Nunca hasta entonces había sentido tanto amor por aquel hombre que parecía vivir para hacer llegar la libertad a los demás.

—Liberarías a todo el mundo, si pudieras. ¿No es verdad, Amos?

Él sacudió la cabeza.

—Sólo a los que puedo tocar. Un hombre no puede hacer más.

Cubrió con la sobrecama el rostro de Polly y extendió el brazo por encima de la cama para tocar las manos de Celyndia.

—No llores, Lyndia, mi amor. Sal a llevarles un poco de heno a los animales del establo. Cuéntales lo que ha pasado en la casa y procura dejar el establo bien cerrado, que hace un viento muy frío esta noche.

Aliviada por tener algo que hacer, Celyndia salió de la habitación. Amos se acercó a la chimenea para echar otro leño y, volviéndose, le habló a Violet con voz sosegada.

—Una vez, hace muchos años, pensé que podría liberar una canoa entera de compañeros rompiendo las ataduras que me atenazaban las muñecas y matando al hombre blanco que sostenía el arma. En las manos tenía la fuerza para hacerlo, y dentro de mí el ardor necesario, pero no lo hice.

—¿Qué te retuvo?

Amos movió la cabeza a uno y otro lado.

—Refrené mi mano, y ahora me alegro de que así fuera, porque todos estos años me han demostrado que a un hombre no le hace ningún bien ser libre en tanto no sabe cómo vivir, cómo caminar al mismo paso que Dios.

—Pero, ¡Amos! —exclamó Violet—. ¡Mira a toda la gente a la que has dado la libertad! A Lily y a Lydia, a Celyndia y a mí, y ahora has liberado a Polly para que muriera feliz.

—Y para que siga viviendo —le recordó con dulzura.

—¿Cómo es que te ha dado por pensar esta noche en todas estas cosas? —le preguntó ella—. Nunca me habías hablado de esa canoa llena de compañeros.

—Antes en los ojos de Polly veía África —dijo él—, el pasado y todas sus penas, y todo lo que había detrás, pero no había visto lo que hay delante hasta este mismo momento. Tal vez lo viera también en sus ojos. Es algo bueno, Violet. Valdrá la pena esperar a verlo.

Al día siguiente Josiah Carey cavó una tumba para Polly Burdoo en el cementerio de la iglesia, cerca del lugar que tenía reservado Amos Fortune para sí. Unos meses más tarde, el pleno municipal votó a favor de abonarle a Amos Fortune la libra y dieciséis chelines correspondientes a la manutención de Polly Burdoo, aunque no la hubiera tenido consigo el año entero. Amos no se quedó el dinero para satisfacer sus necesidades, sino que lo apartó y le dijo a Violet que tenía la intención de emplearlo en algo concreto, y que cuando supiera en qué, ya se lo diría.

(ELIZABETH YATES)

[LAS RELACIONES CON LOS OTROS]

Desde el primer momento de nuestra existencia, nos relacionamos con otras personas. Se trata, al principio, de nuestros padres, quizá de los abuelos y de algún hermano. Luego, poco a poco, van entrando más personas en nuestra vida. Por eso resultan tan importantes las relaciones con los demás. De ello tratan los relatos que vienen inmediatamente a continuación.

COMPASIÓN Y GRATITUD

En nuestras relaciones con otros, es indispensable manifestar dos cualidades. La primera es intentar comprender las dificultades de los demás e intentar tenderles una mano en sus peores momentos. A eso se le llama compasión. La segunda conducta es saber recordar el bien que hemos podido recibir de otros y agradecerlo. A eso se le llama gratitud. De esos dos comportamientos nos habla el autor español Samaniego (véanse pp. 31, 118, 252) en la fábula que leemos a continuación:

EL LEÓN Y EL RATÓN

Estaba un ratoncillo aprisionado
en las garras de un león; el desdichado
en la tal ratonera no fue preso
por ladrón de tocino ni de queso,
sino porque con otros molestaba
al león, que en su retiro descansaba.

Pide perdón, llorando su insolencia;
al oír implorar la Real clemencia,
responde el Rey en majestuoso tono:
No dijera más Tito: «Te perdono».

Poco después cazando el león tropieza
en una red oculta en la maleza:
quiere salir, mas queda prisionero;
atronando la selva ruge fiero.

El libre ratoncillo, que lo siente,
corriendo llega, roe diligente
los nudos de la red de tal manera,
que al fin rompió los grillos de la fiera.

Conviene al poderoso
para los infelices ser piadoso;
tal vez se puede ver necesitado
del auxilio de aquel más desdichado.

(FÉLIX MARÍA DE SAMANIEGO)

COMPARTIR

Como tú sabes, vivimos con otras personas. Pero se puede vivir de maneras diferentes. Algunos prefieren aislarse de los demás, no tener que ver nada con ellos, llevar una vida que sólo se centra en uno mismo. Otros se abren a los demás, desean ser útiles, los ayudan. Los primeros son egoístas; los segundos ansían compartir. Tú necesitas compartir y necesitas que los demás compartan contigo. Del enfrentamiento entre el egoísmo y la necesidad de compartir trata el siguiente cuento. Lo escribió Oscar Wilde —ya le conoces (véase p. 72)— y, a ti te lo puedo decir en secreto, es uno de mis preferidos:

EL GIGANTE EGOÍSTA

Todas las tardes al volver del colegio tenían los niños la costumbre de ir a jugar al jardín del gigante.

Era un gran jardín solitario, con un suave y verde césped. Brillaban aquí y allí lindas flores sobre el suelo, y había doce melocotoneros que en primavera se cubrían con una delicada floración blanquirrosada y que, en otoño, daban hermosos y grandes frutos.

Los pájaros, posados sobre las ramas, cantaban tan deliciosamente, que los niños interrumpían habitualmente sus juegos para escucharlos.

—¡Qué dichosos somos aquí! —se decían unos a otros.

Un día volvió el gigante. Había ido a visitar a su amigo el ogro de Cornualles, residiendo siete años en su casa. Al cabo de los siete años dijo todo lo que tenía que decir, pues su conversación era limitada, y decidió regresar a su castillo.

Al llegar, vio a los niños que jugaban en su jardín.

—¿Qué hacéis ahí? —les gritó con voz agria.

Y los niños huyeron.

—Mi jardín es para mí solo —prosiguió el gigante—. Todos deben entenderlo así, y no permitiré que nadie que no sea yo se solace en él.

Lo cercó entonces con un alto muro y puso este cartel:

PROHIBIDA LA ENTRADA
Se procederá judicialmente
contra los transgresores

Era un gigante muy egoísta.

Los pobres niños no tenían ahora sitio donde jugar.

Intentaron jugar en la carretera; pero la carretera estaba muy polvorienta, toda llena de agudas piedras, y no les gustaba.

Tomaron la costumbre de pasearse, una vez terminadas sus lecciones, alrededor del alto muro, para hablar del hermoso jardín que había al otro lado. Entonces llegó la primavera y en todo el país hubo pájaros y florecillas. Sólo en el jardín del gigante egoísta continuaba siendo invierno.

Los pájaros, desde que no había niños, no tenían interés en cantar y los árboles olvidábanse de florecer.

En cierta ocasión una bonita flor levantó su cabeza sobre el césped; pero al ver el cartelón se entristeció tanto pensando en los niños, que se dejó caer a tierra, volviéndose a dormir.

Los únicos que se alegraron fueron el hielo y la nieve.

—La primavera se ha olvidado de este jardín —exclamaban—. Gracias a esto vamos a vivir en él todo el año.

La nieve extendió su gran manto blanco sobre el césped y el hielo revistió de plata todos los árboles.

Entonces invitaron al viento del Norte a que viniese a pasar una temporada con ellos. El viento del Norte aceptó y vino. Estaba envuelto en pieles. Bramaba durante todo el día por el jardín, derribando a cada momento chimeneas.

—Este es un sitio delicioso —decía—. Invitemos también al granizo.

Y llegó asimismo el granizo.

Todos los días, durante tres horas, tocaba el tambor sobre la techumbre del castillo, hasta que rompió muchas pizarras. Entonces se puso a dar vueltas alrededor del jardín, lo más deprisa que pudo. Iba vestido de gris y su aliento era de hielo.

—No comprendo por qué la primavera tarda tanto en llegar —decía el gigante egoísta cuando se asomaba a la ventana y veía su jardín blanco y frío—. ¡Ojalá cambie el tiempo!

Pero la primavera no llegaba ni el verano tampoco.

El otoño trajo frutos de oro a todos los jardines, pero no dio ninguno al del gigante.

—Es demasiado egoísta —dijo.

Y era siempre invierno en casa del gigante, y el viento del Norte, el granizo, el hielo y la nieve danzaban en medio de los árboles.

Una mañana el gigante, acostado en su lecho, pero despierto ya, oyó una música deliciosa. Sonó tan dulcemente en sus oídos, que hizo imaginarse que los músicos del rey pasaban por allí.

En realidad, era un pardillo que cantaba ante su ventana; pero como no había oído a un pájaro en su jardín hacía mucho tiempo, le pareció la música más bella del mundo.

Entonces el granizo dejó de bailar sobre su cabeza y el viento del Norte de rugir. Un perfume delicioso llegó hasta él por la ventana abierta.

—Creo que ha llegado al fin la primavera —dijo el gigante.

Y saltando del lecho se asomó a la ventana y miró. ¿Qué fue lo que vio? Pues vio un espectáculo extraordinario.

Por una brecha abierta en el muro, los niños habíanse deslizado en el jardín encaramándose a las ramas. Sobre todos los árboles que alcanzaba él a ver había un niño, y los árboles sentíanse tan dichosos de sostener nuevamente a los niños, que se habían cubierto de flores y agitaban graciosamente sus brazos sobre las cabezas infantiles.

Los pájaros revoloteaban de unos para otros cantando con delicia, y las flores reían irguiendo sus cabezas sobre el césped.

Era un bonito cuadro.

Sólo en un rincón, en el rincón más apartado del jardín, seguía siendo invierno.

Allí se encontraba un niño muy pequeño. Tan pequeño era, que no había podido llegar a las ramas del árbol y se paseaba a su alrededor llorando amargamente.

El pobre árbol estaba aún cubierto de hielo y de nieve, y el viento del Norte soplaba y rugía por encima de él.

—Sube ya, muchacho —decía el árbol.

Y le alargaba sus ramas, inclinándose todo lo que podía, pero el niño era demasiado pequeño.

El corazón del gigante se enterneció al mirar hacia afuera.

«¡Qué egoísta he sido! —pensó—. Ya sé por qué la primavera no ha querido venir aquí. Voy a colocar a ese pobre pequeñuelo sobre la cima del árbol, luego tiraré el muro, y mi jardín será ya siempre el sitio de recreo de los niños.»

Estaba verdaderamente arrepentido de lo que había hecho.

Entonces bajó las escaleras, abrió nuevamente la puerta y entró en el jardín.

Pero cuando los niños le vieron, se quedaron tan aterrorizados que huyeron y el jardín se quedó otra vez invernal.

Únicamente el niño pequeñito no había huido porque sus ojos estaban tan llenos de lágrimas que no le vio venir.

Y el gigante se deslizó hasta él, le cogió cariñosamente con sus manos y lo depositó sobre el árbol.

Y el árbol inmediatamente floreció, los pájaros vinieron a posarse y a cantar sobre él y el niñito extendió sus brazos, rodeó con ellos el cuello del gigante y le besó.

Y los otros niños, viendo que ya no era malo el gigante, se acercaron y la primavera los acompañó.

—Desde ahora este es vuestro jardín, pequeñuelos —dijo el gigante. Y cogiendo un martillo muy grande, echó abajo el muro.

Y cuando los campesinos fueron a mediodía al mercado, vieron al gigante jugando con los niños en el jardín más hermoso que pueda imaginarse.

Estuvieron jugando durante todo el día, y por la noche fueron a decir adiós al gigante.

—Pero ¿dónde está vuestro compañerito? —les preguntó—. ¿Aquel muchacho que subí al árbol?

A él era a quien quería más el gigante, porque le había abrazado y besado.

—No sabemos —respondieron los niños—; se ha ido.

—Decidle que venga mañana sin falta —repuso el gigante.

Pero los niños contestaron que no sabían dónde vivía y hasta entonces no le habían visto nunca.

Y el gigante se quedó muy triste. Todas las tardes a la salida del colegio venían los niños a jugar con el gigante, pero este ya no volvió a ver el pequeñuelo a quien quería tanto. Era muy bondadoso con todos los niños, pero echaba de menos a su primer amiguito y hablaba de él con frecuencia.

—¡Cómo me gustaría verle! —solía decir.

Pasaron los años y el gigante envejeció y fue debilitándose. Ya no podía tomar parte en los juegos; permanecía sentado en un gran sillón viendo jugar a los niños.

—Tengo muchas flores bellas —decía—; pero los niños son las flores más bellas.

Una mañana de invierno, mientras se vestía, miró por la ventana. Ya no detestaba el invierno; sabía que no es sino el sueño de la primavera y el reposo de las flores.

De pronto se frotó los ojos, atónito, y miró con atención.

Realmente era una visión maravillosa. En un extremo del jardín había un árbol casi cubierto de flores blancas. Sus ramas eran todas de oro y colgaban de ellas frutos de plata; bajo el árbol aquel, estaba el pequeñuelo a quien quería tanto.

El gigante se precipitó por las escaleras lleno de alegría y entró en el jardín. Corrió por el césped y se acercó al niño. Y cuando estuvo junto a él, su cara enrojeció de cólera y exclamó:

—¿Quién se ha atrevido a herirte?

En las palmas de la mano del niño y en sus piececitos veíanse las señales sangrientas de dos clavos.

—¿Quién se ha atrevido a herirte? —gritó el gigante—. Dímelo. Iré a coger mi espada y le mataré.

—No —respondió el niño—, estas son las heridas del Amor.

—¿Y quién es ese? —dijo el gigante.

Un temor respetuoso le invadió, haciéndole caer de rodillas ante el pequeñuelo. Y el niño sonrió al gigante y le dijo:

—Me dejaste jugar una vez en tu jardín. Hoy vendrás conmigo a mi jardín, que es el Paraíso.

Y cuando llegaron los niños aquella tarde encontraron al gigante tendido, muerto, bajo el árbol, todo cubierto de flores blancas.

(OSCAR WILDE)

ENTREGA

A veces nuestras relaciones con los demás exigen más que el simple compartir. Además hay que esforzarse mucho, hay que sacrificarse, hay que entregarse. De la entrega precisamente trata el siguiente cuento que debemos a otro autor que ya conoces (véanse pp. 168, 235), al genial escritor ruso Liev Tolstoi:

LOS DOS HERMANOS Y EL ORO

En tiempos remotos, dos hermanos vivían cerca de Jerusalén. El mayor se llamaba Afanasi, y el menor, Yoan. Vivían en una montaña, próxima a la ciudad, y se alimentaban de lo que las gentes les daban como limosna. Se pasaban trabajando el día entero; pero no para ellos, sino para los pobres.

Dondequiera que hubiese personas recargadas de trabajo, enfermos, viudas o huérfanos, allí se dirigían los dos, para prestar ayuda, sin aceptar pago alguno por sus desvelos.

Así pasaban las semanas, cada cual por su lado; y sólo se reunían los sábados por la noche en su vivienda. Los domingos rezaban a Dios y charlaban entre sí. Y el ángel del Señor bajaba del cielo para bendecirlos.

Un lunes en que los hermanos acababan de separarse y cada cual se iba por su lado, para hacerse cargo de sus respectivos trabajos, el mayor, Afanasi, sintió pena de dejar a su querido hermano Yoan. Se detuvo y miró hacia atrás. Yoan caminaba con la cabeza inclinada. Pero de pronto se paró como si hubiese visto algo que le llamase la atención. Se quedó mirando un punto, con la mano puesta en los ojos, a modo de visera. Después se acercó al lugar que estaba mirando, dio un salto, echó a correr montaña abajo y subió a la otra vertiente. Huyó muy lejos del sitio en que parecía haberse encontrado con una fiera que quería atacarle.

Muy sorprendido, Afanasi volvió sobre sus pasos para averiguar qué era lo que había asustado a su hermano. A medida que se acercaba, distinguió algo que resplandecía al sol. Y, cuando estuvo cerca, vio un montón de oro sobre la hierba...

Afanasi se asombró tanto del oro como de la huida de su hermano. «¿De qué se habrá asustado? ¿Por qué habrá echado a correr? —se preguntó—. No hay pecado en el oro. El pecado reside en el hombre. El oro puede causar el mal, pero asimismo puede servir para hacer el bien. ¡Cuántos huérfanos y viudas podrían alimentarse con este oro! ¡Cuántos desnudos podrían vestirse! ¡A cuántos desvalidos y enfermos podría aliviar! Nosotros servimos a los desgraciados; pero nuestra ayuda es pequeña por ser insignificantes nuestros recursos. Con este oro podríamos prestar una ayuda más eficaz a nuestro prójimo.»

Esto fue lo que pensó Afanasi. Hubiera querido decírselo a su hermano; pero Yoan estaba ya fuera del alcance de su voz. Se le veía a lo lejos, sobre la otra vertiente, como si fuera un insecto.

Afanasi se quitó la chaqueta, recogió todo el oro que esta podía contener y, echándose el hato al hombro, fue a la ciudad. Entró en una posada, confió el oro al posadero, y volvió por el resto.

Cuando lo hubo recogido todo, fue a ver a unos comerciantes, compró terrenos en la ciudad, piedra y madera, contrató obreros y empezó a construir tres edificios. Uno, para recoger huérfanos y viudas; otro, para dar asilo a los enfermos y desvalidos, y el tercero, para peregrinos y mendigos. Encontró a tres venerables *startsy* [título de respeto que se daba en Rusia a los religiosos de edad] y los puso al frente del orfanato, del hospital y del asilo. Aún le quedaban tres mil monedas de oro y Afanasi dio mil a cada uno de los viejos, para que las repartieran entre los pobres.

En breve se llenaron de gente las tres casas. Todos alababan a Afanasi por lo que había hecho. Y él estaba tan contento de su obra que no tenía deseos de abandonar la ciudad. Pero como quería mucho a su hermano, se despidió de todos y volvió a su vivienda, con las mismas ropas de antes y sin haberse quedado con una sola moneda.

Según se acercaba a la montaña, Afanasi pensó: «Mi hermano procedió mal al huir del oro. ¿Acaso no es mejor lo que he hecho yo?». Pero, apenas hubo cruzado su mente este pensamiento, vio aparecer al mismo ángel que descendía a bendecirlos. Miró a Afanasi con expresión amenazadora. Petrificado, este sólo exclamó:

—¿Por qué, Señor?

—Vete de aquí. No eres digno de vivir con tu hermano. El salto que dio vale más que cuanto has hecho con tu oro —replicó el ángel.

Afanasi enumeró entonces a todos los pobres y peregrinos a quienes había dado de comer, así como a los huérfanos que había socorrido.

—El mismo diablo que puso el oro para seducirte te ha enseñado esas palabras —prosiguió el ángel.

Entonces, la conciencia habló en Afanasi, y pudo comprender que no había hecho todo aquello por Dios. Arrepentido, se deshizo en lágrimas.

El ángel le franqueó el camino, en el que lo esperaba su hermano Yoan. Desde entonces, Afanasi no se dejó ya seducir por el diablo, ni por el oro; y supo que no es con dinero, sino con trabajo, con lo que se puede servir a Dios y a los hombres.

Y los dos hermanos siguieron viviendo como antes.

(LIEV NIKOLAYEVICH TOLSTOI)

[LA AMISTAD]

Tú sabes que los amigos son estupendos. Puedes jugar con ellos, contarles cosas, hacer planes... A veces no querrías separarte nunca de ellos. Es normal que sea así porque uno de los sentimientos más hermosos que existen entre seres humanos es el de la amistad. En los siguientes relatos, vas a ver que esta puede ser de distintos tipos.

LA AMISTAD CON LOS ANIMALES

No sé si tienes algún animal: un hámster, un pez, un perro... No todos los animales son iguales. Con algunos, la comunicación es muy pequeña, pero con otros... Bueno, con otros, casi parece que podrías no sólo jugar sino hasta charlar e incluso contar chistes. El siguiente relato forma parte de la obra más famosa de Antoine de Saint-Exupéry, El Principito, *que ya conociste en otro punto de este libro (véase p. 21). En él verás cómo el protagonista conoce al zorro y descubre lo que puede ser la amistad entre un animal y un ser humano:*

El Principito

Entonces apareció el zorro.

—Buenos días —dijo el zorro.

—Buenos días —respondió cortésmente el Principito, que se dio la vuelta, pero no vio nada.

—Estoy acá —dijo la voz— bajo el manzano...

—¿Quién eres? —dijo el Principito—. Eres muy lindo...

—Soy un zorro —dijo el zorro.

—Ven a jugar conmigo —le propuso el Principito—. ¡Estoy tan triste!...

—No puedo jugar contigo —dijo el zorro—. No estoy domesticado.

—¡Ah! Perdón —dijo el Principito. Pero, después de reflexionar, agregó—: ¿Qué significa *domesticar*?

—No eres de aquí —dijo el zorro—. ¿Qué buscas?

—Busco a los hombres —dijo el Principito—. ¿Qué significa *domesticar*?

—Los hombres —dijo el zorro— tienen fusiles y cazan. Es muy molesto. También crían gallinas. Es su único interés. ¿Buscas gallinas?

—No —dijo el Principito—. Busco amigos. ¿Qué significa *domesticar*?

—Es una cosa demasiado olvidada —dijo el zorro—. Significa «crear lazos».

—¿Crear lazos?

—Sí —dijo el zorro—. Para mí no eres todavía más que un muchachito semejante a cien mil muchachitos. Y no te necesito. Y tú tampoco me necesitas. No soy para ti más que un zorro semejante a cien mil zorros. Pero, si me domesticas, tendremos necesidad el uno del otro. Serás para mí único en el mundo. Seré para ti único en el mundo...

—Empiezo a comprender —dijo el Principito—. Hay una flor... Creo que me ha domesticado...

—Es posible —dijo el zorro—. ¡En la Tierra se ve toda clase de cosas...!

—¡Oh! No es en la Tierra —dijo el Principito.

El zorro pareció muy intrigado:

—¿En otro planeta?

—Sí.

—¿Hay cazadores en ese planeta?

—No.

—¡Es interesante eso! ¿Y gallinas?

—No.

—No hay nada perfecto —suspiró el zorro. Pero volvió a su idea—: Mi vida es monótona. Cazo gallinas, los hombres me cazan. Todas las gallinas se parecen y todos los hombres se parecen. Me aburro, pues, un poco. Pero, si me domesticas, mi vida se llenará de sol. Conoceré un ruido de pasos que será diferente de todos los otros. Los otros pasos me hacen esconder bajo la tierra. El tuyo me llamará fuera de la madriguera, como una música. Y además, ¡mira! ¿Ves, allá, los campos de trigo? Yo no como pan. Para mí el trigo es inútil. Los campos de trigo no me recuerdan nada. ¡Es bien triste!

»Pero tú tienes cabellos color de oro. Cuando me hayas domesticado, ¡será maravilloso! El trigo dorado será un recuerdo de ti. Y amaré el ruido del viento en el trigo...

El zorro calló y miró largo tiempo al Principito:

—¡Por favor... domestícame! —dijo.

—Bien lo quisiera —respondió el Principito—, pero no tengo mucho tiempo. Tengo que encontrar amigos y conocer muchas cosas.

—Sólo se conocen las cosas que se domestican —dijo el zorro—. Los hombres ya no tienen tiempo de conocer nada. Compran cosas hechas a los mercaderes. Pero como no existen mercaderes de amigos, los hombres ya no tienen amigos. Si quieres un amigo, ¡domestícame!

—¿Qué hay que hacer? —dijo el Principito.

—Hay que ser muy paciente —respondió el zorro—. Te sentarás al principio un poco lejos de mí, así, en la hierba. Te miraré de reojo y no dirás nada. La palabra es fuente de malentendidos. Pero, cada día, podrás sentarte un poco más cerca...

Al día siguiente volvió el Principito.

—Hubiese sido mejor venir a la misma hora —dijo el zorro—. Si vienes, por ejemplo, a las cuatro de la tarde, comenzaré a ser feliz desde las tres. Cuanto más avance la hora, más feliz me sentiré. A las cuatro me sentiré agitado e inquieto; ¡descubriré el precio de la felicidad! Pero si vienes a cualquier hora, nunca sabré a qué hora preparar mi corazón... Los ritos son necesarios.

—¿Qué es un rito? —dijo el Principito.

—Es también algo demasiado olvidado —dijo el zorro—. Es lo que hace que un día sea diferente de los otros días: una hora, de las otras horas. Entre los cazadores, por ejemplo, hay un rito. El jueves bailan con las muchachas del pueblo. El jueves es, pues, un día maravilloso. Voy a pasearme hasta la viña. Si los cazadores no bailaran en día fijo, todos los días se parecerían y yo no tendría vacaciones.

Así el Principito domesticó al zorro. Y cuando se acercó la hora de la partida:

—¡Ah!... —dijo el zorro—. Voy a llorar.

—Tuya es la culpa —dijo el Principito—. No deseaba hacerte mal pero quisiste que te domesticara...

—Sí —dijo el zorro.

—¡Pero vas a llorar! —dijo el Principito.

—Sí —dijo el zorro.

—Entonces, no ganas nada.

—Gano —dijo el zorro—, por el color de trigo. —Luego, agregó—: Ve y mira nuevamente a las rosas. Comprenderás que la tuya es única en el mundo. Volverás para decirme adiós y te regalaré un secreto.

El Principito se fue a ver nuevamente a las rosas:

—No sois en absoluto parecidas a mi rosa: no sois nada aún —les dijo—. Nadie os ha domesticado y no habéis domesticado a nadie. Sois como era mi zorro. No era más que un zorro semejante a cien mil otros. Pero yo le hice mi amigo y ahora es único en el mundo.

Y las rosas se sintieron bien molestas.

—Sois bellas, pero estáis vacías —les dijo todavía—. No se puede morir por vosotras. Sin duda que un transeúnte común creerá que mi rosa se os parece. Pero ella sola es más importante que todas vosotras, puesto que es ella la rosa a quien he regado. Puesto que es ella la rosa a quien puse bajo un globo. Puesto que es ella la rosa a quien abrigué con el biombo. Puesto que es ella la rosa cuyas orugas maté (salvo las dos o tres que se hicieron mariposas). Puesto que es ella la rosa a quien escuché quejarse, o alabarse, o aun, algunas veces, callarse. Puesto que ella es mi rosa.

Y volvió hacia el zorro:

—Adiós —dijo.

—Adiós —dijo el zorro—. He aquí mi secreto. Es muy simple: no se ve bien sino con el corazón. Lo esencial es invisible a los ojos.

—Lo esencial es invisible a los ojos —repitió el Principito, a fin de acordarse.

—El tiempo que perdiste por tu rosa hace que tu rosa sea tan importante.

—El tiempo que perdí por mi rosa... —dijo el Principito, a fin de acordarse.

—Los hombres han olvidado esta verdad —dijo el zorro—. Pero tú no debes olvidarla. Eres responsable para siempre de lo que has domesticado. Eres responsable de tu rosa...

—Soy responsable de mi rosa... —repitió el Principito, a fin de acordarse.

(Antoine de Saint-Exupéry)

LOS AMIGOS

El siguiente relato es una hermosa historia de amistad que le debemos, de nuevo (véanse pp. 72, 301) al escritor británico Oscar Wilde. Gracias a él vemos que el amor por los amigos es un sentimiento que va más allá de la muerte. Es así porque tiene mucha más fuerza:

EL PRÍNCIPE FELIZ

En lo más alto de la ciudad alzábase sobre un pedestal la estatua del Príncipe Feliz.

Toda ella estaba cubierta de madreselva de oro fino. En lugar de ojos tenía dos rutilantes zafiros y un gran rubí escarlata refulgía en el puño de su espalda. Por eso era muy admirada.

—Es tan bella como una veleta —observó uno de los concejales que deseaba granjearse fama de experto en arte. Y temiendo pasar por hombre poco práctico, añadió—: Aunque no es tan útil.

Y realmente, no lo era.

—¿Por qué no eres como el Príncipe Feliz? —preguntaba una madre sensitiva a su hijito, que quería la luna—. El Príncipe Feliz no hubiera pedido nunca nada a gritos.

—Me satisface saber que hay alguien en el mundo completamente feliz —murmuró un hombre fracasado, contemplando la maravillosa estatua.

—En verdad, parece un ángel —dijeron los pequeños hospicianos al salir de la catedral, vestidos con sus soberbias capas rojas y sus lindas chaquetas blancas.

—¿En qué lo notais? —replicó el profesor de Matemáticas—, si no habéis visto nunca ninguno?

—¡Oh! Los hemos visto en sueños —contestaron los niños.

Y el profesor de Matemáticas frunció el entrecejo, adoptando un aire de severidad porque no podía aprobar que unas criaturas se permitieran soñar.

Una noche, una golondrina voló velozmente hacia la ciudad.

Seis semanas antes habían marchado sus compañeras a Egipto; pero ella se quedó rezagada. Estaba locamente enamorada del más hermoso de los juncos. Lo vio al iniciarse la primavera, mientras revoloteaba sobre el río persiguiendo a una gran mariposa amarilla oro; y su esbelto talle la sedujo hasta el punto de que se posó para hablarle.

—Te amaré —decidió la golondrina, que no se andaba nunca con ambages.

El junco le hizo una profunda reverencia. Entonces, la golondrina voló a su alrededor, rozando el agua con sus alas y dejando estelas plateadas. Era su manera de hacer la corte, y así fue pasando el estío.

—Es un absurdo enamoramiento —chirriaban las otras golondrinas—. Ese junco es un pobretón con demasiada familia.

El río estaba, en efecto, poblado todo de juncos. Al llegar el otoño, todas las golondrinas alzaron el vuelo. Una vez partidas, su compañera se sintió muy sola y empezó a cansarse de su amante.

—Ni siquiera sabe hablar —decíase ella—. Temo, además, que sea infiel, porque flirtea sin cesar con la brisa.

Realmente, siempre que soplaba la brisa, aquel junco multiplicaba sus más gentiles saludos.

—Por lo que veo, es muy casero —murmuraba la golondrina—; a mí me encantan los viajes, y, por tanto, al que me ame debe gustarle viajar conmigo.

—¿Quieres venir conmigo? —le preguntó, finalmente, la golondrina al junco.

Pero este se negó moviendo su cabeza; estaba demasiado arraigado a su hogar.

—¡Te has estado burlando de mí! —le chilló la golondrina—. Así es que me voy a las Pirámides. ¡Adiós!

Y la golondrina emprendió el vuelo. Voló durante todo el día y al anochecer llegó a la ciudad.

—¿Dónde encontraré un cobijo? —se preguntó—. Espero que la ciudad habrá hecho preparativos para recibirme.

Y entonces vio la estatua sobre su pedestal.

—Me refugiaré ahí —gritó—. Es un sitio bonito, muy ventilado.

Y se posó justamente entre los pies del Príncipe Feliz.

—Tengo un salón dorado —musitó, mirando a su alrededor. Y se dispuso a dormir. Pero al ir a meter su cabeza debajo del ala, le cayó encima una gruesa gota de agua.

—¡Es curioso! —exclamó—. El cielo está completamente despejado, y las estrellas brillan con toda claridad. ¡Y está lloviendo, sin embargo! El clima del norte de Europa es realmente muy extraño. Recuerdo que al junco le encantaba la lluvia; pero en él era puro egoísmo.

Y entonces le cayó una nueva gota.

—¿Para qué sirve una estatua si no resguarda de la lluvia? —dijo la golondrina—. Buscaré una buena caperuza de chimenea.

Y se disponía a volver más allá cuando, al abrir sus alas, le cayó una tercera gota. La golondrina miró entonces hacia arriba, y vio... ¡Ah, lo que vio!... Los ojos del Príncipe Feliz estaban anegados de lágrimas que se deslizaban por sus mejillas de oro. Su rostro aparecía tan bello bajó la luz de la luna, que la golondrina se sintió acongojada de piedad.

—¿Quién sois? —le preguntó.

—Soy el Príncipe Feliz.

—¿Por qué lloráis, entonces? —volvió a preguntar la golondrina—, me habéis empapado casi.

—Cuando vivía yo y palpitaba en mí un corazón de hombre replicó la estatua—, ignoraba lo que era el llanto, porque residía en el Palacio de la Despreocupación; donde le está prohibida la entrada a la Pena. De día jugaba yo con mis compañeros en el jardín, y de noche bailaba en el amplio vestíbulo. En torno a ese jardín levantábase un muro altísimo, pero no me preocupó nunca lo que había detrás de él, pues todo cuanto me rodeaba era maravilloso. Mis súbditos me llamaban el Príncipe Feliz, y en verdad yo lo era, si el placer constituye la felicidad. Asi viví y así dejé de existir, y ahora que estoy muerto, me han elevado tanto que puedo contemplar todas las fealdades y todas las miserias de mi ciudad. Y aun siendo de plomo mi corazón, no me queda otro remedio que llorar.

«¡Cómo! ¿No es de oro de buena ley?», se dijo la golondrina para sus adentros, pues estaba demasiado bien educada para hacer ninguna observación en voz alta sobre nadie.

—Allí abajo —continuó la estatua con su voz baja y musical—, en una calleja, hay una pobre vivienda. Está abierta una de sus ventanas, y por ella puedo ver a una mujer sentada ante una mesa. Su cara está enflaquecida y ajada, y sus manos tumefactas y rojas, llenas de pinchazos de aguja, porque es costurera. Borda pasionarias sobre un vestido de seda que lucirá en el próximo baile de la Corte la más bella de las camareras de la reina. Allí, en un rincón del cuarto, yace sobre un camastro su hijito, enfermo. Tiene mucha fiebre y pide naranjas; su madre no tiene para darle más que agua del río. Por eso está llorando. Golondrina, golondrina, golondrinita, ¿no querrás llevarle el rubí de la empuñadura de mi espada? Mis pies están sujetos al pedestal, y no puedo moverme.

—Me esperan ya en Egipto —respondió la golondrina—. Mis compañeras vuelan de un lado para otro sobre el Nilo y conversan con los esbeltos lotos. Pronto irán a dormir a la tumba del Gran Rey, que está allí en su féretro de madera, vendado con un lienzo amarillo, y embalsamado con sustancias aromáticas. Lleva un collar de jade verde pálido en torno al cuello y sus manos parecen hojas secas.

—Golondrina, golondrina, golondrinita —repitió el Príncipe—, ¿no querrás quedarte conmigo una noche y ser mi mensajera? ¡Tiene tanta sed el niño y está tan triste la madre!

—No me agradan mucho los niños —contestó la golondrina—. El pasado invierno, cuando vivía yo en la orilla del río, dos chicos maleducados, hijos del molinero, estaban siempre tirándome piedras. No me alcanzaban, porque nosotras las golondrinas volamos muy bien y, además, pertenezco a una familia famosa por su agilidad; pero, a pesar de todo, era una falta de consideración.

Mas la mirada del Príncipe Feliz era tan triste, que la golondrinita se sintió conmovida.

—Mucho frío hace aquí —le dijo—; pero me quedaré una noche acompañándoos y llevaré vuestro mensaje.

—Gracias, golondrinita —respondió el Príncipe.

Y entonces la golondrina arrancó el soberbio rubí de la espada del Príncipe y, sosteniéndolo en su pico, voló sobre los tejados. Pasó por encima de la torre de la catedral, en la que había unos ángeles de mármol blanco. Cruzó sobre el Palacio Real, y llegaron hasta ella las músicas del baile.

Una linda muchacha se asomó a un balcón con su prometido.

—¡Qué hermosas son las estrellas y qué maravillosa es la fuerza del amor! —le dijo.

—Quisiera tener mi vestido para el baile de la Corte —replicó ella—. He mandado bordar en él unas pasionarias; pero ¡son tan holgazanas las costureras!

Voló sobre el río y vio los fanales colgados en las puntas de los mástiles de las embarcaciones. Pasó sobre el gueto, y vio allí a los viejos judíos, comerciando entre ellos y pesando monedas en balanzas de metal.

Llegó, por último, a la pobre vivienda y miró hacia adentro: el niño se removía febrilmente en su camastro, y la madre habíase quedado dormida de fatiga. La golondrina penetró en la habitación y dejó el gran rubí sobre la mesa, dentro del dedal de la costurera. Luego revoloteó sin armar ruido alrededor del lecho, abanicando con sus alas la carita del niño.

—¡Qué fresco más dulce siento! —murmuró el niño—. Debo de estar mejor.

Y se quedó dormido, deliciosamente tranquilo. Entonces la golondrina voló rápidamente hacia el Príncipe Feliz y le contó lo que había hecho.

—¡Qué raro! —observó ella—. Ahora tengo casi calor, a pesar del frío que hace.

—Eso es porque has hecho una buena acción —dijo el Príncipe.

Y la golondrinita se puso a meditar sobre aquello, quedándose dormida. Cuantas veces se ponía a meditar, se dormía. En cuanto amaneció, emprendió el vuelo hacia el río y se dio un baño.

—¡Notabilísimo fenómeno! —exclamó el profesor de Ornitología, que cruzaba por el puente—. ¡Una golondrina en esta época!

Y escribió sobre ello un extenso artículo, con destino a un diario local. Todo el mundo lo citó, pues estaba plagado de palabras incomprensibles.

—Esta noche partiré hacia Egipto —decíase la golondrina, y sólo de pensarlo se ponía contentísima. Recorrió todos los monumentos públicos, y estuvo descansando un buen rato sobre la aguja del campanario de la catedral. Y por todos sitios donde pasaba los gorriones piaban, diciéndose unos a otros:

—¡Qué extranjera más distinguida!

Lo cual la ahuecaba de satisfacción. En cuanto salió la luna volvió a todo vuelo hacia el Príncipe Feliz.

—¿Queréis algo para Egipto? —le chilló—. Hoy emprenderé la marcha.

—Golondrina, golondrina, golondrinita —dijo el Príncipe—, ¿quieres quedarte otra noche conmigo?

—Me esperan en Egipto —contestó la golondrina—. Mañana mis hermanas y mis compañeras volarán hacia la segunda catarata. Allí el hipopótamo reposa entre los cañáverales, y el dios Memnón se alza sobre un enorme trono de granito. Vigila a las estrellas durante la noche, y en cuanto brilla Venus, lanza un grito de alegría y vuelve a enmudecer. A la hora del mediodía los rojizos leones bajan a beber a la ribera del río. Sus ojos son como verdes aguamarinas, y sus rugidos más atronadores que los de la catarata.

—Golondrina, golondrina, golondrinita —volvió a decir el Príncipe—, allá, abajo, en aquel otro lado de la ciudad, veo a un joven en una buhardilla inclinado sobre una mesa llena de papeles; a su lado hay un vaso con unas violetas marchitas. Tiene el pelo negro y ondulado, los labios rojos como granos de granada, y unos grandes ojos soñadores. Debe terminar una obra para el director del teatro, pero siente tal frío, que no puede escribir más. No arde ningún fuego en su tabuco, y el hambre le ha dejado extenuado.

—Me quedaré otra noche acompañándoos —accedió la golondrina, que tenía realmente buen corazón—. ¿Queréis que le lleve otro rubí?

—¡Ay, no tengo más rubíes! —exclamó el Príncipe—. Sólo me quedan mis ojos. Son unos zafiros magníficos traídos de la India hace mil años. Arráncame uno y llévaselo. Él lo venderá a algún joyero, y comprará alimentos y combustible, y podrá terminar su obra.

—Mi querido Príncipe —dijo la golondrina—, no tendría valor para hacer eso. —Y se echó a llorar.

—¡Golondrina, golondrina, golondrinita! —dijo el Príncipe—. ¡Haz lo que te mando!

Y entonces la golondrina arrancó el ojo del Príncipe, y fue volando hasta la buhardilla del escritor. Entró fácilmente en ella, porque había un agujero en el techo. La golondrina penetró por él como una flecha en el cuarto. El joven tenía la cabeza hundida en sus manos; no oyó el aleteo del pájaro y al alzar los ojos vio el soberbio zafiro entre las violetas marchitas.

—Empiezan a reconocer mi valía —se dijo—. Esto es un presente de algún rico admirador. Ahora ya podré concluir mi obra. —Y se sintió completamente feliz.

Al día siguiente la golondrina voló hacia el puerto. Se posó sobre el mástil de un gran navío y estuvo viendo cómo los marineros extraían enormes cajas de la cala tirando de unos cabos.

—¡Iza! —gritaban a cada caja que elevaban hasta el puente.

—¡Marcho a Egipto! —les chilló la golondrina.

Pero no le hicieron caso, y en cuanto salió la luna voló de nuevo hacia el Príncipe Feliz.

—He venido únicamente para despedirme de vos —le dijo.

—¡Golondrina, golondrina, golondrinita! —exclamó el Príncipe—. ¿No quieres quedarte acompañándome una noche más?

—Ya es invierno —replicó la golondrina—. Pronto lo cubrirá todo la nieve glacial. En Egipto calienta el sol sobre las verdes palmeras. Los cocodrilos, tendidos en el légamo, contemplan indolentes las palmeras, a orillas del río. Mis amigas y mis compañeras hacen sus nidos en el Templo de Baalbec. Las palomas blanquirrosadas las siguen con los ojos, mientras se arrullan... Mi querido Príncipe, no tengo más remedio que dejaros; pero nunca os olvidaré, y la primavera próxima os traeré de allá dos bellas piedras preciosas en sustitución de las que habéis regalado. Un rubí que será más rojo que la rosa más roja y el zafiro tan azul como el mar.

—Allá abajo, en aquella plaza —dijo el Príncipe Feliz—, ha instalado su puesto una niña que vende cerillas; pero se le han caído al arroyo, estropeándose todas. Su padre le pegará mucho si no lleva unos cuartos a su casa y por eso está llorando. No lleva medias ni zapatos, y tiene la cabeza al aire. Anda, arráncame este otro ojo, llévaselo y así su padre no le pegará.

—Pasaré también esta noche con vos —contestó la golondrina—; pero no puedo arrancaros este ojo, porque entonces os quedaríais ciego.

—¡Golondrina, golondrina, golondrinita! —exclamó el Príncipe—, ¡haz lo que te mando!

Y entonces la golondrina arrancó el otro ojo del Príncipe, y alzó el vuelo, llevándolo en su pico. Se posó sobre un hombro de la pequeña vendedora de cerillas y dejó caer la piedra preciosa en la palma de la manita.

—¡Qué bonito trozo de vidrio! —exclamó la chiquilla. Y se marchó corriendo muy alegre a su casa.

Entonces la golondrina volvió volando hacia el Príncipe.

—Como ahora estáis ciego, me quedaré con vos para siempre.

—No, golondrinita —dijo el Príncipe—. Debes marchar a Egipto.

—Me quedaré con vos para siempre —repitió la golondrina.

Y se quedó dormida entre los pies del Príncipe. Al día siguiente se posó sobre el hombro de aquel, y le contó todo lo que había visto en remotos países. Le habló de los ibis rojizos alineados en largas filas a orillas del Nilo, que pescan a picotazos peces de oro; de la gran Esfinge, que es tan vieja como el mundo, habita en el desierto y lo sabe todo; de los mercaderes, que caminan lentamente junto a sus camellos, mientras pasan las cuentas de unos grandes rosarios de ámbar entre sus dedos; del Rey de las Montañas de la Luna, que es más negro que el ébano y que adora un enorme bloque de cristal; de la gran serpiente verde que dormita entre las ramas de una palmera y que tienen la misión de alimentar con pastelitos de miel veinte sacerdotes, y de los pigmeos que navegan por un amplio lago sobre anchas hojas y están siempre guerreando con las mariposas.

—Golondrinita querida —dijo el Príncipe—, todo eso que me has contado es realmente maravilloso; pero lo son más aún las penas que sufren los hombres y las mujeres. El mayor misterio es la miseria. Vuela sobre mi ciudad, golondrinita, y dime luego lo que hayas visto.

Entonces la golondrina voló sobre la enorme ciudad y vio a los ricos festejándose en sus soberbios palacios mientras los menesterosos se agrupaban, sentados a sus puertas. Voló sobre los barrios más sórdidos y vio las exangües caritas de los niños que morían de hambre, contemplando tristemente las oscuras callejuelas. Bajo el arco de un puente estaban tendidos dos arrapiezos, abrazados el uno al otro para calentarse.

—¡Tenemos mucha hambre! —decían.

—¡Está prohibido tumbarse aquí! ¡Largo! —les gritó un guardia. Y tuvieron que alejarse bajo la lluvia.

Entonces la golondrina prosiguió su vuelo, y fue a contar al Príncipe lo que acababa de ver.

—Me cubre una capa de oro fino —dijo el Príncipe—, vete quitándolo hoja por hoja, y repártelo entre mis pobres, ya que los hombres creen que el oro proporciona la felicidad.

Hoja a hoja fue la golondrina desprendiendo el oro fino que cubría la estatua hasta que el Príncipe Feliz se quedó sin brillo ni belleza. Y hoja a hoja lo repartió entre los necesitados, con lo cual las caritas infantiles recobraron sus colores sonrosados y los niños rieron y jugaron por las calles.

—¡Ya tenemos pan! —gritaban alegremente.

A poco llegó la nieve y después el hielo. Las calles parecían pavimentadas de plata de lo blancas y relucientes. Afilados carámbanos como puñales de cristal colgaban de los aleros; toda la gente iba envuelta en pieles; los niños llevaban gorritos rojos y patinaban ágilmente sobre el hielo. La pobre golondrinita sentía cada vez más frío, pero no quería dejar solo al Príncipe, porque le amaba tiernamente. Picoteaba las migas que quedaban a la puerta del panadero, procurando que este no la viese, e intentaba entrar en calor agitando sus alas. Pero, finalmente comprendió que iba a morir. Sólo tuvo ya fuerzas para volar hasta el hombro del Príncipe.

—¡Adiós, mi querido Príncipe! —musitó—. Permitidme que os bese la mano.

—Me da la mayor alegría que marches al fin a Egipto, golondrinita —dijo el Príncipe—. Has estado aquí demasiado tiempo. Bésame en los labios, porque te amo.

—No voy a Egipto —murmuró la golondrina—. Voy a la morada de la Muerte... La Muerte es la hermana del Sueño, ¿verdad?

Y besando al Príncipe Feliz en la boca cayó muerta a sus plantas. Y en aquel mismo instante se oyó un extraño crujido en el interior de la estatua, como si se hubiera roto algo. En realidad, la capa de bronce se acababa de partir, pues hacía verdaderamente un frío tremendo. Y en las primeras horas de la mañana siguiente cruzó el alcalde la plaza, acompañado de los concejales de la ciudad. Al pasar ante el pedestal, alzó los ojos hacia la estatua.

—¡Dios mío! —exclamó—. ¡Qué harapiento parece el Príncipe Feliz!

—¡Qué harapiento está! —dijeron los concejales a coro, pues eran siempre de la misma opinión que el alcalde. Y se pusieron a contemplar la estatua.

—Se ha desprendido el rubí de su espada, le faltan los ojos y el oro de su traje —observó el alcalde—. Está hecho un pordiosero.

—¡Un pordiosero! —repitieron a coro los concejales.

—Y hay ahora un pájaro muerto a sus pies —añadió el alcalde—. Tengo que dictar un bando prohibiendo a los pájaros que vengan a morir aquí.

Y el secretario del Ayuntamiento tomó nota de la iniciativa. Entonces acordaron derribar la estatua del Príncipe Feliz.

—Lo que carece de belleza es inútil —afirmó el profesor de Estética de la Universidad.

En vista de lo cual fundieron la estatua, y el alcalde reunió al Consejo en sesión extraordinaria para decidir lo que debía hacerse con el metal.

—Podríamos hacer otra estatua —propuso aquel—. La mía, por ejemplo.

—O la mía —dijeron sucesivamente cada uno de los concejales. Y terminaron disputando acaloradamente. La última vez que tuve noticias de ellos seguían discutiendo.

—¡Qué cosa tan rara! —dijo el oficial primero de la fundición—. No hay manera de fundir este corazón de plomo. Habrá que tirarlo como chatarra.

Los fundidores lo arrojaron a un montón de desecho, donde estaba la golondrina muerta.

—Tráeme las dos cosas más preciadas de la ciudad —ordenó Dios a uno de los ángeles.

Y el ángel le llevó el corazón de plomo y el pajarillo muerto.

—Has elegido perfectamente —dijo Dios—, pues en mis jardines del Paraíso este pajarillo gorjeará eternamente, y en mi ciudad de oro, el Príncipe Feliz entonará mis alabanzas.

(OSCAR WILDE)

[EL AMOR]

Existe una cosa aún más importante que la amistad. Más importante y mejor. En buena medida, es lo que da sentido a nuestra vida. Me refiero al amor.

EL AMOR A LOS AMIGOS

El primer relato que vamos a ver está relacionado con un amor muy especial, el amor a los amigos. Forma parte de una colección de novelas juveniles conocidas como las Crónicas de Narnia. *La escribió el autor británico C.S. Lewis (1898-1963) y constituye un clásico de la literatura universal. Hemos escogido un capítulo de la primera de esas crónicas —«El león, la bruja y el armario»—, precisamente aquel en el que se cuenta cómo el león Aslan decide sacrificarse por salvar a sus amigos. Se trata de un capítulo para cuya redacción Lewis se inspiró en la muerte del propio Jesús.*

Crónicas de Narnia. El león, la bruja y el armario

—Debemos marcharnos de este lugar al momento —indicó Aslan en cuanto la bruja hubo desaparecido—, se necesitará para otros menesteres. Acamparemos esta noche en los Vados de Beruna.

Desde luego, todos estaban ansiosos por preguntarle cómo había solucionado la cuestión con la bruja; pero su rostro era severo y a todos les zumbaban los oídos debido al sonido de su rugido y, por lo tanto, nadie se atrevió a abrir la boca.

Tras una comida, que tuvo lugar al aire libre en lo alto de la colina pues el sol había adquirido fuerza y secado la hierba, todos estuvieron muy ocupados durante un tiempo desmontando el pabellón y empaquetando las cosas. Antes de las dos de la tarde iniciaron la marcha y partieron en dirección Nordeste, andando tranquilamente, pues no tenían que ir muy lejos.

Durante la primera parte del viaje Aslan explicó a Peter su plan de campaña.

—En cuanto haya puesto fin a sus asuntos en esta parte —dijo—, la bruja y su gente se replegarán casi con toda seguridad a su casa y se prepararán para un asedio. Tal vez consigas cortarle la retirada e impedir que llegue allí, o tal vez no.

A partir de ahí pasó a esbozar dos planes de ataque; uno para combatir a la bruja y los suyos en el bosque y otro para asaltar su castillo. Durante todo ese tiempo aconsejó a Peter cómo llevar a cabo las operaciones, diciendo cosas como: «Debes colocar a tus centauros en tal y tal sitio» o «Debes enviar exploradores para asegurarte de que ella no haga esto y aquello», hasta que por fin Peter preguntó:

—Pero ¿tú estarás allí, Aslan?

—No puedo prometer nada —respondió el león, y siguió dando instrucciones al muchacho.

Durante la última parte del viaje fueron Susan y Lucy quienes estuvieron más tiempo con él, aunque no habló demasiado y les pareció que estaba triste.

No había transcurrido aún la tarde cuando llegaron a un lugar donde el cauce del río se había ensanchado y el río era amplio y poco profundo. Eran los Vados de Beruna y Aslan dio orden de detenerse en aquel lado de las aguas; pero Peter dijo:

—¿No sería mejor acampar en el otro extremo, por si acaso ella decidiera intentar un ataque nocturno o algo parecido?

Aslan, que parecía estar pensando en otra cosa, salió de su ensimismamiento con una sacudida de la magnífica melena y respondió:

—¿Eh? ¿Qué sucede?

Peter volvió a repetirlo.

—No —dijo el león con voz apagada, como si no importara—. No; no llevará a cabo un ataque esta noche. —Y lanzó un profundo suspiro; aunque al poco prosiguió—: De todos modos, bien pensado. Así es como debería pensar un soldado. Aunque en realidad no importa.

De modo que empezaron a montar el campamento.

El estado de ánimo de Aslan afectó a todo el mundo aquel atardecer. Meter se sentía inquieto también ante la idea de librar aquella batalla por su cuenta; la noticia de que Aslan podría no estar presente le había producido una gran conmoción. La cena aquella noche fue una comida silenciosa, y todos advirtieron lo diferente que había sido la noche anterior o incluso aquella misma mañana. Parecía como si los buenos tiempos, que acababan de empezar, se acercaran ya a su fin.

Aquella sensación afectó tanto a Susan que la niña no conseguía conciliar el sueño. Tras haber permanecido acostada contando ovejas y dando vueltas y más vueltas, oyó que Lucy profería un largo suspiro y se removía justo a su lado, en la oscuridad.

—¿Tampoco tú puedes dormir? —preguntó Susan.

—No; pensaba que dormías. ¡Oye, Susan!

—¿Qué?

—Tengo una sensación muy horrible; como si algo se nos echara encima.

—¿Ah, sí, la tienes? Porque, en realidad, a mí me pasa lo mismo.

—Tiene que ver con Aslan —continuó Lucy—. O bien algo espantoso va a sucederle, o es algo espantoso que él va a hacer.

—Se ha comportado de un modo muy raro toda la tarde —dijo Susan—. ¡Lucy! ¿Qué fue lo que dijo sobre no estar con nosotros durante la batalla? No creerás que va a escabullirse y abandonarnos esta noche, ¿verdad?

—¿Dónde está ahora? —inquirió Lucy—. ¿Está aquí en el pabellón?

—No lo creo.

—¡Susan!, salgamos y echemos un vistazo. Tal vez lo veamos.

—De acuerdo. Hagámoslo —accedió su hermana—; será mejor que hagamos eso en lugar de quedarnos aquí despiertas.

Con gran sigilo las dos niñas avanzaron a tientas por entre los que dormían y se deslizaron en silencio fuera de la tienda. La luz de la luna brillaba con fuerza y todo estaba muy silencioso, a excepción del ruido del río que borboteaba sobre las piedras. Entonces Susan agarró el brazo de Lucy y exclamó:

—¡Mira!

En el otro extremo del campamento, justo donde empezaban los árboles, vieron cómo el león se alejaba despacio y penetraba en el bosque. Lo siguieron sin decir ni una palabra.

Las condujo por la empinada ladera que salía del valle del río y luego se desviaba ligeramente a la derecha; en apariencia se trataba de la misma ruta que habían seguido por la tarde para llegar hasta allí desde la colina de la Mesa de Piedra. El león prosiguió sin una pausa, conduciéndolas al interior de oscuras sombras y a campo abierto bajo la pálida luz de la luna, y consiguiendo que sus pies quedaran bien empapados por el abundante rocío. De algún modo parecía distinto del Aslan que conocían. La cola y la cabeza estaban gachas y andaba despacio, como si estuviera muy, muy cansado. Entonces, cuando cruzaban una amplia extensión de terreno despejado en el que no había sombras en las que las niñas pudieran ocultarse, el león se detuvo y miró a su alrededor. De nada servía salir corriendo, así que se acercaron a él. Cuando llegaron a su lado, les dijo:

—Niñas, niñas, ¿por qué me seguís?

—No podíamos dormir —respondió Lucy; y tuvo la seguridad de que no necesitaba decir nada más y que Aslan sabía todo lo que habían estado pensando.

—Por favor, ¿podemos ir contigo..., donde sea que vayas? —suplicó Susan.

—Bueno... —dijo él, y pareció meditarlo; al cabo de un rato continuó—: Me gustaría tener compañía esta noche. Sí, podéis venir, si me prometéis que os detendréis cuando yo os lo indique, y que después de eso me dejaréis continuar solo.

—Gracias, muchas gracias. Así lo haremos —respondieron las dos niñas.

Siguieron adelante y las niñas se colocaron una a cada lado del león. ¡Qué despacio andaba! Y la enorme y regia cabeza estaba tan inclinada que su hocico casi tocaba la hierba. Al cabo de un rato tropezó y lanzó un sordo gemido.

—¡Aslan! ¡Querido Aslan! —dijo Lucy—. ¿Qué sucede? ¿No puedes decírnoslo?

—¿Estás enfermo, Aslan? —inquirió Susan.

—No —respondió él—; estoy triste y me siento solo. Colocad vuestras manos sobre mi melena de modo que pueda sentir que estáis ahí y continuemos andando.

Y de ese modo las niñas hicieron lo que jamás se habrían atrevido a hacer sin su permiso, pero que habían ansiado desde la primera vez que lo vieron: enterraron las frías manos en el hermoso océano de su pelaje y lo acariciaron, y mientras lo hacían, anduvieron junto a él. No tardaron en darse cuenta de que estaban ascendiendo por la ladera de la colina en la que se alzaba la Mesa de Piedra. Lo hicieron por el lado donde los árboles llegaban más arriba, y cuando alcanzaron el último árbol, uno que estaba rodeado de matorrales, Aslan se detuvo y dijo:

—Niñas, mis queridas niñas. Aquí debéis deteneros. Y suceda lo que suceda, no dejéis que os vean. Adiós.

Y las dos niñas lloraron amargamente —a pesar de que apenas sabían el motivo— y se abrazaron al león y besaron su melena, su hocico, sus patas y sus enormes y tristes ojos. Luego él se apartó de ellas y siguió adelante hasta lo alto de la colina. Lucy y Susan, agazapadas en los matorrales, lo siguieron con la mirada, y esto fue lo que vieron.

Había una gran muchedumbre aguardando alrededor de la Mesa de Piedra y aunque la luna brillaba, muchos de ellos sostenían antorchas que ardían con malévolas llamas rojas y humo negro. ¡Tenían una pinta horrible! Ogros con dientes monstruosos, lobos y hombres con cabezas de toros; espíritus de árboles malignos y plantas venenosas; y otras criaturas que no describiré porque si lo hiciera los adultos probablemente no te permitirían leer este libro: espantos, arpías, íncubos, espectros, diablos, efrets, trasgos, orknies, duendes y etens. En realidad allí estaban todos los que pertenecían al bando de la bruja y que el lobo había convocado siguiendo sus órdenes; y justo en el centro, de pie junto a la Mesa, se hallaba la bruja en persona.

Un aullido y un farfullar consternado surgió de las criaturas cuando vieron al gran león que avanzaba despacio hacia ellas, y por un momento incluso la bruja pareció dominada por el temor. Se recuperó enseguida, no obstante, y soltó una salvaje carcajada.

—¡Idiota! —exclamó—. El muy idiota ha venido. Atadlo bien.

Lucy y Susan contuvieron el aliento a la espera de oír el rugido de Aslan y verlo saltar sobre sus enemigos; pero no sucedió. Cuatro arpías, de expresiones burlonas y maliciosas, aunque también, al principio, vacilantes y medio asustadas por lo que debían hacer, se habían acercado a él.

—¡Atadlo, he dicho! —repitió la Bruja Blanca.

Las arpías se abalanzaron sobre él y profirieron un agudo chillido triunfal cuando vieron que no ofrecía resistencia. A continuación otros —enanos y monos malvados— se apresuraron a ayudarlas, y entre todos pusieron al león acostado de espaldas y le ataron las cuatro patas juntas, sin dejar de lanzar gritos y aclamaciones como si hubieran hecho algo muy valeroso, aunque, de haberlo querido el león, una de aquellas garras habría supuesto la muerte de todos ellos. Sin embargo no hizo ningún ruido, ni siquiera cuando los enemigos, tensando y tirando, ataron las cuerdas con tal fuerza que se le clavaron en la carne. Luego empezaron a arrastrarlo hacia la Mesa de Piedra.

—¡Deteneos! —ordenó la bruja—. Hay que afeitarlo primero.

Otro estallido de carcajadas ruines se alzó entre sus seguidores cuando un ogro con un par de tijeras de esquilar se adelantó y fue a agacharse junto a la cabeza de Aslan. El instrumento chasqueó y chasqueó en sus manos, y masas de dorados rizos empezaron a caer al suelo. A continuación el ogro retrocedió y las niñas, que observaban desde su escondite, contemplaron el rostro del león que entonces parecía muy pequeño y distinto sin su melena. Los enemigos también observaron la diferencia.

—¡Vaya, pues si no es más que un gato grande, al fin y al cabo! —chilló uno.

—¿«Esto» es lo que tanto temíamos? —dijo otro.

Se apelotonaron alrededor de Aslan, mofándose, a la vez que le decían cosas como:

—¡Gatito, gatito! Pobre gatito.

—¿Cuántos ratones has atrapado hoy, gato?

—¿Quieres tu platito de leche, minino?

—Pero ¿cómo pueden? —exclamó Lucy, con lágrimas corriéndole por las mejillas—. ¡Son unos bestias, unos bestias!

Pues ahora que había pasado la primera impresión, el rostro esquilado de Aslan le parecía más valiente, más hermoso y más paciente que nunca.

—¡Ponedle el bozal! —dijo la bruja.

Incluso entonces, mientras forcejeaban con su boca para colocarle el bozal, un mordisco de sus fauces les habría costado las manos a dos o tres. Sin embargo, no se movió ni una vez, y aquello pareció enfurecer a la multitud. Todos se abalanzaron sobre él entonces. Aquellos que habían temido acercársele, incluso después de que lo ataran, empezaron a recuperar el valor, y durante unos minutos las dos niñas ni siquiera pudieron verlo, de tantas como eran las criaturas que lo rodeaban para asestarle patadas y golpes, escupirle y burlarse de él.

Por fin la chusma tuvo suficiente, y empezaron a arrastrar al atado y amordazado león hacia la Mesa de Piedra, unos tirando y otros empujando. Era un animal tan enorme que incluso cuando lo tuvieron allí fue necesario efectuar un supremo esfuerzo para conseguir izarlo hasta la parte superior. Una vez sobre la Mesa, volvieron a atarlo con más cuerdas y a tensarlas bien.

—¡Cobardes! ¡Cobardes! —sollozó Susan—. ¿Todavía le temen, incluso ahora?

Una vez que Aslan quedó atado-atado de tal forma que en realidad era una masa de cuerdas sobre la piedra plana, toda la muchedumbre se quedó silenciosa de repente. Cuatro arpías, que sostenían cuatro antorchas, se colocaron en las esquinas de la Mesa. La bruja se descubrió los brazos como lo había hecho la noche anterior cuando su presa había sido Edmund en lugar de Aslan, y a continuación empezó a afilar el cuchillo. A las niñas les pareció, cuando el destello de las antorchas cayó sobre él, que el cuchillo estaba hecho de piedra, no de acero, y que tenía un forma extraña y maligna.

Por fin la bruja se acercó, y fue a colocarse junto a la cabeza de Aslan. La mujer tenía el rostro crispado y convulsionado por la ira, mientras que el del león contemplaba el cielo, todavía inmóvil, sin cólera ni temor, tan sólo un poco entristecido. Entonces, justo antes de asestar el golpe, la bruja se inclinó hacia él y dijo con voz estremecida:

—Y ahora, ¿quién ha ganado? Idiota, ¿creíste que con todo esto salvarías al traidor humano? Ahora te mataré a ti en lugar de a él tal como pactamos, de modo que la Magia Insondable quede aplacada. Pero cuando estés muerto, ¿qué me impedirá matarlo también a él? ¿Y quién me lo quitará de las manos entonces? Comprende ahora que me has entregado Narnia para siempre, has perdido tu propia vida y no has salvado la de él. Sabiendo eso, desespera y muere.

Las niñas no vieron el momento en que lo mataba, pues no pudieron soportar contemplarlo y se taparon los ojos.

(C.S. Lewis)

EL AMOR PATERNO

Si hay algo que caracteriza a la familia es el amor. Tus padres te quieren y te quieren mucho. Quizá a veces tú no lo entiendas porque te mandan cosas que no te gustan o porque te tienen que regañar cuando no te portas como debes, pero lo hacen por tu bien y con el tiempo comprenderás que existen pocos amores mayores que el que tienen los padres hacia sus hijos. La siguiente historia es un hermoso relato sobre el amor de un padre. Se la debemos al propio Jesús y está recogida en el capítulo 15 del evangelio de Lucas:

Parábola del hijo pródigo

Un hombre tenía dos hijos y el menor de ellos dijo a su padre: «Padre, dame la parte de los bienes que me corresponde»; y les repartió los bienes.

No muchos días después, juntándolo todo el hijo menor, se fue lejos a una provincia apartada; y allí desperdició sus bienes viviendo perdidamente. Y cuando todo lo hubo malgastado, vino una gran hambre en aquella provincia, y comenzó a faltarle. Y fue y se arrimó a uno de los ciudadanos de aquella tierra, el cual le envió a su hacienda para que apacentase cerdos. Y deseaba llenar su vientre de las algarrobas que comían los cerdos, pero nadie le daba.

Y volviendo en sí, dijo: «¡Cuántos jornaleros en casa de mi padre tienen abundancia de pan, y yo aquí perezco de hambre! Me levantaré e iré a mi padre, y le diré: Padre, he pecado contra el cielo y contra ti. Ya no soy digno de ser llamado tu hijo; hazme como a uno de tus jornaleros».

Y levantándose, vino a su padre. Y cuando aún estaba lejos, lo vio su padre, y fue movido a misericordia, y corrió, y se echó sobre su cuello, y le besó.

Y el hijo le dijo: «Padre, he pecado contra el cielo y contra ti, y ya no soy digno de ser llamado tu hijo». Pero el padre dijo a sus siervos: «Sacad el mejor vestido, y vestidle; y poned un anillo en su mano, y calzado en sus pies. Y traed el becerro gordo y matadlo, y comamos y hagamos fiesta; porque este mi hijo muerto era, y ha revivido; se había perdido, y es hallado». Y comenzaron a regocijarse.

Y su hijo mayor estaba en el campo; y cuando vino, y llegó cerca de la casa, oyó la música y las danzas; y llamando a uno de los criados, le preguntó qué era aquello.

Él le dijo: «Tu hermano ha venido; y tu padre ha hecho matar el becerro gordo, por haberle recibido bueno y sano».

Entonces se enojó, y no quería entrar. Salió por tanto su padre, y le rogaba que entrase. Mas él, respondiendo, dijo al padre: «He aquí, tantos años te sirvo, no habiéndote desobedecido jamás, y nunca me has dado ni un cabrito para gozarme con mis amigos. Pero cuando vino este tu hijo, que ha consumido tus bienes con rameras, has hecho matar para él el becerro gordo».

Él entonces le dijo: «Hijo, tú siempre estás conmigo, y todas mis cosas son tuyas. Mas era necesario hacer fiesta y regocijarnos, porque este tu hermano era muerto, y ha revivido; se había perdido, y es hallado».

(NUEVO TESTAMENTO. LUCAS 15)

EL AMOR FILIAL

Tus padres te quieren mucho. Tú también los quieres, estoy seguro. Por eso tienes que ser bueno con ellos. Debes atender a lo que te dicen, respetarlos, obedecerlos. Sé que, a veces, eso no es fácil, pero, porque los quieres, lo harás. El siguiente cuento lo escribió el autor italiano Edmondo D´Amicis (1846-1908) y forma parte de Corazón, *su obra más famosa. En él podrás ver un ejemplo de cómo un buen hijo quiere a sus padres incluso hasta el sacrificio:*

El pequeño escribiente florentino

Tenía doce años y cursaba la cuarta elemental. Era un simpático niño florentino de cabellos negros y tez blanca, hijo mayor de cierto empleado de ferrocarriles quien, teniendo una familia numerosa y un escaso sueldo, vivía con suma estrechez. Su padre lo quería mucho, y era bueno e indulgente con él; indulgente en todo menos en lo que se refería a la escuela: en esto era muy exigente y se revestía de bastante severidad, porque el hijo debía estar pronto dispuesto a obtener otro empleo para ayudar a sostener a la familia; y para ello necesitaba trabajar mucho en poco tiempo.

Así, aunque el muchacho era aplicado, el padre lo exhortaba siempre a estudiar. Era este ya de avanzada edad y el exceso de trabajo lo había también envejecido prematuramente. En efecto, para proveer a las necesidades de la familia, además del mucho trabajo que tenía en su empleo, se buscaba a la vez, aquí y allá, trabajos extraordinarios de copista. Pasaba, entonces, sin descansar, ante su mesa, buena parte de la noche. Últimamente, cierta casa editorial que publicaba libros y periódicos le había hecho el encargo de escribir en las fajas el nombre y la dirección de los suscriptores. Ganaba tres florines por cada quinientas de aquellas tirillas de papel, escritas en caracteres grandes y regulares. Pero esta tarea lo cansaba, y se lamentaba de ello a menudo con la familia a la hora de comer.

—Estoy perdiendo la vista —decía—; esta ocupación de noche acaba conmigo.

El hijo le dijo un día:

—Papá, déjame trabajar en tu lugar; sabes que puedo escribir igual que tú.

Pero el padre le respondió:

—No, hijo, no; tú debes estudiar; tu escuela es mucho más importante que mis fajas: tendría remordimiento si te privara del estudio una hora; lo agradezco, pero no quiero, y no me hables más de ello.

El hijo sabía que con su padre era inútil insistir en aquellas materias, y no insistió. Pero he aquí lo que hizo. Sabía que a las doce en punto dejaba su padre de escribir y salía del despacho para dirigirse a la alcoba. Alguna vez lo había oído: en cuanto el reloj daba las doce, sentía inmediatamente el rumor de la silla que se movía y el lento paso de su padre. Una noche esperó a que estuviese ya en cama; se vistió sin hacer ruido, anduvo a tientas por el cuarto, encendió el quinqué de petróleo, y se sentó en la mesa de despacho, donde había un montón de fajas blancas y la indicación de las direcciones de los suscriptores.

Empezó a escribir, imitando todo lo que pudo la letra de su padre. Y escribía contento, con gusto, aunque con miedo; las fajas escritas aumentaban, y de vez en cuando dejaba la pluma para frotarse las manos; después continuaba con más alegría, atento el oído y sonriente. Escribió ciento sesenta: ¡cerca de un florín! Entonces se detuvo: dejó la pluma donde estaba, apagó la luz y se volvió a la cama de puntillas.

Aquel día, a las doce, el padre se sentó a la mesa de buen humor. No había advertido nada. Hacía aquel trabajo mecánicamente, contando las horas y pensando en otra cosa. No sacaba la cuenta de las fajas escritas hasta el día siguiente. Sentado a la mesa con buen humor, y poniendo la mano en el hombro del hijo:

—¡Eh, Julio —le dijo—, mira qué buen trabajador es tu padre! En dos horas he trabajado anoche un tercio más de lo que acostumbro. La mano aún está ágil, y los ojos cumplen todavía con su deber.

Julio, contento, mudo, decía para sí: «¡Pobre padre! Además de la ganancia, le he proporcionado también esta satisfacción: la de creerse rejuvenecido. ¡Ánimo, pues!».

Alentado con el éxito, la noche siguiente, en cuanto dieron las doce, se levantó otra vez y se puso a trabajar. Y lo mismo siguió haciendo varias noches. Su padre continuaba también sin advertir nada. Sólo una vez, cenando, observó de pronto:

—¡Es raro: cuánto petróleo se gasta en esta casa de algún tiempo a esta parte!

Julio se estremeció; pero la conversación no pasó de allí, y el trabajo nocturno siguió adelante.

Lo que ocurrió fue que, interrumpiendo así su sueño todas las noches, Julio no descansaba bastante; por la mañana se levantaba rendido aún, y por la noche al estudiar, le costaba trabajo tener los ojos abiertos. Una noche, por primera vez en su vida, se quedó dormido sobre los apuntes.

—¡Vamos, vamos! —le gritó su padre dando una palmada—. ¡Al trabajo!

Se asustó y volvió a ponerse a estudiar. Pero las noches y los días siguientes continuaba igual, y aún peor: daba cabezadas sobre los libros, se despertaba más tarde de lo acostumbrado; estudiaba las lecciones con desgana, y parecía que le disgustaba el estudio. Su padre empezó a observarlo, después se preocupó de ello y, al fin, tuvo que reprenderlo. Nunca lo había tenido que hacer por esta causa.

—Julio —le dijo una mañana—; tú te descuidas mucho; ya no eres el de otras veces. No quiero esto. Todas las esperanzas de la familia se cifraban en ti. Estoy muy descontento. ¿Comprendes?

Con este único regaño, el único verdaderamente severo que había recibido, el muchacho se turbó.

—Sí, cierto —murmuró entre dientes—; así no se puede continuar; es menester que el engaño concluya.

Pero por la noche de aquel mismo día, durante la comida, su padre exclamó con alegría:

—¡Este mes he ganado en las fajas treinta y dos florines más que el mes pasado!

Y diciendo esto, sacó a la mesa un puñado de dulces que había comprado, para celebrar con sus hijos la ganancia extraordinaria que todos acogieron con júbilo.

Entonces Julio cobró ánimo y pensó para sí: «¡No, pobre padre; no cesaré de engañarte; haré mayores esfuerzos para estudiar mucho de día; pero continuaré trabajando de noche para ti y para todos los demás!».

Y añadió el padre:

—¡Treinta y dos florines!... Estoy contento... Pero hay otra cosa —y señaló a Julio— que me disgusta.

Y Julio recibió la reconvención en silencio, conteniendo dos lágrimas que querían salir, pero sintiendo al mismo tiempo en el corazón cierta dulzura. Y siguió trabajando con ahínco; pero acumulándose un trabajo a otro, le era cada vez más difícil resistir. La situación se prolongó así por dos meses. El padre continuaba reprendiendo al muchacho y mirándolo cada vez más enojado. Un día fue a preguntar por él al maestro, y este le dijo:

—Sí, cumple, porque tiene buena inteligencia; pero no está tan aplicado como antes. Se duerme, bosteza, está distraído; hace sus apuntes cortos, deprisa, con mala letra. Él podría hacer más, pero mucho más.

Aquella noche el padre llamó al hijo aparte y le hizo reconvenciones más severas que las que hasta entonces le había hecho.

—Julio, tú ves que yo trabajo, que yo gasto mucho mi vida por la familia. Tú no me secundas, tú no tienes lástima de mí, ni de tus hermanos, ni aun de tu madre.

—¡Ah, no, no diga usted eso, padre mío! —gritó el hijo ahogado en llanto, y abrió la boca para confesarlo todo.

Pero su padre lo interrumpió diciendo:

—Tú conoces las condiciones de la familia: sabes que hay necesidad de hacer mucho, de sacrificarnos todos. Yo mismo debía doblar mi trabajo. Yo contaba estos meses últimos con una gratificación de cien florines en el ferrocarril, y he sabido esta mañana que ya no la tendré.

Ante esta noticia, Julio retuvo enseguida la confesión que estaba por escaparse de sus labios, y se dijo resueltamente: «No, padre mío, no te diré nada; guardaré el secreto para poder trabajar por ti; del dolor que te causo te compenso de este modo: en la escuela estudiaré siempre lo bastante para salir del paso: lo que importa es ayudar para ganar la vida y aligerarte de la ocupación que te mata».

Siguió adelante, transcurrieron otros dos meses de tarea nocturna y de pereza de día, de esfuerzos desesperados del hijo y de amargas reflexiones del padre. Pero lo peor era que este se iba enfriando poco a poco con el niño, y no le hablaba sino raras veces, como si fuera un hijo desnaturalizado, del que nada hubiese que esperar, y casi huía de encontrar su mirada. Julio lo advertía, sufría en silencio, y cuando su padre volvía la espalda, le mandaba un beso furtivamente, girando la cara con sentimiento de ternura compasiva y triste; mientras tanto el dolor y la fatiga lo demacraban y le hacían perder el color, obligándolo a descuidarse cada vez más en sus estudios.

Comprendía perfectamente que todo concluiría en un momento, la noche que dijera: «Hoy no me levanto»; pero al dar las doce, en el instante en que debía confirmar enérgicamente su propósito, sentía remordimiento; le parecía que, quedándose en la cama, faltaba a su deber, que robaba un florín a su padre y a su familia; y se levantaba pensando que cualquier noche que su padre se despertara y lo sorprendiera, o que por casualidad se enterara contando las fajas dos veces, entonces terminaría naturalmente todo, sin un acto de su voluntad, para lo cual no se sentía con ánimos. Y así continuó la misma situación.

Pero una tarde, durante la comida, el padre pronunció una palabra que fue decisiva para él. Su madre lo miró, y pareciéndole que estaba más echado a perder y más pálido que de costumbre, le dijo:

—Julio, tú estás enfermo. —Y después, volviéndose con ansiedad al padre—: Julio está enfermo, ¡mira qué pálido está!... ¡Julio mío! ¿Qué tienes?

El padre lo miró de reojo y dijo:

—La mala conciencia hace que tenga mala salud. No estaba así cuando era estudiante aplicado e hijo cariñoso.

—¡Pero está enfermo! —exclamó la mamá.

—¡Ya no me importa! —respondió el padre.

Aquella palabra le hizo el efecto de una puñalada en el corazón al pobre muchacho. ¡Ah! Ya no le importaba su salud a su padre, que en otro tiempo temblaba de oírlo toser solamente. Ya no lo quería, pues; había muerto en el corazón de su padre.

«¡Ah, no, padre mío! —dijo entre sí con el corazón angustiado—; ahora acabo esto de veras; no puedo vivir sin tu cariño, lo quiero todo; todo te lo diré, no te engañaré más y estudiaré como antes, suceda lo que suceda, para que tú vuelvas a quererme, padre mío. ¡Oh, estoy decidido en mi resolución!»

Aquella noche se levantó todavía, más bien por fuerza de la costumbre que por otra causa; y cuando se levantó quiso volver a ver por algunos minutos, en el silencio de la noche, por última vez, aquel cuarto donde había trabajado tanto secretamente, con el corazón lleno de satisfacción y de ternura.

Sin embargo, cuando se volvió a encontrar en la mesa, con la luz encendida, y vio aquellas fajas blancas sobre las cuales no iba ya a escribir más, aquellos nombres de ciudades y de personas que se sabía de memoria, le entró una gran tristeza e involuntariamente cogió la pluma para reanudar el trabajo acostumbrado. Pero al extender la mano, tocó un libro y este se cayó. Se quedó helado.

Si su padre se despertaba... Cierto que no lo habría sorprendido cometiendo ninguna mala acción y que él mismo había decidido contárselo todo; sin embargo... el oír acercarse aquellos pasos en la oscuridad, el ser sorprendido a aquella hora, con aquel silencio; el que su madre se hubiese despertado y asustado; el pensar que por lo pronto su padre hubiera experimentado una humillación en su presencia descubriéndolo todo..., todo esto casi lo aterraba.

Aguzó el oído, suspendiendo la respiración... No oyó nada. Escuchó por la cerradura de la puerta que tenía detrás: nada. Toda la casa dormía. Su padre no había oído. Se tranquilizó y volvió a escribir.

Las fajas se amontonaban unas sobre otras. Oyó el paso cadencioso de la guardia municipal en la desierta calle; luego ruido de carruajes que cesó al cabo de un rato; después, pasado algún tiempo, el rumor de una fila de carros que pasaron lentamente; más tarde silencio profundo, interrumpido de vez en cuando por el ladrido de algún perro. Y siguió escribiendo.

Entretanto su padre estaba detrás de él: se había levantado cuando se cayó el libro, y esperó buen rato; el ruido de los carros había cubierto el rumor de sus pasos y el ligero chirrido de las hojas de la puerta; y estaba allí, con su blanca cabeza sobre la negra cabecita de Julio. Había visto correr la pluma sobre las fajas y, en un momento, lo había recordado y comprendido todo. Un arrepentimiento desesperado, una ternura inmensa invadió su alma. De pronto, en un impulso, le tomó la cara entre las manos y Julio lanzó un grito de espanto. Después, al ver a su padre, se echó a llorar y le pidió perdón.

—Hijo querido, debes perdonarme —replicó el padre—. Ahora lo comprendo todo. Ven a ver a tu madre.

Y lo llevó casi a la fuerza junto al lecho y allí mismo pidió a su mujer que besara al niño. Después lo tomó en sus brazos y lo llevó hasta la cama, quedándose junto a él hasta que se durmió. Después de tantos meses, Julio tuvo un sueño tranquilo. Cuando el sol entró por la ventana y el niño despertó, vio apoyada en el borde de la cama la cabeza gris de su padre, quien había dormido allí toda la noche, junto a su hijo querido.

(EDMONDO D´AMICIS)

EL AMOR EN LA FAMILIA

A veces las relaciones en el seno de la familia no son fáciles. Hay problemas entre los padres o entre hermanos. O llega gente nueva a casa que no es querida. En ocasiones así, incluso puede suceder que dejen de hablarse o de tratarse. Sin embargo, casi nada es imposible cuando interviene el amor. Eso es lo que enseña este cuento africano que incluí en una de mis novelas de amor titulada:

TE ESPERARÉ MIL Y UNA NOCHES

Fue Eric el primero en abandonar su tarea y acercarse hasta él. Pronunció unas palabras en una lengua que yo desconocía totalmente y el recién llegado asintió levemente con la cabeza en un elegante gesto de gratitud. Luego, Eric señaló hacia el fuego y me dio la impresión de que le invitaba a sentarse con nosotros. Aceptó el ofrecimiento pero rechazó la comida y la bebida que le brindamos, a excepción de un sobrio trozo de galleta y de una taza con agua. Durante unos minutos pareció interesado únicamente en departir con Eric en aquel lenguaje incomprensible.

—Le está contando que se dedica a espantar los pájaros que van a posarse en un huerto cercano propiedad del monasterio —me dijo Herb en voz baja.

—Gracias, estaba comenzando a desesperarme —le respondí.

Pero a pesar de que Herb intentaba que no me sintiera aislada en medio de aquella críptica conversación, poco a poco empecé a notar una distancia creciente entre Eric y yo. Era como si hubiera regresado a aquel mundo extraño al que yo sabía que pertenecía y en su partida me hubiera abandonado en este, sola y sin ningún género de explicaciones. Comenzaba a sentir las dentelladas de la tristeza haciendo presa en mí cuando me vino a la cabeza el episodio vivido unos días atrás en relación con las poesías dirigidas a la tal Billie. Me pregunté entonces por la naturaleza de la vinculación que disfrutaba con Eric. Le amaba y era feliz a su lado, pero qué significaba exactamente para él y, sobre todo, cómo se suponía que debía comportarme en el futuro. Me encontraba sumida en estos negros pensamientos cuando un leve codazo de Herb me arrancó de mis reflexiones.

—Beryl, el monje dice que desea relatarte una historia...

Parpadeé y dirigí la mirada hacia el hombre. Había comenzado a hablar y, por alguna extraña razón, mis ojos quedaron prendidos de aquellos labios grisáceos, de aquella lengua extrañamente rosada, de aquellos dientes blancos como la leche más pura.

—Dice que es un relato que Dios le ha puesto en su corazón para ti... —tradujo Eric mientras sus ojos delataban un cierto desasosiego—. Hace mucho tiempo —continuó Eric— existió una mujer de las montañas de Etiopía que se llamaba Bizunesh. Esta mujer se casó con un hombre del valle cuyo nombre era Gudina...

Respiré hondo. Por supuesto, no podía entender lo que el monje decía, pero el solo sonido de sus palabras y, de manera muy especial, la manera en que me miraba y, ocasionalmente, movía las manos comenzaban a ejercer sobre mí un efecto hipnótico.

—...Gudina era viudo y tenía un hijo de ocho años de su anterior matrimonio cuyo nombre era Segab. A diferencia de otras madrastras, Bizunesh deseaba hacer feliz al niño, ya que se había dado cuenta de que era presa de la enorme tristeza de haber perdido a su madre. Desde el primer momento le colmó de atenciones. Remendó sus ropas y le tejió otras nuevas. Arregló sus sandalias y le confeccionó unas diferentes. Sin embargo, Segab no le dio las gracias. En realidad, ni siquiera le dirigía la palabra o la miraba. Gudina era un comerciante y tenía que pasar períodos prolongados de tiempo fuera de casa. Cuando esto sucedía, Segab abandonaba el hogar y Bizunesh se desesperaba buscándolo hasta dar con él. Pero cuando lo conseguía el niño repetía siempre: «No te quiero. No eres mi madre. No te querré nunca».

No lograba entender qué podía tener de especial aquella historia para mí. Sin embargo, a medida que el monje la iba relatando no podía desprenderme de una extraña sensación de proximidad, ni apartar de él la mirada. ¿Qué pretendía? ¿Entretenerme, enseñarme, o acaso había leído algo en mi corazón como afirmaban las leyendas relacionadas con él?

—Harta de llorar cada noche —siguió traduciendo Eric—, Bizunesh adoptó la decisión de acudir a un hombre sabio para pedirle ayuda. Una mañana temprano se dirigió a la choza donde este moraba y le pidió que elaborara un filtro de amor. «Lo pondré en la comida de Segab —le dijo— y así me querrá». El sabio no encontró absurda su petición e incluso reconoció que era capaz de hacer lo que se le pedía. La única condición indispensable para que así fuera consistía en que Bizunesh le llevara tres bigotes de un león extremadamente feroz que vivía en el desierto de rocas negras situado al otro lado del río. Con tan especial condimento resultaría sencillo elaborar el filtro de amor. Bizunesh quedó espantada tras escuchar las palabras del sabio y le preguntó inmediatamente la manera en que podría apoderarse de los bigotes del león, pero entonces el hombre le contestó que ese era un problema que tenía que resolver por sí misma. Cuestión suya era únicamente elaborar un filtro de amor con los tres bigotes que le llevara.

Contemplé a Herb. Se había colocado las manos bajo la barba y escuchaba totalmente absorto. En aquellos momentos se habría dicho que era un niño entretenido por un cuento relatado por su abuela. Eric, por el contrario, parecía tocado por una luz especial. Me pregunté si él era capaz de desentrañar el final de aquel relato.

—Bizunesh regresó apesadumbrada a su casa y durante toda la noche no consiguió conciliar el sueño. Sin embargo, a la mañana siguiente había decidido correr el riesgo porque para ella nada era más importante que conseguir el amor de aquel niño triste y desvalido. Aquel mismo día partió hacia el desierto de rocas negras cargada con suculentos pedazos de carne cruda. Llevaba caminando un buen rato cuando divisó al león que tomaba el sol tumbado en lo alto de un peñasco. Cuando el animal dio un salto y se dirigió hacia donde estaba, Bizunesh salió corriendo despavorida. Sólo se detuvo a la altura del río y, al echar la vista atrás, contempló cómo la bestia devoraba la carne sin preocuparse lo más mínimo de ella. Dos días más tarde, Bizunesh regresó al mismo lugar con un nuevo pedazo de carne cruda. El león se hallaba situado en el mismo peñasco y al descubrirla se dirigió nuevamente hacia ella. Esta vez, Bizunesh logró mantenerse quieta un instante, pero una vez más el pavor fue más fuerte que ella y acabó huyendo. Como en la ocasión anterior, al volver la mirada en pos de sí, contempló al animal comiendo tranquilamente.

Eric había sonreído al traducir la última frase. Para mí el relato continuaba constituyendo un enigma ininteligible, pero tuve la sensación de que él sí comenzaba a desentrañarlo y que el resultado del acertijo le parecía adecuado.

—Un día tras otro, Bizunesh siguió trayendo carne cruda al león. Poco a poco, sus rugidos dejaron de inspirarle miedo y, finalmente, al cabo de unas semanas, tuvo el valor suficiente para esperar a que el león llegara hasta su lado para darle la carne. El animal abrió sus enormes mandíbulas y luego, mientras Bizunesh pensaba que su amor por el niño era mayor que su miedo, las cerró sobre aquel regalo cotidiano. Mientras escuchaba cómo aquellos dientes poderosos despedazaban la carne, la mujer se acercó a la fiera, sacó un afilado cuchillo y le cortó tres bigotes. El león se hallaba tan complacido con la carne que ni siquiera se percató de lo que acababa de sucederle.

—¡Demonio de mujer! —escuché que decía Herb, divertido mientras se daba una palmada de satisfacción en el muslo derecho.

Sí, la historia era ingeniosa, pero ¿adonde quería ir a parar el monje?

—Bizunesh regresó corriendo hasta llegar a la choza del sabio —tradujo Eric, y su sonrisa jubilosa era idéntica a la del monje—. Apenas tenía aliento al llamar a la puerta, pero aun así pudo gritarle que tenía los tres bigotes del león y que ahora podía elaborarle el filtro de amor. «Así Segab me querrá. Así Segab me querrá», decía agitando los pelos. El sabio tomó los bigotes de la mano de Bizunesh, los contempló durante unos instantes y le dijo: «Mujer, no necesitas ningún filtro de amor. Ya has aprendido cómo hay que acercarse hasta un león... *Lentamente*. Actúa de la misma manera con Segab y acabará amándote».

—¡Muy bueno, muy bueno! —aplaudió Herb, que estaba disfrutando enormemente con la conclusión del relato.

El monje, entonces, me señaló con el dedo índice y pronunció unas palabras. Ansiaba saber su interpretación porque no me cabía duda de que iban dirigidas a mí, pero Eric se quedó repentinamente callado.

Fue entonces el etíope el que, posiblemente al advertir su silencio, se volvió hacia él y le dijo algo que no comprendí. Eric asintió con la cabeza y continuó traduciendo.

—Mujer —dijo con un tono de pesar—. Sé lo que se oculta en tu corazón. No debes caer en la desesperación ni tampoco en la duda. Sólo debes recordar la lección que aprendió Bizunesh y también tú obtendrás lo que deseas. Tienes que actuar de esa manera porque si olvidas esta enseñanza, de entre tus dedos escapará lo que ahora mismo posees.

Apenas acababa el monje de pronunciar la última frase cuando se puso en pie. Herb acudió hasta él y le besó un objeto que le tendió, una de esas curiosas cruces etíopes formadas por una prodigiosa infinidad de entrelazamientos metálicos. Me sorprendió aquel gesto de nuestro acompañante. Eric se mantuvo rígido, como si deseara evitar el rendir respetos a lo que consideraba un simple pedazo de metal. Sin embargo, el monje no pareció sentirse ofendido. Sonrió levemente y rozó su hombro. Luego se volvió hacia mí y, mientras pronunciaba unas palabras, trazó con los dedos de la diestra la señal de la cruz.

—Dice que Dios te ha elegido para una labor especial y que tienes que ser fiel a ella —tradujo Eric.

El etíope se dio la vuelta y caminó hacia donde debía de hallarse su morada. Apenas había caminado media docena de pasos cuando desapareció totalmente de nuestra vista.

(CÉSAR VIDAL)

EL AMOR DE DIOS

Hemos visto en los últimos relatos distintos amores. El amor hacia los animales, el amor de los amigos, el amor en la familia. Junto a ellos, por encima de ellos, está el amor de Dios. Es normal que sea así porque, como enseña la Biblia, «Dios es Amor». No sólo eso. Aunque muchos no lo sepan, detrás de cada manifestación pura, limpia y noble de amor está la presencia de Dios. Eso al menos es lo que nos cuenta Liev Tolstoi, a quien ya conoces (véanse pp. 168, 235, 306), en el cuento que viene a continuación:

DONDE ESTÁ EL AMOR, AHÍ ESTÁ DIOS

Una vez había en una ciudad un zapatero remendón llamado Mijail Avdeievich. Vivía en un sótano en el cual entraba la luz por una ventana. Esa ventana daba a la calle y por ella se veía pasar a la gente. Aunque sólo se distinguían los pies de los transeúntes, el zapatero conocía por el calzado a cuantos cruzaban por allí. Se trataba de un hombre viejo y acreditado en su oficio; así, pues, era raro que existiera en la ciudad un par de botas que no hubiese pasado una o dos veces por su casa, para remendarlas con piezas, para ponerles medias suelas o renovar las cañas. Por esa causa, a menudo veía por la ventana la obra de sus manos.

Mijail tenía siempre encargo de sobra, porque su trabajo era pulcro, sus géneros buenos, no cobraba caro y entregaba el calzado que le confiaban el día convenido, con toda puntualidad. Esto hacía que todos lo estimasen y que nunca faltase trabajo en su taller.

Siempre había demostrado Mijail ser un buen hombre; pero al envejecer, empezó a pensar más que nunca en su alma y en acercarse a Dios. Cuando aún trabajaba en casa de un patrono, murió su mujer, dejándole un hijo de tres años. Habían tenido antes otros hijos, pero todos habían muerto.

Al verse solo con su hijo, tuvo la intención de mandarlo a la aldea, a casa de un hermano suyo; pero se dijo: «Le será muy duro a mi pequeño Karp vivir separado de mí. Es mejor que se quede conmigo».

Poco después, Mijail se despidió de su patrono y establecióse por su cuenta. Pero Dios no había bendecido a Mijail en sus hijos. Cuando su último hijo había llegado ya a ser un mocito y empezaba a ayudarle, cayó enfermo, y murió, al cabo de una semana.

Mijail enterró a su hijo. Aquella pérdida hirió tan profundamente su corazón, que hasta llegó a murmurar de la justicia divina. Se sentía muy desgraciado y, a menudo, rogaba al Señor que le quitase la vida. Le reprochaba que no se lo hubiese llevado a él, que era viejo, en vez de a su único hijo, tan adorado. Y dejó de ir a la iglesia.

Pero un día —era por Pascua Florida— llegó a casa del zapatero un paisano suyo que desde hacía ocho años recorría el mundo como peregrino. Hablaron largo rato, y Mijail se quejó amargamente de sus desgracias.

—Ya he perdido el deseo de vivir; sólo ansío la muerte. Es lo único que pido a Dios porque no tengo ninguna ilusión en la vida.

—Haces mal en hablar de esta manera, Mijail. Los hombres no deben juzgar las obras de Nuestro Señor, porque sus móviles están por encima de nuestro entendimiento. Él ha decidido que tu hijo muera y que tú vivas. Luego así debe ser. Tu desesperación procede de que quieres vivir por ti, por tu propia felicidad.

—¿Para qué se vive entonces, si no es para eso? —preguntó el zapatero.

—Es preciso vivir por Dios y para Dios. Él es quien da la vida, y para Él debes vivir. Cuando así lo hagas, dejarás de tener penas y todo lo sobrellevarás con paciencia.

Mijail se quedó callado durante un momento; y, por fin, dijo:

—¿Y cómo se vive para Dios?

—Cristo lo ha dicho. ¿Sabes leer? No tienes más que comprar los Evangelios y allí lo aprenderás. En las Sagradas Escrituras encontrarás respuesta a todo cuanto preguntes.

Estas palabras hallaron eco en el corazón de Mijail. Aquel mismo día fue a comprar un ejemplar del Nuevo Testamento, impreso en caracteres gruesos, y se puso a leerlo.

Se había propuesto leer solamente en los días de fiesta; pero, una vez que hubo comenzado, sintió un tal consuelo en el alma, que tomó la costumbre de leer algunas páginas todos los días. A veces se enfrascaba de tal modo en la lectura, que no se decidía a dejar el libro de la mano hasta que se consumía todo el petróleo de la lámpara.

Así pues, leía todas las noches; y, cuanto más avanzaba en la lectura, más clara cuenta se daba de lo que Dios le exigía y cómo había que vivir para Dios. Y con ello fue penetrando, dulcemente, la alegría en su alma.

Antes, cuando iba a acostarse, suspiraba y gemía, evocando a su hijo; ahora, se contentaba con decir:

—¡Gloria a Ti, gloria a Ti, Señor! ¡Esa ha sido tu voluntad!

Desde entonces, la vida del zapatero cambió por completo. Antes, en los días festivos, se le ocurría entrar en una taberna a beber té y, a veces, un vasito de vodka. Y en ocasiones, bebía con algún amigo y llegaba a salir de la taberna, no precisamente borracho, pero sí un poco alegre, lo que le inducía a decir estupideces y hasta a insultar a cuantos se cruzaran en su camino.

Todo esto desapareció. Ahora su vida se deslizaba pacífica y feliz. Al amanecer, se ponía al trabajo; y, terminada su tarea, descolgaba la lámpara, la colocaba en la mesa y, tras de coger los Evangelios del estante, los abría y empezaba a leer. Cuanto más leía, más iba comprendiendo; y una dulce serenidad embargaba poco a poco su alma.

Un día empezó la lectura más tarde que de costumbre. Había llegado al Evangelio de san Lucas, y vio en el capítulo VI los versículos siguientes:

> Al que te pegue en una mejilla, preséntale también la otra; y si alguno te quita tu capa, no le impidas que tome también la túnica de debajo. Da a todos los que te pidan; y si alguno te quita lo que te pertenece, no se lo exijas. Lo que queráis que os hagan los demás, hacédselo a ellos vosotros.

Luego, leyó los versículos en que el Señor dice:

> ¿Por qué me llamáis: ¡Señor! ¡Señor!, y no hacéis lo que os digo? Yo os mostraré a quién se parece todo aquel que viene a Mí y que escucha mis palabras y las pone en práctica. Se asemeja a un hombre que edificó una casa, y que habiendo excavado profundamente, asentó los cimientos sobre roca, y cuando llegó un aluvión, el torrente chocó con violencia contra esta casa; pero no pudo derribarla, porque estaba fundada sobre roca. Pero el que escucha mis palabras y no las pone en práctica es semejante a un hombre que ha edificado su casa en la tierra, sin cimientos; y el torrente, al dar en ella con violencia, la ha derribado y la ruina ha sido grande.

Mijail leyó estas palabras y su corazón se inundó de alegría. Quitóse los lentes, los dejó sobre el libro, y, apoyando los codos en la mesa, se sumió en reflexiones. Comparó sus propios actos a esas palabras, y dijo: «¿Estará mi casa fundada sobre roca o sobre arena? ¡Qué bien si estuviera sobre roca! ¡Qué felicidad le embarga a uno cuando se encuentra a solas con su conciencia y ha procedido como Dios manda! En cambio, si uno se distrae de Dios, puede volver a incurrir en el pecado. Sea como sea, he de seguir como hasta ahora, porque esto es bueno. ¡Dios me proteja!».

Después de haber reflexionado así, se dispuso a acostarse. Pero le daba lástima separarse del libro; y empezó a leer el capítulo séptimo. En él leyó la historia del centurión y del hijo de la viuda, y las respuestas de Jesús a los discípulos de san Juan. Llegó al pasaje en que el rico fariseo invitó a su casa al Señor; vio cómo la pecadora le ungió los pies y se los lavó con sus lágrimas, y cómo le fueron perdonados sus pecados. Y después leyó lo siguiente en el capítulo XLIV:

> Entonces, volviéndose hacia la mujer, dijo a Simón: ¿Ves a esta mujer? He entrado en tu casa y no me has dado agua para los pies; y ella los ha regado con sus lágrimas y los ha secado con sus cabellos. No me has dado el ósculo de paz; y ella, desde que entró, no ha cesado de besarme los pies. No has ungido con aceite mi cabeza; pero ella ha ungido mis pies con aceite oloroso.

Al leer este versículo, Mijail pensó: «Tú no me has dado agua para los pies; no me has dado el ósculo de paz, no has ungido con aceite mi cabeza». De nuevo se quitó los lentes, los dejó en el libro y se puso a meditar. «Aquel fariseo debía de ser como yo —se dijo—. Yo también he pensado únicamente en mí. Con tal de beber té, de que no me faltara lumbre ni careciera de nada, casi no me acordaba del invitado. Sólo pensaba en mí, y no en el huésped. Sin embargo, ¿quién era ese huésped? ¡El Señor en persona...! Si hubiera venido a mi casa, ¿hubiera yo procedido de esta manera?».

Mijail apoyó pensativo los codos en la mesa, dejó caer la cabeza sobre las manos, y sin darse cuenta se quedó dormido.

—¡Mijail! —dijo, de pronto, una voz en su oído.

El zapatero se despertó, sobresaltado.

—¿Quién es? —preguntó, incorporándose.

Miró hacia la puerta; pero, al no ver a nadie, volvió a dormirse. Sin embargo, acto seguido oyó estas palabras:

—¡Mijail! ¡Mijail! Mira mañana la calle, que vendré a verte.

Volviendo en sí se levantó de la silla y se frotó los ojos. No hubiera podido asegurar si aquellas palabras las había oído en sueños o en realidad.

Finalmente, apagó la lámpara y se acostó. A la mañana siguiente, se levantó antes que amaneciera. Tras de rezar su plegaria acostumbrada, encendió la estufa y puso a cocer la sopa y las gachas, preparó el samovar. Luego, se puso el mandil y se sentó junto a la ventana, para empezar su labor de todos los días.

Mientras trabajaba, no podía apartar de su imaginación lo que le sucediera la víspera, y no sabía qué pensar. Tan pronto le parecía que había sido víctima de una alucinación, como que alguien le había hablado en realidad.

«Son cosas que suceden en la vida», se dijo.

Siguió trabajando. A ratos, echaba una ojeada a la ventana; y, cuando pasaba alguno cuyas botas no conocía, se incorporaba para ver mejor, no sólo los pies, sino la cara del desconocido.

Pasó un portero calzado con valenki nuevas; luego, un aguador; después, un viejo soldado del tiempo de Nicolás, provisto de una pala; llevaba unas botas recompuestas y tan viejas casi como él mismo.

Ese soldado se llamaba Stepanich. Vivía en casa de un comerciante de la ciudad, que lo había recogido por consideración a sus años y a su extrema pobreza. Para darle alguna ocupación compatible con sus años, le había encargado de ayudar al portero.

El viejo soldado se puso a quitar la nieve ante la ventana del zapatero. Este lo miró y prosiguió su tarea.

«Soy tonto en pensar de este modo —se dijo, riéndose de sí mismo—. Es Stepanich el que está limpiando la nieve y yo me figuro que es Cristo que ha venido a verme. La verdad es que estoy divagando; soy tonto.»

No obstante, al cabo de haber dado diez puntos, volvió a mirar por la ventana y vio al viejo soldado, que, tras dejar la pala apoyada contra la pared, descansaba, procurando calentarse.

«Es muy viejo ese desdichado. Se ve que ya no tiene fuerzas ni para quitar la nieve. Le vendría bien tomar una taza de té; precisamente tengo aquí el samovar, que se está apagando», se dijo Mijail.

Y acto seguido, clavó la lezna en el banquillo, se levantó, puso el samovar en la mesa, echó agua en la tetera y dio unos golpecitos en la ventana. Stepanich se volvió. Mijail le hizo una seña y se dirigió a la puerta para abrirla.

—Ven. Pasa a calentarte, debes de tener frío —dijo.

—¡Líbrenos Dios! Ya lo creo que lo tengo; me duelen los huesos —replicó el viejo.

Al entrar, se sacudió la nieve de los pies, por temor a manchar el suelo, y sus piernas vacilaron.

—No te molestes en limpiarte los pies; yo barreré luego. No importa que se manche el suelo. Ven, siéntate y toma un poco de té.

El zapatero sirvió dos vasos de té hirviente, y tendió uno a su huésped. Después echó el suyo en el platillo y se puso a soplar para enfriarlo.

Cuando hubo apurado su vaso, el viejo soldado lo volvió boca abajo sobre el platillo, puso encima el azúcar que le había sobrado y dio las gracias al zapatero. Pero era evidente que hubiera bebido gustosamente otro vaso.

—Toma más —dijo Mijail, llenando de nuevo los dos vasos.

Mientras tomaba el té, el zapatero no hacía más que mirar hacia la sala.

—¿Esperas a alguien? —preguntó el huésped.

—Me preguntas si espero a alguien. Vergüenza me da decirte a quién espero. Ignoro si tengo o no razón para esperar; pero una palabra que me ha llegado al corazón... ¿Sería un sueño? No lo sé. Figúrate, amigo mío, que anoche estaba leyendo los Evangelios... ¡Cuánto sufrió Jesús cuando estaba entre los hombres! Has oído hablar de esto, ¿no es cierto?

—En efecto, he oído decir algo así; pero nosotros, los ignorantes, no sabemos leer —respondió el soldado.

—Pues, como te digo, estaba leyendo la historia de cómo pasó por el mundo Nuestro Señor y llegué a cuando estaba en casa del fariseo y este no salió a su encuentro... Después de haber leído esto, pensé: «¿Cómo no honrar lo mejor posible a Nuestro Señor? Si me sucediese algo parecido, todo me parecería poco para honrarle. Sin embargo, el fariseo no lo recibió bien». Tales eran mis pensamientos cuando me quedé dormido. Y, de pronto, oí que alguien me llamaba por mi nombre. Me levanté y me pareció que la voz murmuraba: «Espérame, que vendré mañana». Lo dijo dos veces seguidas... Y no me lo creerás. Tengo esa idea metida en la cabeza, y, aun cuando yo mismo me burlo de mi credulidad, sigo esperando a Nuestro Padre.

El soldado movió la cabeza, sin responder. Apuró el vaso y lo dejó en el platillo; pero el zapatero se lo llenó de nuevo.

—Toma más y que te aproveche. Creo que Él, Nuestro Padre, no rechazó a nadie cuando andaba por el mundo. Y eligió a sus discípulos entre los de nuestra clase, pescadores y artesanos como nosotros. «El que se ensalce será humillado, y el que se humille será ensalzado... Me llamáis Señor, y yo os lavo los pies, el que quiera ser el primero, debe ser el servidor de los demás. Bienaventurados los pobres de espíritu, porque de ellos es el reino de los cielos».

Stepanich había olvidado su vaso de té. Era un viejo sensible. Escuchaba las palabras de Mijail y las lágrimas se deslizaban por sus mejillas.

—Anda, bebe más —dijo este.

Pero el soldado se persignó, dio las gracias y, tras de apartar el vaso, se puso en pie.

—Mucho te agradezco, Mijail, que me hayas tratado de este modo, satisfaciendo al mismo tiempo mi alma y mi cuerpo.

—Estoy siempre a tu disposición. Hasta otra vez. Acuérdate de que me alegra mucho que vengas a verme.

Cuando se marchó el soldado, el zapatero acabó de tomar el té que quedaba en su vaso y volvió a sentarse junto a la ventana, para trabajar.

Según iba cosiendo, no hacía más que echar ojeadas por la ventana y esperar a Cristo. Sólo pensaba en Él y repasaba en su imaginación las cosas que había hecho y las palabras que había pronunciado.

Pasaron dos soldados; uno llevaba botas de ordenanza; el otro, botas de su propiedad; luego, un noble con chanclos de goma, al que seguía un panadero cargado con una cesta. En esto, frente a la ventana apareció una mujer, con medias de lana y zapatos de campesina. Se arrimó a la pared. Mijail miró a través de los cristales, viendo a una forastera con un niño en brazos. Arrimada a la pared, volvía la espalda al viento. Procuraba abrigar a la criatura, sin lograrlo, porque nada tenía para envolverla. A pesar del frío, la mujer llevaba un traje de verano en bastante mal estado. Desde su ventana, el zapatero oyó que el niño lloraba y que los esfuerzos de la madre por tranquilizarlo eran inútiles.

Entonces, levantándose, abrió la puerta, salió y gritó:

—¡Oye! ¡Oye! Escúchame...

La forastera oyó a Mijail y se volvió hacia él.

—¿Por qué te quedas ahí a la intemperie con tu hijo? Ven, entra en mi cuarto. Podrás cuidarle mejor... Pasa por aquí, por aquí...

Muy sorprendida, la mujer vio a un viejo con mandil, que le hacía señas para que se acercase. Obedeció. Bajó la escalera y entró en la habitación.

—Ven acá; siéntate junto a la estufa. Caliéntate y da el pecho a tu hijo.

—Es que ya no tengo leche. Es más; desde esta mañana no he probado nada...

Sin embargo, dio el pecho a la criatura.

El zapatero volvió la cabeza. Se acercó a la mesa y cogió pan y un tazón. Luego abrió la estufa, donde hervía la sopa, y sacó un cucharón; pero, como no había cocido lo bastante, vertió sólo el líquido en el tazón que dejó en la mesa. Cortó el pan y, tras de extender una servilleta, puso un cubierto.

—Siéntate y come. Mientras tanto, yo tendré a tu hijo. He sido padre y sé cuidar a los pequeños.

La mujer se persignó, se sentó ante la mesa y empezó a comer. Mijail, sentado en su cama con el niño, lo besaba para tranquilizarlo. Como el pequeño seguía llorando, a pesar de todo, el zapatero discurrió amenazarlo con un dedo, que acercaba y alejaba alternativamente a los labios del niño, pero sin llegar a tocarle, porque su mano estaba manchada de pez. Atento a aquello que se movía tan cerca de su cara, el pequeño cesó de gritar y hasta se echó a reír, con gran alegría de Mijail.

La forastera contó quién era y de dónde venía.

—Soy mujer de un soldado. Hace ocho meses que se llevaron a mi marido, y no tengo noticias de él. Me defendía con mi empleo de cocinera, antes de dar a luz. Pero, después, ya no quisieron tenerme en ninguna casa, a causa del pequeño. Hace tres meses que estoy sin colocación. En ese tiempo he gastado cuanto tenía. Me he ofrecido como nodriza; pero no han querido tomarme, porque dicen que estoy muy delgada. Entonces he ido a casa de una tendera, donde está colocada mi hija mayor. Me han prometido colocarme. Pero me han dicho que vuelva la semana que viene... La tendera vive muy lejos. Me he agotado y mi hijito también. Menos mal que la patrona se ha apiadado de nosotros y nos deja dormir en su casa, por amor de Dios. De otro modo, no sé qué sería de mi hijo ni de mí...

—¿No tienes vestidos de abrigo? —preguntó el zapatero, lanzando un suspiro.

—No. Ayer empeñé mi último pañolón de lana, por veinte copecks.

La mujer se acercó al lecho y tomó al niño en brazos. Mijail rebuscó entre sus cosas y, por fin, encontró un caftán viejo.

—Toma. Está bastante usado; pero servirá para cubrirte un poco.

La forastera miró al zapatero y el caftán y, tras de coger la prenda, rompió a llorar. No menos conmovido, Mijail volvió el rostro. Luego, fue hacia su cama, y sacó de debajo de esta un cofrecito. Tomó algo de él, y se sentó de nuevo, frente a la desdichada mujer.

—Dios te lo premie —dijo esta—. Sin duda, Él es quien me ha llevado a tu ventana. Sin eso, la criatura se hubiera helado. Cuando salí hacía calor y, en cambio ahora, ¡qué frío! ¡Qué buena idea te ha inspirado Dios de asomarte a la ventana y apiadarte de nosotros!

El zapatero sonrió.

—En efecto, ha sido Él quien me ha dado esa idea. No miré por casualidad.

Y Mijail contó a la mujer que en sueños había oído una voz y que Jesús le había prometido ir a su casa aquel día.

—Todo puede suceder —dijo la forastera, levantándose.

Tomó el viejo caftán, envolvió al niño y se inclinó ante el zapatero, para darle las gracias.

—Toma eso en nombre de Dios —exclamó este, deslizando, en la mano una moneda de veinte copecks—. Cógelo para desempeñar tu pañolón.

La mujer hizo la señal de la cruz, Mijail la imitó y fue a acompañarla hasta la puerta. Y la forastera se marchó.

Cuando hubo comido la sopa, Mijail volvió a su faena. Mientras manejaba la lezna, tenía la atención puesta en la ventana. Cada vez que vislumbraba una sombra, alzaba los ojos para examinar al transeúnte. Conocía a algunos de ellos, y a otros no. Pero estos últimos no ofrecían nada de particular.

De repente vio detenerse, precisamente frente a su ventana, a una anciana vendedora ambulante, que llevaba una cestita con manzanas. Quedaban pocas; sin duda había vendido ya la mayor parte. Además, iba cargada de un saco de ramitas secas, que debía de haber recogido en los alrededores de alguna fábrica de carbón. Probablemente, regresaba a su casa. Al parecer, el saco le hacía daño en el hombro y quería cambiárselo al otro, para lo cual lo dejó en el suelo, puso la cestita de manzanas en el alféizar de la ventana y empezó a arreglar las ramitas. Mientras estaba entretenida, en ese menester, un golfillo que había surgido de pronto robó una manzana y quiso escaparse. Pero la anciana lo advirtió y, volviéndose presurosa, lo agarró por una manga. El muchacho se debatió todo lo que pudo; sin embargo, la mujer consiguió retenerlo, le arrancó la gorra y le dio un tirón de pelos.

El golfillo gritaba y la anciana se enfurecía por momentos. Sin perder tiempo ni siquiera en clavar la lezna, el zapatero la dejó caer al suelo y se precipitó hacia la puerta. En su carrera perdió los lentes y estuvo a punto de rodar por las escaleras. Una vez en la calle, vio que la mujer tiraba de los cabellos al mozalbete y lo golpeaba despiadadamente, amenazándole con entregarlo a un guardia.

El muchacho seguía debatiéndose y negando su delito.

—¡No he cogido nada! ¿Por qué me pegas? ¡Déjame! —gritaba.

Mijail quiso separarlos. Cogió al muchacho de la mano, diciendo:

—¡Déjale, perdónale, por Dios!

—¿Perdonarle? ¡Se acordará de mí! Ahora mismo voy a llevarlo a la comisaría. ¡Granuja!

—Te digo que lo dejes. No lo volverá a hacer. Déjale, en nombre de Cristo —volvió a insistir Mijail.

La vieja soltó al muchacho, que iba a echar a correr, pero el zapatero lo retuvo.

—Pide perdón a esta anciana y no vuelvas a hacer eso nunca más. Te he visto coger la manzana.

El muchacho rompió a llorar, y pidió perdón entre sollozos.

—Eso no está bien —le amonestó Mijail—. Y ahora, toma una manzana que te doy yo —añadió, cogiendo de la cesta y tendiéndosela al muchacho.

—Mimas demasiado a este ratero —exclamó la vieja—. Mejor hubiera sido sentarle las costuras de modo que se acordara toda la semana.

—Nosotros juzgamos así, pero Dios nos juzga de otra manera. Si hubiera que azotar a este muchacho por una manzana, ¿qué habría que hacer con nosotros, por nuestros pecados? —replicó el zapatero.

La anciana guardó silencio. Entonces Mijail le contó la parábola del acreedor que perdonó la deuda y del deudor que quiso matar al que le había favorecido. La vieja y el muchacho lo escucharon con atención.

—Dios nos manda perdonar, porque de otro modo no seremos perdonados —prosiguió Mijail—. Hay que perdonar a todos y, principalmente, a los que no saben lo que hacen.

—No digo que no —murmuró la vieja, inclinando la cabeza y suspirando—. Pero hay que reconocer que los niños están inclinados a hacer el mal.

—Por eso precisamente nos corresponde a nosotros, que somos viejos, enseñarles el bien.

—Así lo creo yo también. He tenido siete hijos; pero sólo me queda una hija.

Y la vendedora refirió que vivía con su hija y sus nietos.

—Ya ves lo débil que soy. Y, sin embargo, trabajo para mis nietos. ¡Son tan hermosos! ¡Me salen al encuentro con tanto cariño! ¿Y mi Aksiutka? Esa sí que que no quiere ir con nadie más que conmigo. No hace más que decirme: «Abuelita, querida abuelita».

La anciana terminó por enternecerse.

—La verdad es que todo eso no ha sido más que una chiquillada. Así es que vete con Dios —dijo al muchacho.

Y fue a echarse la carga al hombro. Entonces, este se acercó, diciendo:

—Dame el saco, yo te lo llevaré; precisamente me coge de camino.

Y se fueron juntos. A la vendedora se le olvidó reclamar a Mijail el importe de la manzana. Al quedar solo, el zapatero los miró alejarse y escuchó su conversación. Después de seguirlos un rato con la vista, volvió a su casa, encontró sus lentes intactos en la escalera, recogió la lezna y se puso de nuevo a trabajar. Al poco rato, cuando ya no había bastante luz para coser vio pasar al empleado que iba a encender los faroles.

«Tengo que encender la lámpara», se dijo.

Preparó el quinqué y, tras de colgarlo, continuó su tarea. Terminada una bota, la encontró bien. Entonces recogió la herramienta, barrió los recortes del suelo, puso la lámpara en la mesa y tomó el Evangelio del estante.

Tenía intención de abrirlo por la página en que había quedado la víspera, pero fue a dar con otra. En aquel momento recordó el sueño que tuviera la noche anterior y sintió que algo se agitaba detrás de él. Al volverse vio, o se figuró ver, que había alguien en un rincón de la estancia. Era gente, en efecto, pero no se veía bien.

Una voz le susurró al oído:

—¡Mijail! ¡Mijail! ¿No me conoces?

—¿Quién eres? —preguntó el zapatero.

—Soy yo —dijo la voz—. ¡Soy yo!

Era Stepanich. Surgió del rincón oscuro, sonrió a Mijail; y desapareció, esfumándose como una nube.

—Soy yo también —dijo otra voz.

Y del rincón oscuro salió la forastera con la criatura. La mujer sonrió, sonrió el niño; y ambos se desvanecieron en la sombra.

—También soy yo —dijo una tercera voz.

Aparecieron entonces la vieja y el muchacho. Este llevaba una manzana en la mano. Los dos sonrieron y no tardaron en disiparse, como los anteriores. El zapatero sintió un regocijo supremo en el corazón. Se persignó, se puso los lentes y leyó la página del Evangelio, según estaba abierto.

«Tuve hambre y me diste de comer; tuve sed y me diste de beber; era forastero y me has acogido.» El final de la página decía: «Lo que habéis hecho por el más pequeño de mis hermanos, es a Mí a quien lo habéis hecho» (san Mateo, 25).

Entonces comprendió el zapatero que su sueño había sido un aviso del cielo; que, en efecto, el Salvador había estado aquel día en su casa, y que era a Él a quien había acogido.

(Liev Nikolayevich Tolstoi)

Epílogo

UN HASTA LUEGO

Ya hemos llegado al final de este viaje. Espero que lo hayas disfrutado. A lo largo de estos cuentos de tantos tiempos y lugares distintos, habrás podido aprender algo sobre lo que hay que evitar, sobre cómo hay que ser y sobre lo que, de verdad, de verdad, es importante. Todo ello —así lo espero— además de divertirte te habrá enseñado más cosas de lo que crees. Quizá ahora no lo comprendas, pero todas ellas son útiles. Especialmente para ti, que eres un niño ahora y que pronto —mucho antes de lo que piensas— te convertirás en un adulto.

Seguramente nos volveremos a encontrar o en las páginas de este libro cuando lo releas o en alguna otra de mis obras dedicadas a niños y jóvenes. Ya verás como sí. Pero de momento, recibe un abrazo muy fuerte... y hasta la próxima.

LOS ÍNDICES DEL CUENTACUENTOS
AUTORES

A continuación podrás ver una breve biografía de cada autor y en qué páginas del libro encontrarás sus cuentos

HANS CHRISTIAN ANDERSEN (1805-1875)

En 1835, el escritor danés Hans Christian Andersen publica el primer fascículo de los *Cuentos contados a los niños*. Atrás quedan los años marcados por sus viajes en busca de una oportunidad literaria, porque esta colección obtiene un gran éxito y va a ser continuada casi cada año (con obras como *La sirenita, Pulgarcita, El patito feo* o *La Reina de las Nieves*).

De entre todos los géneros a los que se dedicó, son los cuentos (inspirados en los relatos populares) los que le proporcionan el reconocimiento mundial. Para ellos toma prestados personajes y argumentos del mundo de la leyenda, de la Historia o de la vida, y aunque están destinados a los niños, también resultan atractivos a los adultos por su imaginación y, sobre todo, por la enseñanza que se esconde detrás de cada uno.

Obras de HANS CHRISTIAN ANDERSEN en este libro:

FERNÁN CABALLERO (1796-1877)

Este es el seudónimo que utilizaba la novelista española Cecilia Böhl de Faber para firmar sus relatos, que son muchos. Casi todos ambientados en Andalucía. Por su forma de escribir, muchos la consideran precursora de la novela moderna española (gracias sobre todo a su obra *La gaviota*, de donde hemos extraído el cuento *Medio-pollito*, que ya conoces) y precursora de la novela realista.

Algunas de sus obras son: la novela autobiográfica *Lágrimas, Lucas García, El Alcázar de Sevilla* y *La corruptora.*

Obras de FERNÁN CABALLERO en este libro:

- *Medio-pollito*: 113-118.

CARLO COLLODI (1826-1890)

Carlo Lorenzini, más conocido con el seudónimo de Collodi (nombre del pueblo natal de la madre), es el primogénito de una numerosa y desdichada familia (seis de sus diez hijos mueren muy jóvenes). Cuando su hermano Paolo se convierte en un director de la *Manifattura Ginori,* la suerte cambia y Carlo inicia la carrera de periodista. Funda un periódico y colabora en otros, al tiempo que escribe novelas y obras de teatro, aunque ninguna destaca por su valor creativo... Hasta que descubre su fuerte en la literatura infantil. El primer texto, *I racconti delle fate,* es un conjunto de espléndidas traducciones de fábulas francesas. A partir de aquí, Collodi se consolida como escritor.

Sin embargo, se hará realmente conocido con la publicación de la novela *Las aventuras de Pinocho,* la historia del títere más famoso del mundo. Publicada inicialmente por capítulos, a partir del 7 de julio de 1881, en el *Giornale per i bambini,* con el título *Storia di un burattino,* se publica íntegra en 1883. La obra ha llegado a 187 ediciones y ha sido traducida a 260 idiomas y dialectos.

Obras de CARLO COLLODI en este libro:

- *Pinocho*: 27-31 / 55-59 / 93-95.

EDMONDO D´AMICIS (1846-1908)

Edmondo D´Amicis nació en Oneglia (Italia) y falleció en 1908 en Bordighera. Fue militar, escritor y periodista. Recorrió toda Europa, y plasmó sus experiencias de viajes en varios libros.

El éxito le llega con su libro *Corazón,* que en dos meses y medio alcanzó 41 ediciones. En 1896 el número de ediciones llegaba ya a 197, y fue traducido a cuarenta lenguas. La obra está construida como un diario escolar, en el cual Enrico, muchacho turinés de tercer curso, anota los acontecimientos principales del año, entremezclados con las cartas de sus padres y con cuentos mensuales, algunos de los cuales se han hecho famosísimos («El pequeño escribiente florentino», «De los Apeninos a los Andes»). D´Amicis intentaba que su público participase de los valores morales y sociales.

Obras de Edmondo D´Amicis en este libro:

- *El pequeño escribiente florentino*: 333-339.

ESOPO (620-560 A.C.)

Gran fabulista griego de cuya vida poco sabemos, pues ya en la época clásica su figura real se vio rodeada de elementos legendarios. Se supone que vivió entre el 620 y el 560 antes de Cristo, y que fue un esclavo liberado de Frigia.

Sus relatos cortos, en los que daba vida a los animales, recogían una enseñanza o moraleja, pues eran alegorías morales. Gracias a estos cuentos o fábulas, que se conservaron por tradición oral, su nombre perdura hasta nuestros días. Las que hoy conocemos son versiones que se han reconstruido con las reescritas siglos después. Esopo influyó en escritores muy posteriores a él, como Félix María de Samaniego (siglo xviii) de quien luego hablaremos.

Obras de Esopo en este libro:

- *El zapatero incompetente*: 70.
- *Del perro y del pedazo de carne*: 85.
- *El ciervo y la fuente*: 214-215.

CAYETANO FERNÁNDEZ Y CABELLO (1820-1901)

Este fabulista andaluz dejó poca obra tras de sí, aunque de calidad. Inspirado en el género que tanto debe a Esopo, La Fontaine o el mismo Samaniego, es capaz de concentrar en un poema de pocas líneas, como el que aquí recogemos, grandes enseñanzas y consejos.

Obras de Cayetano Fernández en este libro:

- *El testarudo*: 66-67.

JACOB LUDWIG KARL GRIMM (1785-1863)
WILHELM KARL GRIMM (1786-1859)

Los hermanos Grimm, nacidos en Alemania, han dado muchas alegrías a la narrativa infantil y juvenil. Quién no conoce obras como *Hansel y Gretel*, *Blancanieves*, *Juan Sin Miedo*, y muchas más.

La tradición y el folclore fueron su punto de partida: recorrían las pequeñas aldeas alemanas buceando en la memoria de los más ancianos: ¿qué cuentos recordaban de sus abuelos? Los Grimm obtuvieron de una mujer llamada Pastora la mayor parte de las historias que luego recopilaron como *Cuentos para la infancia y el hogar* (1812-1815), aumentada en 1857, y conocida como *Cuentos de hadas de los hermanos Grimm*. Gracias a ellos niños del mundo entero disfrutan aún hoy de la belleza y la maravilla de esos relatos.

Obras de los HERMANOS GRIMM en este libro:

- *El lobo y el hombre*: 22-23.
- *La niña de los gansos*: 101-107.
- *La mujer del manantial y sus gansos*: 135-144.
- *El sastrecillo valiente*: 145-154.
- *Los años de vida*: 250-252.

JUAN EUGENIO HARTZENBUSCH (1806-1880)

Hijo de un carpintero alemán, nació en Madrid recién estrenado el siglo XIX. En 1830 se sumó a la plantilla del periódico *Gaceta de Madrid* y logró un puesto en la Biblioteca Nacional, cuando ya había dado a conocer con enorme éxito y era considerado uno de los mejores autores románticos. Triunfó en el género del drama histórico con *Los amantes de Teruel, Doña Mencía, La jura de Santa Gadea, La luz de la raza*, etc.

Fue presidente del Consejo de Teatros, director de la Biblioteca Nacional, miembro de la Real Academia de la Lengua (ocupó el sillón «L minúscula») y editor de clásicos españoles.

Pero en nuestro libro hemos querido destacar otro de sus aciertos, ya que fue un gran escritor de fábulas: algunas de ellas versiones de fabulistas alemanes o ingleses desconocidos en España, y otras completamente originales. Todas encierran grandes enseñanzas que no has de pasar por alto.

Obras de JUAN EUGENIO HARTZENBUSCH en este libro:

- *Trabajar para su daño*: 59-60.
- *Los tres quejosos*: 86.

NATHANIEL HAWTHORNE (1804-1864)

Los trabajos de este novelista estadounidense, de Massachussets, tocan temas éticos como el pecado, el castigo y la expiación. Al inicio su obra tuvo escaso reconocimiento por parte del público, pasó muchos apuros económicos y hubo de trabajar en muchas otras tareas, hasta que su esfuerzo se vio recompensado y, por fin, le llega el éxito con *La letra escarlata* (1850): considerada como su obra maestra, es uno de los clásicos de la literatura estadounidense. En 1850 se trasladó a Lenox, donde gozó de la amistad de uno de sus admiradores, el novelista Herman Melville (autor de *Moby Dick*).

Llegó a ser cónsul en Liverpool, y publicó numerosas novelas, como *La casa de los siete tejados*, y también libros de cuentos como el *Libro de las maravillas para chicas y chicos*, donde reelabora leyendas clásicas, o *La estatua de nieve y otros cuentos contados dos veces*, la mayoría de ellos cargados de simbolismo.

Obras de NATHANIEL HAWTHORNE en este libro:

- *El Toque de Oro*: 34-38.

HOMERO (620-560 A.C.)

Poeta por antonomasia de la literatura clásica, su biografía aparece rodeada del más profundo misterio, hasta el punto de que su propia existencia ha sido puesta en entredicho.

Considerado el autor de dos de las obras más importantes de la literatura universal: la *Iliada* (24 cantos y unos 15.000 versos) y la *Odisea* (unos 10.000). Su influencia es tal, que sin él parece difícil hablar de la literatura griega posterior: el teatro, la historiografía e incluso la filosofía. Aun obras tan conocidas como *Don Quijote de la Mancha* (de Miguel de Cervantes) o el *Ulises* (de James Joyce), y que tanto han influido en la literatura posterior, tienen ecos de Homero.

El viaje de Ulises en su regreso a Ítaca dejó muchas enseñanzas y episodios con sirenas, dioses y cíclopes. Esto último queda recogido en el cuento que transcribimos para ti.

Obras de HOMERO en este libro:

- *La Odisea. Odiseo y el Cíclope*: 43-54.

TOMÁS DE IRIARTE (1750-1791)

Tomás de Iriarte se dedicó desde joven a la traducción de obras de teatro francés, y el *Arte Poética* de Horacio, en 1777 y aunque tiene varios poemas y comedias, es sobre todo conocido por sus *Fábulas literarias*. Estos cuentos breves encierran una serie de enseñanzas, como seguro ya has podido comprobar, que le colocan en un lugar eminente entre los fabulistas españoles.

Obras de TOMÁS DE IRIARTE en este libro:

- *La ardilla y el caballo*: 86-88.
- *El oso, la mona y el cerdo*: 88-89.
- *El gusano de seda y la araña*: 171.

W.W. JACOBS (1863-1943)

Nació en Londrés, y su nombre completo era William Wymark Jacobs, aunque se ha dado a conocer en la literatura sólo con sus iniciales. Escribió 19 volúmenes de cuentos, la mayoría de los cuales tratan sobre aventuras de marineros. Su primer libro de cuentos, *Many Cargoes*, fue un éxito inmediato, seguido de otros de atmósfera marinera...

Sin embargo, su más famosa obra no trata de marineros ni de mar: *La pata del mono* (1902) es uno de los cuentos clásicos de la literatura del terror. En sus memorias, otro gran autor como es Gabriel García Márquez lo llama «el cuento perfecto», ya que logra, en pocas páginas, dibujar un ambiente de suspense continuo.

Obras de W.W. JACOBS en este libro:

- *La pata de mono*: 119-130.

INFANTE DON JUAN MANUEL (1282-1348)

Natural de Escalona (Toledo), era sobrino del rey Alfonso X el Sabio. Aunque tiene varias obras en su haber, el libro que le ha reportado la fama es *El Conde Lucanor* (1335).

En él, un joven señor feudal, el Conde Lucanor, consulta a su ayo Patronio cada vez que se le plantea algún problema, y este le responde con un cuento o ejemplo alusivo al problema planteado y deduce una enseñanza moral. Para cerrar cada dilema, don Juan Manuel resume la moraleja en un pareado. De aquí hemos extraído los dos cuentos que te presentamos del Infante; deberías leerlo completo algún día, porque ha influido mucho en la literatura universal en autores como Shakespeare, Tirso de Molina, Borges o Boccaccio.

Obras del INFANTE DON JUAN MANUEL en este libro:

- *De lo que aconteció a un cuervo con un raposo*: 24-27.
- *De lo que aconteció a los cuervos con los búhos*: 95-98.

RUDYARD KIPLING (1865-1936)

Nació en Bombay, pero vivió desde muy pequeño en Inglaterra. En muchas de sus obras podemos apreciar ecos de esa India que siempre le llamó, y a la que regresa con 18 años como corresponsal (vivió la Primera Guerra Mundial). Seguro que tú ya conoces más libros suyos de los que crees. Por ejemplo, los personajes de *El Libro de las Tierras Vírgenes* (que se conoce tambiéncomo *El Libro de la Selva*) ya son conocidos tuyos (Mowgli, Baloo, Bagheera...), y aún hay otras obras fundamentales como *Kim de la India, Capitanes intrépidos* o *Precisamente así.*

Se sitúa entre los grandes de la literatura para todas las edades, y así se lo reconocieron en 1907 al otorgarle el premio Nobel de Literatura: fue el primer autor inglés merecedor de este galardón.

Obras de Rudyard Kipling en este libro:

- *El Libro de la Selva. Kaa sale de caza*: 181-211.
- *Cómo el dromedario consiguió su joroba*: 245-248.

C.S. LEWIS (1898-1963)

Clive Staples Lewis es posiblemente una de las figuras más interesantes del pensamiento inglés de nuestro siglo. Crítico, académico y novelista inglés, fue tutor y miembro del consejo de Gobierno de Oxford entre 1925 y 1954 y más tarde dio clases de Literatura medieval inglesa en Cambridge.

Junto con su buen amigo J.R.R. Tolkien (autor de *El Señor de los Anillos*), formaba parte de un grupo literario al que dieron por nombre los Inklings. Tolkien llega a confesar que sin el apoyo de Lewis difícilmente habría logrado acabar la trilogía, y también para Lewis fueron reuniones fructíferas. Convertido al catolicismo, este tiene un papel importante en su obra, que comprende tanto el ensayo, siempre brillante —*Cartas del diablo a su sobrino, Sorprendido por la alegría, Alegoría del amor*— hasta la narrativa infantil y juvenil. Su trilogía *Perelandra,* que comenzó con *El planeta silencioso* (1938), es una fusión sin precedentes de ciencia ficción, fantasía y alegoría. Al igual que los libros infantiles que engloban las *Crónicas de Narnia* (que comienza en 1950 con *El león, la bruja y el armario* y transcurre entre la realidad del Londres de la Segunda Guerra Mundial y el extraordinario y misterioso mundo de Narnia).

Obras de C.S. Lewis en este libro:

- *Crónicas de Narnia. El león, la bruja y el armario*: 324-331.

O. HENRY (1862-1910)

William Sidney Porter, más conocido como O. Henry, no tuvo una vida sencilla; de hecho, sufrió condena en Sing Sing, y fue allí donde redactó sus primeros escritos. Sin embargo, es a día de hoy uno de los autores más populares de EE.UU., y es algo que se ganó a pulso con su particular modo de narrar las historias de finales inesperados (*La lámpara pulimentada, Pícaros y reyes, Cuentos de Nueva York, Pan de brujas...*).

Maestro del relato corto, en 1919 se reconoce su valía a través de la creación del premio literario O. Henry Memorial Award Prize Stories, que premia los mejores cuentos de los escritores noveles del país.

Obras de O. Henry en este libro:

- *Pan de brujas*: 98-100.

OVIDIO (43 A.C.-17 D.C.)

El latino Publio Ovidio está considerado uno de los más grandes poetas de la Historia. Educado en las artes de la Política, estudió en Roma y completó su formación en diversas ciudades del mundo griego, pero pronto abandonó la política para dedicarse por entero a la poesía. En Roma, donde residió hasta los 50 años de edad, se relacionó con la más alta sociedad, incluido el emperador Augusto. Sin embargo, en el año 8 d.C. hubo de exiliarse a la costa del Mar Negro por diferencias con el emperador.

Sus obras más importantes son *Ars Amandi, Tristia, Epistulae ex Ponto* y sobre todo *Las Metamorfosis*, una de las principales fuentes para conocer la mitología griega, que servirá de base a numerosos artistas del Renacimiento. Todos los cuentos de Ovidio que encontrarás en este libro están extraídos de esta última obra.

Obras de Ovidio en este libro:

- *Dédalo e Ícaro*: 32-34.
- *Narciso transformado en flor*: 67-69.
- *Orfeo en los infiernos*: 90-92.
- *Filemón y Baucis*: 165-168.
- *Dafne convertida en laurel*: 172-175.

CHARLES PERRAULT (1628-1703)

Posiblemente, los cuentos de este escritor francés (miembro de la Real Academia Francesa desde 1671) sean, junto con los de Andersen y los hermanos Grimm, los que más veces han contado los padres a sus hijos a la hora de irse a la cama. Aunque no sólo escribió para niños, ahí está el motivo de su éxito, con relatos que seguro que conoces como: *La bella durmiente del bosque, Pulgarcito, El gato con botas, Cenicienta, Piel de asno…* Perrault los recopiló todos en su *Cuentos de la madre Oca* y *Cuentos de antaño*. También gracias a él conoces a *Caperucita Roja*, que te hemos adelantado ya en las páginas de nuestro libro.

Obras de Charles Perrault en este libro:

- *Caperucita Roja*: 230-231.

ALIEKSANDR PUSHKIN (1799-1837)

Alieksandr Sergueyevich Pushkin nació en Moscú, dentro de una familia aristocrática. A los 12 años fue admitido en el Liceo Imperial (que más tarde pasó a llamarse Liceo Puskhin) y en el año 1817 tuvo un cargo en el Ministerio de Asuntos Exteriores ruso en San Petersburgo, lo que le acercó a la mejor sociedad. En 1820 por su *Oda a la libertad* fue deportado al Cáucaso, y en 1824 le expulsaron del cuerpo de funcionarios; dos años después, le readmitía el zar Nicolás I.

Las intrigas de la Corte le abocaron a un duelo de honor en el que perdió la vida con sólo 38 años. A su muerte se le consideraba ya el padre de la lengua literaria rusa y el fundador de la literatura rusa moderna. Y es que algunas de sus obras y poemas le sitúan como uno de los mejores literatos rusos de todos los tiempos: *Ruslán y Liudmila, El prisionero del Cáucaso, Los cíngaros, La hija del capitán*... Su obra más famosa, *Eugene Onegin* (1823), ha sido considerada como la primera de las grandes novelas en lengua rusa. También escribió cuentos para niños, como el que verás en estas páginas.

Obras de ALIEKSANDR PUSHKIN en este libro:

- *El cuento del pez de oro*: 38-42.

FRANCISCO DE QUEVEDO Y VILLEGAS (1580-1645)

La infancia de Quevedo transcurrió en la Corte, pero no por ello resultó sencilla: era un muchacho gordo, superdotado, con los pies deformes, cojo de uno, y muy corto de vista... y a todo eso súmale que se quedó huérfano a los 6 años. Así que Quevedo se volcó en los libros, no sólo en España, sino también en los viajes que realiza por Sicilia y Nápoles junto al Duque de Osuna, su amigo y protector. Al volver a la Corte, ya centrado en sus escritos, se hace amigo de Lope de Vega y de Cervantes, y se busca un enemigo al que quizá conozcas: Luis de Góngora. Los escritos de ambos están plagados de referencias del uno contra el otro.

Los altibajos políticos y su afilada sátira le llevaron a la cárcel en un par de ocasiones; eso no impide que, a día de hoy, sea uno de los poetas más representativos del Siglo de Oro español, con obras como sus *Sonetos*, el *Buscón* o *Sueños*.

Obras de FRANCISCO DE QUEVEDO en este libro:

- *Petición extraña*: 71.

ANTOINE DE SAINT-EXUPÉRY (1900-1944)

Los días de este escritor francés están marcados por su pasión por los aviones y por la literatura. De hecho, reúne muchos episodios de su vida como aviador comercial y luego como piloto durante la Guerra Mundial en sus libros. Al primero, *El aviador*, le siguen otros como *Correo Sur*, *Vuelo nocturno* y *Tierra de Hombres*. Durante la Segunda Guerra Mundial fue piloto voluntario en la aviación aliada, y desapareció mientras efectuaba un vuelo de reconocimiento cerca de Córcega.

El Principito es sin duda el libro que le convierte en uno de los escritores más leídos, especialmente (pero no sólo) por el público infantil. Lo que no sabías, quizá, es que él mismo dibujó todas las ilustraciones que verás en esas páginas.

Obras de ANTOINE DE SAINT-EXUPÉRY en este libro:

- *El Principito*: 309-312.

FÉLIX MARÍA DE SAMANIEGO (1745-1801)

La vida de este autor alavés transcurre entre España y Francia, a donde viajó para conocer las ideas nuevas que por allá florecían (Voltaire). Tocaba muy bien el violín y la vihuela, y era ingenioso y rápido de palabra.

Su principal obra son las *Fábulas morales*, que, en la línea de las fábulas de Esopo o La Fontaine, contienen una enseñanza que conviene no pasar por alto.

Obras de FÉLIX MARÍA DE SAMANIEGO en este libro:

- *El pastor*: 31.
- *Los dos amigos y el oso*: 118-119.
- *La lechera*: 252-254.
- *El león y el ratón*: 300.

JOSÉ MARÍA SÁNCHEZ SILVA (1911-2002)

El único español que ganó el premio Andersen, que es como el premio Nobel de la Literatura infantil y juvenil. Tuvo una infancia muy difícil, ya que perdió a su madre cuando apenas tenía 9 años y se vio obligado a vagabundear por las calles de Madrid hasta que lo recogieron en un orfanato del Pardo. Sin embargo, a pesar de sus terribles experiencias, no se convirtió en una persona amargada sino que supo conservar una vena de ternura y compasión. A él le debemos algunas obras maestras como el famoso *Marcelino pan y vino*.

Obras de José María Sánchez Silva en este libro:

- *La primavera*: 216-221.

ISAAC BASHEVIS SINGER (1904-1991)

Singer nació en Polonia, hijo y nieto de rabinos, su infancia transcurre en el barrio judío de Varsovia, donde sólo se hablaba yiddish. En este idioma escribió casi toda su obra. En 1953 emigró a Estados Unidos y comenzó a trabajar como periodista y columnista en el diario judío de Nueva York, *The Daily Forward*.

Tiene novelas como *Satán en Goray, La familia Moskat, La casa de Jampol, Los herederos*... Y también cuentos como los publicados en *Gimpel el tonto y otros relatos*, o en *Cuentos judíos de la aldea de Chelm*. Fue galardonado con el National Book Award por *Un día placentero: Relatos de un niño que se crió en Varsovia* (1969), uno de sus libros de literatura infantil. En 1978 recibió el premio Nobel de Literatura.

Obras de Isaac Bashevis Singer en este libro:

- *El astuto Todie y Lyzer, el avaro*: 61-66.
- *Por qué Noé eligió la paloma*: 156-158.
- *Cuento que trata de tres deseos*: 283-288.

JOHN G. SAXE (1816-1887)

John Godfrey, poeta, comenzó su andadura profesional ejerciendo como abogado primero, y como fiscal después; incluso fue candidato demócrata a Gobernador (sin éxito). Sus aficiones iban desde la literatura al periodismo y en 1850 compró el *Burlington Sentinel* que editó hasta 1956. Asentado en Nueva York, se dedicó a la literatura y a dar conferencias hasta 1872, que se mudó a Albany y se convirtió en editor del *Evening Journal*. Saxe alcanzó gran reputación gracias a su poesía. Siendo un joven abogado envió sus primeros versos al *Knickerbocker* y colaboró con *Harper's Magazine* y *Atlantic Monthly*. Sus poemas humorísticos fueron muy conocidos.

Obras de John G. Saxe en este libro:

- *Los ciegos y el elefante*: 248-250.

LIEV NIKOLAYEVICH TOLSTOI (1828-1910)

Tolstoi es sin lugar a dudas uno de los más prestigiosos autores rusos de todos los tiempos. Huérfano desde muy pequeño, se educó con sus tías en un ambiente religioso y culto. A lo largo de su carrera mostró gran preocupación por la pedagogía y los asuntos espirituales. Muy influenciado por la Biblia, Pushkin y Rosseau, comienza su andadura literaria, que nos ha dejado obras como *Dos húsares, Relatos de Sebastopol, Los cosacos* o *La muerte de Iván Ilich*. Fueron *Guerra y paz* y *Ana Karenina* los dos títulos que le encumbraron al éxito y al reconocimiento mundial.

Obras de LIEV TOLSTOI en este libro:

- *El origen del mal*: 168-170.
- *Ilias*: 235-239.
- *Los dos hermanos y el oro*: 306-308.
- *Donde está el amor, ahí está Dios*: 344-357.

JOHN R. TUNIS (1889-1975)

John R. Tunis no sólo escribe excelentes relatos de temática deportiva, sino que, sin salirse de este ámbito, aborda con valor problemas modernos con los que se enfrentan los jóvenes de hoy. Tú ya has podido ver un ejemplo de esto.

Obras de JOHN R. TUNIS en este libro:

- *Espíritu deportivo o una lección de ciudadanía*: 222-229.

MARK TWAIN (1835-1910)

Cuando nació en Florida (Misouri), le bautizaron como Samuel Langhorne Clemens, pero se le conoce con su seudónimo literario: Mark Twain (en el Mississippi significa «dos brazas de profundidad», el calado mínimo necesario para la buena navegación), que le ha llevado a ser un escritor muy famoso. Alcanzó ese reconocimiento mundial durante sus últimos años y recibió el doctorado Honoris Causa por la Universidad de Oxford (Inglaterra), en 1907.

Entre sus obras, muy leídas por jóvenes y adultos, se encuentran: *Las aventuras de Tom Sawyer, Príncipe y mendigo, Vida en el Mississippi, Las aventuras de Huckleberry Finn* o *Un yanqui en la corte del Rey Arturo*.

Obras de MARK TWAIN en este libro:

- *Las aventuras de Tom Sawyer*: 107-113.

YOSHIKO UCHIDA (1922-1992)

De ascendencia japonesa y americana, esta escritora vivió de cerca el problema del racismo, ya que el bombardeo de Pearl Harbour colocó a los japoneses que residían en Estados Unidos en una posición muy delicada. Yoshiko parte de estas experiencias para escribir una serie de novelas y cuentos infantiles como *Viaje a Topaz*.

El cuento que recogemos en estas páginas es una adaptación que hace la autora de un cuento tradicional japonés.

Obras de YOSHIKO UCHIDA en este libro:

- *El mar de oro*: 159-164.

CÉSAR VIDAL (1958)

El autor de este libro es doctor en Historia, Teología y Filosofía, y licenciado en Derecho. Ha ejercido la docencia en distintas universidades de Europa y América, aunque es más conocido como periodista y escritor. Defensor infatigable de los derechos humanos, en 1996 fue distinguido con el Premio Humanismo de la Fundación Hebraica.

Sus obras abarcan tanto el ensayo político-histórico (Premio Ciudad de Cartagena a la mejor novela histórica de 2000 por *La mandrágora de las doce lunas*) o biográfico (Premio las Luces de biografía 2002 por *Lincoln*) como novela (Premio Ciudad de Torrevieja 2005 por *Los hijos de la luz*, y Premio de Espiritualidad 2004 por *El testamento del pescador*) y cuentos infantiles. Entre estos: *Último tren a Zurich* (Premio Jaén Narrativa infantil), *Dilaf el sabio*, *La mandrágora de las doce lunas* o *El maestro de Scherezade*.

Obras de CÉSAR VIDAL en este libro:

- *El maestro de Scherezade*: 92-93 / 133.
- *Te esperaré mil y una noches*: 339-344.

OSCAR WILDE (1854-1900)

Autor irlandés muy influenciado por sus estudios clásicos (gana varios premios en literatura griega y latina durante su época escolar). Escribe poesía, teatro, novela y ensayo. Sin duda, uno de los escritores más brillantes de la época victoriana y de la literatura universal.

Entre sus escritos, nos lega piezas tan conocidas y brillantes como *El retrato de Dorian Gray*, *El fantasma de Canterville*, *La importancia de llamarse Ernesto*, *El ruiseñor y la rosa*, *El Príncipe Feliz* o *El gigante egoísta*.

Obras de OSCAR WILDE en este libro:

- *El famoso cohete*: 72-84.
- *El gigante egoísta*: 301-306.
- *El Príncipe Feliz*: 313-323.

ELIZABETH YATES (1905-2001)

Autora de más de 40 libros para niños, su principal éxito es *Amos Fortune. Hombre libre* (1950), por el que consiguió varios premios. Desde joven tenía claro cuál iba a ser su futuro: triunfaría como escritora... y en eso puso todo su empeño. Pero hasta que no cambió los Estados Unidos por Inglaterra no publicó su primera novela: *High Holiday*. De vuelta a América, se trasladó a vivir a una vieja granja, donde continuó escribiendo cuentos para los más pequeños.

Obras de ELIZABETH YATES en este libro:

- *Amos Fortune. Hombre libre*: 289-299.

PERSONAJES

A continuación podrás ver un listado con nombres de personajes y en qué cuento puedes encontrarlos

Afanasi: *Los dos hermanos y el oro*
Agamenón: *La Odisea. Odiseo y el Cíclope*
Alexander Milliken: *Amos Fortune. Hombre libre*
Amos Fortune: *Amos Fortune. Hombre libre*
Apolo: *Odiseo y el Cíclope*
Narciso transformado en flo
Dafne convertida en laurel
Aqueloo: *Filemón y Baucis*
Aqueronte: *Orfeo en los infiernos*
Ardilla: *La ardilla y el caballo*
Ariadna: *Dédalo e Ícaro*
Asenat: *José, el intérprete de sueños*
Aslan: *Crónicas de Narnia*
Atenea: *Odiseo y el Cíclope*
Áurea: *El toque de oro*

Baco: *Dédalo e Ícaro*
Narciso transformado en flor
Bagheera: *Kaa sale de caza*
Baloo: *Kaa sale de caza*
Basha: *El astuto Todie y Lyzer, el avaro*
Baucis: *Filemón y Baucis*
Belo: *Orfeo en los infiernos*
Ben Rogers: *Tom Sawyer*
Beryl: *Te esperaré mil y una noches*
Billy Fisher: *Tom Sawyer*

VALORES

A continuación podrás ver un listado con valores y contravalores que te ayudará a localizar el relato adecuado en un momento concreto para esos niños que un día serán adultos.

ALEGRÍA: *El sastrecillo valiente*
El gigante egoísta
ALTRUISMO: *El Príncipe Feliz*
Crónicas de Narnia
AMABILIDAD: *El mar de oro*
AMISTAD: *De lo que aconteció a un cuervo con un raposo*
Kaa sale de caza
Jesús y su amigo Lázaro
El gigante egoísta
El Principito
El Príncipe Feliz
Crónicas de Narnia
AMOR: *Orfeo en los infiernos*
Filemón y Baucis
El amor fiel: Jacob y Raquel
La historia de una madre
El gigante egoísta
El Principito
Crónicas de Narnia
El hijo pródigo
El pequeño escribiente florentino
Te esperaré mil y una noches
Donde está el amor, ahí está Dios
ARREPENTIMIENTO: *El Toque de Oro*
Orfeo en los infiernos

TRABAJO (véase *Diligencia / Esfuerzo / Educación*)
TRABAJO EN EQUIPO (véase *Colaboración*)

UNIÓN (véase *Colaboración*)
UTILIDAD POR DELANTE DE LAS APARIENCIAS: *El ciervo y la fuente*

VALENTÍA: *El sastrecillo valiente*
Crónicas de Narnia
VALOR PASAJERO DE LA BELLEZA FÍSICA (véase *Relatividad*)

CONTRAVALORES

ADULACIÓN: *De lo que aconteció a un cuervo con un raposo*
Kaa sale de caza
ANSIA DE PODER: *La niña de los gansos*
ARROGANCIA: *El lobo y el hombre*
El famoso cohete
Por qué Noé eligió la paloma
AVARICIA: *El Toque de Oro*
El cuento del pez de oro
Odiseo y el Cíclope
El astuto Todie y Lyzer, el avaro
Del perro y del pedazo de carne

CODICIA (véase *Avaricia*)

DESOBEDIENCIA: *Dédalo e Ícaro*
Pinocho
Orfeo en los infiernos
Kaa sale de caza
Caperucita Roja
DESPRECIO: *El cuento del pez de oro*
Medio-pollito

EGOÍSMO: *Medio-pollito*
El gigante egoísta
ENGREIMIENTO: *Narciso transformado en flor*
El famoso cohete
El gusano de seda y la araña

ENTROMETIMIENTO: *Pan de brujas*
ENVIDIA: *Petición extraña*
El hijo pródigo

FALSA AMISTAD: *De lo que aconteció a un cuervo con un raposo*
De lo que aconteció a los cuervos con los búhos
Los dos amigos y el oso
Kaa sale de caza
Caperucita Roja
FALTA DE RESPETO: *Medio-pollito*
La pata de mono

HOLGANZA (véase *Pereza*)

IMPACIENCIA: *Orfeo en los infiernos*
El aprendiz de brujo
La lechera
IMPOSTURA: *Pinocho*
La niña de los gansos
IMPRUDENCIA: *El lobo y el hombre*
Dédalo e Ícaro
El aprendiz de brujo
Kaa sale de caza
INCOMPETENCIA: *El zapatero incompetente*
INGRATITUD: *El tigre, el brahmán y el chacal*
INSOLENCIA: *Medio-pollito*

MALAS ACCIONES: *Trabajar para su daño*
La niña de los gansos
El tigre, el brahmán y el chacal
MENTIRA: *De lo que aconteció a un cuervo con un raposo*
Pinocho
El zapatero incompetente
De lo que aconteció a los cuervos con los búhos
El traje nuevo del emperador

PEREZA: *El pastor*
El aprendiz de brujo

QUEJA: *Los tres quejosos*

SOBERBIA: *El cuento del pez de oro*
El famoso cohete

TESTARUDEZ: *El testarudo*

VANIDAD: *La historia del vanidoso*
El famoso cohete
De lo que aconteció a un cuervo con un raposo

CRÉDITOS DE
LAS ALFORJAS DEL CUENTACUENTOS

Obras Completas
LEV TOLSTOI
© Aguilar, 1959.
De la traducción: © Irene Andresco & Laura Andresco

Obras Completas
OSCAR WILDE
© Aguilar, 1945
De la traducción: © Julio Gómez de la Serna

El Zar Saltán y otros cuentos rusos
A.S. PUSHKIN
© José J. de Olañeta, Editor, 2000.
De la traducción: © Carmen Bravo-Villasante

«El ciervo y la fuente»
Fábulas de Esopo. Vida de Esopo. Fábulas de Babrio.
© Editorial Gredos, Madrid, 1978.
Biblioteca Clásica Gredos
De la traducción: © Pedro Bádenas de la Peña

Cuentos para niños
I.B. SINGER
© Anaya, 2004
De la traducción: © Andrea Morales

Cuentos judíos
I.B. SINGER
© Anaya, 1989
De la traducción: © Andrea Morales

«El triunfo de la bruja»
relato perteneciente a la obra:
El león, la bruja y el armario
Las Crónicas de Narnia
© Editorial Planeta, S.A., 2005
© C.S. Lewis Pte Ltd 1950
De la traducción: © Gemma Gallart, 2005

Las aventuras de Tom Sawyer
MARK TWAIN
© Espasa-Calpe, S.A., 2000
De la traducción: © José Torroba

El Principito
ANTOINE DE SAINT-EXUPÉRY
© Publicaciones y Ediciones Salamandra, S.A., 1990.
De la traducción: © Bonifacio del Carril

Los textos de Ovidio se han extraído de la obra
Poetas Latinos, de editorial Edaf, 1970,
en traducción de Francisco Crivell.